Le petit Magasin des Tricoteuses

Le petit Magasin des Tricoteuses

GIL McNEIL

Traduit de l'anglais
par Martine Desoille

City
Poche

Publié en Grande-Bretagne par Bloomsbury,
sous le titre *Needles and Pearls*. Cette édition est publiée
avec l'accord de Bloomsbury Publishing PLC.
Couverture : © Robert Jones / Arcangel Images

ISBN : 978-2-8246-0626-2
Code Hachette : 10 4518 3

Rayon : Poche / Roman
Collection dirigée par Christian English et Frédéric Thibaud

Catalogue et manuscrits : www.city-editions.com

Dépôt légal : juin 2015
Imprimé en France par France Quercy - Mercuès - N° 50588/

Pour Joe

1

Février : deux mariages et un an après les funérailles

Nous sommes dimanche matin, il est sept heures et demie, et je suis en train de tricoter un lapin rose en me demandant ce que je vais bien pouvoir me mettre sur le poil pour aller au cimetière. Dommage que toutes ces émissions qui, moyennant une petite fortune, vous transforment des bobonnes au cheveu mou en icônes de la mode ne donnent jamais de conseils sur la façon de s'habiller pour commémorer le premier anniversaire des funérailles de votre mari, en particulier quand l'événement se double d'un déjeuner avec votre ex-belle-mère, qui s'attend à vous trouver tirée à quatre épingles, en tailleur noir (bleu marine à la rigueur).

Je me sentirais peut-être moins dépassée par les événements si j'avais pu dormir sur mes deux oreilles, mais le bruit du vent et des vagues m'a tenue éveillée une bonne partie de la nuit.

C'est l'un des inconvénients du bord de mer : charmant l'été, avec ses cabines de plage et ses vacanciers qui poussent la porte de la boutique à la moindre goutte de pluie. Mais l'hiver, ce ne sont que brouillards givrants et coups de tabac. Et quand la tempête se déchaîne, je vous garantis qu'on la sent passer.

Parfois, je me dis que, si nous ne vivions pas aussi près de la plage, je rêverais peut-être moins souvent que je suis sur un bateau en train de couler avec deux petits garçons qui luttent pour garder la tête hors de l'eau.

Vers deux heures du matin, juste au moment où je commençais à m'endormir, Archie a rappliqué d'un pas nerveux pour m'annoncer qu'il avait rêvé du monstre de l'espace. J'aimerais bien qu'on m'explique pourquoi les gamins de cinq ans qui refusent de porter un maillot de corps sous prétexte qu'ils vont à la *grande* école vous réclament une veilleuse et un doudou pour aller au lit.

Sans être un inconditionnel des doudous (contrairement à Jack qui, à sept ans, reste encore fermement attaché à sa couverture à poissons que je lui ai tricotée spécialement pour aller avec sa nouvelle chambre à thème marin), Archie a l'air de trouver parfaitement naturel de réveiller sa mère en pleine nuit pour lui parler de monstres et lui réclamer des en-cas.

Tandis que je dresse la *liste des choses à faire aujourd'hui*, des trombes d'eau s'abattent sur les vitres de la cuisine. Nous ne sommes peut-être pas de taille à rivaliser avec Whitstable pour les pulls rayés et l'agencement artistique des filets de pêche, mais, question pluie, en revanche, nous sommes imbattables.

Et d'ailleurs, tiens, nous avons depuis peu une galerie d'art (minimaliste, certes, mais c'est un début), en plus de maisons à prix abordables, ainsi qu'une jetée branlante et des cabines de bain fraîchement repeintes en blanc qui ne se vendent pas aux enchères au prix d'un studio.

Grand-mère loue la sienne depuis des années, ce qui me fait penser que je dois emporter une serviette la prochaine fois que nous irons à la plage ; nous avons emmené

Trevor, alias Wonder Dog, en promenade hier, et pour la énième fois Archie a fini à l'eau.

Je suis en train de faire du thé, quand Archie descend en pyjama et ceinture de robe de chambre, mais sans robe de chambre.

— La ceinture ne suffit pas, mon poussin. Tu vas attraper froid.

— J'ai pas froid. Et j'aime bien porter la ceinture toute seule. C'est ma corde, au cas où j'aurais besoin d'escalader des trucs. Et puis je veux pas de Shreddies pour le petit-déjeuner - juste une saucisse. C'est le week-end, je suis pas obligé de manger des Shreddies. Quand c'est dimanche, on a le droit de manger ce qu'on veut.

Chouette ! Pour moi, ce sera des œufs pochés à la béchamel avec une coupe de champagne. Et peut-être une lichette de haddock fumé. Je suis en train de savourer mentalement mon *petit-déjeuner spécial du dimanche*, quand Archie met le nez dans le frigo et se met à ronchonner :

— Y a pas de saucisses.

— Je sais.

— Pourquoi y a pas de saucisses ?

— Parce que tu m'as dit que tu avais horreur de ça, la dernière fois que j'en ai servi à dîner.

— C'était pour rire.

Jack entre à son tour, l'air de mauvais poil.

— Moi, je veux pas de saucisses. Je veux des œufs brouillés.

Apparemment, je suis à la tête d'une maison d'hôtes pour bambins. Je devrais peut-être m'acheter un carnet pour prendre les commandes.

— Bien. Vu que nous n'avons pas de saucisses, que dirais-tu d'un succulent œuf brouillé, Archie, avant de nous préparer pour aller chez grand-mère ?

— Beurk. La dernière fois, t'avais mis du fromage dedans, et c'était horrible.

— Tu as le choix entre des Shreddies ou des œufs brouillés. Alors, décide-toi.

Il soupire, tandis que Jack, debout sur le seuil de la cuisine, demande d'un air encore mal réveillé :

— Est-ce qu'il aimait ça, papa, le fromage dans les œufs brouillés ?

Ces derniers temps les questions sur le thème *Est-ce que mon papa chéri faisait ci ou ça ?* tendaient à disparaître, mais apparemment, le sujet est de nouveau à l'ordre du jour.

— Oui, il adorait ça.

— Alors, je veux les miens avec du fromage.

Archie hésite.

— Pas moi. Hein, qu'il les aimait aussi sans fromage, maman ?

— Oui, mon cœur.

— Et y a pas de saucisses ?

— Non.

— T'es sûre ?

Il ne pense tout de même pas que j'en ai caché un paquet dans ma poche de robe de chambre ?

— Tout à fait sûre, Archie.

— Bon, je veux bien des œufs embrouillés avec une

tartine de pain grillé. Mais pas dessus ; à côté, dans une autre assiette.

Ellen m'appelle pendant que je suis en train de faire la vaisselle du petit-déjeuner.

— Tu ne devineras jamais ce qui m'arrive ! Demande-moi qui est à l'appareil.

— Je sais qui est à l'appareil, Ellen. C'est toi, la présentatrice des nouvelles préférée des Britanniques.

— Oui, mais pose-moi la question tout de même. Dis : qui est à l'appareil ?

— Qui est à l'appareil ?

— La future madame Harry Williams ! Il m'a fait sa demande hier soir, pendant le dîner. À genoux et tout. Il avait même apporté la bague. Un diamant Tiffany. Le grand jeu, quoi. C'était par-fait.

— Oh ! Ellen, c'est formidable.

— Je sais, même si je ne comprends pas pourquoi il ne l'a pas fait le jour de la Saint-Valentin. Il a dit qu'il voulait attendre de ne plus avoir la jambe dans le plâtre pour pouvoir se relever quand il se mettrait à genoux, mais je crois plutôt que ce sont les petits cœurs et les fleurs qui le mettent mal à l'aise.

— Quelle importance ?

— Aucune, mais ça aurait compensé toutes les Saint-Valentin pourries, où je ne recevais jamais rien, pas même une carte.

— Tu n'arrêtes pas de recevoir des cartes, Ellen. Depuis que je te connais, tu ne fais que ça.

— Oui, de la part de cinglés accros du journal télévisé, mais pas de types sérieux.

— Eh bien, maintenant, tu l'as trouvé, ton type sérieux, et la bague en diamants avec.

— Je sais. Bon sang ! Je n'arrive pas à y croire !

— Raconte-moi tout. Qu'est-ce qu'il a dit ? Qu'est-ce que tu lui as dit ? Raconte !

— J'ai essayé de la jouer cool. Je lui ai dit que je lui donnerais ma réponse quand j'aurais examiné toutes mes options, et puis le serveur est arrivé avec le champagne, et là, j'ai craqué. Qui aurait pu prédire qu'il allait devenir le futur monsieur Malone ? Elle est pas belle, la vie ?

— Je suppose qu'on va devoir arrêter de l'appeler Harry le Pécari, maintenant ? Ça n'est pas très flatteur pour un fiancé.

— Tu trouves ? Ellen Malone, voulez-vous prendre Harry le Pécari pour époux... Moi, j'aime bien.

— Et la bague, elle est comment ?

— Énorme.

— Hourra pour Harry !

— Est-ce que tu veux bien être ma demoiselle d'honneur ?

— Est-ce que les femmes de trente-huit ans avec deux gosses sur les bras ne sont pas plutôt censées jouer les matrones ?

— Taratata. Moi, je veux que tu sois ma demoiselle d'honneur. J'avais pensé à une robe de dentelle rose à crinoline. Avec des gants assortis.

— Oh non !

— Un fourreau Vera Wang, alors ?

— C'est déjà mieux.

— Et les garçons en kilt.

— Harry en kilt ?

— Mais non, idiote, mes filleuls.

— Jack et Archie en kilt ?

— Oui. Qu'est-ce que tu en penses ?

— Je pense qu'ils vont exiger un gros dédommagement.

— C'est prévu.

— Dans ce cas, pas de problème. À condition, toutefois, d'exclure le port du couteau écossais traditionnel dans les chaussettes, sous peine de provoquer un drame. Tu as mis tes parents au courant ?

— Je suis en train d'y songer. En fait, je vais laisser une demoiselle d'honneur s'en charger, pour empêcher ma mère de transformer mon mariage en fête de famille avec tous les cousins. Eux et moi nous détestons cordialement. Je ne veux que des gens que j'aime vraiment.

— Dans ce cas, pas besoin de chercher une grosse église, si on n'est pas plus de six.

— Absolument. Tiens, je te passe Harry.

— Bonjour, Jo.

— Félicitations, Harry.

— Merci, ma belle. Je compte sur toi pour jouer les demoiselles d'honneur, parce qu'il va falloir la calmer.

— Et comment suis-je censée faire ça ?

— Avec des calmants pour cheval ! Un de mes oncles connaît un type qui pourrait nous en fournir. En tout cas, il va falloir faire quelque chose, sinon je vais être obligé de me tirer en courant.

— Tu n'as pas intérêt. De toute façon, elle te retrouvera.

Il y a un bruit bizarre, puis Ellen reprend le combiné.

— Harry vient de se casser la figure.

— Mince alors.

— Je pense que sa jambe n'est pas suffisamment remise pour lui permettre de courir.

— Non, et elle ne risque pas de se remettre si tu lui fais des croche-pieds alors qu'on vient seulement de lui retirer son plâtre.

— Il a trébuché. Bon, il faut que j'y aille, ma chérie. Il est en train de faire griller des tartines, et chaque fois elles sont brûlées.

— Pense à inscrire un grille-pain sur ta liste de mariage.

— Mince ! J'avais complètement oublié la liste de mariage. Quand je pense à tout le fric que j'ai craqué en cadeaux de mariage ces dernières années… Cette fois, l'heure du retour sur investissement a sonné.

— John Lewis fait de belles listes de mariage, je crois.

— Je pensais plutôt à Cath Kidson, The White Company. Mais peut-être que Prada fait des listes aussi – sûrement même. Et je pensais plutôt à un mariage civil, pour éviter que ma mère ne déverse des tonnes de rubans blancs sur l'église du quartier.

— Comme ce type qui emballe des montagnes ?

— Oui, sauf que Christo ne met pas des petits paniers de freesias partout et n'oblige pas les gens à porter un œillet à leur boutonnière. Bon sang, j'aimerais tellement te voir ! Qu'est-ce que tu dirais de venir passer la journée ici pour qu'on puisse commencer à tout préparer, pendant que Harry emmène, clopin-clopant, les garçons visiter un musée ?

— Je ne demanderais pas mieux, mais j'ai un déjeuner de prévu avec Elizabeth et Gerald.

— Ah oui, pardon, ma chérie. J'avais complètement oublié.

— Tu crois qu'il faut que je porte du noir ?

— Absolument pas. Mets ce qui te plaît.

— Elle voulait qu'on aille à la messe de célébration ce matin, mais je lui ai dit que nous ne serions jamais prêts à temps. Je suppose qu'ils se seront tous mis sur leur trente-et-un. James, Fiona et les filles y seront sûrement aussi. Je parie qu'ils porteront tous des chapeaux.

— Rien ne t'empêche de mettre ton bonnet péruvien à pompon.

— Non, bien sûr. Comme ça, ils auront l'air d'aller au derby d'Epsom, et moi, de faire la manche.

— L'important, c'est que tu te sentes à l'aise.

— Tu ne crois pas qu'ils vont tiquer si je débarque en pyjama ?

— Pas si tu mets un bonnet de laine ; look bohème déstructuré, style Björk en veuve éplorée. Pourquoi pas ton pantalon noir, celui que tu mets avec tes bottes ?

— J'ai essayé, mais je ne peux remonter la braguette qu'en position couchée. Il a dû rétrécir.

— Rétrécir ?

— Oui, enfin, j'ai peut-être un peu forcé sur les petits gâteaux à la boutique. Et puis, il va tomber des cordes. Tu ne te souviens pas de la saucée pendant les funérailles ? À un moment, j'ai cru que le vicaire ou Archie allait tomber dans la fosse. Imagine tout ce qu'il aurait fallu comme séances chez le psy s'il avait plongé la tête la première dans la tombe de son père.

— Oui et, comme chacun sait, ces salopards de psys veulent être payés cash.

— Tu crois que je devrais apporter des fleurs ? Les garçons ont écrit des lettres et fait des dessins.

— C'est touchant.

— Ils y ont passé des heures. Jack a dessiné notre nouvelle maison pour qu'il sache où nous habitons, et Archie a fait Trevor et un bateau. Mais moi, je n'ai rien prévu.

— Ma chérie. Si tu veux, je prends la voiture et j'arrive.

— Ne t'en fais pas. C'est juste moi qui me monte le bourrichon toute seule. Je vais m'arrêter chez Sainsbury's et acheter des fleurs. Toi et Harry, passez un dimanche en amoureux. Je t'appelle quand je rentre.

— Promis ?

— Promis.

— Mais ?

— Rien. Simplement, j'ai l'impression de jouer la comédie. Je vais jouer les veuves éplorées, alors qu'en réalité je lui en veux à mort. Pas à cause de son aventure amoureuse. Je lui ai pardonné, aussi étrange que cela puisse paraître. Sans doute que ma mini-escapade à Venise avec Daniel m'a aidée à mettre tout ça en perspective et à ne pas me sentir complètement rejetée.

— Sans doute, ma chérie.

— Mais ce que je n'accepte pas, c'est qu'il ait pu envisager, ne serait-ce qu'un seul instant, de laisser les garçons. Et ça, je ne le lui pardonnerai jamais.

— Non, naturellement. Imagine ! Il vient enfin d'être promu, et toi tu te prépares à la nouvelle vie qui t'attend en tant qu'*épouse du correspondant à l'étranger*. Et voilà qu'il t'annonce qu'il a une maîtresse et qu'il veut divorcer. Pour couronner le tout, il se tue le soir même dans un accident de voiture. Comment veux-tu te remettre d'un truc pareil ? Il va te falloir des années.

— Merci, c'est encourageant.

— Chérie, tu te débrouilles comme une chef. Mieux que ça, même. Au lieu de plonger, tu as réussi à garder la tête hors de l'eau malgré toutes les dettes et cette fichue hypothèque qu'il avait prise sans t'en parler. Tu as vendu la baraque et tu es repartie de zéro dans ce trou paumé pour travailler dans la mercerie de ta grand-mère et, abracadabra, en moins de deux, tu rachètes la boutique et tu la fais prospérer. Et maintenant, tu es à tu et à toi avec la diva, la consultante en tricot de Sa Grâce. N'empêche que, si j'étais à ta place, moi aussi, je lui en voudrais à mort. Et d'ailleurs, c'est une bonne chose qu'il se soit crashé tout seul au volant, sans quoi je crois bien que je lui aurais tordu le cou de mes propres mains, à ce salopard.

S'il y a une chose que j'apprécie chez Ellen, c'est son caractère entier. Elle n'est pas du genre à peser le pour et le contre ou à vous dire de garder la tête froide en essayant de vous mettre à la place de l'autre. Et puis elle a été d'un grand soutien l'année dernière, au moment de l'enterrement et tout. Franchement, je ne sais pas comment je m'en serais sortie sans elle.

— Je sais, Ellen, mais c'était en partie ma faute.

— Je t'en prie, tu ne vas pas recommencer à te couvrir la tête de cendres. Comment est-ce que ça pourrait être ta faute ?

— J'aurais dû me douter qu'il y avait un lézard. À propos de l'argent, je veux dire. J'aurais dû me poser des questions. Sauf que j'étais tellement absorbée par les garçons que je n'ai pas remarqué qu'il rongeait son frein. Je sentais bien que les choses partaient à vau-l'eau, mais j'ai préféré fermer les yeux. Il s'est mis dans une telle colère quand j'ai essayé d'en parler que je n'ai pas insisté.

— Et je suppose que c'est aussi ta faute s'il baisait la nymphette des Nations unies ?

— Elle avait vingt-six ans, Ellen.

— Vingt-six ou seize, quelle différence, à part la garde-robe ? Et maintenant, ressaisis-toi, ma chérie. Non seulement il t'a fichue dans la merde, mais c'est toi qui dois recoller seule les morceaux. Tu auras beau retourner le problème dans tous les sens, c'est une honte.

— Je suppose que tu as raison. Même si, en réalité, j'adore vivre ici.

— Je sais, Pollyanna. Tu as toujours su regarder le bon côté des choses... C'est quoi, déjà, ce dicton à propos des citrons ?

— Si la vie te donne des citrons, fais-en de la limonade.

Nous éclatons de rire.

— Quel tas de conneries ! Exactement le genre de choses que serinerait ta diva. Comme sa tirade au sujet des gens qui ne demandent qu'à t'aimer à condition que tu leur donnes leur chance. C'est une question de karma, et bla, bla, bla.

— Oui, mais je crois qu'il y a tout de même une certaine vérité dans tout ça.

— Naturellement. Il va sans dire que ton karma est excellent si tu es pleine aux as, mince comme un fil, et que tes trois derniers films ont explosé le box-office. Mais nettement moins si tu bosses chez Burger King et que tu laisses brûler les rondelles d'oignon sur le gaz.

— C'est vrai.

— Et comment va Notre Grâce, au fait ? La maternité lui sied-elle ?

— Parfaitement. La dernière fois que je l'ai vue, elle était encore plus belle qu'avant l'accouchement. Elle rayonnait littéralement. Je sais que ça a l'air idiot, mais c'est la vérité. Et le bébé est un amour. Je suis en train de faire une vitrine entièrement dédiée aux bébés. Ces derniers jours, je n'ai fait que tricoter de la layette. Ça me rappelle l'époque où j'attendais Archie.

— Tout va bien se passer, tu verras. Tu es vraiment certaine que tu ne veux pas que je fasse un saut ?

— Certaine. Tout va bien se passer. J'ai eu au moins une bonne nouvelle aujourd'hui.

— Quoi donc ?

— Ma meilleure amie va se marier, et je vais porter une robe rose pêche signée Vera Wang avec des gants et un bonnet de laine assortis.

— Tu m'appelles quand tu es rentrée, OK ?

— OK.

— Et si Elizabeth te court trop sur le haricot, cogne-la. Mime la crise d'hystérie de la veuve à bout de nerfs et mets-la KO. Tu te sentiras beaucoup mieux après, fais-moi confiance.

— Je devrais te prendre au mot.

— Hourra !

***

Ils viennent tout juste de rentrer de l'église quand nous arrivons. Elizabeth et Fiona sont à la cuisine, en train de se chamailler poliment à propos du rôti qu'il faut laisser reposer avant que Gerald n'entreprenne de le découper.

Il continue de pleuvoir à verse, ce qui n'augure rien de bon pour notre petite virée de recueillement au cimetière après déjeuner.

Gerald me tend un mégasherry ; pour quelque obscure raison, il a l'air de penser que je vais m'effondrer si je n'ai pas, à tout moment, un verre plein à la main (la tactique de Nick pour survivre à un déjeuner en famille).

Un plan parfaitement cohérent si la personne n'est pas obligée de prendre le volant ensuite, et de garder un œil sur deux garnements dans une maison pleine de bibelots de porcelaine et une moquette beige. Bon sang, que cet après-midi va me sembler long.

Fiona, en tablier à fleurs, a déniché un documentaire sur les chimpanzés et installé les enfants devant la télé pour que nous ayons dix minutes de tranquillité avant le déjeuner.

— Les filles, s'il vous plaît, on ne fait pas de bruit pendant que papa lit son journal.

J'ai l'impression d'être catapultée au milieu d'une réclame pour le potage Royco des années 1950.

Lottie et Beth jettent des regards anxieux du côté de James, qui est en train de descendre la bouteille de whisky tout en lisant les journaux et en pestant chaque fois qu'il lit quelque chose qui lui déplaît.

— Y a pas des dessins animés ? demande Archie avec *son plus beau sourire.*

— Non, Archie, mais je suis sûre que tu vas aimer. N'est-ce pas, les filles, que les films animaliers sont passionnants ?

Lottie et Beth acquiescent d'un hochement de tête, même si Lottie n'a pas l'air très enthousiaste.

— J'essaie de rationner les dessins animés, pas toi, Jo ? Certains de ces trucs sont tellement violents. Bon, je vais aller faire un tour à la cuisine au cas où Elizabeth aurait besoin d'un coup de main.

— Je peux faire quelque chose ?

Elle me regarde comme si je venais de lui proposer de refaire l'électricité. Mes talents de cuisinière, certes limités, n'ont jamais trouvé grâce aux yeux de Fiona et Elizabeth.

— Nous nous occupons de tout. Toi, tu restes là et tu te reposes.

James fait un petit bruit comme s'il s'étouffait

et nous lit tout haut un bout d'article au sujet d'une femme qui réclame des millions d'indemnisation à ses patrons pour harcèlement.

— Tout ça parce qu'ils ont emmené un client dans un club où elle ne se sentait pas à l'aise. Seigneur, mais où allons- nous ? James est cadre dans une boîte de services financiers et légèrement plus à droite qu'Attila le Hun.

Fiona laisse échapper un rire un peu nerveux et strident.

— Allons, chéri, ne commençons pas à parler politique.

Mais je ne résiste pas à mettre les pieds dans le plat.

— Quelle sorte de club, James ?

Il jette un coup d'œil au journal, rosit légèrement.

— Un club de danse.

— De *lap dance*, peut-être ?

— Possible. Mais pas de quoi fouetter un chat, tout de même. Si on ne peut plus s'amuser…

— Autrement dit, si tous tes patrons étaient des femmes et qu'elles t'emmenaient dans un club où les gars dansent en pantalon de cuir et s'enduisent généreusement d'huile pour bébé, tu n'y trouverais rien à y redire ?

Fiona, à présent livide, s'essaie à un autre petit rire.

James lui lance un regard furieux.

— Je pense qu'il est temps que les bonnes femmes comprennent qu'on vit dans un monde sans pitié et qu'on ne fait pas toujours ce qui nous plaît. Tenez, moi, par exemple, j'ai dû emmener tout un groupe de clients japonais dîner, et passer des heures assis par terre les jambes croisées. Ce n'est pas pour autant que je vais réclamer des dommages et intérêts.

— Et le lendemain, il avait un genou qui le faisait horriblement souffrir. N'est-ce pas, mon chéri ?

Il lui décoche un regard noir, tandis qu'Archie s'approche pour que je lui fasse un câlin.

— Dis, maman, c'est quoi le *lap dance* ?

— C'est une danse plutôt triste, mon cœur.

— Comme dans les discothèques ?

— Pas vraiment.

— Nous, on fait de la danse à l'école.

— Je sais, mon poussin.

Mon Dieu, faites qu'il ne me demande pas une démonstration de *lap dance* pour montrer à sa prof de gym.

— Moi, je connais des tas de danses. Et j'aime tourner en rond pour avoir la tête qui tourne.

— Je sais. Mais pas maintenant, mon cœur… Tu risquerais de casser quelque chose.

Il rit, et Fiona a l'air soulagée d'être à nouveau en terrain neutre.

— Au fait, Jo. Je ne t'ai pas dit : les filles ont fait tellement de progrès en danse que Beth a été choisie pour danser un solo au dernier spectacle. N'est-ce pas, ma chérie ?

Beth acquiesce en minaudant.

Lottie lève les yeux au ciel.

— Et moi, je faisais le champignon des bois.

— Vraiment ? Ça a l'air amusant.

Elle sourit de toutes ses dents.

— Je peux te montrer, si tu veux, tata Jo, mais il faut retirer tes chaussures.

Fiona n'a pas l'air emballée.

— Pas maintenant, chérie. Le déjeuner est presque prêt.

Archie soupire.

— Moi, je veux faire le champignon. Montre-moi comment.

Beth laisse échapper un petit rire hautain.

— Les champignons, c'est pour ceux qui ne savent pas vraiment danser. Moi, je faisais le faon. Je peux te montrer, Jack, si tu veux.

Jack a l'air paniqué.

— Un quoi ?

— Un faon. Comme Bambi.

Archie est aux anges.

— Ouais ! On va l'attraper avec nos pistolets.

Après une crise de dernière minute à cause du Yorkshire pudding, qui me semble tout à fait correct, mais qui, apparemment, n'a pas gonflé autant qu'il aurait dû, Elizabeth nous appelle pour passer à table. Elle a l'air tendue. Légèrement titubant, Gerald commence à découper le rôti. Le deuxième sherry n'était peut-être pas une très bonne idée.

— Tu veux du raifort, Jo ?

— Oui, merci.

Elizabeth me passe une petite saucière en porcelaine.

— Le raifort fait maison est tellement meilleur que cette affreuse mixture qu'on achète en pot, tu ne trouves pas ? C'est Fiona qui l'a préparé. À partir d'une de nos vieilles recettes de bonnes femmes.

— Formidable.

Fiona est tout sourire.

— Ça n'est pas bien compliqué.

— Moi, j'aime pas ça, dit Jack, l'air inquiet après que deux choux de Bruxelles ont atterri dans son assiette sans qu'on lui ait demandé son avis.

— Tu n'es pas obligé d'en prendre. Mange les délicieuses carottes et goûte un chou de Bruxelles, trésor. Peut-être que tu les aimes, maintenant. Sinon, laisse-les, OK ? Si tu prends au moins une bouchée, personne ne te dira rien.

Sauf Elizabeth, qui est de la vieille école et dont le credo est *tu manges tout ce qu'il y a dans ton assiette.* Alors que moi, forcer les gamins à manger, je trouve cela totalement contre-productif.

— Nomdedjieu !

Nous nous retournons tous vers James, qui s'est mis à tousser.

— C'est le raifort. Ça pique.

Il a les yeux qui pleurent.

Tous ceux qui ont goûté au raifort se disent qu'ils auraient mieux fait de s'abstenir.

J'ai le bout de la langue complètement anesthésié. Fiona a l'air consternée.

— J'ai pourtant suivi la recette à la lettre.

Gerald tousse à son tour et se ressert un verre de vin.

Il est temps de changer de sujet.

— Le rôti est succulent, Elizabeth. Archie, arrête de te balancer sur ta chaise. Tu vas tomber à la renverse.

— Non, je vais pas tomber.

— Archie.

— Je tombe jamais. Jake Palmer, il est tombé de sa chaise à la cantine, et il a renversé de l'eau partout. Mais moi, je tombe jamais.

— Archie, assieds-toi correctement, s'il te plaît. Tu veux que je te coupe ta viande ?

Il me lance un regard outré.

— Je suis pas un bébé.

— Dans ce cas, tiens-toi bien à table.

Elizabeth lui adresse un sourire encourageant.

— Il y aura de la gelée aux fruits et de la glace pour les garçons qui finissent leur assiette. Une assiette bien léchée, c'est ce qui fait plaisir à mémé.

Je crois qu'elle veut se rendre utile.

Archie la regarde.

— Et les filles aussi ?

— Pardon ?

— Beth et Lottie aussi, elles auront de la glace si on finit nos assiettes ?

— Oui, mon chéri.

Il regarde son assiette.

— Et est-ce qu'on peut avoir que de la glace si on mange pas tout ?

Gerald rit.

— Bien vu, mon garçon. Excellent. Négocier, toujours négocier. Encore un peu de vin, quelqu'un ?

— Nicholas adorait la gelée aux fruits et la glace quand il était petit. C'était son dessert préféré.

Elizabeth a la larme à l'œil, maintenant, et je ne pense pas que ce soit à cause du raifort.

— Grand-mère, tu savais que les singes, quand ils ont envie de faire l'amour, ils font pipi sur les arbres ? C'est ce qu'on nous a appris en classe.

Elizabeth a un petit haut-le-corps, et Lottie est prise d'un fou rire.

— Archie, ce n'est pas le genre de choses dont on a envie de parler à table.

— Oui, mais les singes, eux, ils peuvent pas savoir.

— Archie.

Il soupire.

— J'aime pas la gelée aux fruits.

Quand nous traversons la pelouse en direction de l'église, je me sens à deux doigts de mettre une gifle à quelqu'un, mais surtout à moi pour m'être laissé embarquer dans cette réunion de famille au lieu de profiter d'un moment de répit avec les garçons.

Maintenant, Elizabeth fait une tête de six pieds de long parce que Gerald s'est lâché après son quatrième verre de vin et que j'ai douché ses espoirs de voir Grace Harrison jouer les VIP au prochain gala de son club de golf. Fiona ne s'est pas encore remise de la débâcle du raifort, et James s'est lancé dans une longue discussion sur le golf, principalement avec lui-même.

La terre est trempée, et mes chaussures s'enfoncent dans la gadoue à chaque pas, mais du moins la pluie s'est-elle arrêtée de tomber quand nous escaladons la barrière pour entrer dans le cimetière.

Jack, qui tient le sac plastique avec les lettres et les dessins, pâlit brusquement quand nous arrivons en vue de la tombe de Nick. Il y a des tulipes jaunes dans l'urne de marbre noir au pied de la pierre tombale, et un petit bouquet de roses.

Fiona toussote discrètement.

— Les roses, ce sont les filles qui les ont apportées ce matin.

J'opine. Je ne suis pas certaine de pouvoir parler. C'est un tel choc de revoir la tombe. Jack me prend par la main, et nous nous approchons.

Je me penche pour déposer les fleurs, mais elles n'ont pas l'air à leur place dans leur feuille de cellophane (on dirait une de ces livraisons spéciales Interflora). Je m'accroupis pour ôter l'emballage et me mouille les genoux par la même occasion. Jack et Archie se tiennent tous les deux à mes côtés. Ils ont l'air soudain plus petits et réservés qu'à l'ordinaire.

— Voilà, c'est mieux comme ça. Vous pouvez déposer vos lettres sur les fleurs maintenant, et aussi vos jolis dessins.

Ils placent soigneusement les lettres pliées et les dessins, tandis qu'Elizabeth s'approche pour remettre les tulipes en ordre.

— On va faire un tour à l'église pour dire une petite prière ?

— Je crois qu'on va juste rester ici tous les trois pour se recueillir un petit peu, si ça ne vous ennuie pas. Mais allez-y, vous.

Fiona et James commencent à se diriger vers l'église avec les filles et Gerald, mais Elizabeth hésite.

— Je pensais qu'une petite prière tous ensemble... Ça ne te dirait pas de prier pour ton papa, Jack ?

Maintenant, Jack a les larmes aux yeux. Maudite bonne femme.

— Elizabeth, je crois qu'on a besoin de rester un moment entre nous, si ça ne t'ennuie pas.

Autrement dit, lâche-nous les baskets, espèce de vieille bique.

Je passe un bras autour des épaules de Jack, et nous nous dirigeons vers un banc en bois sous un arbre.

— Il est tout mouillé, maman.

— Je sais, trésor, mais ce n'est pas grave puisqu'on a nos manteaux. On va s'asseoir et faire un câlin.

Il sourit.

— Comment il va faire pour voir les dessins, papa ? demande Archie d'une voix légèrement tremblante.

Je suis soudain prise d'un doute. Je ne sais pas quoi dire. Je ne trouve pas les mots magiques pour les rassurer. C'est trop injuste. Voilà qu'ils se demandent si leur père va réussir à voir les dessins qu'ils ont déposés sur sa tombe.

Je passe un bras autour de chacun.

— Je crois que l'important, c'est que papa sache que vous l'aimez très fort.

Jack hoche la tête.

— On va se faire un gros câlin, d'accord ? Un très gros câlin pour remplir le coffre à câlins qui est presque vide.

Ils se serrent contre moi, je les embrasse, et ils font semblant de ne pas aimer ça.

— On peut aller à l'église pour dire une prière, si vous préférez.

Jack réfléchit une minute.

— Non, maman. Je crois qu'on est mieux ici, pas toi ?

— Si, mon chéri.

Archie se rapproche encore un peu.

— Le câlin, c'est pour papa ?

— Oui, mon cœur.

— Et après, on rentre à la maison ?

— Oui.

— Mais d'abord, je veux que Lottie, elle me montre comment on fait le champignon des bois.

— Oui.

— Et on aura du gâteau pour le goûter ?

— Je crois que oui. Grand-mère a dit qu'elle avait préparé quelque chose de spécial.

Jack approuve.

— Elle a dit qu'elle a fait celui que papa préférait quand il était petit.

Ils se pelotonnent tous les deux contre moi.

Je ne lui pardonnerai jamais. Je sais que ce n'est pas sa faute, que c'est juste un coup de malchance et un terrible gâchis. Mais je ne lui pardonnerai jamais, à ce salaud.

Archie s'est endormi sur le chemin du retour et il est particulièrement grincheux quand je le réveille. Mais comme il est hors de question que je le porte jusqu'à la maison, c'est la scène habituelle lorsque je le pousse vers l'escalier.

— C'est pas juste. On n'a même pas dîné.

— Ne me dis pas que tu as faim, Archie, après tous les gâteaux que tu as mangés chez grand-mère Elizabeth.

— Oui, mais c'était il y a longtemps. Et maintenant, j'ai faim, maman. J'ai vraiment faim.

— Bon. Tu vas mettre ton pyjama, et on en reparlera ensuite.

Il fait claquer sa langue.

Il y a une mégadispute dans le bain à propos de qui a donné un coup de pied à l'autre exprès ou par accident, et une quantité non négligeable d'eau passe par-dessus le rebord de la baignoire jusqu'à ce que je promette un croque au fromage à ceux qui arrêteront de crier.

Enfin, la paix revient, et j'ai réussi à débarrasser Archie de la couche de boue qui s'est déposée sur sa figure quand il sautait gaillardement en imitant le champignon des bois.

Ils sont tous les deux assis à la table de la cuisine avec les cheveux humides, quand grand-mère arrive. Elle a apporté un paquet de pastilles en chocolat pour chacun.

En temps normal, ils les auraient boudées en les décrétant bonnes pour les bébés, mais ce soir, ils ont l'air prêts à faire une exception.

— Mange-les toutes, Jack. Pas question d'en garder pour plus tard. Après dîner, on se brosse les dents.

Jack aime bien faire durer ses bonbons le plus longtemps possible ; en grande partie pour faire enrager Archie. Il entreprend de disposer artistiquement ses pastilles dans son assiette pendant que grand-mère met la bouilloire à chauffer et que je découpe le fromage.

— Eh bien, comment était Sa Majesté, ma chérie ?

Grand-mère n'a jamais raffolé d'Elizabeth.

— Bien. Elle s'est plainte de ne pas nous voir assez souvent, mais quand je lui ai dit qu'elle pouvait venir nous rendre visite aussi souvent qu'elle le voulait, elle n'a pas insisté. Je crois qu'elle voudrait qu'on fasse la route jusque chez elle tous les week-ends, mais je lui ai dit qu'avec la boutique et les enfants, c'était au-dessus de mes forces. Nous avons tout de même eu droit à une petite litanie larmoyante sur le thème *Mon fils, ce garçon modèle.*

Grand-mère jette un coup d'œil circonspect aux garçons occupés avec leurs pastilles et murmure :

— J'aimerais bien lui dire ce que j'en pense, moi, de son garçon modèle.

— Je sais, grand-mère, mais à quoi bon ?

— Si elle savait comme il t'en a fait voir, elle ferait peut-être un peu moins sa fière. Mais je suppose que, moins on en dit, mieux on se porte.

Elle se tourne vers les garçons :

— Vous avez passé une bonne journée chez grand-mère Mackenzie, Jack ?

— Pas mal. Elle a voulu que je mange mes choux de Bruxelles pour avoir de la glace, et maman en a mangé un pendant qu'elle regardait pas. Et puis, on a apporté nos dessins à papa, mais par terre, c'était tout mouillé. C'est pas grave, dis, grand-mère ?

— Non, mon cœur, pas du tout.

— Grand-mère a fait un gâteau pour le goûter, mais Jack, il en a pas voulu parce que c'est un bébé.

Jack foudroie Archie du regard.

— J'aime pas les gâteaux avec des trucs qui croquent à l'intérieur.

— C'étaient des noix, pas des trucs, andouille.

— Le fromage fondu est presque prêt. Qui veut encore du jus de fruits ?

Les deux garçons lèvent la main, ce qui fait sourire grand-mère, et on s'assied tous ensemble pour ce qui s'annonce comme un dîner tranquille, quand résonne un bruit inimitable. C'est ce maudit Trevor qui a envie de jouer et qui gratte en jappant à la porte de derrière.

— Maman ! Oh ! maman, s'il te plaît.

Tous les deux tournent vers moi un regard suppliant.

— Pas question que vous sortiez à cette heure-ci. Il fait beaucoup trop froid.

Trevor se met à faire des bonds devant la fenêtre de la cuisine en aboyant gaiement.

Scrogneugneu.

Je ferme la porte du couloir, et grand-mère va ouvrir la porte de derrière. Trevor déboule dans la cuisine comme un missile Exocet à poil, attrapant un toast au fromage fondu et renversant Archie au passage.

— Je mets de l'eau à bouillir pour monsieur Pallfrey ?

— Oui, grand-mère, merci. Archie, je ne veux pas qu'il te lèche la figure, je te l'ai déjà dit.

— Je me laverai après.

— Oh ! et puis zut.

Grand-mère va ouvrir la porte à M. Pallfrey, qui entre hors d'haleine, comme toujours.

— Je suis désolé de cette intrusion. On était en train de se promener, quand il a aperçu votre voiture. Vous lui avez manqué. Il a passé la journée à japper devant le portail.

— Une tasse de thé ?

— Ça n'est pas de refus, chère madame.

Après ce qui semble une éternité passée à caresser et câliner le chien, grand-mère emmène les garçons se coucher avec la promesse de leur raconter une histoire. M. Pallfrey essaie de faire sortir Trevor par la porte de la cuisine, mais il s'est couché sur le carrelage et fait semblant de dormir – en remuant la queue, le tricheur.

— Il adore vos garçons.

Il tire à nouveau sur la laisse, faisant glisser Trevor d'un centimètre en direction de la sortie.

— Je suis vraiment désolé. Il ne m'avait encore jamais fait une telle comédie.

— Et si on éteignait la lumière et on allait s'asseoir dans le séjour ?

— Il risque d'être pris de panique et de faire des dégâts. J'ai essayé une fois, à la maison, quand il a mangé mes chaussons, histoire de le calmer.

— Et alors ?

— Il m'a cassé deux chaises. Le problème, c'est qu'il ne connaît pas sa force.

Je ne peux m'empêcher de penser que Christine, la fille de M. Pallfrey, n'aurait pas dû choisir un monstre de la taille d'un âne quand elle a décidé d'avoir un chien, mais plutôt un gentil petit cocker, le genre de toutou qu'on peut prendre dans ses bras pour l'empêcher de faire n'importe quoi. Mais les garçons se sont pris d'affection pour Trevor-Monté-sur-Ressorts, et il est trop tard pour faire marche arrière. Il déboule presque tous les jours pour jouer au foot dans le jardin, à l'arrière de la maison, et les garçons ne pensent qu'à l'emmener en promenade.

À présent, Trevor est complètement affalé sur le carrelage, tandis que M. Pallfrey essaie de le tirer vers la porte.

— Il pèse une tonne quand il dort.

— Ça ne m'étonne pas. Mais il ne dort pas vraiment, non ?

Bon sang, ne me dites pas qu'il va rester là toute la nuit.

— Non, mais il fait de la résistance passive.

— Et si je l'aspergeais ?

M. Pallfrey me regarde, une lueur d'admiration dans les yeux.

— Bonne idée.

Malheureusement, Trevor n'est pas aussi stupide qu'il en a l'air et, quand je m'approche avec un pichet plein d'eau, il s'assied et me lèche le bras, ce qui est vraiment dommage parce que je me faisais une joie de l'asperger une bonne fois.

— C'est l'heure, Trevor.

Il se recouche.

— Un peu d'eau, Trevor ?

Je lui verse quelques gouttes sur le dos, et il se retourne pour me regarder. Je crois que nous nous sommes compris. Il s'approche de la porte, toujours à demi couché et l'air renfrogné.

À moins qu'il n'ait perdu l'usage de ses pattes arrière. Je clipse sa laisse et la tends à M. Pallfrey.

— Merci pour le thé.

— Il n'y a pas de quoi. Je suppose que nous nous reverrons demain ?

— Oui. Pendant que j'y pense : je fais partie du comité du « Bord de mer fleuri » et je suis chargé des bacs à fleurs et des jardins de la rue ; alors, j'espérais pouvoir compter sur vous.

Mince.

— Compter sur moi pour… ?

— Fleurir votre plate-bande. C'est bien ce que vous m'aviez dit, n'est-ce pas, que vous vouliez vous occuper du jardin cette année ?

— Oui, enfin, je voulais dire me débarrasser des orties et ce genre de choses.

— Laissez-moi m'en occuper. Je vais vous faire un petit assortiment. J'ai quelques superbes pieds de géraniums en réserve et de quoi faire un joli parterre.

— Vous êtes sûr que… ?

— Oh ! rien d'extravagant, juste…

Trevor en a visiblement assez de notre parlotte. Il bondit brusquement vers la porte et s'élance dans l'allée, M. Pallfrey à la remorque.

Une tuile n'arrivant jamais seule, comme dirait grand-mère, j'ai soudain la désagréable impression de m'être laissé embarquer dans une espèce de concours agricole, en plus du (modeste) concours pour « la plus jolie ville de bord de mer ». Nous avons remporté la médaille d'argent l'an passé, et, comme cette année nous visons l'or, la moitié du conseil municipal est déjà passée à la boutique pour me prodiguer des conseils sur la façon d'agencer ma vitrine.

Grand-mère redescend en riant de la chambre des garçons.

— Sacré petit diable, ton Archie. Il a de ces idées, parfois. Il m'a dit qu'il allait peut-être avoir soif, mais qu'il n'en était pas absolument certain et que, donc, pour lui éviter de se lever, ce serait bien qu'il ait une sonnette.

— Je suppose qu'il veut parler de la clochette que Betty nous a offerte à Noël. Il a vu ça une fois au cinéma, je crois, un type au lit qui sonne ses domestiques pour se faire apporter de quoi grignoter…

— Il ne manquerait plus que ça. Tu passerais tes nuits à aller et venir.

— C'est bien pour ça que je l'ai cachée.

— Et maintenant, qu'est-ce que tu dirais d'une bonne tasse de thé ? Reg ne devrait pas tarder. Sauf si tu veux monter te coucher ?

— À neuf heures dix ?

— Tu as l'air épuisée.

— Je le suis, mais pas au point de me coucher avec les poules.

— Tant mieux, parce que j'aurais quelque chose à te demander.

— Quoi donc ?

— Assieds-toi d'abord.

— Tu ne vas pas me demander de te seconder au Lifeboat, grand-mère ? Je t'assure que je n'ai vraiment pas le temps.

— Non, non, je me suis arrangée avec Betty.

Elle s'assied, l'air un tantinet agité.

— Il y a quelque chose qui te tracasse, grand-mère ?

— Non, non, pas du tout. Il s'agit de..., de Reg. Figure-toi qu'il m'a demandé de l'épouser et que j'ai dit oui. J'espère que tu ne vas pas trouver ça idiot à notre âge. Reg est tellement charmant, et puis ce serait bien d'avoir un peu de compagnie le soir. Enfin, voilà. Tu sais tout. Qu'est-ce que tu en penses ?

Nom de nom.

— Mais c'est formidable !

— Tu es sincère ? Oh ! je suis tellement contente. Tu ne crois pas que ton grand-père aurait tiqué ? Ça me turlupine, tu sais. C'était un si brave homme. Un vrai gentleman.

— Mais enfin, grand-mère, ça fait plus de cinquante ans.

— Je sais, ma chérie, mais pour moi, c'est comme si c'était hier.

Elle regarde son alliance.

— Je refuse de la retirer. Je l'ai dit à Reg. Je vais la faire adapter pour pouvoir la porter à mon autre doigt.

— C'est une excellente idée.

Elle sourit.

— Alors, tu es contente ?

— Très. Quand est-ce qu'il t'a fait sa demande ?

— Ce matin. Quand il m'a apporté le journal. Il m'a confié qu'il voulait m'inviter au restaurant pour pouvoir me faire sa demande dans les règles, mais qu'il n'a pas pu résister. Je ne l'avais encore jamais vu aussi nerveux, le cher homme.

Je me lève pour l'embrasser, et elle me retient.

— Nous avons décidé de faire une cérémonie à l'église. Je sais que c'est idiot à notre âge, mais je n'ai pas eu de vrai mariage avec ton grand-père : on n'avait pas d'argent, c'était la guerre..., et Reg pareil… Ils mettaient tous leurs sous de côté pour pouvoir s'acheter une maison, si bien qu'ils n'ont eu droit qu'à une tasse de thé chez sa belle-mère. Mais cette fois, on veut le grand jeu, sauf que je ne me marierai pas en robe. Je veux un tailleur, et j'ai pensé demander à Betty d'être ma dame d'honneur, et toi, ma demoiselle d'honneur. Qu'est-ce que tu en penses, poussin ? Les garçons pourraient jouer les pages… J'ai vu des petits costumes en velours adorables dans un catalogue. Je n'ose pas imaginer ce que va dire ta mère.

— Probablement un truc déplacé, malheureusement.

— Oui, eh bien, personne ne l'oblige à venir. Je vais le lui dire, et, si ça ne lui plaît pas, c'est le même prix. Pas question qu'elle vienne pour semer la pagaille.

— Elle ne le fait pas exprès, grand-mère.

— Oh que si ! Il m'en coûte de dire ça de ma chair et de mon sang, mais elle ne se prend pas pour de la crotte. Et ce n'est pas de moi qu'elle tient ça. Ta grand-mère Butterworth était exactement pareille. Il fallait toujours qu'elle soit au centre de l'attention. C'est triste à dire, mais, quand elle est morte, j'ai crié victoire. Quand je pense à toutes les années que j'ai passées dans cette boutique à supporter ses récriminations. Je ne sais pas comment j'ai fait pour avaler toutes ces couleuvres sans me rebiffer. Le problème, c'est que je n'avais nulle part où aller.

— Je sais, grand-mère.

— Enfin, tout ça, c'est du passé. Toi et les garçons êtes là, et je suis bien contente d'avoir résisté. On a pensé à mettre la maison de Reg en vente et à vivre dans la mienne ; comme ça, on aura un peu de sous pour vous gâter.

— Oh ! mais c'est vous qu'il faut gâter. Vous pourriez faire une autre croisière pour votre lune de miel.

Elle rougit.

— Reg a déjà commencé à consulter les brochures, figure-toi. Il y en a quelques-unes qui font vraiment rêver : dans une suite avec balcon privé, mais je crois que je ne serais pas rassurée en cas de tempête. Imagine qu'on oublie de fermer la fenêtre ! C'est un coup à se retrouver trempé des pieds à la tête. Et puis, ce n'est pas donné. D'ailleurs, je ne suis pas sûre que ce soit raisonnable. Tu sais, moi, les chichis... En tout cas, il va falloir que j'annonce la nouvelle à ton frère, et j'avais pensé que tu pourrais composer son numéro pour moi. Chaque fois que j'essaie de l'appeler, je m'emmêle les crayons. Je voulais lui demander d'être mon garçon d'honneur. Tu crois qu'il serait d'accord ?

Vin est un biologiste marin, le plus souvent en haute mer, et de ce fait difficile à localiser.

— Mais bien sûr qu'il sera d'accord. Il sera enchanté, même.

Assise au coin du feu avec ma *liste des choses à faire*, j'essaie de visualiser l'endroit où j'ai mis les affaires de gym de Jack, quand Ellen appelle.

— Alors, comment ça s'est passé ?

— Moins mal que je ne l'avais craint. Fiona avait préparé une sauce au raifort atomique qui l'a déchue de son rang de *parfaite femme d'intérieur*, et Elizabeth avait la larme à l'œil. À part ça, et compte tenu de l'absurdité du truc, on peut dire que tout s'est bien passé.

— Absurdité du truc ?

— Oui. Il y a quelque chose d'absurde à essayer de dialoguer avec une pierre tombale, les pieds dans la gadoue. Ils devraient installer des cabines téléphoniques, ou je ne sais quoi, comme dans les prisons, pour qu'on puisse poser les mains sur la vitre et parler dans l'appareil. Sauf qu'il n'y aurait personne à l'autre bout.

— N'est-ce pas à cela que servent les psys ?

— Les premiers temps, j'appelais Nick sur son portable professionnel, juste pour entendre le son de sa voix. Ça m'aidait à me faire à l'idée qu'il n'était plus là. Jusqu'au jour où je suis tombée sur un répondeur m'informant que le numéro n'était plus attribué. Le service du personnel avait résilié son contrat.

— Cette bande de pingres.

— Bah, il faut bien reconnaître qu'il n'en avait plus vraiment l'utilité. Ils n'ont pas dû penser qu'il m'arrivait de l'appeler. Mais passons… J'ai une super nouvelle à t'annoncer, pour une fois : grand-mère va épouser Reg.

— Non !

— Si. Elle est tout excitée. C'est Vin qui va la conduire à l'autel, et moi, je vais jouer les demoiselles d'honneur. Je suppose que toute la ville sera de la noce, ce qui ne m'enchante pas plus que ça, notamment à cause des crinolines roses dont tu parlais tout à l'heure. C'est exactement ce qu'elle veut.

— J'ai fait le tour des sites web cet après-midi. Ils vendent de ces trucs ! À croire qu'il y a une conspiration en marche. Imagine un fourreau tout ce qu'il y a de chic auquel on a ajouté des dentelles et des froufrous, histoire de le massacrer. Et je ne te parle pas des voiles. J'aime encore mieux une tiare. Et pour le mariage de ta grand-mère, je verrais bien un thème floral. On trouve des robes à fleurs pour demoiselles d'honneur pas trop moches sur le Net.

— Un thème floral ?

— Oui, mais surtout pas dans des tons vert pomme ou violets. Et surtout pas Laura Ashley.

— Oh que non !

— Bon sang, quel casse-tête !

— Tout ira bien, Ellen. On a tout notre temps. Je propose qu'on se bloque le week-end pour commencer à planifier tout ça.

— Tu es sérieuse ?

— Tout à fait.

— Super. Et cette semaine, tu as quoi de prévu, à part rendre visite à la diva ?

— J'ai une réunion à l'école demain. Pour établir un planning, je crois. Et Annabel Morgan continue de me battre froid.

— Et pourquoi cela ?

— Pour rien, mais elle s'imagine qu'être présidente de l'association lui donne le droit de réquisitionner d'office des parents d'élèves pour monter des projets, et je ne suis de toute évidence pas dans ses petits papiers.

— Ignore-la.

— Facile à dire, quand elle te fonce dessus comme un boulet de canon, avec son sourire grimaçant, pour te demander quels sont tes plans. Et en plus, elle exige une présentation écrite pour ses archives.

— Pas de quoi te prendre la tête, ma chérie. *Just do it*, comme disent les cadres dirigeants.

— Une présentation sur le tricot ?

— Oui. Grand programme d'acquisition de compétences, autonomisation par la créativité, ce genre de trucs.

— Du style, approche pluridisciplinaire des objectifs d'apprentissage ?

— Parfait.

— Génial, mon lundi est réglé. Et je dîne avec Martin vendredi.

— Ce cher Monsieur Bricolage.

— Oui, et arrête de l'appeler comme ça. Ses rayonnages sont vraiment pratiques. Et j'ai l'intention de lui demander d'en installer aussi au rez-de-chaussée pour pouvoir caser tout mon bazar.

Alors, comme ça, tu l'emmènes dîner pour parler menuiserie ?

— Oui, je le lui avais promis, le jour où Archie a disparu et qu'il l'a retrouvé. Tu te souviens ?

— Oui. Et tu l'as même embrassé.

— Par erreur. Et tu fais bien de me le rappeler, parce je suis drôlement enquiquinée avec cette histoire.

— Chérie, je te l'ai dit : ce type pourrait être une bombe s'il changeait de coupe de cheveux.

— Ils ont un peu poussé depuis la dernière fois.

— Bonne nouvelle.

— Et il parle d'acheter un appartement.

— Excellent. Plus vite il s'arrachera aux griffes d'Elsie, mieux ce sera : il a largement passé l'âge de vivre chez sa maman.

— C'est provisoire, le temps que le divorce soit prononcé.

— Et tu vas mettre quoi ?

— Ce n'est pas un dîner habillé. Juste un truc entre amis.

— Tu n'as pas besoin de plus d'amis… Tu m'as, moi.

— Sauf que toi, tu ne sais pas installer les étagères. De toute façon, je te l'ai déjà dit : j'ai pratiquement grandi avec lui. On venait chaque été passer les vacances. C'est comme mon cousin.

— Un cousin qui n'a pas ses mains dans ses poches, apparemment.

— Arrête. De toute façon, souviens-toi de ce qui s'est passé la dernière fois que j'ai essayé d'avoir une aventure.

— Je suppose que tu fais allusion à Daniel Fitzgerald ?

— Oui.

— Tu n'as pas eu de chance, voilà tout. Et puis, tu as fait une jolie petite virée à Venise. Que veux-tu de plus ?

— Qu'il ne se remette pas à la colle avec son ex ?

— Ne te laisse surtout pas décourager par une petite contrariété. Si j'étais toi, je sortirais ce Martin de sa boîte et je le secouerais un peu. On ne sait jamais, tu risques d'avoir une bonne surprise.

— Oui, et Elsie aussi. Tu sais qu'elle me fait une tête de six pieds de long quand nous sommes à la boutique.

— Elle fait toujours une tête de six pieds de long, de toute façon.

— En tout cas, ne compte pas sur moi pour secouer son Martin de fils.

— Tu as tort, chérie. Tu as bien le droit de t'amuser un peu.

— Je ne pense pas que Martin soit quelqu'un avec qui on s'amuse. Il est trop bien pour ça. Et puis, il ne s'est pas remis du divorce.

— Crois-moi, si tu mets un truc bien moulant, il s'en remettra.

— Je n'ai plus que ça, des trucs bien moulants, en ce moment. Je t'ai dit qu'Elsie n'arrêtait pas de me gaver de crème anglaise ?

— C'est sûrement un complot. Elle veut faire de toi une boule de suif pour dégoûter Martin.

— Et ça a l'air de marcher.

— Promets-moi que tu ne vas pas mettre un gros chandail informe.

— Ben, c'est ça ou ma nuisette.

— Pas très subtil, mais j'aime ton raisonnement.

— Bonsoir, Ellen.

— Bonsoir, ma choute.

Nom d'un chien. Je ne me faisais pas spécialement de bile pour le dîner de vendredi, mais maintenant, si. Il faut toujours qu'Ellen prête aux gens des intentions qu'ils n'ont pas.

Encore que, pour Daniel, elle ait vu juste. Mais Martin est complètement différent : ce n'est pas un photographe cosmopolite ; ceux-là savent se sortir d'une amourette ratée sans égratignures. Mais Martin n'est pas comme ça. Ellen se monte toute seule le bourrichon, comme toujours. Ce sera un petit dîner sympa entre potes, et pas besoin de faire des efforts de toilette pour ça. Mais tout de même, flûte.

Je suis dans la cuisine, en train de siroter une tasse de thé après avoir préparé les boîtes à pique-nique pour les garçons demain matin. Pour une fois, je me sens dans la peau d'une mère de famille organisée, même si je ne sais plus où j'ai rangé les affaires de gym de Jack.

Tout en finissant de tricoter mon lapin rose, je réfléchis à un moyen de virer la hideuse robe de bébé rose pêche qu'Elsie a tricotée et qui jure avec la palette muscade, caramel et beurre frais que j'ai choisie pour les petits cardigans, la couverture rayée et les petits chaussons accrochés à une corde à linge tendue en travers de la vitrine. Si j'arrive à finir mon lapin à temps, avec les canetons rose pâle de grand-mère, le pingouin et l'éléphant bleu ciel, j'aurai un bel assortiment de jouets, et, avec un peu de chance, la poupée qu'on peut habiller va attirer des mamans et leurs petites filles. Les affaires sont plutôt calmes depuis Noël, et j'aimerais bien booster les ventes avant l'arrivée de la collection d'été.

Je suis sur le point de monter me coucher, quand maman appelle.

Flûte !

— Je viens à l'instant d'avoir ta grand-mère au téléphone au sujet du mariage.

— Tu ne trouves pas que Reg et elle sont craquants ?

— Craquants ? Tu veux dire ridicules, oui. Mais j'aurais dû me douter que tu allais prendre sa défense. Et d'abord, qui est ce Reg ?

— Quelqu'un de charmant. Il était capitaine du jeu de boules. Elle le connaît depuis des lustres.

— Se marier, à son âge, mais c'est grotesque.

— Elle est très heureuse, maman. N'est-ce pas ce qui compte ?

— Elle est tellement provinciale. Plus personne ne se marie de nos jours.

— Tu es bien mariée avec papa.

— Ne joue pas les idiotes, Josephine, s'il te plaît. Ce type en veut à son argent, c'est évident.

— Quel argent ?

— Cette affreuse bicoque doit valoir une petite fortune de nos jours.

— Mais il a sa propre maison, maman.

— En tout cas, je trouve ça suspect, et je ne suis pas certaine que ton père et moi puissions nous libérer. Nous avons du travail par-dessus la tête, sans parler des frais. Je viens de recevoir une nouvelle commande : il y a un retable absolument superbe dans une église des environs – celui avec cet autel sublime que je t'ai montré –, et ils ont dit que j'étais la seule en qui ils avaient confiance. Ils m'ont quasiment suppliée. Ce qui est très flatteur.

— Ce ne sont que quelques jours, maman.

— Je suppose que nous pourrions loger chez toi. Mais, pour ce qui est de demander à Vincent de la mener à l'autel… De toute ma vie, je n'ai jamais rien entendu d'aussi ridicule. S'il y a quelqu'un qui devrait la mener à l'autel, c'est moi. Ou ton père, à la rigueur (même s'il n'est pas doué pour les apparitions publiques). Bref, je sens que je vais devoir m'en charger. Tu le lui diras ?

— Quoi donc ?

— Que c'est moi qui la mènerai à l'autel.

— Je pense que c'est à elle de décider, maman.

— J'aurais dû me douter que je ne pouvais pas compter sur toi.

Je commence à compter jusqu'à dix.

— Josephine ? Tu es là ?

J'ai envie de dire non. Je suis dans mon bain, veuillez laisser un message.

— Oui, maman.

— Je vais dire à ton père de l'appeler.

— Comment va son genou, au fait ?

— Très bien. Simplement, il adore se faire plaindre. Tu le connais. Le médecin lui a prescrit des calmants, et ils vont bientôt lui retirer les fils. Il n'y avait vraiment pas de quoi en faire un foin.

En réalité, papa ne se plaint jamais, même quand il tombe d'une échelle et se fracasse le genou. Mais passons.

— Mon poignet me fait horriblement souffrir. Au cas où ça t'intéresserait.

Chaque fois qu'un membre de la famille est hospitalisé, maman se découvre subitement un mal mystérieux : quand j'ai eu Jack, elle nous a fait le coup de la crise d'appendicite. Pour Archie, c'était une blessure au cou nécessitant le port d'une minerve qu'elle retirait chaque fois qu'elle se croyait seule.

— Oh ! mince.

— Je suis quasiment sûre que c'est une fracture. Je ne fais pas confiance aux médecins d'ici, mais j'ai trouvé un homme charmant qui soigne par les plantes. Il m'a dit qu'il ne comprenait pas comment j'ai pu endurer une telle douleur pendant aussi longtemps. Il prend cher, mais, franchement, ça vaut le coup. Je te rappellerai dans la semaine pour que tu aies le temps de la raisonner. Bonsoir, chérie.

C'est ça.

Je vais appeler Vin demain pour voir comment on pourrait débrouiller cette affaire. Il sait comment s'y prendre avec maman (en l'ignorant complètement la plupart du temps). En tout cas, il est hors de question que je la laisse gâcher le mariage de grand-mère. Peut-être que son herboriste pourrait nous concocter une petite potion spéciale (de l'extrait de camomille avec un zeste d'arsenic).

À moins qu'elle ne puisse pas arriver à temps. Je me demande combien prendrait Easy Jet pour changer de destination et la déposer quelque part du côté de Reykjavik ou sur une base aérienne désaffectée, où il n'y a pas le téléphone.

Après avoir verrouillé la porte de derrière, je me mets une dernière fois à la recherche du sac de gym, quand Jack fait son apparition au pied de l'escalier.

— Je me suis réveillé, et maintenant j'arrive plus à me rendormir.

Je le raccompagne dans sa chambre en chuchotant pour ne pas réveiller Archie.

— Allons, viens. Tu vas te remettre au lit et t'endormir en moins de deux.

— Il est au ciel, papa ?

Oh non ! Pitié, je suis trop fatiguée pour ce genre de questions.

— S'il existe un ciel, papa y est sûrement, mon cœur. Et il sait combien tu l'aimes, et c'est ça le plus important.

— Tu en es sûre ?

— Sûre.

— Et puis, je le porterai toujours dans mon cœur, hein, maman ?

— Toujours, mon trésor.

— Les gens qu'on aime, on les porte toujours dans notre cœur ?

— Toujours.

— Oui. Et moi, j'ai plein d'amour dans mon cœur, hein ? Et mes préférées, c'est Trevor, et toi et grand-mère, et Archie.

Super : je me suis fait chiper la première place par un chien !

— Et maintenant, au lit.

— Et si on avait un chien à nous, je pourrais le porter dans mon cœur aussi, hein, maman ?

— Bien vu, mon chéri.

Il sourit.

— Ça serait trop bien si je pouvais avoir un chien à moi. Il pourrait rien m'arriver de meilleur.

— Et moi, de pire.

Il rit.

— Je vais prier de tout mon cœur pour que ça arrive.

— Bonsoir, mon ange.

— J'ai peur d'avoir un cauchemar. Si j'arrive pas à dormir dans dix minutes, je peux venir dans ton lit ?

— Vingt.
— Quinze.
— D'accord.
Il sourit de toutes ses dents, l'affreux.

2

La fine ligne bleue

Lundi matin ne commence pas sous les meilleurs auspices, et il n'est que huit heures et demie.

— Espèce de sale popotame.

— Archie, mets tes chaussettes et arrête de jurer.

— C'est ce qu'il est. Et toi aussi. Et je veux pas de fromage dans ma boîte à pique-nique. J'aime pas le fromage.

— Tes chaussures et tes chaussettes, Archie. Et remue-toi, Jack, on va être en retard.

Jack soupire.

— Alicia, elle a des crevettes dans son sandwich. Et de la salade de pâtes.

Archie hoche la tête.

— Et Tyrone, il a des Pik & Croq.

— Je croyais que tu n'aimais pas le fromage.

— Oui, j'aime pas ça, mais j'aime bien les gressins.

— Je compte jusqu'à dix, et le dernier arrivé à la voiture est une tomate pourrie.

Ils font semblant de m'ignorer, mais je sais qu'ils sont prêts à tout pour ne pas être la tomate, pourrie ou pas. Il suffit de pas grand-chose. Un assortiment de badges du style JE MANGE TRÈS LENTEMENT ou JE SUIS TRÈS RONCHON LE MATIN serait une bonne alternative aux stickers JE SUIS TRÈS SERVIABLE qu'on leur donne à l'école. Sans compter que ça me rapporterait une petite fortune.

— Chaussures, Archie. Vite. Quatre. Quatre et demi.

Jack s'élance vers la porte, talonné par Archie qui saute à cloche-pied, une chaussure à la main. Parfait.

À mi-chemin de l'école, je réalise que j'ai oublié ma présentation sur le tricot pour Annabel Morgan. Archie fredonne gaiement, visiblement satisfait que je sois arrivée la dernière à la voiture. Ce qui me vaut le titre officiel de tomate pourrie.

— Qu'est-ce qu'il y a pour dîner ce soir, maman ? Des pâtes à la sauce tomate ?

Tous deux éclatent de rire.

— Très drôle, Archie.

— Ou des saucisses ?

— À condition que j'aie le temps d'aller chez le boucher.

— On pourrait faire des friands à la saucisse.

— Peut-être.

— Promets-le.

— Archie, j'ai dit *peut-être*. On verra.

— Non, tu dois promettre.

Si jamais je me défile, alors que je me suis engagée solennellement, il va se mettre dans tous ses états, et je n'ai pas envie qu'il me fasse une scène dans la cour de l'école, comme la semaine dernière, quand je lui ai annoncé qu'il y avait de la blanquette de dinde pour le dîner.

— Très bien. Je promets.

Une salve d'applaudissements retentit sur la banquette arrière.

***

Connie est déjà en train de nous attendre dans la cour de récréation avec Marco et Nelly. Et Annabel Morgan, avec son écritoire à pince de présidente des parents d'élèves.

— Bonjour, Jack et Archie. Prêts pour une formidable journée à l'école ?

Archie hoche la tête, mais Jack a l'air mal à l'aise. Annabel s'est mise en mode « Je sais parler aux enfants », avec un sourire mielleux et une voix tonitruante.

Archie surenchérit.

— J'ai eu un sticker en or, hier, pour ma peinture. C'étaient des feuilles et un tigre. Mais pas très gros, parce que Jason Lenning, il a pas voulu me laisser prendre assez d'orange. Mais madame Berry, elle a dit que c'était un beau tigre. Comme le tigre qui vient prendre le thé, mais sans le thé. Et nous, ce soir, on va manger des friands à la saucisse.

Le sourire d'Annabel n'est plus aussi radieux à présent. Son fils, l'abominable Harry, qui pince et qui jure plus souvent qu'à son tour, est dans la classe d'Archie, et la moindre allusion au sticker d'or déclenche une âpre compétition entre parents.

— N'est-ce pas que ça fait plaisir d'avoir un sticker d'or ? Harry aime bien en recevoir. Nous les collons sur un panneau d'affichage à la maison. Nous en avons tellement qu'il n'y aura bientôt plus de place.

Elle part d'un petit rire aigu et se retourne pour

s'assurer que tout le monde a entendu qu'elle était à la tête d'une collection inégalée de stickers d'or.

— Ah ! voilà madame Berry. Allez vous mettre en rang, les enfants.

Elle tapote son écritoire, tandis que les enfants rejoignent leur groupe : Jack et Marco en courant, Archie et Nelly en sautillant. L'abominable Harry a déjà rejoint la file et il pousse un garçon plus petit que lui pour pouvoir prendre la première place. Mais Annabel n'a rien remarqué, évidemment.

— Bien, à nous maintenant... Mon Dieu, il y a une telle quantité de choses à organiser. Remarquez, pas la peine d'être présidente si on a envie de rester les bras croisés. Attendez une minute que je consulte ma liste. Ah ! voilà. La kermesse d'été. Vous avez une idée du stand que vous voulez tenir ?

— Nous allons quoi ?

Elle me sourit comme si j'étais mentalement déficiente.

— Votre stand, à la kermesse. J'avais cru comprendre que vous vouliez participer. Alors, si vous pouviez me dire ce que vous avez en tête, ce serait super. Étant donné que vous êtes toutes les deux dans le commerce, j'imagine que vous avez plein d'idées.

La façon dont elle a prononcé le mot « commerce » donnerait l'impression que ledit commerce consiste à arpenter le trottoir à la nuit tombée. Elle continue de tapoter sa maudite écritoire.

— Je vous avoue que je n'y ai pas encore pensé, Annabel, mais…

— J'ai déjà attribué la plupart des stands, mais il reste encore le stand de peinture ou la tombola. Ou la pêche aux poissons rigolos, qui est toujours un succès.

Connie a l'air confuse.

— Qu'est-ce qu'ils ont de rigolos, ces poissons ?

— Oh ! Vous allez voir, c'est très simple. Il suffit de remplir une piscine gonflable avec de l'eau, et madame Palmer a déjà peint tous les poissons. Il ne reste plus qu'à démêler les lignes, mais je suis sûre que vous vous débrouillerez. Les poissons rouges remportent des prix, et les autres, une petite friandise. Madame Palmer vous accompagnera chez Cash & Carry, où nous avons un compte pour l'achat en gros qui nous permet de réaliser de substantielles économies. Et il y a un tuyau d'arrosage dans l'appentis. Vous avez besoin que je vous mette tout ça par écrit ?

Mince, on va être trempées des pieds à la tête.

— Je suis désolée, Annabel, mais je ne suis pas sûre de pouvoir. L'été, il y a beaucoup de monde à la boutique. Il n'y aurait pas quelque chose de moins compliqué ?

En réalité, l'été dernier, le chiffre d'affaires a été plutôt décevant, mais cette année, j'ai la ferme intention de me rattraper avec ma nouvelle collection. À condition d'avoir le temps de la tricoter. J'ai en vue des sacs de plage en fil de coton et des fichus légers.

Quant à Connie, elle ne va pas savoir où donner de la tête au pub. L'été dernier, ils ont affiché complet toutes les fins de semaine.

Annabel sourit. Quelque chose me dit que je viens de tomber à pieds joints dans un piège habilement tendu.

— Heureusement, il y a « l'éléphant blanc » : nous recevons chaque année des tas de jouets en vrac. Oui, je vais vous inscrire pour ça… Vous pourrez faire le tri au fur et à mesure, et moi je vous donnerai les directives et la structure cible du bilan dans les prochaines semaines. Et il y aura une réunion de préparation bientôt. Il faut que les gens sachent ce qu'on attend d'eux, sinon, ça va être le grand n'importe quoi. Bien. Vous avez apporté votre présentation ? J'aime bien tenir mes dossiers à jour.

Nom d'une pipe : un « éléphant blanc » avec une structure cible, et, en plus, elle me réclame une note de présentation ? Va te faire foutre.

— Non, je n'ai pas eu le temps, Annabel. Mais vous pouvez demander à madame Chambers, si vous avez besoin de plus de détails ; elle m'a l'air d'être très organisée, et, vu que l'idée vient d'elle, il me semble que cela relève davantage du programme scolaire que des activités de l'association. Quoi qu'il en soit, je suis sûre qu'elle se fera un plaisir de tout vous expliquer. Quant à « l'éléphant blanc », je pense que Connie et moi devrions pouvoir gérer ça au coup par coup. En revanche, pour ce qui est des réunions, je crains que ni elle ni moi n'ayons le temps... Le commerce, vous savez ce que c'est…

Elle pâlit (de rage, évidemment).

Connie fait un gros effort pour ne pas éclater de rire.

— Nous pourrions faire quelques changements. Connie pourrait peut-être persuader Mark de confectionner quelques délicieux gâteaux dont il a la recette ; une part offerte pour chaque paquet de jouets acheté. Le stock va être liquidé en dix minutes chrono.

— Oh ! Mais je ne suis pas certaine que les dames qui tiennent le stand de pâtisserie vont apprécier.

— Dans ce cas, mieux vaut ne pas le leur dire. Les gens sauront certainement faire la différence entre un stand de gâteaux et un stand de bric-à-brac. En tout cas, merci, Annabel, mais il faut qu'on y aille.

Nous traversons la cour, en direction du portail

cette fois, laissant Annabel la mâchoire pendante et son écritoire serrée contre sa poitrine.

— Je n'ai pas été très cool.

Connie éclate de rire.

— Je crois qu'on va bien s'amuser. J'aime les éléphants.

— Il n'y a pas d'éléphant, Connie, juste un tas de vieux jouets à deux balles.

— Et des gâteaux ?

— En principe, non.

— Eh bien, dans ce cas, ce sera un éléphant italien. Des petits verres de prosecco, quelques gâteaux - des tartes à l'abricot peut-être.

— Tu penses que Mark sera d'accord pour faire les gâteaux ? Je suis désolée. J'aurais dû le consulter avant de lancer l'idée.

Elle lève ses sourcils.

— Si on le lui demande gentiment, il ne pourra pas refuser. Et toi, tu peux tricoter des petits éléphants blancs. Annabel ne va pas en revenir.

— Elle va être verte. Et elle ne va plus nous lâcher d'une semelle après ça.

— *Porca Madonna.*

— Tu l'as dit. Double *porca*, même, et très peu *Madonna*.

Grand-mère est déjà là quand j'arrive à la boutique ; je crois qu'elle n'est pas mécontente que j'aie repris l'affaire pour ne plus avoir à s'en occuper, mais aujourd'hui est une exception. La nouvelle de son mariage a déjà fait le tour de la grande rue. Elle est en conférence avec son amie Betty, secondée d'Elsie. Tandis qu'elles discutent arrangements floraux, je me glisse dans la vitrine pour empêcher un pingouin de tomber à la renverse.

Un flot continu de vieilles dames pousse la porte du magasin tout au long de la matinée. Chacune y va de son conseil, et, quand une majorité claire se dessine en faveur des œillets et des freesias, elles se rendent toutes ensemble chez Mme Davis, la fleuriste d'à côté.

Je redispose les tweeds écossais en séparant les verts sauge des bleus lavande par une zone neutre gris ardoise et grège sous l'œil indigné d'Elsie.

Elle n'apprécie guère que je « change les choses de place », mais nous avons (non sans mal) négocié une trêve au cours des derniers mois : elle se tient bras croisés, prépare le thé ou mange ses crèmes anglaises, pendant que je remets de l'ordre dans l'étalage, histoire de ne pas donner l'impression que la boutique est tenue par des daltoniennes adeptes des batailles de pelotes de laine.

Naturellement, je me ruine en petits gâteaux, mais cela fait partie du plan de formation du personnel.

Elsie peut se montrer incroyablement autoritaire quand elle le veut, mais c'est une brave femme, et totalement fiable. Pour rien au monde je ne voudrais la perdre. Elle connaît tout le monde et habite à deux pas, si bien que je peux toujours compter sur elle pour ouvrir la boutique en cas d'empêchement et pour faire des heures sup. Cela étant, je comprends que son sale caractère et ses bouderies aient eu raison de la patience de grand-mère après toutes ces années. C'est pourquoi je m'efforce de la tenir en respect et d'avoir toujours des biscuits à portée de main.

Grand-mère revient en fredonnant de chez la fleuriste.

— Vous n'avez tout simplement pas idée du prix de certains de ces bouquets.

Betty acquiesce.

— Presque cinquante livres pour une demi-douzaine de roses et trois malheureuses fougères. C'est une honte.

— Oui, mais elle m'a gentiment proposé de me préparer quelque chose de spécial. J'ai la brochure dans mon sac. Vous voulez y jeter un coup d'œil ?

— OK, grand-mère. Mais laisse-moi d'abord finir ça.

Elsie se penche légèrement en avant, comme si elle ne pouvait pas résister à l'envie d'intervenir.

— Je mets la bouilloire en route, Mary ? C'est qu'il en faut, de l'organisation. Quand mon Martin s'est marié, c'est elle qui a décidé de tout. Elle a choisi l'église à côté de chez ses parents : un cube en béton. Les fleurs : un désastre. J'ai tout de suite vu que cette fille avait les dents longues. Et maintenant, mon Martin s'en mord les doigts. En tout cas, il ne pourra pas dire que je ne l'avais pas prévenu.

Grand-mère et Betty hochent la tête, l'air compatissant. Pour ma part, je ne vois pas très bien ce que le mariage de Martin avec Patricia vient faire là-dedans. D'autant qu'ils ont divorcé et qu'elle s'est mise en ménage avec le directeur commercial de la boîte où Martin travaillait. Apparemment, elle se fait appeler Patsy, maintenant, et porte une chaîne en or à la cheville.

— Tu vas organiser un déjeuner ou un goûter pour la réception, Mary ? Personnellement, je préfère les goûters : ça évite que les gens se jettent sur la nourriture. Il y en a certains, je vous jure, il vaut mieux les avoir en photo qu'en pension.

S'il y a bien quelqu'un à Broadgate qui est connu pour s'empiffrer aux buffets de mariage, c'est Elsie.

— J'avais pensé à un goûter et, plus tard, un dîner en famille.

— Quelle bonne idée !

Elle sourit, mais son œil luit d'une façon qui laisse entendre qu'on va le payer cher si elle n'est pas invitée au repas de famille.

Le carillon sonne, et nous nous retournons pour voir Mme Marwell se débattre avec son caddie coincé dans la porte, et Mme Davis derrière elle. Super. Encore des conseils en composition florale.

— Tu as pensé au muguet, Mary ? Toi qui aimes tant ça.

Elsie va se poster derrière le comptoir, l'air renfrogné. Elle n'a pas oublié sa dernière prise de bec avec Mme Davis au sujet des billets de dix livres, mais pour rien au monde elle ne voudrait manquer la discussion à propos du muguet.

Mme Marwell a finalement réussi à faire passer son caddie par-dessus le paillasson.

— Je trouve que les freesias, c'est ce qu'il y a de mieux pour un mariage.

Tout le monde est d'accord. Elsie passe en mode *première vendeuse* et commence à s'agiter derrière le comptoir.

— Comment avez-vous trouvé la laine rose, madame Marwell ?

— Oh ! très bien, parfaite, Elsie. Mais c'est de laine bleu marine que j'ai besoin maintenant, pour le fils de Stewart. Je suis en train de lui tricoter un pull-over avec un train à vapeur sur le devant. Les garçons aiment bien les trains, n'est-ce pas ?

Elsie acquiesce.

— Ce doit être un grand garçon maintenant. Ça lui fait quel âge ?

— Onze ans, presque douze. Allons bon, voilà que je ne retrouve plus mon patron ?

J'ai des doutes sur un pull avec un train à vapeur pour un garçon de douze ans. Jack, qui n'en a que sept, me ferait une scène pas possible si je l'obligeais à porter un truc « pour bébé ».

Je pense qu'il vaudrait mieux que je fasse une suggestion avant qu'elle n'ait retrouvé son patron et passe des heures à tricoter un pull que son petit-fils va détester au premier coup d'œil.

Elle est en train de fourrager dans son panier et de poser sur le comptoir toutes les choses qu'il contient : une bouteille thermos, de la ficelle, un assortiment de sacs à provisions, et même un ouvre-boîte rouillé.

— Que diriez-vous de quelque chose d'un peu plus contemporain, madame Marwell ? Ils sont tellement difficiles à cet âge. Je vois bien un joli pull à torsades, et je sais que vous excellez aux torsades. Pourquoi ne montez-vous pas au premier avec grand-mère pendant que je vous cherche des modèles ?

Grand-mère acquiesce d'un hochement de tête.

— On allait justement monter prendre une tasse de thé. Ça vous dit ?

— Oh ! vous pensez que... ? Oui, très volontiers.

Grand-mère me fait un clin d'œil tandis qu'elles se dirigent vers l'arrière-boutique. J'ai eu la bonne idée d'allumer le poêle dans l'atelier quand je suis arrivée. Ça devrait les tenir à l'écart pendant un petit moment, et moi, à l'abri des débats passionnés sur les freesias et les œillets.

Je sélectionne un modèle de tricot gris chiné double maille pour Mme Marwell, passe quelques commandes et m'apprête à monter chercher Elsie pour qu'elle tienne la boutique pendant que je fais un saut chez le boucher, quand lady Denby rapplique avec Algie et Clarkson, ses labradors. Un timing parfait, comme toujours.

Elsie, qui a une ouïe de chauve-souris, dégringole l'escalier quatre à quatre dès qu'elle entend résonner la voix de lady Denby.

La journée s'annonce pleine de bonnes surprises pour elle : d'abord, le mariage de grand-mère, et maintenant notre foldingue locale.

— J'arrive à l'instant de la réunion du comité. Nous avons décidé de mettre le paquet sur la grande rue cet été. Il faut que tout le monde s'y mette si nous voulons remporter l'or. Et nous comptons sur vous pour nous concocter un de ces étalages dont vous avez le secret, ma chère. Ras le pompon que ce soit toujours les mêmes qui gagnent - grâce à des pots-de-vin, si vous voulez mon avis... Alors, cette fois, on met la gomme, d'accord ? Parfait. J'y pense, mes félicitations à votre grand-maman. Mieux vaut tard que jamais, n'est-ce pas ? Vous lui transmettrez tous mes vœux de bonheur.

— Elle est au premier, lady Denby, si vous voulez monter lui dire un petit bonjour.

Elsie est pratiquement en train de ramper.

— Vraiment ? Oui, euh..., pourquoi pas ?

Elle tend à Elsie deux laisses hors d'âge, et Algie et Clarkson se lèvent comme un seul homme. Ils adorent lécher les pieds des gens, et je suis quasi certaine qu'Algie vient de lâcher un chambard.

Voyant qu'Elsie est dans ses petits souliers (on le serait à moins), je lui prends les laisses des mains et me dirige vers la porte.

— Je vais les faire sortir, lady Denby, si vous n'y voyez pas d'inconvénient. Toutes nos clientes ne raffolent pas des chiens, et je suis sûre qu'ils seront beaucoup plus à l'aise dehors. Je vais les attacher à la grille, pendant que vous montez. Elsie va vous montrer le chemin.

Elsie me lance un regard plein de gratitude, tandis que j'entraîne les chiens vers la porte en essayant de les tenir à distance raisonnable de mes chaussures neuves.

— Je sors une minute, Elsie. Si monsieur Prewitt appelle, dis-lui que je lui apporterai les registres plus tard.

— Entendu. Lady Denby, par ici, s'il vous plaît. Vous saviez que nous allons animer des classes de tricot à la petite école ? J'ai hâte de commencer.

Lady Denby a l'air impressionnée.

— Formidable ! De mon temps, toutes les filles faisaient du tricot.

— Les garçons aussi vont apprendre, lady Denby.

— Oh ! mais bien sûr. De nos jours, tout est unisexe, pas vrai ?

Elsie a un petit haut-le-corps à la mention du mot unisexe, puis se reprend, tandis qu'elles se dirigent vers l'escalier.

— Puis-je vous offrir une tasse de thé, lady Denby ?

Il y a des fois où je me dis que j'aurais mieux fait d'ouvrir un salon de thé.

Il a recommencé à pleuvoir quand je me rends à Graceland, mais, à tout prendre, j'aime mieux ça que discuter préparatifs de mariage. J'ai emporté quelques pelotes de cachemire et soie dans les tons framboise et chocolat. Maxine, l'attachée de presse de Grace, m'a appelée hier pour m'annoncer que Grace voulait tricoter une nouvelle couverture pour Lily. Je me demande bien où elle trouve le temps de tricoter avec un bébé de trois semaines sur les bras.

Mais je suppose qu'avoir une gouvernante, une cuisinière, un chauffeur, une attachée de presse à plein temps et le beau Bruno comme garde du corps, ça aide. Sans parler de moi, la consultante en tricot de Miss Harrison.

Remarquez, loin de moi l'idée de cracher dans la soupe, vu les quatre cents livres qu'elle me verse chaque mois et qui m'aident à garder la tête hors de l'eau. Parfois, je gagne plus avec elle qu'en une semaine à la boutique. Même si la nouvelle collection commence à rapporter, surtout quand il y a des clientes qui repartent avec des sacs pleins de fil à tricoter pure soie et d'aiguilles en bambou.

Le manoir a l'air humide et glacial sous le crachin, et nettement moins glamour qu'à l'accoutumée. Bon sang, mais comment faisaient les gens, à l'époque, pour ne pas se les geler ? Pas étonnant que les filles en robe de mousseline et souliers de satin aient tourné de l'œil à tout bout de champ. Elles devaient être en hypothermie.

Je suis devant le portail, en train d'attendre que Bruno m'ait identifiée sur le moniteur de sécurité pour me laisser entrer, quand Mike s'approche pour faire un brin de causette. Mike, notre agent de police local, porte sa veste jaune fluo aujourd'hui et semble content de lui.

— C'est plutôt calme ce matin. Mais hier, quel charivari ! J'ai dû appeler des renforts.

Grace n'ayant pas encore publié de photos de Lily, les paparazzis ont essayé d'entrer de force en escaladant les murs de la propriété avec des échelles.

— Mince, qu'est-ce qui s'est passé ?

— Ils étaient tellement nombreux qu'ils ont bloqué

la nationale, mais ils ont trouvé à qui parler, croyez-moi. À Londres, ils peuvent faire n'importe quoi, mais pas ici. Pas quand je suis de service.

Le portail s'ouvre tout doucement.

— Je viens avec vous. Je veux être sûr que vous n'êtes pas suivie.

— Merci.

Il s'amuse comme un fou à monter la garde devant la grille. Un peu plus bas sur la route, il y a deux Jeeps et une camionnette VW verte pleines de types armés d'appareils photo et de téléphones portables.

Ils ont eu l'air vaguement intrigués quand ils m'ont vue passer, mais mon nom ne figurant sur aucune liste de VIP, ils n'ont pris qu'un ou deux clichés avant de se remettre à parler au téléphone.

Mike se range légèrement de côté, les bras écartés, comme pour repousser des hordes invisibles, puis me fait un salut militaire, tandis que je poursuis ma route.

Je gare mon tas de boue sur le côté de la maison, aussi loin que possible de l'énorme et rutilante jeep gris métallisé. Juste au moment où je vais descendre de voiture, deux énormes molosses, du style grand danois, rappliquent à fond de train. Je referme aussi sec la portière et actionne le verrouillage, même si, en principe, les chiens ne sont pas censés savoir ouvrir les portières. L'un des fichus clébards saute sur le capot et se met à baver tout ce qu'il sait sur le pare-brise.

Bruno déboule au coin de la maison en soufflant dans un sifflet (ce qui ne semble pas avoir l'effet escompté sur les chiens des Baskerville).

Il les attrape par leur collier et les tire pour les faire reculer. Il rit quand j'abaisse la vitre.

— Désolé, Jo. Ils veulent juste s'amuser.

— Sans blague ?

— J'essaie de les dresser, mais ils sont un peu durs de la comprenette.

— Je vois.

Nous regardons tous les deux le pare-brise couvert de bave.

— Ne t'en fais pas, je m'en occupe. Je crois pas qu'il ait rayé la peinture. De toute façon, c'est à nos frais. Tu veux qu'on jette un coup d'œil à la carrosserie ?

— Inutile de t'embêter avec ça, Bruno. La voiture est déjà toute cabossée et pleine d'éraflures. C'est juste que j'ai eu un choc.

Quand je sors de la voiture, Bruno essaie de faire asseoir les chiens qui se sont mis à me lécher les mains.

— Ce sont encore des chiots.

— Doux Jésus.

— Je ne te le fais pas dire, mais c'est la seule façon de tenir ces salopards de paparazzis à distance.

— Et comment s'appellent-ils ?

Je m'attends à un truc du style Titan et Hercule.

— Tom et Jerry.

— Jolis noms.

— Grace voulait des noms faciles à retenir. Surtout, ne te fais pas de bile pour ta voiture, je vais la laver. Si tu pouvais éviter d'en parler à Sa Grâce, ça m'arrangerait bien. J'ai mis tellement de temps à la convaincre qu'ils nous étaient indispensables.

— OK.

— Ce sont de vrais agneaux quand on apprend à les connaître.

— Des agneaux très hauts sur pattes, alors.

Au même instant, Maxine sort par une porte latérale et commence à longer l'allée gravillonnée dans notre direction.

— Coucou, Jo. Je vois que tu as fait connaissance avec les chouchous de Bruno.

— Oui.

— J'aurais dû te prévenir… Désolée.

Bruno se raidit.

— Ce sont de précieux auxiliaires de sécurité.

— Ah oui ? Et hier soir, quand ils se sont mis à aboyer, c'était pour mettre en fuite un journaliste indiscret ?

Bruno regarde ses pieds en marmonnant. Maxine me décoche un clin d'œil.

— Pardon, Bruno ? Tu disais ?

— Il faut leur laisser le temps d'apprendre.

— C'était un écureuil, si je ne m'abuse ?

— Oui. Ça prouve qu'ils restent en éveil.

— Et nous aussi, Bruno. Seulement, il était deux heures et demie du matin.

— Elle a fait une réflexion ?

— Grace ? Oh que oui ! Et même plusieurs que j'aimerais mieux ne pas avoir à répéter devant Jo.

Bruno a l'air légèrement paniqué.

— Tout va bien. Tu peux les garder, mais je te conseille de les équiper d'un silencieux quand ils partent à la chasse à l'écureuil.

Il hoche la tête.

— J'allais donner un petit coup à la voiture de Jo. Je peux laver la tienne aussi, si tu veux.

Elle se radoucit un poil.

— OK. Oh ! Ed ne devrait pas tarder à arriver ; alors, pense à amarrer solidement Tom et Jerry. Si jamais ils rayent sa chère Porsche, ça va faire un drame.

Bruno sourit de toutes ses dents.

— Ils peuvent tout de même lui dire bonjour, si je les tiens en laisse.

Maxine rit.

— Oui, mais je tiens absolument à être là. Grace est au premier, dans le salon gris, Jo. Je te fais monter du thé ?

— Volontiers.

Je trouve Grace en jean moulant et tee-shirt bleu ciel. Elle est étendue sur une méridienne de velours gris, avec Lily endormie dans un couffin à ses pieds.

— Désolée de ne pas être présentable, mais elle vient seulement de s'endormir.

Elle est absolument sublime. J'ai beau savoir que c'est une mégastar de cinéma, je suis toujours sur le cul quand je la vois, même en charentaises. On dirait qu'elle n'est pas taillée dans la même étoffe que le reste des mortels. Elle a ce je-ne-sais-quoi d'éthéré, de photogénique. Elle porte une queue de cheval et d'énormes pendants d'oreilles qui tintinnabulent quand elle décroche le téléphone.

Quelques secondes plus tard, une gouvernante en uniforme impeccable entre et emporte le couffin.

— Je la mets dans sa chambre, Miss Harrison ?

— Oui, s'il vous plaît, Meg, mais appelez-moi si elle se réveille.

— Naturellement.

Meg referme la porte derrière elle, et Grace se relève.

— Je n'arrive pas à la persuader de m'appeler Grace. Ça me rend dingue. J'ai l'impression de jouer dans *Maîtres et Valets*, ce qui n'est vraiment pas mon style. Max va nous monter du thé ?

— Oui.

— Super. Je suis complètement déshydratée à force

d'allaiter. Mais j'ai l'impression que Meg commence à lui faire faire ses nuits.

— Elle a l'air très efficace.

— Oui. Et elle serait parfaite si elle ne m'appelait pas Miss Harrison et n'était bourrée de principes comme toutes ses semblables. Mettre le bébé au lit toutes les quatre heures et toutes ces foutaises.

— Que se passe-t-il si le bébé se réveille ?

— On le laisse pleurer. Bon sang. En tout cas, pas mon petit ange, ça, non, alors. Tu faisais comment avec tes garçons ?

— Je leur donnais la tétée. J'ai bien essayé d'instaurer des règles. Mais ça n'a pas marché. Je crois que ça dépend du bébé. Il y en a qui sont plus gloutons que d'autres.

Elle sourit.

— Lily est comme moi : tout le temps affamée. Sauf que moi j'ai l'habitude, depuis toutes ces années.

— Vraiment ?

À la façon dont elle me regarde, je comprends que j'ai franchi les limites. Il y a entre nous une sorte de règle tacite : elle peut se confier à moi, mais je n'ai pas le droit de lui poser de questions. Ce qui n'a rien d'étonnant vu le nombre de gens qui sont à l'affût du moindre ragot la concernant.

— Je te prie de m'excuser, je ne voulais pas…

— Je suis au régime depuis des années… Ça fait partie de mon métier. Tu pensais que j'étais bénie des dieux ? Une silhouette comme la mienne, ça demande des heures et des heures de boulot.

— Non, désolée, bien sûr..., mais tu as une mine tellement rayonnante.

— C'est parce que je n'en fais pas une obsession. Ou plutôt, si, mais pas n'importe comment. Je ne prends pas de coupe-faim et je n'ai pas (encore) recours à la chirurgie esthétique. Mais je peux te dire avec précision la teneur calorique de n'importe quelle substance comestible existant sur cette planète. J'ai tout essayé : index glycémique, régime combiné, par couleurs. Absolument tout.

— Par couleurs ?

— Surtout du vert. Un peu de violet et très peu de blanc. Voire aucun.

— Ça a l'air intéressant. Est-ce qu'un crumble aux fruits des bois entre dans la catégorie du violet ?

Elle sourit.

— Malheureusement pas.

Maxine arrive avec le thé.

— Merci, Max. Est-ce que Bruno est toujours en train de jouer avec ses fichus clebs ?

— Oui, et il est en train de laver la voiture de Jo. Ils se sont légèrement lâchés quand Jo est arrivée.

Grace sourit de toutes ses dents.

— Espérons qu'ils vont faire fête à Jimmy aussi, la prochaine fois qu'il daignera faire une apparition.

Jimmy Madden, star du rock, ex-petit ami de Grace, et père de Lily est « persona non gratis », comme dirait grand-mère. Il a alerté toute la presse quand Lily est née, proclamant haut et fort qu'il voulait voir son bébé. Mais à ce jour, il n'a pas encore essayé.

— Tu penses qu'il risque de venir ?

— Avec Jimmy, on ne peut jamais être sûre de rien.

— Mais il ne t'a pas donné de nouvelles ?

Elle hésite. Merde, j'ai encore franchi la zone interdite des tabloïdes.

— Non, pas directement, mais il faut lui laisser le temps de s'y faire. Ed est arrivé ?

— Il sera là d'une minute à l'autre, dit Maxine.

— Faites-le monter directement, s'il te plaît. Et maintenant, au tricot. Fais voir, Jo. J'espère que le rose ne tire pas trop sur le Malabar. Beurk.

— Framboise et chocolat noir ?

— Parfait.

J'ai prévu une séance de deux cents points pour elle, quand Ed arrive avec des traces de pattes plein son pantalon.

— Saloperie de clébards. Encore une idée de génie. Et j'aimerais bien savoir où sont passés les flics. Il n'y en a plus qu'un devant la grille. Tu parles d'une ligne de défense.

— Bonjour, Ed. Ravie de te voir, moi aussi. Du nouveau pour les photos ?

— *Vanity Fair* convient-il à Madame ?

— Bien sûr. Avec qui ?

— Ils ne savent pas encore. Daniel Fitzgerald, peut-être, s'ils arrivent à le convaincre.

J'essaie de prendre un air détaché quand j'entends le nom de Daniel, mais je crois que Grace a remarqué. Elle m'adresse un regard plutôt circonspect, tandis qu'Ed s'assied sur la méridienne.

— Tu te souviens de Daniel, Jo ? C'est avec lui que j'ai fait la séance photo cet été, sur la barque.

— Euh, oui, vaguement.

Je continue à prendre un air détaché, mais je ne suis pas certaine que ça marche.

— Le seul souci, c'est qu'ils veulent une interview.

— Dis-leur d'aller se faire foutre.

— Je n'y avais pas pensé.

— Ils prennent ce qu'on leur donne et ils se débrouillent avec. Sinon on trouvera quelqu'un d'autre.

— Non, pas question. Laisse-moi m'en occuper, poupée, d'accord ?

— Poupée ?

— Euh, désolé.

— Dehors.

— Oh non ! Ça va pas recommencer.

— Ed.

— C'est bon, j'y vais.

Ed se lève, l'air un tantinet excédé.

— Chaque fois qu'il m'appelle poupée, il doit faire trois fois le tour du parc. Bruno est toujours là ?

— Je crois que oui.

— Parfait, comme ça, tu auras Tom et Jerry pour te tenir compagnie.

Il y a des aboiements et des cris. Quand nous nous approchons de la fenêtre, nous apercevons Ed en train de détaler à fond de train, Tom et Jerry à ses trousses.

Grace se retourne et me dévisage d'un œil inquisiteur.

— Alors. Daniel Fitzgerald ?

— Comment ?

— Ne joue pas les idiotes. Je veux tout savoir.

— Je ne vois pas de quoi tu veux parler, Grace. Je n'ai rien à raconter.

— Soit lui et toi avez eu une aventure, soit vous avez failli en avoir une. Il est comment, sur une échelle de un à dix ? Je me suis toujours posé la question. Avoue, sinon tu es virée.

Elle sourit, mais je ne suis pas absolument certaine qu'elle soit en train de plaisanter.

— Il n'y a vraiment rien à raconter.

— Je ne plaisante pas.

— Dix.

Elle rit et frappe dans ses mains.

— Je le savais, même si personne n'obtient jamais dix. À part moi, naturellement. Quand ?

— Grace, c'était juste une aventure.

— Évidemment. Quand ?

— À Venise.

— Tant mieux pour toi. Ça aide à passer Noël en famille, pas vrai ?

— Oui, mais ce n'était pas sérieux du tout, et il s'est remis avec sa petite amie.

— Liv, oui, je suis au courant. Une belle garce, entre nous. Elle essayait toujours de me chiper des gros plans quand on a tourné ce film sur les filles dans l'espace.

— Oh super !

— Ça ne m'a pas empêchée de rafler tous les Oscars. Mais cette fille est vraiment la reine des garces. M'est avis qu'elle va lui mener la vie dure et qu'il ne l'aura pas volé. C'est vraiment fini entre vous ?

— Oui. Disons que c'était super, très agréable, mais pas réel.

Elle me regarde, me décoche son super sourire de mégastar qui me donne l'impression d'avoir gagné au loto.

— Bravo. Tu as entièrement raison : ce n'est jamais réel avec ce genre de mecs, les créatifs. Ce qu'ils cherchent, c'est le coup de foudre, la beauté à couper le souffle. Liv est parfaite pour ça : elle passe sa vie à poser. Mais elle va finir par le démolir.

— Pourquoi ça ?

— Parce qu'elle va se lasser. Elle a tout : les diamants et les perles. Cette fille est blasée.

Elle secoue légèrement la tête pour faire tinter ses boucles d'oreilles.

— Il me les a fait livrer ce matin.

— Elles sont magnifiques.

— Je crois qu'il veut juste s'assurer que je ne vais pas lancer une procédure de reconnaissance de paternité. N'empêche qu'il n'a pas mégoté sur la qualité. Crois-moi, il est toujours bon de semer le doute dans leur esprit. Et savoir quand passer à l'étape suivante. Le timing est essentiel.

— Absolument.

— Ce qui veut dire que tu ne vas pas flancher si Daniel vient faire des photos ?

— Non.

— Parfait. Et maintenant, qu'est-ce que tu dirais d'un point de mousse pour ma couverture ? J'en ai assez de faire un point à l'envers, un point à l'endroit.

— Je comprends. Et pourquoi pas une bordure en point mousse et des carrés ? Simples ou avec des pompons. Tu avais parlé de pompons, je crois ?

— Oui, et aussi ce truc-là que tu m'as montré sur le bonnet.

— Le point de riz ? Mais ça ne t'empêche pas d'essayer différents points pour faire tes carrés.

— Bonne idée.

Il pleut des cordes vendredi matin, et j'ai l'impression d'avoir un casque invisible qui me serre la tête, ce qui est d'autant plus injuste que je n'ai pas bu une seule goutte d'alcool, hier soir, à la réunion de Tricot et Ragots.

Il n'a été question que de Grace et du mariage de grand-mère. Comment va-t-elle ? Et le bébé ? Apparemment, un journaliste a bousculé Mike, hier après-midi, pour essayer de passer. Mais il a fini au poste, et il semblerait que la ligne de défense ait été renforcée. D'après Tina, le journal local a consacré un article à l'affaire et publié la photo de Mike, qui est dans ses petits souliers, parce que son brigadier n'aime pas qu'on lui chipe la vedette.

On a passé presque toute la soirée à évoquer des souvenirs de mariage. Tina Davis nous a raconté que, pour sa lune de miel, les copains de son pompier de mari ont rempli la caravane avec de la mousse d'extinction.

Le pied. Linda, quant à elle, a fini la fête d'enterrement de sa vie de jeune fille en porte-jarretelles et enchaînée à un réverbère (même si j'imagine mal grand-mère faire ce genre de trucs). Bref, l'un dans l'autre, ce fut une soirée plutôt réussie.

Les filles sont plus détendues maintenant, comme des copines qui se retrouvent pour échanger des potins. L'avantage du tricot, c'est qu'on peut garder le nez sur ses aiguilles quand on a un truc embarrassant à dire, ou pour discuter de freesias et d'œillets, ou même quand on a besoin de vider son sac, comme Maggie, la semaine dernière, qui s'est mise à nous parler de sa mère (qui m'a tout l'air d'être une belle vache) et qui a fondu en larmes.

Linda lui a tendu un mouchoir pendant que Connie lui coupait une part de gâteau.

Hier soir, on s'est régalées avec la nouvelle tarte aux amandes (accompagnée d'un sorbet à l'abricot) réalisée par Mark. Pas étonnant que Connie et lui affichent complet tous les week-ends. Rien que pour le dessert, les gens devraient faire la queue jusqu'au bout de la rue.

J'ai dû reprendre le poncho de Tina, un chouia trop rectangulaire, et nous avons choisi la laine pour le nouveau cardigan de Linda. Tina nous a bien fait rigoler en nous racontant ses démêlés avec Annabel Morgan. La présidente s'est mis en tête de faire venir Graham à l'école avec sa voiture d'incendie, sauf que

Graham n'a pas envie qu'une horde de gamins tripote tous les boutons et prenne d'assaut l'échelle aérienne.

Maggie s'est lancée dans la réalisation d'un pull au point de torsade et s'est plantée dès le deuxième rang, si bien que j'ai dû tout lui réexpliquer. Connie a démarré le cardigan qu'elle veut offrir à Mark pour son anniversaire.

Elle a choisi une jolie laine feutrée chinée avec une bordure vert foncé pour le col et les poignets. Je lui ai promis de tricoter les manches. La pauvre ne sait plus où donner de la tête depuis que Mark a lancé sa propre marque de gâteaux de fête.

Il travaille sept jours sur sept, et, la semaine dernière, elle l'a retrouvé endormi derrière le pétrin avec de la pâte d'amandes collée sur le front.

Archie a relancé sa campagne en faveur des céréales qui donnent au lait une drôle de couleur.

— Pourquoi on peut jamais manger des bonnes céréales ? Pourquoi tu nous donnes que des cochonneries ?

— Les Shreddies sont de bonnes céréales, Archie, et, s'il te plaît, arrête de crier, j'ai mal à la tête.

— Oui, arrête de crier comme un bébé. C'est nul.

Archie foudroie Jack du regard. Dans une minute, ils vont en venir aux mains. Je songe sérieusement à m'acheter un sifflet et des cartons rouges.

— Jack, monte te laver les dents, et toi, Archie, arrête de ronchonner et mange tes Shreddies.

Il grommelle, mais commence à manger, quoique très lentement.

— Dépêche-toi. Il me semble que tu as ton cours de musique ce matin.

— M'en fiche.

— Archie.

— J'aime pas la musique. J'aime pas madame Nelson ; elle est bête comme ses pieds. Elle nous oblige à croiser les bras, et moi je peux pas chanter avec les bras croisés.

— Je suis sûre que si. Tu as une très jolie voix.

Il se met à beugler :

— « Et maintenant, si vous êtes contents, tapez des pieds, tapez des mains. »

Charmant.

Une fois dans la voiture, nous sommes toujours *contents,* apparemment, même si *tapez des pieds, tapez des mains* s'est transformé en *flanquez des coups de pied et des gifles à votre frère.* Voyant que la coupe est en train de déborder, je tente une diversion avec *Savez-vous planter les choux ?* Nous en sommes à « planter avec le nez », quand nous atteignons la cour de récréation. L'étau invisible autour de ma tête s'est considérablement resserré en l'espace d'une demi-heure.

Connie se tient à côté du portail avec un assortiment de cartables pendu autour du cou. Il reste cinq minutes avant le coup de cloche, et les gamins s'en donnent à cœur joie. Ils jouent à chat, et Nelly court en tous sens pour essayer d'attraper Marco et ses amis qui sont beaucoup plus rapides qu'elle.

— Il sait qu'elle ne court pas assez vite. Elle va bientôt se mettre à pleurer. *Marco, vieni qui.*

Il l'ignore royalement, et, comme l'avait prédit Connie, Nelly fond en larmes. Archie vient à elle en trottinant et lui murmure quelque chose à l'oreille qui lui redonne le sourire.

— Oh ! oh ! Ces deux-là sont en train de préparer un mauvais coup.

Connie rit.

— Tout va bien, maintenant qu'Archie est dans son camp.

— Oui, mais Marco ?

Archie semble avoir imaginé une ruse pour prendre Marco et Jack en tenailles. Il s'ensuit une vive échauffourée jusqu'à ce que Marco et Jack soient le chat, puis Nelly détale à toutes jambes vers sa mère pour un câlin, Archie à sa suite, l'air triomphant.

— On l'a eu ! On l'a eu !

— Oui. Bien joué, mon chéri, mais on se calme, maintenant. La cloche va sonner dans une minute.

— Mais, maman...

Il observe Jack et Marco qui se tiennent en retrait de la zone de sécurité du giron maternel, l'air menaçant et décidé à en découdre avec Nelly et lui.

— Jack, viens ici une seconde.

Il s'approche en sautillant, mais jette un regard noir à Archie.

— Quoi ?

— J'ai envie d'un câlin avant de partir.

— Tout de suite ?

— Oui.

Il soupire.

Connie sourit et fait signe à Mark d'approcher.

— On pourrait se faire un gros câlin tous ensemble.

Les enfants ont l'air outrés.

— Ou vous pouvez continuer à jouer, mais pas à des jeux où les grands embêtent les petits, d'accord ?

Ils acquiescent.

— *Brava.*

Ils filent tous ensemble à l'autre bout de la cour, visiblement soulagés d'avoir échappé à un câlin collectif. Au même instant, Mme Chambers paraît avec la cloche et donne le signal de se mettre en rangs. Génial : personne n'ira en classe en pleurs ou en jurant de se venger à la prochaine récré.

Nous allons franchir le portail quand l'Horrible Harry arrive avec Annabel. Elle n'a pas l'air de bonne humeur, et, vu qu'elle est généralement là avant tout le monde pour jouer la mouche du coche avec son écritoire à pince, quelque chose me dit qu'elle a dû avoir un *incident domestique*.

Je ne connais rien de tel qu'un lave-linge qui déborde, répandant des litres d'eau savonneuse sur le carrelage pour vous couper dans vos élans un vendredi matin. Quoi qu'il en soit, Harry fait une sale tête, lui aussi. Il tente de se frayer un chemin jusqu'à la tête de la file, mais les gamins resserrent leurs rangs, et, juste au moment où il arrive à la hauteur d'Archie et Nelly, il fait un plongeon et se retrouve les quatre fers en l'air (comme un gardien de but italien, mais avec nettement moins de style).

Mme Berry sort en courant de la salle de classe lorsqu'il se met à beugler en se roulant par terre. Mais elle a dû observer toute la scène, car elle ne se laisse pas prendre au jeu et le renvoie en bout de queue. Annabel s'avance d'un pas décidé vers Mme Berry, qui ne se laisse pas intimider, puis fait brusquement demi-tour et fond sur nous en mode *présidente de l'association des parents d'élèves*.

— J'espère que vous avez vu ce qui s'est passé, madame Mackenzie, dit-elle, les lèvres pincées. Votre fils vient de pousser Harry et l'a fait tomber. Je pense que vous devriez lui parler entre quat'z'yeux. Nous ne voulons pas encourager ce genre de comportement à l'école, n'est-ce pas ?

Bon Dieu. Je me demande ce que je vais lui répondre sans employer les mots « va te faire foutre », quand Connie fait un pas en avant, l'air pincé, elle aussi.

— Archie ne l'a pas poussé. Il n'était même pas à côté de lui. Je ne vois donc pas pourquoi il lui ferait des excuses.

Annabel lui décoche un regard particulièrement condescendant.

— Vous n'avez sans doute pas vu l'incident aussi clairement que moi, madame Maxwell.

Connie marmonne quelque chose en italien. Les autres parents présents retiennent leur souffle. Bientôt, ils vont se mettre à scander « Du sang ! Du sang ! »

Je m'efforce de sourire pour détendre l'atmosphère, mais il n'est pas dit que j'y parvienne.

— Je les observais, moi aussi, Annabel, et je ne crois pas qu'Archie ait poussé Harry. Certes, ils ont eu quelques petits différends par le passé, mais c'est oublié. Vous devriez avoir une explication avec Harry. Je crois qu'il a trébuché en jouant des coudes pour essayer de se mettre au premier rang.

Tina Davis se rapproche de nous en hochant la tête.

— C'est vrai, c'est toujours lui qui pousse les autres.

Annabel la foudroie du regard.

— Travis aussi faisait ça avant. Mais on ne peut pas les laisser faire indéfiniment, n'est-ce pas ? Il arrive un jour où il faut qu'ils comprennent qu'ils ne peuvent pas toujours être les premiers.

Cette fois, Annabel a l'air sur la défensive. Elle s'attendait à tout sauf à une mutinerie de parents d'élèves. On dirait qu'elle commence à réaliser qu'elle a franchi les limites.

Elle semble hésiter, puis déclare :

— Je suis contente que nous ayons eu cette petite discussion. Il vaut mieux prévenir que guérir, et nous avons tous à cœur que cette école reste un lieu d'échange et de convivialité. Maintenant, vous m'excuserez, mais je dois filer. Toujours mille choses à faire. En tout cas, merci pour cet échange. Après tout, c'est mon rôle de faire en sorte que tout se passe bien. Bonne journée à tous.

Avec un petit signe de tête, elle pivote sur ses escarpins mi-hauts et se dirige vers la sortie d'un pas martial.

J'aime bien Tina. C'est une vraie battante, et son petit Travis est adorable (à condition de ne pas l'avoir à la maison). Il a beau n'avoir que sept ans et demi, il est incollable sur les circuits électriques. La dernière fois qu'il est venu à la boutique, il m'a expliqué qu'il allait fabriquer un moteur capable de générer une lumière assez forte pour mettre le feu à un bout de papier (avoir un père pompier à la maison pourrait s'avérer extrêmement utile dans les jours à venir).

— Je te dépose aussi, Tina, avant d'aller à la boutique ?

— Volontiers. J'ai l'impression qu'il va se remettre à tomber des cordes. Je crois que je vais aller faire un tour à la boulangerie, histoire de célébrer ça avec une brioche. Ça faisait un bail que j'avais envie de dire ses quatre vérités à Annabel.

Nous commençons à nous diriger vers la voiture.

— On ferait bien de garder la présidente à l'œil, si on ne veut pas se retrouver de corvée de sac à vomi à chaque sortie scolaire.

— T'inquiète. Elle vient se faire coiffer au salon.

Qu'elle ne s'avise pas de pousser le bouchon trop loin, sinon je lui fais une permanente de caniche dont elle se souviendra longtemps. Mais assez parlé d'Annabel. Qu'est-ce que tu vas porter ce soir ?

— Je te demande pardon ?

— Pour ton dîner avec Martin. C'est mon petit doigt qui me l'a dit.

Je regarde Connie. Elle secoue la tête pour me faire comprendre que ce n'est pas elle.

— Comment s'appelle ton petit doigt, Tina ?

— Betty. Elle est venue se faire coiffer hier. Et, de toi à moi, j'ai comme l'impression qu'Elsie n'apprécie pas.

— Oh ! je vois.

J'avais remarqué qu'Elsie était particulièrement énervée hier : elle faisait un tel raffut en rangeant les pelotes de laine sur les étagères, qu'on aurait dit qu'elle jouait à la pétanque.

— Ce n'est pas un dîner aux chandelles, juste une façon de le remercier d'avoir posé les rayonnages à la boutique.

Tina soulève un sourcil.

— Je comprends.

— Martin et moi nous connaissons depuis la maternelle, Tina. C'est un dîner entre amis, rien de plus.

— Dommage. En tout cas, pour me poser des étagères, c'est quand il veut.

Connie rit.

— Et moi aussi. Mark est nul.

— Et Graham ! Il a posé deux lés de papier peint à l'envers dans le séjour, cette andouille. Les oiseaux ont l'air de piquer du nez sur le plancher.

Comme Connie a l'intention de retapisser la chambre d'amis en l'honneur de son père et sa mère qui viennent spécialement d'Italie pour Pâques, elle demande des conseils à Tina, et le dîner avec Martin est oublié, heureusement.

***

Quand j'arrive à la boutique, Elsie a l'air encore plus excédée que la veille. Elle est en train de faire la poussière, ce qui ne lui arrive jamais, sauf quand elle cherche à attirer votre attention.

— Bonjour, Elsie, je mets la bouilloire en route. Tu veux une tasse de thé ?

— Non, merci. Je veux finir d'épousseter pour pouvoir regarnir les rayonnages.

— Super. La commande est arrivée ? J'ai remarqué qu'on était toujours juste en tweed et en grosse maille quand arrive le week-end.

— Oui, et j'aimerais bien être prévenue quand tu passes une commande.

— Tout est écrit dans le carnet, Elsie.

— Possible, mais c'était toujours moi qui passais les commandes du temps de ta grand-mère.

En effet, et la boutique était remplie de laine quatre couleurs dans des tons pastel hideux.

— Je sais que tu es très occupée, Elsie, et puis ça ne me dérange pas de passer les commandes – ça m'aide à gérer le stock. Je vais te donner un coup de main. Tu es sûre que tu ne veux rien ? J'ai racheté des biscuits hier, des HobNobs et des sablés.

Elle hésite.

— C'est bon, mets la bouilloire en route. J'ai besoin d'un petit remontant. Je suis sur le pied de guerre depuis six heures. J'ai lavé tous mes voilages avant de partir. J'ai l'impression d'avoir déjà fait ma journée.

Après une journée particulièrement trépidante avec Elsie qui n'arrêtait pas de ronchonner et les clientes qui arrivaient au compte-gouttes (Mme Dent nous a apporté son tricot à démêler, et un groupe de tricoteuses de Tonbridge nous a fait déballer tout le stock avant de se décider à acheter du mohair et de la grosse maille tweed) je rentre à la maison.

En panne totale d'inspiration, je suis en train de jeter un coup d'œil dans la penderie, quand le téléphone sonne. C'est Ellen.

— Comment vas-tu, ma belle ? Trouvé ta tenue de vamp ?

— Pas vraiment. Mon jean noir est hors jeu : quand je remonte le zip, pas moyen de respirer.

— Pas moyen de respirer du tout, ou un peu tout de même, si tu te tiens bien droite ?

— Pas moyen de respirer du tout, genre je m'effondre le nez dans la soupe.

— Dans ce cas, mets ta jupe de velours, mais avec un haut bien serré.

— De ce côté-là, pas de problème.

— Tu dois le retrouver au pub, c'est ça ? Tu as briefé Connie, au moins ?

— Elle sait que nous dînons ensemble. Je n'ai pas réservé sous un faux nom, si c'est ce que tu sous-entends. Il n'y a vraiment pas de quoi en faire un plat, Ellen.

— Sauf si tu l'embrasses encore une fois.

— Écoute, je t'ai déjà dit que ce n'était pas ce que tu crois. Il avait retrouvé Archie, et j'étais soulagée.

— Oui, bref. Appelle-moi plus tard pour tout me raconter.

— OK.

— Et aussi…

— Oui ?

— Si tu n'as pas envie de l'embrasser, ne te gêne surtout pas, fonce.

Super. Je me sens tellement plus calme maintenant.

Grand-mère est en train de lire des histoires aux garçons quand je m'en vais, et je lui fais promettre de ne pas continuer à lire après vingt heures trente. Ça me fait tout drôle de me rendre au pub à pied. Je me sens comme une grande fille, ce soir, sans mes deux fistons à la remorque. Ça fait une éternité que je ne suis pas sortie dîner avec quelqu'un qui lorgne mes frites pour me chiper les plus croustillantes.

Contrairement à son habitude, Martin porte un costume gris anthracite carrément élégant. Du coup, j'ai l'impression d'être ficelée comme l'as de pique avec juste ma jupe et mon pull. J'aurais dû au moins mettre des talons. Connie me fait un clin d'œil quand elle me débarrasse de mon manteau.

Il se lève, et je traverse la salle du restaurant.

— Tu es en beauté. Je suis désolé d'être aussi habillé, mais c'était ça ou un jean couvert de peinture.

— Tu es drôlement chic, dis donc.

Il rougit.

— Euh, j'ai l'impression d'être un VRP qui se rend à une réunion de travail, mais maman m'avait repassé une chemise sans que je lui demande rien, et tu sais comment elle est.

— Oui, elle fait la même chose à la boutique. Oups ! Je ne voulais pas…

— Non, non. Pas de problème.

Il y a un silence embarrassé. Ça commence bien. Je ne suis même pas encore assise que j'ai déjà gaffé deux fois. Et jamais deux sans trois.

— Un verre de vin ? Connie a apporté ceci. Il paraît que c'est ton préféré.

— Super.

— Tu t'y connais en vins ?

— Pas vraiment, mais Connie en apporte souvent au club Tricot et Ragots.

— Tu veux parler de ton cercle de tricot ?

— Oui, on devrait même plutôt dire Tricot et Gâteaux. Les pâtisseries de Mark font un malheur.

Il sourit.

— Et à part ça, ça se passe comment à la boutique ?

— Plutôt bien. Ça n'est pas demain que je vais faire fortune, mais du moment que j'arrive à régler mes factures, tout va bien. Et maintenant, on a ouvert le premier étage. Grâce à tes étagères, on a beaucoup plus de surface de stockage, et ça nous change la vie. Je songe à mettre en place un groupe pour débutantes le samedi. À moins d'aimer le tricot, les gens n'achètent pas de la laine sur un coup de tête. Mais une fois qu'on s'y met, ça devient une vraie drogue.

— Tu as pensé à faire un site web ?

— Vaguement. Mais tu sais, l'informatique, à part pour passer des commandes ou envoyer des mails, c'est pas trop mon truc.

— Je pourrais t'aider. Pas besoin de faire un site super compliqué, mais tu devrais te lancer. De nos jours, tout le monde a un site web.

— Pas à Broadgate.

— Dans ce cas, tu serais la première.

Lorsque les plats arrivent, il a déjà utilisé trois serviettes en papier pour faire des croquis et m'a presque convaincue de créer mon propre site Internet, avec un catalogue de vente en ligne et un fichier de clientes.

— Tu as un appareil photo numérique ?

— J'en avais un, mais Archie l'a fait tomber à l'eau en voulant photographier un crabe.

— Tu vas en avoir besoin pour mettre des photos sur ton site.

— OK... Miam, ce poisson est délicieux. Comment le trouves-tu ?

— Délicieux. Et quel genre d'ordi tu utilises ?

— Un ordi bleu.

Il sourit et secoue la tête.

— Et ton budget ?

— Environ vingt livres.

— Je sens comme de la résistance, je me trompe ?

— Non, non, c'est une super idée. Simplement, imagine comment tu te sentirais si je te mettais une pelote de laine et des aiguilles entre les mains en te demandant de tricoter un pull.

Il repose sa fourchette.

— Un tout petit pull alors, avec juste une pelote de laine.

— OK. Mettons un gant. Tu ne penses pas que tu serais un peu perdu ?

— Plus que ça, surtout si c'est une urgence.

— Un gant à tricoter en urgence ?

— Oui, au pôle Nord.

Il sourit.

— Écoute, je comprends ce que tu veux dire, mais une fois que j'aurai tout goupillé, ça te paraîtra simple comme bonjour. Même un singe pourra se connecter. Et tu pourras doubler, voire tripler ton chiffre d'affaires en un rien de temps sans te donner beaucoup de mal. Tu devrais y réfléchir.

— Je vais le faire, promis.

— Tu penses que Grace Harrison accepterait que

tu mettes sa photo sur ton site ? Imagine, tu pourrais avoir une page spéciale VIP.

— Peut-être, à condition que la photo soit approuvée. Je pourrais lui poser la question, mais sincèrement, Martin, je suis déjà bien assez occupée avec la boutique et les garçons sans songer à me lancer dans des acrobaties informatiques. Il faudrait que je démarre tout doucement, avec un truc facile. Et puis je n'ai pas envie de te prendre ton temps.

— La vérité, c'est que j'ai une petite idée derrière la tête.

— Oh ?

— J'aurais besoin que tu m'aides avec maman.

— T'aider à quoi ?

— Je t'ai dit que mon divorce avait été prononcé et que je voulais commencer à chercher une maison ?

— Oui.

— Eh bien, j'ai trouvé quelque chose. Simplement, ce n'est pas une vraie maison. Plutôt une grange.

— Une grange retapée ? C'est chouette.

— Oui, mais on n'en est pas encore là.

— Il y a un toit ?

— Par endroits.

— Oh !

— Mais elle a un tel potentiel que je pourrais l'habiter pendant que je fais les travaux. Et puis, je pourrais m'en servir comme atelier. Je n'ai rien contre les ordinateurs, tant qu'on ne m'oblige pas à rester assis derrière un bureau à longueur de journée. Mais mon truc, c'est la menuiserie. C'est important de faire un métier qui vous plaît, tu ne trouves pas ?

— Si, bien sûr.

— Ce que j'aimerais faire par-dessus tout, c'est de l'ébénisterie. Mais je suppose que je vais devoir toucher un peu à tout avant de pouvoir me mettre à mon compte. Papa me soutient à cent pour cent, mais maman, je ne sais pas comment le lui annoncer. Tu sais comment elle est. Je n'ai pas envie qu'elle s'angoisse.

— Ou qu'elle rapplique tous les quatre matins avec du bouillon de légumes.

Il rit.

— J'y ai pensé, figure-toi. Tu sais, sous ses airs bourrus, c'est un cœur d'or. Mais elle est d'un tempérament anxieux. Et quand elle se mêle de tout régenter, j'ai envie de lui tordre le cou. Et j'aimerais mieux ne pas en arriver là.

— Je veux bien t'aider si je le peux. Comment est la grange ? Il y a l'électricité ?

— Oh ! mais oui. Il y a tout ce qu'il faut. Sauf le gaz, mais il y a l'eau. Des tas d'eau, principalement des flaques, un peu partout.

Elsie va en faire une jaunisse.

— Mais il y a l'eau courante, des cabinets ?

— Non, pas vraiment.

Elle va même faire carrément une attaque.

— Autrement dit, tu es parti pour vivre en mode campeur pendant un bout de temps.

— C'est ça. Je savais que les camps scouts chaque semaine finiraient par me servir un jour. Je me sens capable de faire rôtir des marshmallows autour d'un feu de camp tout en réfléchissant à un moyen d'empêcher la grange de s'effondrer complètement.

Quatre serviettes en papier plus tard, je sais précisément où il va installer les toilettes sèches entièrement biodégradables, parce que la grange n'est pas reliée au tout-à-l'égout, et où il va mettre les panneaux solaires, et le poêle à bois, et aussi combien les poutres seront belles quand il les aura décapées, sauf celles qui sont pourries et qu'il va remplacer par des poutres en chêne.

Enfin, je découvre que le frêne est un bois extraordinaire et je sais même à quoi vont ressembler ses pieds de chaise.

Quand Connie nous apporte le café, il lui montre ses croquis, puis il se lance dans un exposé sur les propriétés du bois d'if (très souple), qui sert à fabriquer les arcs, et cela nécessite une autre série de croquis sur serviettes.

Tandis que nous rentrons à pied à la maison, il me parle de l'if du cimetière ; un spécimen vieux de deux siècles, pour ainsi dire un adolescent quand on connaît la durée de vie de ces arbres.

— Il y en a un en Irlande qui a plus de mille ans. J'ai vu des photos, mais j'aimerais bien aller le voir sur place. Surtout, ne va pas croire que c'est une idée fixe. Je ne voudrais pas que tu t'imagines que je suis un de ces monomaniaques. Je ne t'ai pas barbée au moins ?

— Pas du tout.

Curieusement, je suis sincère. Non pas que j'aie eu particulièrement envie qu'il me parle du *bois dans tous ses états*, mais il l'a fait avec une telle passion que j'ai pris du plaisir à l'écouter.

— En tout cas, merci encore pour le dîner, même si je pense qu'on aurait dû partager l'addition.

— Non, Martin. Je tenais à marquer le coup. Je te dois une fière chandelle.

— Bon, ben, si tu as besoin de plus d'étagères, n'hésite pas. Je serais heureux de pouvoir te rendre service. Et puis j'aime bien avoir des projets en route.

— Quelque chose me dit que ta grange va te tenir occupé pendant un bout de temps.

— À condition que j'arrive à l'acheter. Ce qui n'est pas gagné.

— J'avais pensé à rajouter des rayonnages en bas, à côté de la porte de la boutique. Mais seulement à condition que tu acceptes d'être payé, surtout si tu as l'intention de te mettre à ton compte. Tu serais d'accord pour me faire un devis ?

— Bien sûr. Tu seras ma première cliente officielle. Même si j'ai pris beaucoup de plaisir à faire le premier lot d'étagères. Ça m'a aidé à me changer les idées. Il y a des fois où le divorce est une vraie prise de tête.

— J'ai été désolée d'apprendre que tu divorçais, Martin. Ça n'a pas dû être rose tous les jours.

— Pour toi non plus... Je veux parler de ton mari. Ce n'est pas la même chose, bien sûr.

Il y a un silence.

— Désolé.

— Pas de problème, Martin. D'une certaine façon, je me dis que c'était peut-être plus facile pour moi que pour toi. Quand un truc comme ça t'arrive, tous les gens compatissent, alors que, quand on divorce, ils ont tendance à prendre parti pour l'un ou l'autre.

— C'est vrai qu'au début, je l'ai vécu comme une humiliation (ma femme se faisant la belle avec mon patron). Mais maintenant, je suis plutôt soulagé. On n'aurait jamais dû se marier. Je n'étais pas le genre d'homme qui lui convenait. J'aime trop mon atelier, et elle avait horreur de ça. Elle, ce qu'elle aimait, c'était le verre et le chrome. Elle a insisté pour qu'on achète une table de salle à manger en verre (que je détestais). Mais c'est en grande partie ma faute. Elle avait tellement envie de se marier, et moi, de quitter la maison de mes parents et de prendre mes distances avec ma mère, que j'ai dit oui sans vraiment prendre le temps de réfléchir. De toute façon, je crois qu'elle est beaucoup plus heureuse maintenant.

— Et toi ?

— Moi ? Cent fois plus ! Et même mille, si j'arrive à mettre une option sur la grange avant qu'elle ne me passe sous le nez. J'ai déjà parlé à l'agent immobilier et fait une demande de prêt. Maintenant, je prie le ciel pour ne pas me faire coiffer au poteau par un autre acheteur.

— Je vais croiser les doigts pour toi.

Il a l'air heureux que je lui dise ça et commence à siffloter, juste au moment où nous tournons au coin de ma rue, ce qui, malheureusement, attire l'attention de Trevor, qui est en train de ramener M. Pallfrey de promenade.

Il y a un bref enchevêtrement de laisse et de jambes, et pas mal de léchouilles, puis nous atteignons le portail, et M. Pallfrey nous parle de ses derniers projets pour le concours des villages fleuris du bord de mer.

Il s'ensuit une courte pause durant laquelle M. Pallfrey tente de retenir Trevor qui semble décidé à entrer dans le jardin avec l'évidente intention de réveiller les garçons.

— Bonsoir, ma chère… Allons, Trevor, on se calme et on rentre à la maison.

— Bonsoir, monsieur Pallfrey.

Martin hésite.

— Merci pour le dîner, Jo. Je tâcherai de passer à la boutique demain pour prendre les mesures, si tu es d'accord.

— Parfait.

— Bonsoir.

Il se penche vers moi pour m'embrasser. Je m'attends à un baiser sur la joue, mais ses lèvres atterrissent sur mon oreille. C'est plutôt agréable, mais il se répand en excuses.

— Oh ! désolé. J'ai un peu perdu la main. Désolé.

— Pas de quoi, Martin. C'était plutôt agréable.

Il a beau faire nuit, je le vois rougir.

— Alors, à demain, à la boutique ?

— Oui. Et je croise les doigts pour la grange.

Je me tourne pour lui faire la bise à mon tour, mais je vise à côté et je frôle ses lèvres.

Eh zut, voilà que ça recommence.

— Crénom.

Sa voix est passablement rauque.

— Désolée, Martin. On devrait s'entraîner avec un miroir.

— Comment ?

— Tu ne t'es jamais entraîné à embrasser avec le miroir de la salle de bains ?

— Non.

— Ah.

— Ça a l'air marrant.

— On se sent plutôt bête.

Il rit.

— Il faut qu'on remette ça un de ces quatre. Je veux dire… dîner ensemble. Ou déjeuner. Ou même prendre le thé.

— Je ne dis pas non.

— Vraiment ?

— Oui.

— Crénom.

— Ça me ferait très plaisir. Simplement...

— Je comprends. Je vais m'entraîner devant le miroir.

— C'est à ta mère que je pensais.

— Ah oui… C'est sans importance, tu sais.

— On voit bien que tu ne passes pas tes journées à la boutique avec elle.

— Je comprends. On fait ça incognito.

— Incognito ?

— Oui. Pas besoin de la mettre dans tous ses états.

— Tout à fait d'accord.

Des dîners incognito et des baisers volés. Qui l'eût cru ? Je suis tellement contente que je pourrais faire des bonds.

— Bonsoir, Jo.

— Bonsoir, Martin.

Il hésite, puis, très lentement, m'embrasse sur la joue avant de s'éloigner en sifflotant.

Crénom de nom.

Grand-mère a ouvert la porte avant même que j'aie fini de remonter l'allée.

— J'ai mis un petit coup dans le séjour, pensant que tu allais l'inviter à entrer à prendre le café.

À prendre le café ?

Elle rosit.

— Oui, enfin. Un beau garçon comme ça. Personne n'y trouverait à redire si tu avais une petite aventure, ma chérie. C'est bien naturel.

Je rêve. Voilà que grand-mère s'y met, elle aussi.

— Grand-mère, ne mettons pas la charrue avant les bœufs. Ce n'était qu'un dîner entre amis. J'ai bien assez à faire comme ça sans me mettre à avoir des aventures.

Elle sourit.

— Tu es une brave petite, mais ça ne fait pas de mal de s'amuser un peu.

— Mais je m'amuse comme une folle, grand-mère.

— Vraiment ? Je voulais simplement dire que la vie est courte. Bon, je vais appeler Reg pour qu'il passe me prendre. Il regarde le billard à la télé ce soir. Barbant, si tu veux mon avis. Allons bon, qu'est-ce que j'ai fait de mes lunettes ?

J'appelle Ellen pour la débriefer dès que grand-mère est partie.

— Mince. Que va dire sa mère ?

— Je préfère ne pas y penser. Je ne l'ai pas fait exprès, Ellen. Mais c'était plutôt agréable.

— Plutôt agréable ? Tu veux dire super génial. Exactement ce dont tu as besoin. Un homme qui sait se servir de ses mains.

— Holà ! Attendons de voir comment ça évolue. Je ne suis pas pressée, et lui non plus. Et c'est très bien comme ça.

— J'adore les hommes qui savent prendre leur temps.

— Arrête.

— Quand est-ce que tu as prévu de le revoir ?

— Demain, à la boutique. Il vient prendre les mesures.

Elle fait un bruit obscène.

— Essaie de ne pas le palucher devant sa mère, ma belle, si tu ne veux pas te retrouver avec une aiguille à tricoter dans le cœur.

— Je sais. C'est pourquoi nous avons décidé d'adopter un profil bas.

— Vous avez un plan ? Au fait, ça tient toujours pour demain soir ?

— Bien sûr.

— Rien de prévu avec Monsieur Bricolage ?

— Non, et arrête de l'appeler comme ça.

— En tout cas, si tu changes d'avis, invite-le. Comme ça, on pourra jouer au strip-poker. C'est un bon moyen de départager les mauviettes des vrais hommes. Et Harry est imbattable pour mettre un homme en confiance et recueillir tous ses secrets.

— Je ne crois pas que Martin ait des secrets, Ellen.

— Maintenant, si.

***

Le samedi matin, je prends la voiture pour aller faire les courses chez Sainsbury's pendant que grand-mère garde les garçons. J'hésite entre du poulet ou de l'agneau pour le dîner de ce soir avec Ellen et Harry, et, chaque fois que je m'arrête à un feu, je griffonne quelque chose sur ma liste. À la radio, une femme, dont le mari est mort l'année dernière comme Nick dans un accident de la route, témoigne. Elle parle d'une voix éteinte en faisant de longues pauses, comme si elle était au bout du rouleau. Soudain, je craque et j'arrive en larmes sur le parking de Sainsbury's. *Ressaisis-toi, bon sang.* Le pire, c'est que je ne suis même pas certaine que ce soit à cause de Nick. J'ai plutôt l'impression que c'est la même chose que quand j'attendais Archie et que je fondais en larmes pour un oui ou pour un non. Et comme il est impossible que je sois enceinte, je...

Mes mains se mettent à trembler. Mais non, voyons, c'est grotesque. Ce doit être une réaction hormonale, une sorte de baby blues, du fait que j'ai vu Lily régulièrement ces dernières semaines. Je ne peux pas être enceinte, c'est trop absurde. Je vais remplir mon caddy et acheter un test qui sera négatif. Et tout rentrera dans l'ordre.

Assise dans les toilettes chez Sainsbury's, j'observe le bâtonnet en plastique. Même si je sais que le test sera négatif, j'ai l'impression d'être suspendue dans le vide depuis le haut d'un gratte-ciel. Je n'ose pas regarder vers le bas.

Ni vers le haut. J'ai fait exactement le même test quand j'étais enceinte d'Archie. Sauf qu'il était positif et que cette fois il sera négatif et que je vais avoir envie de me mettre des gifles. En fait, je vais avoir envie de me mettre des gifles quel que soit le résultat. Bon sang.

Je retiens mon souffle, ce qui n'est pas forcément une bonne idée. J'aimerais mieux éviter que l'équipe de service me retrouve sans connaissance sur le carrelage avec mon bâtonnet magique à la main. Je devrais plutôt essayer de respirer dans un sac en papier. Mais je n'ai que mon sac à provisions et je ne suis pas certaine que l'effet soit le même.

Une croix bleue apparaît dans le témoin.

Merde. Positif. Je relis la notice.

Re-merde.

J'appelle Ellen.

— Qu'est-ce qui t'arrive ? Tu n'as pas l'air bien. Où es-tu ?

— Dans les WC, chez Sainsbury's. Et il faut absolument que je te voie.

— Je serai chez toi à cinq heures. Que se passe-t-il ?

— Je crois que je suis enceinte.

— Quoi ?

— Venise.

— Meeerde !

— Je sais.

Il y a un silence.

— Tu as fait un test ?

— Oui.

Un autre silence.

— Ce n'est pas la faute des crèmes anglaises.

— Comment ?

— Si tu n'entres plus dans ton jean ?

— Apparemment, non.

— Meeerde !

Je me remets à pleurer.

— Ma chérie, s'il te plaît, ne pleure pas. Écoute, je quitte les studios dès que je peux et j'arrive. D'accord ?

— D'accord.

— Ma pauvre choute, juste au moment où tu commençais à rependre du poil de la bête.

— Je sais.

— À très vite.

Le temps de rentrer à la maison pour décharger les courses, je dois filer à la boutique. Grand-mère et Reg ont emmené les garçons en promenade à la plage avec Trevor, et j'ai plus ou moins réussi à me calmer, principalement en essayant de penser à autre chose.

Je suis en train de trier les mohairs et la soie tout en faisant mine que tout va bien, quand Martin arrive et commence à prendre les mesures.

— Deux jeux ou un seul ?

— Pardon ?

— Tu veux un jeu d'étagères de chaque côté de la porte ?

— Je ne sais pas. Des deux côtés, je pense.

— OK, ça ne devrait pas être trop compliqué. Super, le dîner, hier. La prochaine fois, c'est moi qui invite.

— Ça marche.

— C'est quand tu veux.

— Pardon ?

— Si tu veux... Tu es sûre que tout va bien ? Si tu as changé d'avis, je comprendrai.

Il a soudain l'air inquiet.

— Non, non, c'est juste que...

— Quoi donc ?

— Je crois que je suis enceinte.

Nom d'un chien, mais qu'est-ce qui m'a pris de lui dire ça ?

Il a un mouvement de recul.

— Mais c'était juste un baiser.

Cette fois, il a l'air complètement paniqué.

Ce pauvre Martin doit penser que je suis complètement à la masse. Un baiser, et je lui annonce que je suis enceinte.

— Je sais, Martin. Désolée. Je n'aurais pas dû en parler… Cela ne te concerne absolument pas. Simplement, je viens juste de l'apprendre.

— Ah ! d'accord. Sur le coup, j'ai cru que... Désolé. Ne fais pas attention.

— Tu te souviens de ce photographe qui venait à la boutique, quand Ellen n'allait pas fort, il y a quelques mois ? Celui qui a fait les photos de Grace pour le magazine ? Eh bien, on s'est retrouvés, à Venise. De toute façon, je viens seulement de le découvrir, et je n'ai pas encore eu le temps de réaliser... Vraiment désolée, je ne devrais pas te raconter tout ça. S'il te plaît, n'en parle à personne.

Il y a un silence.

— Ne t'inquiète pas. Désolé.

— S'il te plaît, Martin, arrête de dire « désolé ».

Il s'approche, puis hésite.

— Je ferais mieux de partir.

— OK.

— On s'occupera des étagères une autre fois… Tu n'auras qu'à me faire signe. J'ai toutes les mesures dont j'ai besoin.

— Super.

— Mais n'hésite pas à m'appeler si tu as besoin de quoi que ce soit. Non pas que je puisse t'être d'une grande utilité, mais, désolé... Bon, j'y vais.

— Merci, Martin.

Et voilà. Ça n'avait même pas commencé que c'est déjà fini.

Quand Ellen et Harry arrivent à la maison, je suis sur les rotules. J'ai réassorti presque tout le stock de la boutique tout en servant des clientes et en aidant Tina à amorcer la bordure de son cardigan ; d'excellentes tactiques de diversion restées sans effet.

Les garçons sont en train de monter un circuit pour leur train électrique sur toute la surface du salon. Harry leur donne un coup de main pendant qu'Ellen et moi allons nous asseoir à la cuisine.

— Alors, ma chérie, comment te sens-tu ? Un peu moins paniquée depuis tout à l'heure ?

Je hoche la tête et fonds en larmes aussi silencieusement que possible. C'est-à-dire en ravalant les sanglots qui me secouent les épaules.

— Ce n'est peut-être pas absolument certain. Tu as fait combien de tests ?

— Trois.

— Oh !

— De toute façon, je suis sûre d'être enceinte. Je n'arrive pas à croire que j'aie pu être aussi stupide. Nom d'un chien, j'aurais pu m'en rendre compte plus tôt. Imagine que ça se passe mal et que je meure. Que vont devenir les garçons ?

— Rien ne va mal se passer.

— Mais à supposer que si ?

— Dans ce cas, ta grand-mère et moi nous occuperons d'eux, et Vin et Lulu aussi. Mais, s'il te plaît, il ne va rien se passer. Arrête, sinon je vais me mettre à pleurer moi aussi.

— Je ne comprends pas ce qui m'arrive.

— Mais bien sûr que si. Tu ne te rappelles pas dans quel état tu étais quand tu attendais Archie ? Tu as insisté pour qu'on te montre tous nos contrats d'assurance vie et tu as obligé Nick à faire un stage de secourisme.

— Oui, et je regrette de ne pas l'avoir fait moi aussi. Je ne sais même pas comment on fait la respiration artificielle.

— Nick non plus. Je crois qu'il n'avait appris qu'à poser des attelles et faire des bandages. Celui qu'il m'avait fait était tellement serré que je n'arrivais pas à tenir mon verre.

— Oui, mais je ne sais même pas poser une attelle. Bon sang, je ne suis pas sûre de pouvoir le faire, Ellen.

— Tu veux dire ne pas le garder ? Pas de raison de culpabiliser, ma chérie. C'est une grosse responsabilité.

— Non, je ne pourrai pas. Pas après avoir eu les garçons. J'aurais l'impression de défier le destin.

— Comment ?

— En laissant passer une occasion d'avoir un autre bébé. Je me sentirais égoïste, alors que j'ai eu tellement de chance avec les garçons. J'aurais peur de m'attirer la foudre des dieux ou je ne sais quoi d'autre. J'ai vu trop d'échographies dans ma vie. Bon sang, imagine que ce soit une fille ? Je ne sais pas faire les filles, c'est tout juste si je sais faire des garçons.

Elle sourit.

— Mais bien sûr que si.

— Je vais bientôt avoir quarante ans. Je pensais que la prochaine étape, ce serait les bouffées de chaleur, pas une nouvelle grossesse.

— Quarante ans, c'est la fleur de l'âge, ma belle.

— Je ne crois pas, mais j'ai eu mes enfants, quoi qu'il en soit. Et puis nous avons utilisé des préservatifs. Je me sens vraiment idiote.

— Tu veux dire que c'est un accident ?

— Ce qui est certain, c'est que ça ne faisait pas partie de mes plans.

— Je sais, mais est-ce que ça ne serait pas une sorte de compensation pour tout ce que tu as enduré l'année dernière ? Un truc nouveau et positif, une sorte de signe du destin ? Peut-être que ça fait partie du merveilleux voyage de la vie.

Elle essaie de garder son sérieux, puis pouffe de rire. Et je ris moi aussi.

— Bon sang, on ne peut pas dire que ta vie soit un long fleuve tranquille.

— Merci.

— Il fut un temps où je t'enviais.

— Mais plus maintenant ?

Elle sourit.

— Si.

— Dans ce cas, tu dois être complètement folle.

— Chérie, réfléchis une seconde : tu rencontres Nick, vous vous mariez et vous avez deux adorables garçons. Tout était tellement parfait que je ne pouvais pas ne pas t'envier. Maintenant, ne va pas t'imaginer que j'étais amoureuse de Nick ou je ne sais quoi.

Simplement, tout cela était tellement adulte, tellement concret, que j'avais l'impression que tu étais la grande sœur, et moi, l'adolescente qui n'arrive pas à grandir.

— L'autre chose que je n'arrive pas à réaliser, c'est que le bébé n'est pas de Nick. Parfois, j'ai envie de l'appeler à Jérusalem pour lui annoncer que le petit troisième est en route et l'entendre s'exclamer « Oh non ! Et dire qu'on s'est débarrassés du berceau », comme il l'a fait pour Archie. Ensuite, il avait les larmes aux yeux quand on est allés faire l'échographie ensemble, et, pour cacher son émotion, il s'est mis à flirter avec la sage-femme.

Elle pose sa main sur mon bras.

— Arrête.

— OK.

— Ce bébé est le tien. Et celui de Daniel. Enfin, je le suppose, sauf si tu as une autre révélation fracassante à me faire. Bon Dieu, j'ai besoin d'un remontant.

— Moi aussi. Mais je vais m'en tenir au thé. Par contre, il reste de la vodka que tu as apportée la dernière fois.

— Alléluia.

Elle remplit un verre avec des glaçons et se sert ce qui m'a tout l'air d'être une quadruple vodka avant d'en préparer une plus modeste qu'elle apporte à Harry.

— Ils ont l'air de bien s'éclater tous les trois : il y a des trains absolument partout dans le séjour. Et donc, est-ce que tu as pensé à ce que tu allais faire avec Daniel ?

— Je vais attendre, jusqu'à être absolument certaine que tout va bien.

— Sage décision.

— Et ensuite, je ne sais pas. Il faudra que je le lui dise, mais je doute qu'il se sente concerné, maintenant que Liv et lui sont à nouveau ensemble. Ce qui est une bonne chose.

— Vraiment ?

— Absolument. Ça ne faisait pas partie de ses plans.

— Et des tiens non plus.

— Non, mais j'ai le choix. Donc, si je le garde,

comme je l'ai prévu, je ne veux pas qu'il se sente pris au piège ou qu'il croie que je cherche à le rendre coupable et à mettre tout le monde dans le caca. Ce serait la pire des choses, surtout pour les garçons.

— Ou les garçons et la fille.

— S'il te plaît.

— En tout cas, c'est courageux de ta part. Si j'étais toi, j'attendrais d'avoir eu le bébé. Comme ça, s'il exige un test ADN, ce sera plus simple.

— Je ne pense pas que nous en arriverons là, Ellen.

— Il est plein aux as, ma chérie. Il va penser que tu en veux à son portefeuille. Ce qui ne serait pas un crime. Après tout, pourquoi devrais-tu assumer tout toute seule ?

— Parce que c'est moi qui ai fait le choix de le garder sans lui demander son avis. Je ne vois donc aucune raison de faire comme s'il y avait quelque chose entre nous. Je vais le lui dire, bien sûr. Et c'est lui qui décidera s'il veut un droit de visite ou autre, mais ça n'ira pas plus loin. Nous ne sommes pas en couple, Ellen. Et nous ne l'avons jamais été. Bon sang, si tu m'avais dit l'année dernière que tout cela allait arriver, je ne t'aurais pas crue.

— Non, mais tu sais cueillir le jour.

— Ne me parle pas de cueillette, ça me fiche le bourdon.

— J'essaie de me rendre utile. Alors, ne me complique pas les choses, d'accord ? Quand on y réfléchit bien, les choses vraiment importantes, comme avoir des enfants et perdre des proches, surviennent sans crier gare. Non pas que les deux soient connectées, mais on a parfois l'impression de tout gérer, alors qu'en réalité on ne fait que garder la tête hors de l'eau.

— Toi, tu as recommencé à lire des Harlequin.

— Non, mais c'est la vérité : on ne peut rien faire de plus que jouer avec les cartes qui nous ont été distribuées.

— Eh bien, je vais garder cette main-là, si personne n'y voit d'inconvénient. Je vais passer mon tour et manger des chips.

Elle sourit.

— Tu es absolument certaine de vouloir le garder ? Pour le meilleur et pour le pire ?

— Oui. Et ça ne va sûrement pas m'enrichir.

— Dans ce cas, moi aussi.

— Toi aussi quoi ?

— Je vais faire un bébé. Ça y est, je l'ai dit. Et si je puis me permettre, c'est toi tout craché de tomber enceinte juste au moment où je réalise que j'ai très envie d'avoir un bébé. Je sens que je vais recommencer à t'envier comme une malade.

— Ma chérie, et moi qui croyais que tu avais définitivement renoncé à la maternité.

— Parce qu'on ne peut plus changer d'avis, maintenant ?

— Tu en as parlé à Harry ?

— Il est OK, si c'est ce que je veux. Donc, tout va bien. Imagine que je m'y mette sérieusement et qu'on se retrouve enceintes en même temps. Ça ne serait pas génial ? On pourrait tricoter ensemble et regarder pousser notre ventre.

— Moi, je peux déjà le voir pousser, merci bien.

— Oui, mais tu as une bonne excuse au moins.

— Ce n'est que le tout début, Ellen. Et un malheur est si vite arrivé. Tu le sais bien.

— Oui, je le sais, mais je te vois bien avec un autre bébé.

— Vraiment ?

— Oui.

— Et alors, ça se passe comment ?

— Super bien.

— Dieu merci. Si j'ai survécu à l'année dernière, je devrais pouvoir survivre à celle-ci, tu ne crois pas ?

— Absolument. Et si tu avais une fille, et moi, un garçon, on pourrait se les échanger, non ? Je crois savoir que les garçons ne sont pas fans de shopping.

— C'est vrai, sauf quand l'achat d'épées en plastique est prévu dans le programme.

Elle rit.

— Je meurs de faim. Tu as quoi dans le frigo ?

— Je ne sais plus. Qu'est-ce qui te ferait envie ?

— Des côtelettes d'agneau avec une purée de céleri, et une pavlova aux fruits de la passion.

— Des spaghettis à la carbonara, ça ira ? Je voulais acheter un poulet, mais j'ai complètement oublié. Par contre, j'ai deux paquets familiaux de Kit Kat et un assortiment géant de miniroulés au chocolat.

— Ça me va.

— Dans ce cas, tu ferais bien d'aller faire l'article aux garçons.

— Comment ?

— Va leur chanter les louanges des pâtes à la carbonara, mais ne parle pas des Kit Kat, sinon ils vont en réclamer tout de suite. Et ne laisse pas Jack ronchonner à propos du bacon. Ou Archie à propos du parmesan. S'il te demande s'il y a du fromage, dis non. Il aime bien le fromage quand il est fondu. Alors, ne lui dis rien.

— Très bien : pas de bacon et du fromage invisible, et pas un mot des Kit Kat pour faire passer la pilule. Et si j'échoue ?

— Ils vont geindre et refuser de manger quoi que ce soit, et Archie va commencer à râler – comme toujours quand il a faim – et piquer une colère.

— Mince alors. Aucune mesure de rétorsion ?

— Bienvenue au pays des mères.

3

En avril, ne te découvre pas d'un fil

— Tu as rendez-vous à quelle heure à l'hôpital ?

— Dix heures, mais si c'est comme à Londres, je suis partie pour poireauter jusqu'à midi.

— Tu es sûre que tu ne veux pas que je vienne, ma chérie ?

— Sûre. Jack, mon cœur, monte chercher tes chaussettes et dis à Archie de se brosser les dents. On va bientôt partir.

— Tu as toujours des nausées ?

— Un peu.

— Je croyais que ça disparaissait à partir du troisième mois ?

Ellen a mené sa petite enquête. Elle songe toujours à avoir un bébé et aime bien s'assurer qu'elle a toutes les cartes en main avant de se lancer dans une grande aventure.

— Je me suis enfilé deux œufs de Pâques, hier soir… Ceci explique peut-être cela. J'ai voulu les finir pour que les garçons arrêtent de se chamailler.

— C'est pas de la triche ?

— Je le fais chaque année, sinon je me retrouve avec des cocottes en chocolat à demi mangées plein le frigo. Jack est capable de faire durer un petit bout de chocolat pendant des semaines.

— Pour faire enrager Archie ?

— Oui, mais pas seulement. Depuis qu'il est tout petit, il adore garder les choses.

— Il est bien parti pour finir banquier.

— Ça pourrait servir. Chut ! Attends une seconde.

Des bruits de coups de pied et des cris me parviennent du premier étage, et ma vision maternelle à rayons X m'informe que Jack cherche à empêcher Archie de prendre le dentifrice.

— Arrête tout de suite, Jack, et descends mettre tes chaussures.

Il y a un silence (synonyme de rage rentrée), mais les hostilités ont cessé, et je ne vais pas me retrouver avec du dentifrice plein le carrelage de la salle de bains.

— Tout semble calme sur le front de l'Ouest.

— Momentanément.

— Comment vont les affaires ?

— Bien, mais je pense que ça pourrait aller encore mieux. Martin va commencer à poser les étagères ce week-end pour que je puisse mettre davantage de marchandises en rayons.

— Et donc ? Il s'est fait à l'idée que tu étais en cloque ?

— Plus ou moins. Nous n'en avons pas vraiment parlé la dernière fois que je l'ai vu. Il avait l'air d'avoir la tête ailleurs. Je crois qu'il n'arrive à penser à rien d'autre qu'à sa grange. Mais il m'a reparlé du site Internet qui, selon lui, devrait booster les ventes. Quelle est la formule, déjà ? « Travailler efficacement sans effort » ?

— Tu parles. Tu devrais vendre la boutique et revenir vivre à Londres. Et moi, je vais m'arranger pour qu'ils te reprennent au JT. Tu gagnerais des tas de fric en un rien de temps, et puis on pourrait déjeuner ensemble, comme avant. Ce serait super.

— Et je dis quoi, pendant l'entretien d'embauche ? De toute façon, pas besoin de leur dire que je suis enceinte, ils vont s'en apercevoir.

— Dans ce cas, attends d'avoir accouché. Ce serait génial, et puis on pourrait se partager les services d'une nourrice.

— Tu ne penses pas qu'on devrait attendre que tu sois enceinte avant de parler de nourrice ?

— Ça fait partie de mes priorités.

— Je sais, ma chérie, mais parfois ça prend du temps.

— Pas pour toi.

— Pour Jack, si.

— Ah ! mais oui, j'avais complètement oublié.

— Je suis sûre que tout va bien se passer.

— En partageant les frais de nourrice, on pourrait faire de sacrées économies.

— Oui, mais je suis bien ici, Ellen, et les garçons aussi, et puis j'ai besoin de grand-mère pour me seconder. Je ne crois pas que je pourrais m'en sortir sans elle. Elle me tranquillise, et c'est ce dont j'ai le plus besoin en ce moment.

— Je comprends.

— De toute façon, je n'aurais pas les moyens de vivre à Londres. Toute ma paye, si bonne soit-elle, partirait dans le loyer et les frais de nourrice. Ce qui ne m'avancerait guère. Sans compter que je serais infiniment plus stressée. Et les garçons aussi.

Archie descend, l'air furieux.

— Il m'a craché sur le bras exprès.

— Il faut que je te laisse. Ils en sont à se cracher dessus. Mais je te rappelle plus tard.

— Dès que tu rentres de l'hôpital.

— Promis.

— Bonne chance, ma chérie.

— Il l'a fait exprès. Dis-le-lui, maman.

— Je suis sûre que non. N'est-ce pas, Jack ?

Debout à la cuisine, Jack prend l'air penaud pendant que je nettoie le dentifrice sur le bras d'Archie.

— Désolé, Arch.

— Non, c'est pas vrai. Je veux pas te pardonner. Hein, qu'on n'a pas le droit de dire désolé quand c'est pas vrai ? C'est madame Berry qui l'a dit.

— Bien.

— Oui, d'abord. Quand Harry m'a poussé en classe de peinture et qu'il a dit désolé, alors qu'il l'avait fait exprès, parce qu'il était jaloux de mon dessin. Je l'ai poussé, moi aussi. Et il a fait comme ça, ce gros bébé débile.

Il se met à pousser des cris en se tenant le bras.

— Comme si je lui avais fait mal. En tout cas, je recommencerai s'il continue.

— Se bagarrer ne sert à rien, Archie. Ça ne fait qu'aggraver les choses. Qu'a dit madame Berry ?

— Elle a dit qu'on avait tous les deux tort et qu'il faut pas se pousser. Mais avec Harry on est obligé.

— Non, Archie. Si tout le monde se bagarrait avec tout le monde, imagine comme ce serait horrible.

— Sauf pour les plus forts.

— Mais tôt ou tard, même ceux-là finissent par trouver plus fort qu'eux. Et pour finir, tout le monde reçoit des coups.

Il me foudroie du regard.

— Je sais ce que tu penses. Qu'il faut qu'on soit tous gentils et polis, et na, na, na. Mais c'est stupide.

— Archie.

— OK. Pas la peine d'en faire une jaunisse.

— Archie ! Je t'interdis de dire ça. C'est très mal élevé. Et si Harry recommence, va trouver madame Berry et demande-lui de t'aider. Promis ?

— Oui, parce que c'est moi son préféré.

Jack fait claquer sa langue.

— Si, c'est vrai. Je le lui ai demandé. Et elle a dit, tous les enfants sont mes préférés. Alors, je lui ai dit qu'elle aussi, elle était ma préférée, du monde entier et même encore plus que monsieur O'Brien, qui nous donne des bonbons. Et elle était très contente, figure-toi.

— En voiture, les enfants.

— Maman, est-ce que je pourrai inviter madame Berry à ma fête d'anniversaire ?

— Oui, mais elle n'est peut-être pas libre.

J'ai remarqué que les enseignants évitaient de se rendre aux fêtes d'anniversaire. Notez que je les comprends : se taper trente fêtes d'anniversaire dans l'année, ce n'est plus du dévouement, c'est un sacerdoce.

— Mais on pourra lui donner une pochette-surprise, même si elle vient pas ?

— Oui, bien sûr. Et maintenant, va chercher ton cartable, mon poussin.

Mince, j'ai complètement oublié de noter ça sur ma liste : les pochettes-surprises. Heureusement, ici, on s'en sort avec une boîte de Smarties et une part de gâteau, contrairement à Londres où chaque année il faut déployer des trésors d'inventivité. Archie voudrait le même genre de fête autour d'un feu de camp que celle de Jack, l'an passé. Mais avec des déguisements de super-héros. Heureusement, il a oublié les feux d'artifice.

— Maman ?

— Oui, mon cœur.

— Je voudrais des feux d'artifice, comme Jack il a eu, mais avec plus de chers magiques, et il faut pas qu'Elsie, elle s'en occupe parce qu'elle est trop commandeuse.

— On dit « cierges magiques », Archie. Mais je ne crois pas qu'on puisse en trouver à cette époque de l'année.

— Si tu cherches bien, si.

Eh flûte !

***

— Allongez-vous. Nous allons vous examiner.

La toubib a la bouche tartinée de rouge à lèvres et arbore un de ces sourires caractéristiques des professionnels de la santé. J'ai envie de vomir et je me demande si elle va continuer de sourire encore longtemps si je rends tripes et boyaux sur ses chaussures blanches.

— Il arrive qu'on ne parvienne pas à localiser tout de suite le bébé sur l'échographie, mais c'est normal. Il ne faut pas vous inquiéter.

C'est vrai, au fond, pourquoi m'inquiéterais-je ? Je ne suis jamais que sur le point de vivre un instant crucial qui va m'apporter la preuve que j'attends ou pas un enfant.

Jusqu'ici, je me suis à demi persuadée que mes hormones me jouent des tours et que je suis en train de faire une grossesse nerveuse tout en me demandant où est-ce que je vais pouvoir installer un berceau et comment les garçons vont réagir.

Mais, après l'échographie, il sera trop tard pour changer d'avis. Si, dans une minute ou deux, un bébé apparaît sur cet écran, je vais pouvoir dire adieu à mes fantasmes de grossesse imaginaire.

J'ai jeté un coup d'œil dans mes vieux livres sur la grossesse, hier soir, quand j'étais dans mon bain, et lu que le bébé devrait faire sept centimètres et demi à ce stade, ainsi qu'avoir des doigts et des orteils. Et peut-être même le pouce dans la bouche. Nom de nom.

— Relevez votre tee-shirt, s'il vous plaît. Le gel est froid, ce n'est pas très agréable. Vous l'avez senti bouger ?

— Je crois que oui.

De minuscules vibrations semblables à des battements d'ailes de papillon, comme si j'avais descendu goulûment un grand verre d'eau gazeuse. À moins que ce ne soit la S. Pellegrino pour laquelle je me suis prise de passion depuis que j'essaie de diminuer le thé et le café. En tout cas, je ne suis pas déshydratée, même si je ne suis pas vraiment enceinte.

Je regarde l'écran. Pas de bébé, pas de mouvement. Rien de rien.

Mince alors.

— Maintenant, vous allez ressentir comme une petite pression, et… Oh ! désolée, je n'ai pas allumé le moniteur. Alors, voyons. Ça peut prendre une minute… Ah ! nous y voilà.

Il y a un bébé, un vrai, sur le moniteur. On dirait qu'il me fait bonjour avec la main.

J'ai presque envie de lui répondre. En fait, ce que je voudrais, c'est toucher l'écran pour dire bonjour à cette minuscule personne qui est exactement comme l'étaient Jack et Archie à son âge.

En même temps, j'ai l'impression qu'il n'a rien à voir avec moi, qu'il vit sa vie de bébé, en dépit du fait qu'il a une mère idiote qui n'a même pas réalisé qu'elle était enceinte.

Peut-être qu'il me fait signe pour s'assurer que le message est enfin passé. Coucou. Je suis là.

Je me mets à pleurer, mais discrètement (pas en sanglotant comme un âne).

— Désolée.

— Pas besoin de vous excuser.

Elle me tend un mouchoir en papier, et je reste allongée, les yeux fixés sur l'écran, pendant qu'elle appuie sur des boutons, prend des mesures.

— Votre métier doit être l'un des plus beaux du monde.

— Ça dépend des jours. Ça ne va pas toujours de soi.

Il y a un silence, puis je me sens brusquement assaillie par une vague de culpabilité : il y a tellement de femmes qui rêvent d'arriver à ce stade sans y parvenir, alors que moi j'ai fait comme si rien ne se passait. Mais plus maintenant.

— J'ai eu une femme avec des jumeaux avant vous. C'est toujours un grand moment.

Fichtre. Des jumeaux.

— Mais moi, je n'attends pas de jumeaux, non ?

Elle sourit.

— Pas que je sache.

— Et tout a l'air normal ?

— Parfaitement normal.

Le bébé est parfaitement normal.

— Ellen ?

— Oui ?

— Le bébé est parfaitement bien formé, la bonne taille et tout. J'ai fait toutes les analyses, et ils vont envoyer les résultats à mon médecin traitant, mais le bébé est parfaitement normal et en bonne santé, quoiqu'un peu plus développé qu'il ne devrait compte tenu des dates. Et ma pression artérielle est normale aussi. Bref, tout va bien, à part que je n'arrête pas de pleurer.

— Dieu soit loué. Tu sais que j'ai été au bord des larmes toute la matinée, moi aussi.

— J'ai même pu voir l'obstétricien, une chance que je n'aurais pas eue à Londres. Il était charmant (pas le genre de mec guindé en nœud pap) et il ne m'a pas parlé comme à une demeurée. Il m'a conseillé de faire une césarienne, comme pour Archie, mais je peux aussi accoucher par les voies naturelles si j'en ai envie.

— Par les voies naturelles ? Ils ne peuvent pas dire les choses autrement ?

— Ils parlent tous comme ça. De toute façon, j'ai dit que j'allais y réfléchir, mais je suis pratiquement sûre que je vais accoucher par césarienne. Comme ça, je pourrai choisir les dates et m'organiser. Et puis, c'est plus sûr pour le bébé aussi, surtout avec une vieille maman comme moi.

— Allô ?

— Toute femme au-dessus de dix-neuf ans est un vieux débris dans le monde merveilleux de la grossesse. Il faut juste s'y faire. Et en dessous, tu es considérée comme une mère-fille, et ils t'obligent à suivre des cours spéciaux. D'une façon comme de l'autre, tu es perdante.

— Salopards.

— Il y a eu un moment embarrassant quand j'étais avec la sage-femme. Elle m'a demandé le nom de mon mari. Je le lui ai donné. Mais ensuite, elle m'a demandé à quel numéro on pouvait le joindre en cas de problème. On peut difficilement faire plus con.

— Allons.

— Elle a dû sortir un nouveau formulaire et tout recommencer depuis le début. Je ne savais plus où me mettre. Enfin, heureusement qu'elle ne m'a pas demandé le nom du père. En revanche, elle a voulu savoir si quelqu'un allait assister à l'accouchement.

Je sais qu'Ellen tient absolument à être présente. Elle a fait suffisamment d'allusions dans ce sens.

— Et ?

— Je leur ai dit que j'allais appeler maman ce soir et lui poser la question.

— Oh !

— Ellen, je suis enceinte, pas folle. Bien sûr que je veux que tu sois là si tu en as envie. Simplement, imagine qu'on t'envoie en mission à l'autre bout du monde pour couvrir l'actualité. Je vais aussi demander à grand-mère.

— Dis-lui que je suis la partenaire de naissance officielle. Il est hors de question qu'elle me chipe la vedette. Je veux pouvoir l'inscrire sur mon CV.

— Présentatrice télé préférée des British et partenaire de naissance à mi-temps.

— Exactement.

Le temps que j'arrive à la boutique, il est presque midi et demi, et Elsie file aussitôt pour faire sa lessive avant qu'il ne se mette à pleuvoir.

— Je crois que Martin sera à la maison. Je vais lui préparer un petit quelque chose pour le déjeuner.

— Mais bien sûr. Je suis là jusqu'à trois heures. Prends ton temps.

En fait, une heure ou deux à la boutique, c'est exactement ce qu'il me faut. Je ne peux m'empêcher de penser à tous les gens qui ont deviné que j'étais enceinte et j'ai besoin d'un peu de tranquillité.

Je suis derrière le comptoir, en train de regarder mon échographie, quand Martin entre en sifflotant.

— Ça y est !

— Pardon ?

— La grange ! Je l'ai achetée.

— Oh ! Martin. C'est formidable !

— J'ai le dossier et les photos, si tu veux y jeter un coup d'œil.

— Volontiers.

Les papiers sont tout froissés et couverts traces de boue, ce qui donne à penser qu'il a dû prendre des mesures. En fait de grange, c'est plutôt une sorte de grand champ avec les restes d'une masure en ruine, mais je suppose que ce sera un bijou quand il l'aura retapée.

— C'est magnifique.

— Je sais, je n'arrive pas à y croire. En général, quand je veux vraiment quelque chose, je suis à peu près certain de ne pas l'obtenir.

— Mais pas cette fois.

— Non.

Il jubile.

— En tout cas, je suis vraiment contente pour toi. S'il y a quoi que ce soit que je puisse faire, dis-le-moi. Tu en as parlé à Elsie ?

— Non, mais j'y songe sérieusement.

— Dis-moi si tu as besoin d'un coup de main. Je

pourrais commencer à préparer le terrain en lui chantant les louanges des granges restaurées…

— Ce serait super.

Il se penche au-dessus du comptoir et m'embrasse sur la joue. Juste au moment où je lui rends ses papiers, Elsie pousse la porte et entre.

Flûte.

Je ne crois pas qu'elle ait vu quoi que ce soit, sans quoi elle m'aurait déjà giflée.

— Ah ! te voilà, Martin. Je t'avais préparé du jambon. Je pensais que tu allais rentrer déjeuner.

— Je t'avais dit que j'avais un rendez-vous à l'extérieur, maman.

Elle me décoche un regard noir.

— Martin était en train de m'expliquer comment faire un site Internet, Elsie. En fait, je pense que ce serait excellent pour les affaires.

Si par malheur elle découvre qu'il m'a parlé de la grange avant de la mettre au courant, elle ne me le pardonnera jamais.

— Je ne vois pas l'intérêt, personnellement. Il n'y a pas beaucoup de clientes qui ont des ordinateurs.

— Précisément. Ça va vous permettre d'en avoir de nouvelles. Bon, je ferais bien d'y aller, Jo. Je vais jeter encore quelques idées sur le papier et je te les montrerai.

— Super.

Il se penche à nouveau et m'embrasse, comme s'il avait l'habitude de faire la bise à tout le monde, alors que ce n'est pas le genre des gens du coin. N'empêche que j'admire son culot. Il me fait un clin d'œil.

— À plus, m'man. À quelle heure tu rentres à la maison ? Il y a une chose dont je voudrais te parler.

— Ah oui ? Et quoi donc ?

— C'est personnel, m'man. Mais rien de grave, juste un truc dont j'aimerais discuter avec toi.

Elle sourit, visiblement radoucie à l'idée qu'il s'agit d'une chose dont il ne veut pas parler devant moi.

— Je serai de retour à six heures moins le quart. Il y a des côtelettes d'agneau pour le dîner.

Il sort en sifflotant, et Elsie sourit.

— Je mets la bouilloire en route ?

— Bonne idée.

Martin le Malin.

Je me gare devant l'école et me plonge à nouveau dans la contemplation de mon échographie. J'aime mieux attendre dans la voiture plutôt que me retrouver nez à nez avec Annabel-qui-veut-tout-régenter. C'est moi qui récupère Nelly et Marco, aujourd'hui.

Connie est en train d'aider Mark à poser le papier peint dans la chambre d'amis. Elle est impatiente de revoir ses parents et veut que tout soit parfait quand ils arriveront d'Italie. Ça me fait penser que je ferais bien de m'y mettre moi aussi, si je veux transformer la chambre d'amis en nurserie.

Mais chaque chose en son temps. Je dois réfléchir à la manière d'annoncer la nouvelle aux garçons avant de songer à aménager la maison.

Un coup frappé à la vitre de la voiture me fait sursauter. Maudite Annabel.

— Coucou, vous m'avez l'air bien songeuse.

Je traverse la rue avec elle.

— J'étais en train de réfléchir à de nouveaux aménagements pour la boutique.

— Ce doit être un vrai casse-tête de tenir une boutique. Honnêtement, je ne sais pas comment vous faites pour travailler et élever des enfants. Moi, je n'ai jamais assez d'heures dans une journée pour faire tout ce que j'ai à faire. Certes, j'ai tendance à être perfectionniste, mais tout de même.

Je m'essaie à un sourire (qu'elle ignore), et suis soudain prise de panique à l'idée qu'elle m'a peut-être vue en train de regarder l'échographie.

Impossible de me souvenir si je l'ai rangée dans mon dossier avant qu'elle ne frappe à la vitre. Il me semble bien que oui, mais...

— Bien, je vous laisse. Mon devoir de présidente m'appelle. Monsieur O'Brien veut renouveler l'équipement sportif et m'a demandé de commander des brochures. Un équipement de qualité, c'est essentiel, vous ne croyez pas ? Nous avons inscrit Harry dans un club de sport absolument sensationnel, mais privé, naturellement. Et franchement, nous ne le regrettons pas. Il a fait de tels progrès en arts martiaux qu'ils veulent lui faire sauter une classe. Vous devriez y inscrire vos garçons. Ah ! Mais, j'y pense, les cours ont lieu le samedi. Ce n'est peut-être pas commode pour vous, avec la boutique. Je vous laisse !

Allons bon, et en plus il faudrait que je culpabilise parce que les garçons ne sont pas inscrits dans un club de gym ? De toute façon, je ne suis pas certaine d'avoir envie qu'ils pratiquent les arts martiaux.

J'ai déjà assez de mal comme ça à les mettre au lit sans avoir maille à partir avec deux karatékas qui cherchent à me mettre au tapis.

***

Après un dîner de saucisses et frites, que j'ai choisi dans l'espoir de stimuler la bonne humeur (même si les frites au four ont une fâcheuse tendance à coller à la plaque), les deux garçons sont en train de regarder des dessins animés à la télé. Grand-mère arrive avec ses brochures de croisières.

Je me dis que ce serait peut-être le moment de lui montrer mon échographie (et de lui faire oublier un peu ses cabines avec ou sans balcon). Sans compter que, si jamais cette maudite Annabel Morgan a vu ce que j'étais en train de regarder quand elle m'a surprise dans la voiture, il y a de fortes chances pour qu'un communiqué spécial de la présidente soit déjà en train de circuler.

— Tu as mauvaise mine, ma chérie. Tu ne serais pas en train de nous couver quelque chose ?

— Non, grand-mère, je vais bien.

— Je préfère ça.

Je me lance.

— Au fait, il y a une chose dont je voudrais te parler.

— Je le savais.

— Quoi donc ?

— Que tu n'étais pas dans ton assiette. Madame Marwell t'a croisée chez le docteur il y a deux semaines, et à nouveau la semaine dernière. Elle l'a dit à Betty qui a trouvé, elle aussi, que tu n'avais pas bonne mine. Que se passe-t-il ?

Bon sang, elles ont mis en place un réseau de services secrets ou quoi ? Dieu merci, aucune d'elles ne sait vraiment se servir d'un téléphone portable, sans quoi elles passeraient leur temps à s'envoyer des vidéos et des textos.

— Je vais bien, grand-mère, honnêtement.

— Mais ?

— Il n'y a pas de mais.

— Josephine, je suis ta grand-mère et je te connais

comme si je t'avais tricotée. Alors, dis moi ce qui ne va pas.

Mince, je suis en train de merder grave.

— Je ne suis pas malade, grand-mère. C'est juste que je suis, euh..., enceinte.

Il y a une pause, puis elle sourit.

— Dieu merci. Je me faisais un tel sang d'encre. Mais tu en es sûre, ma chérie ? C'est peut-être le retour d'âge. Nous sommes précoces sur ce plan, dans la famille.

Je fouille dans mon sac et lui tends l'échographie.

— Doux Jésus. Et comment est-ce arrivé ? Ne te sens pas obligée de me le dire, si tu n'en as pas envie. Ce n'est pas quelqu'un des environs, non ?

— Non, grand-mère.

— Ah ! C'est une bonne nouvelle. Tu sais comment sont les gens ici. Ils aiment tellement parler qu'ils finissent par dire n'importe quoi. Alors, c'est lui qui va venir s'installer ici ?

— Je ne pense pas, grand-mère. C'est juste quelqu'un que j'ai rencontré, rien de sérieux... Écoute, je suis un peu gênée d'en parler. Je n'ai pas l'habitude de faire ce genre de choses, tu comprends ? En fait, c'est la première fois.

— Je sais, ma chérie. Maintenant, ne va pas te mettre la rate au court-bouillon. Ce qui est fait est fait, et on va s'organiser. Je peux voir la photo encore une fois ? N'est-ce pas qu'il est chou ? Avec ses petits doigts comme des perles. Tu sais quoi, je trouve qu'il ressemble à Archie.

— Tu penses que c'est un garçon ?

— Oh oui ! Tu le portes exactement comme les deux autres. Mais ce qui compte, c'est comment tu le vis, ma chérie.

— Je t'avoue que, sur le coup, j'ai eu un choc. Mais maintenant que je m'y suis faite, je suis contente. Je trouve que j'ai beaucoup de chance. Je n'aurais jamais cru que j'allais avoir un autre bébé un jour, et pourtant, c'est le cas.

Je n'avais pas réalisé combien tout cela était vrai jusqu'à ce que je le dise à voix haute. Nick et moi n'avions jamais évoqué l'idée d'un troisième enfant.

Comme je savais qu'il n'était pas chaud, j'ai relégué le sujet aux oubliettes sans même réaliser que je désirais avoir un autre bébé.

— C'est formidable. Et comment est-ce que les garçons ont accueilli la nouvelle ?

— Je ne la leur ai pas encore annoncée. Je voulais que tu sois là.

Elle sourit.

— Dans ce cas, c'est l'occasion ou jamais.

— Oui, mais, est-ce que ce ne sera pas trop dur à encaisser ? Ils ont déjà eu tellement d'épreuves à surmonter, je n'ai pas envie d'en rajouter. Je devrais peut-être attendre un peu.

— Ce n'est pas bon de leur cacher la vérité, ma chérie. Les secrets sont lourds à porter, tu sais.

— Je sais, et je suppose qu'ils auront du mal à réaliser jusqu'à ce qu'ils voient le bébé pour de vrai. Bon, allons leur dire. J'ai acheté de la glace à la fraise, histoire d'y mettre les formes.

— Tu as bien fait, ma chérie.

Avec la glace à la fraise, la nouvelle passe comme une lettre à la poste. En fait, je crois qu'ils ont surtout hâte de retourner se coller devant la télé, même si tous deux sont unanimes sur le fait qu'en aucun cas le bébé ne doit être une fille. Pour l'instant, ils ont l'air parfaitement sereins, mais je me prépare à recevoir une avalanche de questions plus tard.

Grand-mère me montre ses brochures de voyage, puis s'empresse de rentrer pour annoncer la bonne nouvelle à Reg. Il est presque huit heures et demie quand je mets les garçons au lit.

— Bonne nuit, Archie.

— Bonne nuit, maman. Et, maman ?

— Oui ?

— Si tu as un bébé, on aura des cadeaux ? Quand la maman de Seth Johnson a eu un bébé, il a eu un vélo.

— Vraiment ? Il faudra qu'on en reparle.

Il applaudit.

— Et en plus, Jack pourra plus jamais me traiter de bébé. Et je sais déjà ce que je veux comme cadeau.

— Ah oui ?

— Oui. Je veux un chien comme Trevor.

— Bonsoir, Archie.

— Bonsoir, maman. Et est-ce que j'aurai des poissons rouges pour mon anniversaire ?

— Je ne sais pas. Nous verrons cela le moment venu.

Je lui ai déjà acheté deux poissons rouges qui sont dans un bocal chez grand-mère. Je lui ai dit qu'avant d'avoir un chien, il fallait d'abord s'habituer à s'occuper d'animaux domestiques plus petits.

Du coup, il a rajouté des poissons rouges sur sa liste de cadeaux d'anniversaire après que j'ai rayé les serpents et tout ce qui a des poils. Je lui ai acheté un aquarium avec un petit coffre de pirate qui fait des bulles, et j'espère que les poissons survivront au moins quelques semaines.

— Je voudrais tellement avoir des poissons rouges.

Je vais te montrer que je sais m'en occuper. Comme ça, on pourra avoir un chien.

— Bonne nuit, Archie.

Jack aime que sa couverture-doudou soit bien pliée, mais pas trop épais, et posée par-dessus sa couette.

— Remets-la comme tu fais d'habitude, maman, dit-il quand je viens le border dans son lit.

— C'est mieux comme ça ?

— Oui.

— Bonsoir, mon cœur.

— Maman ?

— Oui, Jack ?

— Le nouveau bébé ?

— Oui, eh bien ?

— C'est un reste de quand papa il était encore en vie ?

Mince, je ne m'y attendais pas, à celle-là.

— Non, mon chou.

— Alors, c'est un autre papa ?

— Oui.

— Mais il vit pas avec nous. Pas comme papa ?

— Non.

Il se tait.

— Je suis désolée, mon cœur. Est-ce que c'est trop compliqué pour toi ?

Il se met à pleurer en silence, et je m'agenouille à côté du lit pour le serrer dans mes bras.

— Qu'est-ce qui ne va pas, mon trésor ?

— C'est que je croyais que papa allait revenir. Pas complètement, mais un petit peu tout de même.

Je le berce en lui frottant le dos.

— Mais il va pas revenir, hein ?

— Non, mon chéri. Si je le pouvais, je le ferais revenir. Mais certaines choses ne peuvent pas être réparées.

— Je sais. Et ça fait chier.

— Jack !

— C'est mal élevé, ce que j'ai dit ?

— Oui. Mais tu as le droit de le dire encore une fois et après ça, plus jamais.

— Ça fait chier.

Il rit.

— Si Archie savait, il le répéterait à l'école. Mais moi, je ne le dis jamais à l'école, parce que je suis ton garçon préféré, hein, maman ?

— Tu es mon grand garçon préféré.

— Et je le serai toujours ?

— Oui.

— Tu veux bien rester jusqu'à ce que je m'endorme et me caresser les bras ? S'il te plaît, plaît, plaît.

Il se pelotonne sur son oreiller et sort ses bras pardessus la couette pour que je les lui caresse.

— D'accord, mais ne me fais pas rester à genoux pendant des heures.

— Je vais m'endormir le plus vite possible, mais promets-moi de rester jusque-là.

— Je te le promets.

***

Je donne un coup dans la salle de bains, puis redescends à la cuisine. Je n'arrête pas de penser à Daniel, et ça me file mauvaise conscience d'avoir une échographie du bébé alors qu'il n'est même pas au courant. Devrais-je l'appeler ? Ou attendre ? De toute façon, ça ne changera rien pour moi.

Et je n'ai pas besoin de me stresser plus que je ne le suis déjà. Tandis que je consulte mon agenda et note tous mes rendez-vous à l'hôpital, mon regard ne cesse de se porter sur son numéro. Bon. Je vais prendre un thé (avec des biscuits) et réfléchir à la question. Je vais écrire un scénario (ça aide toujours quand on a un coup de fil délicat à passer) et je déciderai ensuite.

Flûte.

Les biscuits n'ont aucun effet à part me rester sur l'estomac, mais, si je veux l'appeler, il faut que je me décide avant qu'il ne soit trop tard. Quand je compose le numéro, j'ai la nausée.

— Allô, Daniel, c'est Jo.

Il y a une pause.

— Jo ? Oh ! Jo. Salut, beauté, comment ça va ?

— Bien, merci.

— Et les garçons ?

— En pleine forme.

— Justement, je pensais à toi l'autre jour quand j'ai vu Liv faire du tricot. Comment marchent les affaires ?

— Plutôt bien, merci.

Mince, c'est beaucoup plus dur que je ne le pensais. Et on a déjà dépassé les limites du scénario. Je jette un coup d'œil à mes notes.

— Daniel, je peux te parler, là ?

— Bien sûr.

— Il y a quelque chose que je dois te dire.

Un silence.

— Voilà, je vais..., je vais avoir un bébé.

— Vraiment ? Félicitations, beauté ! C'est une super nouvelle. Enfin, je le suppose, sinon tu ne m'aurais pas appelé... Oh ! merde !

— Oui. Et je ne voudrais pas que tu...

— Tu veux dire que... ?

— Oui.

— Nom de Dieu.

— Je sais, et je suis désolée. Enfin, non, pas désolée. En fait, je suis ravie, mais c'est juste que…

Cette fois, je me mets à pédaler dans la choucroute. Je jette à nouveau un coup d'œil à mes notes.

— Même si ce n'était pas prévu, je suis très heureuse d'avoir le bébé seule. Je tiens à ce que tu le saches. Mais en même temps, il me semblait normal de te le dire, afin de te laisser décider si tu souhaites t'impliquer ou pas et dans quelle mesure. De toute façon, c'est le bébé qui compte, dans cette affaire, mais je voulais que tu le saches.

— Et l'accouchement est prévu quand ?

— En octobre.

— Ce qui veut dire qu'il est trop tard pour ne pas le garder ?

— Oui, et de toute façon, je sais que j'ai fait le bon choix.

— Pour toi, peut-être.

— Écoute, Daniel, je comprends que tu sois sous le choc, mais prends le temps d'y réfléchir à tête reposée. Je suis certaine que nous devrions pouvoir trouver une solution satisfaisante pour tous.

— Il n'y a pas de nous.

— Pardon ?

Il a l'air sur la défensive d'un seul coup.

— Les seuls nous dans cette affaire, c'est Liv et moi. Nous allons nous marier. Alors, s'il y a bien une tuile dont je n'ai pas besoin, c'est celle-là. Tu es absolument sûre qu'il est de moi ?

— Évidemment.

— En tout cas, je ne veux pas que Liv l'apprenne, compris ? Je dois avoir auparavant le temps d'y réfléchir.

— C'est comme tu veux, Daniel.

— Qu'est-ce que tu insinues par là ? Tu n'es pas en train de me faire du chantage, au moins ?

— Bien sûr que non. Je voulais juste dire que la décision t'appartenait entièrement. Si je t'ai prévenu, c'est uniquement parce que je pense que tu as le droit de savoir. Je ne veux rien de toi, Daniel. Tout ira bien pour nous, pour tout le monde. Les garçons sont ravis. Je voulais juste que tu saches que tu avais le choix.

— Parce que tu appelles ça avoir le choix ?

— Je voulais dire le choix de t'impliquer ou pas.

— Bon sang, si Liv l'apprend, elle va me plaquer. Nom de Dieu de bordel de merde. Écoute, je te rappellerai plus tard.

— Quand tu veux.

La communication s'arrête, et je me sens étrangement calme.

Quel soulagement ! Je n'ai plus rien à cacher. Et maintenant que j'ai parlé avec lui, je sais que dans mon for intérieur je n'en attends plus rien. J'avais peur de craquer s'il se mettait en colère. Mais en fait, non. S'il rappelle pour me dire qu'il veut un droit de visite quand le bébé sera né, tant mieux, sinon tant pis. Pour tout dire, même, il me fait de la peine. En fin de compte, sa relation avec Liv n'est pas si différente de celle que nous avions, Nick et moi : tout est fondé sur ce qu'on doit ou non dire à l'autre et ce qu'il va penser. Mais j'ai mis Daniel au courant et, maintenant, j'ai la conscience tranquille. Je n'ai pas triché.

J'appelle Ellen.

— Alors, comment ça s'est passé ?

— Tu avais raison : grand-mère est aux anges, et les garçons l'ont très bien pris.

— Je te l'avais dit.

— En revanche, je n'ai pas l'impression que Daniel va se précipiter à la maternité.

— Tu le lui as dit ?

— Oui.

— Et ?

— Il n'a pas eu l'air content. Je l'ai même trouvé plutôt hostile. Je crois que c'est à cause de Liv : il a peur de sa réaction. Ce qui est compréhensible.

— Dommage pour lui. Il va juste falloir qu'il s'y fasse. Ce n'est pas comme si tu avais monté un sale coup.

— Je sais. C'est ce que j'ai essayé de lui expliquer.

— Sait-on jamais ?... Il va peut-être se découvrir la fibre paternelle avec le temps.

— Ça m'étonnerait. Mais ça ne change rien. Je sais que je peux assumer seule. Je l'ai toujours su, du reste. Le tout, c'est de faire attention.

— Et l'argent, ça ne t'inquiète pas ?

— Ellen, je suis enceinte avec deux accros du chocolat à nourrir. C'est forcément un souci.

— Je sais. Mais Daniel pourrait t'aider un peu. Et puis, tu n'as pas de crédit en cours ?

— J'aurais déjà vu les huissiers débarquer depuis longtemps si j'en avais eu un. J'arrive tout juste à joindre les deux bouts sans compter le bébé à venir. Mais je ne veux pas de l'argent de Daniel.

— Mais...

— Nous avons déjà eu cette discussion, Ellen. S'il choisit de s'impliquer, tant mieux, sinon, tant pis.

Je ne veux pas en faire une histoire d'argent. Je me débrouillerai.

— Sers-toi de l'assurance vie de Nick.

— C'est mon parapluie de protection en cas de coup dur.

— Et ce n'en est pas un ?

— Non, pas encore. Et puis, il me reste un peu d'argent de la vente de mon appartement londonien. En faisant attention, je devrais y arriver. La boutique commence à bien tourner, tu sais. Il faut juste que je continue à développer l'affaire.

— Ma chérie, tu ne peux pas à la fois développer ton affaire, jouer les mères de famille et attendre un bébé.

— Pourquoi pas ?

— Parce que tu vas finir sur les rotules.

— Ouais, comme d'habitude.

Le lendemain matin, je suis à la boutique et j'essaie de prendre mon courage à deux mains pour appeler ma mère. Je n'en ai pas eu la force hier, même si j'ai appelé Vin après avoir parlé à Ellen. Il a été très chouette, et ensuite il m'a passé Lulu qui avait l'air emballée.

Par contre, je doute que maman prenne les choses aussi bien. Elle n'a pas sauté de joie quand je lui ai annoncé que j'étais enceinte de Jack, et, pour Archie, elle m'a fait tout un sermon : est-ce que j'avais envie de passer ma vie à changer des couches ? Et bla, bla, bla. Si bien que, cette fois, je m'attends au pire.

Je suis en train de changer le rouleau de la caisse enregistreuse, histoire de faire diversion, quand Tina pousse la porte. Elle est visiblement excitée.

— Maggie vient à l'instant de m'annoncer que nous

avons gagné : la bibliothèque ne fermera pas. Ils se sont réunis hier soir, c'est officiel.

— Génial !

— Je parie que notre club de tricot a pesé sur leur décision, et la pétition aussi.

— Certainement.

Je dirais même que l'interview de Grace à la bibliothèque avec nous en train de tricoter à l'arrière-plan a été décisive.

— On va fêter ça ce soir, à la réunion de Tricot et Ragots.

— Bonne idée.

Elle sourit.

— Et puis, nous allons fêter autre chose aussi.

— Ah oui ?

— Betty est venue au salon ce matin. Elle était tellement excitée qu'elle n'a pas résisté à nous annoncer la nouvelle. Ta grand-mère a craché le morceau, apparemment. Mais, bien sûr, nous n'en parlerons pas si tu ne veux pas que les autres le sachent.

— Mais qui est au courant alors ?

— Tout le monde.

— Je vois.

— Et ta grand-mère a dit que tu allais l'élever seule. C'est vrai ?

— Oui.

— Grand bien te fasse. Mais si c'est quelqu'un du coin, on ne va pas se gêner pour lui faire entendre raison. Graham sait être très persuasif quand il le veut.

— Merci, Tina, mais je suis assez grande pour me débrouiller seule.

— Tu sais comme les gens adorent ragoter. Ils vont essayer de savoir qui c'est si tu ne le leur dis pas.

Nom d'un chien, cette affaire va se transformer en concours régional de devinettes.

— On pourrait aussi organiser une tombola à la kermesse d'été, pendant qu'on y est. En plus, j'aurai probablement l'air d'un éléphant blanc d'ici là.

— Bonne idée.

— À moins que je ne mette une pancarte en vitrine. Tu crois que ça les calmerait ?

— Peut-être. Ou bien tu pourrais le dire à Betty pour qu'elle fasse circuler l'info. Enfin, j'étais juste venue pour te mettre au courant pour la bibliothèque et te féliciter. Je suis très contente pour toi. À plus.

— Merci, Tina. Et, non, ce n'est pas quelqu'un des environs. OK ?

— OK. Laisse-moi faire.

Betty et grand-mère arrivent ensuite. Grand-mère a l'air embarrassée, et Betty, carrément penaude.

— Je suis désolée, Jo. Mary m'a fait promettre de ne rien dire, mais j'étais tellement excitée… Je suis vraiment désolée.

Et le fait est qu'elle a l'air dans tous ses états, comme si elle avait pleuré.

— De toute façon, ça aurait fini par se savoir, Betty. Ne vous inquiétez pas.

Grand-mère fait claquer sa langue.

— Oui, mais on aurait pu attendre un peu, si certaines avaient su tenir leur langue.

— Ce n'est pas un vrai secret, grand-mère, plus maintenant que les garçons sont au courant. Tu connais Archie. Il aura probablement fait une annonce publique.

Elle rit, et Betty me tend une enveloppe.

— Ce sont ces clichés dont je t'avais parlé. J'ai fait faire des copies exprès pour toi.

Ce sont deux photos en noir et blanc de Betty et grand-mère pendant la guerre. Sur la première, elles sont en train de tricoter sur le front de mer. Sur l'autre, on voit Betty toute pimpante, en robe d'été et sandales, devant la boutique, en compagnie d'un soldat.

— Et je voulais que tu saches combien c'est formidable et que j'aurais fait la même chose à ta place. Du reste, ça a bien failli m'arriver. Ta grand-mère te l'a dit ?

— Non.

— C'était il y a longtemps, et, en ce temps-là, les choses étaient différentes. Il était américain. Il a été tué avant que je ne découvre que j'étais enceinte, mais malgré cela, j'étais tellement heureuse que je voulais le garder. Sauf que ça ne s'est pas passé comme prévu.

Cette fois, elle est au bord des larmes.

— Je suis désolée, Betty.

— Bah, c'est de l'histoire ancienne. D'ailleurs, j'ai épousé Ted un an plus tard, et nous avons eu notre petit Simon, et tout était oublié. Mais parfois, je me dis que j'aurais aimé en avoir un deuxième. Enfin, comme je ne cesse de le répéter à Simon, il serait temps qu'il songe à me donner des petits-enfants, parce que je ne serai pas éternelle.

Grand-mère lui tapote le bras.

— Tu nous enterreras toutes, Betty. Allons, viens, on va être en retard si on rate le bus. Au revoir, ma chérie.

— Au revoir, et merci pour les photos, Betty.

— Je dois aller au Lifeboat, cet après-midi, mais je repasserai certainement plus tard.

— Merci, grand-mère.

Comme grand-mère et Mme Oakley se chamaillent depuis toujours pour savoir qui aura l'honneur de tenir la caisse du salon de thé, Betty a pris l'habitude de l'accompagner quand elle est de service.

— Ne t'inquiète pas, Mary, si elle t'embête, je te garantis qu'elle va trouver à qui parler. Et je ne suis vraiment pas d'humeur, aujourd'hui.

J'ai une jolie collection de photos à la boutique maintenant. Maggie a pris des photos en noir et blanc du groupe des tricoteuses, et il y a les photos que Daniel a prises de Grace en train de tricoter en robe du soir sur une barque de pêche.

Il y en a une autre, adorable, de grand-mère avec moi quand j'avais huit ans, en train de tricoter une couverture en laine pailletée pour ma poupée.

Je vais encadrer celles de Betty et les accrocher avec les autres derrière le comptoir.

***

Je suis en train de tricoter une manche pour le cardigan de Connie, quand Elsie déboule, l'air passablement remonté. Elle ne prend même pas le temps de retirer son manteau.

— J'ai cru comprendre que tu attendais un heureux événement.

Je ferais peut-être bien de mettre une pancarte dans la vitrine.

— Oui, désolée, Elsie. J'aurais préféré te l'annoncer moi-même, mais…

— Tu aurais dû.

— Pardon ?

— Je suis parfaitement au courant de tout.

— De tout quoi, Elsie ?

— Toi et Martin. Le dîner. Je suppose qu'il n'est plus question de retaper la grange, maintenant.

— Je pense que c'est à Martin qu'il faut dire ça.

— Il ne va tout de même pas gaspiller ses sous pour retaper une ruine alors qu'il y a un bébé en route. Ne m'interromps pas, s'il te plaît, je n'ai pas fini. Je ne peux pas dire que j'apprécie la façon dont ça s'est passé. Il me semble que j'aurais dû être informée la première, et je compte bien avoir une explication avec lui. Mais ce qui est fait est fait.

Seigneur !

— Elsie, tu ne penses tout de même pas que le bébé a à voir avec Martin ?

— Je ne sais plus que penser.

— Eh bien, ça n'a aucun rapport.

— Tu en es certaine ?

Je lui adresse un regard que j'espère sans ambiguïté.

— Absolument certaine.

Elle a l'air décontenancée, et même un poil triste.

— Oh ! Dans ce cas, je suis désolée pour ce que je t'ai dit.

Il y a un silence.

— C'est juste que... Enfin, je rêve d'avoir des petits-enfants.

Allons bon, voilà que je me sens coupable de ne pas pouvoir lui donner cette joie.

— Mais alors, explique-moi ce que vous étiez en train de fricoter, tous les deux, quand je suis rentrée de déjeuner l'autre jour.

— Il me montrait les plans de la grange.

— Ah… Bon. Enfin, l'important, c'est qu'il ne se soit pas fourré dans un guêpier. Pardon, ce n'est pas ce que je voulais dire, je me suis mal exprimée. Simplement, « Madame » son ex lui en a fait tellement voir depuis un an, tu comprends ? Qu'est-ce que tu dirais d'une tasse de thé ou d'un biscuit ? Je peux aller acheter des biscuits au gingembre : il paraît que c'est radical pour stopper les nausées. Tu as des nausées ? Moi, quand j'attendais Martin, j'étais malade du matin au soir. Pendant des semaines, je n'ai rien pu avaler.

— Je me sens très bien, Elsie, merci, mais je ne serais pas contre une tasse de thé. Il y a du thé déthéiné dans le placard sous l'évier.

— Très bien. Je monte mettre la bouilloire en route.

— Merci, Elsie.

Elle me tapote le bras.

— Et après, tu vas pouvoir tout me raconter.

Flûte. Entre elle, Betty et Tina, la nouvelle ne devrait pas tarder à faire le tour de la ville. Plus besoin de mettre une pancarte en vitrine. Ça m'apprendra à essayer de faire profil bas.

***

Vendredi matin, avant de filer à l'école pour animer la classe de tricot, je passe en coup de vent chez Sainsbury's faire le plein de provisions pour la fête d'anniversaire d'Archie prévue demain.

Mon jean n'arrête pas de glisser maintenant que je n'arrive plus à le fermer correctement : j'ai accroché un élastique à la fermeture éclair, mais ça n'a pas l'air très efficace.

Je vais devoir me changer quand je repasserai à la maison pour déposer les courses. Il n'y a rien de pire qu'un pantalon défaillant quand on doit tenir une classe de gamins turbulents.

Dieu merci, les choses se sont un peu calmées maintenant que tous les riverains dans un rayon de dix kilomètres sont passés à la boutique pour me féliciter. À part Annabel, naturellement, qui cultive son air hautain et désapprobateur de présidente.

Parfois, j'ai l'impression de concourir malgré moi pour le titre de « Femme enceinte sans mari ». Heureusement, l'excitation commence à retomber depuis que Mme Taylor, la pharmacienne, s'est fait la belle avec le représentant en produits multivitaminés.

M. Taylor s'est vengé en balançant son stock à la rue pour que tout le monde puisse faire sa provision d'huiles essentielles et de ragots. Ce qui m'a valu d'être détrônée du rang de grande favorite et rétrogradée à celui de simple nominée. Ouf !

Contre toute attente, ma mère a plutôt bien pris la chose (sans doute parce que Vin l'a appelée pour préparer le terrain). Ce qui ne l'a pas empêchée de me dire que j'étais « beaucoup trop vieille et complètement inconsciente, ma pauvre fille », avant d'essayer de me soutirer le nom du père.

Étant donné qu'elle sait que je suis allée à Venise avec Daniel à Noël et qu'il s'agit d'un photographe de renommée mondiale, si jamais j'ai le malheur de lâcher le morceau, elle va devenir hystérique. Si bien que j'ai brouillé les pistes en laissant entendre qu'il s'agissait de quelqu'un du coin, qui entre-temps était parti sans laisser d'adresse.

Ça l'a refroidie, et elle m'a passé mon père avant de reprendre le téléphone pour m'annoncer *au moins une bonne nouvelle* : elle s'est acheté une robe absolument sublime dans les tons orangés pour le mariage. Après des années passées dans l'ombre d'une mère artiste qui paradait en sabots et jupe gitane alors que toutes les autres mamans étaient en tailleur et escarpins, je devrais être vaccinée. Mais, malgré moi, mon cœur se serre à l'idée que les tons orangés risquent d'être un poil criards et tirant sur le fluo.

Tout en m'efforçant de garder en place mon jean récalcitrant, je pousse mon chariot et j'appelle Connie sur son portable pour lui demander si Mark serait OK pour faire des minipizzas en plus du gâteau pour l'anniversaire d'Archie.

Sa mère est venue avec elle au club de tricot, hier soir, et elle était exactement comme je me l'étais imaginée : adorable, expansive et chaleureuse. Tout le contraire de la mienne. Elle a fait la bise à tout le monde avant de partir et m'a serrée longuement dans ses bras. Pas étonnant que Connie s'ennuie d'elle.

Pendant ce temps-là, son père était à la maison en train de montrer à Mark une recette de soupe à base de poisson acheté à la criée de Whistable, au terme d'un âpre marchandage à la mode italienne. Mark était, paraît-il, tellement gêné, qu'il est allé l'attendre dans la voiture. Ce sont des gens adorables, et ils ont apporté une telle quantité de cadeaux qu'ils ont dû les mettre dans une valise spéciale.

Quand j'arrive à la maison et que j'essaie de caser tout mon stock de courses dans le frigo, je suis subitement prise de panique à l'idée que dix petits garçons vont débarquer à l'heure du goûter demain, suivis par des hordes d'adultes venus participer au feu de joie alors que je n'ai pas même commencé à donner ne serait-ce qu'un coup de balai dans le séjour.

J'ai échangé mon jean contre une jupe noire en stretch qui devrait rester en place au moins jusqu'au soir, mais je n'ai pas progressé d'un iota sur le front du nettoyage.

Pfff.

— Comment vas-tu ?

— Très bien, merci, Maxine.

— Il y a bien une fête d'anniversaire prévue, ce week-end, si je ne m'abuse ?

— Oui.

— Grace aurait voulu te voler un peu de ton temps.

— Pas de problème, mais est-ce que ça ne pourrait pas attendre la semaine prochaine ? Je suis vraiment à la bourre aujourd'hui.

— Bien sûr. J'imagine que tu ne sais plus où donner de la tête. Félicitations.

— Merci, j'avais l'intention de vous l'annoncer la prochaine fois qu'on se verrait.

— Bruno t'a coiffée au poteau. Lui et le brigadier Mike sont devenus copains comme cochons… Oui, je l'ai au bout du fil... Oui, je…

— Allô, Jo ? C'est Grace. Félicitations. Va me chercher un jus de fruits, Max, et pas cet horrible truc à la mangue. Merci. Ouf, elle est partie. Alors, comme ça, il t'a laissé un petit cadeau de Noël à Venise ?

— Oui.

— Formidable. Et il est au courant ?

— Oui, et je n'ai pas l'impression qu'il l'ait bien pris.

— Ne te bile pas. Laisse-lui quelques mois. Liv en aura certainement fini avec lui d'ici là, et qui sait ce qui pourra se passer ensuite.

— Je crois que je le sais, Grace.

— Et ça te contrarie ?

— Pas le moins du monde. Avant de l'appeler, je n'étais pas trop sûre, mais plus maintenant.

Elle rit.

— Super. Max a prévu une séance photo à Paris.

— À Paris ?

— Et *L'Apprentie Sorcière* veut également des photos, mais on fera ça en Angleterre. Et je tiens absolument à ce que tu sois là, enceinte jusqu'aux yeux ou pas.

— Oh ! mais volontiers. Ça a l'air carrément excitant. Et je suis censée faire quoi au juste ?

— La consultante en tricot. Tu pourras me tenir compagnie pendant les pauses interminables entre deux prises. Heureusement, il n'y a pas de photos en costume d'époque cette fois.

— Parce que les costumes d'époque, c'est galère ?

— Oh ! un vrai cauchemar. Porter un corset ne me réussit pas du tout. Et puis, je n'ai toujours pas retrouvé ma taille normale depuis l'accouchement.

— Tu avais une ligne de rêve la dernière fois qu'on s'est vues.

— Oui, parce que mon cul n'était pas au premier plan d'un grand écran, ma chère. Non, je ne plaisante pas. Il est énorme. Je songe sérieusement à me faire botoxer.

— Les fesses ?

— Oui. C'est là où ça marche le mieux : je n'ai pas envie d'avoir une tête de momie. Et je pense que je vais faire botoxer Bruno aussi par la même occasion. Je lui trouve l'air ridé ces temps-ci. Ce doit être à cause de ces maudits clébards. Il passe sa vie dehors.

— Et s'il refuse ?

— On le lui injectera pendant son sommeil. Et maintenant, la fête d'anniversaire. C'est bien ce week-end ? Je sais que nous t'avions dit que nous ne pourrions pas venir, mais en fin de compte, si.

Eh merde.

— Super ! Carrément génial.

— Je vais dire à Max de s'occuper du cadeau. Dis-lui ce qu'il veut, et nous serons là demain. Ce sera la première fête d'anniversaire de Lily. J'ai hâte.

Re-merde.

Maxine reprend la communication.

— Si on vient à quatre heures et demie, c'est bon pour toi ?

— Parfait. Je t'ai dit qu'il n'y aura que des enfants de l'école de mon fils et un gâteau, et ensuite un feu de joie avec les parents, n'est-ce pas ? Rien de très glamour. Plutôt le joyeux barnum.

— Oui, oui. Mais il n'y aura que nous trois, Bruno, elle, et moi. Je ne pense pas qu'il devrait y avoir trop de paparazzis.

— Des paparazzis ?

— Nous avons officiellement publié la photo de Lily lundi dernier.

— Oui, je l'ai vue. Elle est adorable.

— Donc, nous revenons en mode mère de famille lambda qui se rend à des fêtes d'anniversaire chez des amis du coin. Si tu vois ce que je veux dire. Fini la superstar qui cache son bébé aux yeux du monde.

— Je vois.

— Donc, ça ne t'ennuie pas s'il y a un ou deux reporters devant la porte ?

— Non, bien sûr, mais la maison n'est pas super rangée.

— Je m'en doute, mais notre Grace a aussi des copines normales, pas seulement des gens avec des grosses baraques.

— Oui, naturellement.

— Parfait. Ce n'est pas nous qui nous en occupons ; donc, je suppose qu'ils ne vont prendre que quelques clichés. Jimmy va faire son cinéma ; il va dire que Grace s'est transformée en recluse et refuse de lui laisser voir le bébé. Alors qu'il n'a jamais demandé à le voir, cet enfoiré.

— Comme c'est dommage !

— Bah, de toute façon, Ed a mis ses avocats sur le coup. Et maintenant, le cadeau. Qu'est-ce qui ferait plaisir à Archie ?

— Un chien, mais si vous lui en amenez un, je vous étrangle de mes mains.

Elle rit.

— Quelque chose que je puisse emballer dans un joli paquet ?

— Un Lego, tout ce qui a à voir avec *La Guerre des étoiles* ou les chevaliers, mais quelque chose de pas trop gros, sinon Jack va être jaloux. Ou bien de la peinture et du papier, ce genre de truc. Il adore peindre.

— Je vais voir ça. À demain, alors ?

— À demain.

— Et ne vous en faites pas pour la nourriture. Elle ne mangera pas de toute façon. Par contre, Bruno, si. Mais je peux apporter des provisions pour lui. Je vais dire à Sam d'apporter des gâteaux… Ou des bonbons, peut-être ? Il fait des bonbons à la vodka succulents.

— C'est gentil, mais je ne pense pas que la vodka soit une bonne idée. En tout cas, merci d'y avoir pensé.

Nom de nom. Un goûter d'anniversaire suivi d'un feu de joie, en compagnie d'une ribambelle d'adultes et d'une mégastar de cinéma et son chef pâtissier. On ne vous met pas la pression, non, non. Bon, et avec tout ça, je vais arriver en retard à la classe de tricot.

M. O'Brien est en train de traverser la cour avec un petit garçon.

— Nous faisons une petite promenade. Stephen et moi avons remarqué que ça aidait à se calmer quand on est en colère.

Stephen hoche la tête, les épaules raides et les poings serrés.

— Stephen est l'un de mes élèves préférés. Je sais bien que je ne devrais pas dire ça, mais c'est la vérité, dit M. O'Brien en me faisant un clin d'œil.

L'ombre d'un sourire se dessine sur la figure de Stephen.

— Vous pouvez y aller. Nous n'en avons pas pour bien longtemps. Madame Chambers est dans la salle du personnel, je crois.

— Merci.

Je longe le couloir en contemplant les vitrines.

J'ai déjà animé plusieurs mini-ateliers pour le personnel et constaté que la plupart de ces dames savaient déjà tricoter et y mettaient du cœur, sauf Mlle King (qui fait partie de l'école depuis des lustres et n'aime pas faire des heures après quinze heures trente) et Mme Nelson (mais étant donné qu'elle est l'amie d'Annabel, ça ne compte pas).

La grande classe a déjà commencé l'atelier de tricot. Ils ont découpé des sacs plastique usagés en lanières pour en faire des sets de table ou des sacs.

Ils ont tous écrit un petit mot dans leurs classeurs à propos du pull que j'ai ramené de Venise, avec *Les Tournesols* de Van Gogh, et ajouté d'autres idées de tableaux qu'ils aimeraient tricoter pour faire des échantillons. Mme Chambers a prévu de démarrer les échantillons aujourd'hui, me semble-t-il, pendant que je serai occupée avec le personnel.

Dans la salle du personnel, les caisses de laine côtoient les habituelles piles de papiers et les tasses de café à demi bues. Mme Chambers a battu le rappel auprès de tous les fabricants de laine, et j'ai mis les représentants à contribution, si bien que nous avons toute la laine dont nous avons besoin, et des centaines d'aiguilles à tricoter de toutes les couleurs.

Elle est en train de trier les pelotes et semble particulièrement joviale.

— Un café ?

— Volontiers.

M. O'Brien arrive, tout sourire.

— Ce petit Stephen, quel numéro ! Son père est chauffeur de bus et fait le service de nuit. Sur la ligne de Margate, il y a souvent des bagarres entre poivrots. Il paraît que la meilleure façon de les calmer, c'est de les faire rire. Ce n'est pas demain la veille que je vais prendre le bus de nuit pour Margate. J'ai horreur des rixes ; je m'évanouis chaque fois.

Mme Chambers s'esclaffe.

— C'est vrai, je vous assure. C'est une excellente tactique. Quand je travaillais à Londres, si un parent d'élève me fonçait dessus d'un air menaçant, je faisais mine de tomber dans les pommes. Ça marchait à tous les coups.

— Il faut que je m'en souvienne.

— Par contre, il ne faut pas le faire avec les enfants, sinon ils vous grimpent dessus, en particulier les plus petits. Eh bien, madame Mackenzie, comment se présente notre opération Tricot ? J'ai vu ce que vous aviez fait avec les sacs plastique recyclés et les classeurs de projet personnel, c'est épatant - je ne savais pas que les Égyptiens avaient inventé le tricot -, et les photos de la guerre que m'a montrées madame Chambers sont magnifiques. Dites-moi, les chaussettes, c'est difficile à tricoter ?

— Si vous voulez qu'elles aient des talons, oui. Mais les écharpes, en revanche, c'est du gâteau.

— Ma grand-mère me disait l'autre jour qu'elle tricotait des écharpes pour les pilotes pendant la guerre. Il paraît qu'elles étaient en soie, parce qu'ils étaient obligés de tourner la tête de tous les côtés pour repérer les avions ennemis, et que des écharpes de laine leur auraient mis la nuque à vif. Non, mais, vous imaginez ? Je crois qu'il y avait une base aérienne pas loin.

— Oui, ma grand-mère m'en a parlé aussi.

— On devrait creuser la question. Ça pourrait faire un excellent sujet d'étude combinant le tricot, l'histoire et la géographie. On leur ferait dessiner des cartes et organiser une sortie. J'aime bien aussi tout ce qui se rapporte à la texture, comme le fil et le raphia. Mesurer les différentes largeurs de maille, c'est une bonne manière d'aborder le calcul. En tout cas, chapeau pour le planning. Je devrais vous donner un bonbon pour vous récompenser de votre excellent travail.

— C'est madame Chambers qui a fait presque tout le travail. Mais merci tout de même, monsieur O'Brien.

— Et j'ai cru comprendre que vous attendiez un heureux événement. Un nouvel élève en perspective. Vivement que nous puissions l'accueillir dans notre atelier. En temps voulu, naturellement.

Il sourit de toutes ses dents, et Mme Chambers aussi.

— Surtout, si vous avez besoin de faire une pause, n'hésitez pas à vous retirer dans mon studio. Ou dans la salle de repos.

Il me tend une boîte de biscuits.

— Merci.

— Brrr.

Nous nous retournons tous les deux vers Mme

Chambers, qui est en train de feuilleter un des magazines de tricot que j'ai apportés.

— Il y a un article là-dedans qui explique comment tricoter les poils de votre animal domestique pour faire un bonnet.

— J'ai vu ça. Mais je ne pense pas que ce soit un truc pour nous.

M. O'Brien rit.

— Non. Sinon nous allons nous retrouver avec une colonie de hamsters chauves et nous attirer les foudres de la SPA.

Mme Chambers repose le magazine.

— C'est vrai, et je doute que Sooty, le chat du concierge, soit d'accord pour se laisser raser les poils.

M. O'Brien s'assied.

— Eh bien, parlez-moi de cette idée de bannière pour l'école. Vous ne pensez pas que reproduire la photo de l'école en tricot soit trop compliqué ?

— L'idée est que chacun réalise un petit carré. Marron pour la façade, blanc pour les fenêtres, différentes nuances de vert pour les arbres. Ce genre de choses. Et ensuite on coudrait des figurines d'enfants par-dessus en appliqué.

— Comme un puzzle en laine, en quelque sorte ?

— Exactement.

— Dans ce cas, on a intérêt à se mettre au travail dare-dare. Si je peux faire de l'alpinisme, je dois pouvoir m'en sortir.

— De l'alpinisme ?

— Oui, l'année dernière, avec les grands, en sortie scolaire. C'était absolument terrifiant. Mais ils ont adoré, surtout quand les moniteurs m'ont fait redescendre après qu'ils ont compris que j'étais paniqué. Je crois même que cet épisode a été le clou de la sortie pour certains. Mais passons. Par où dois-je commencer ?

Mme Chambers lui tend une petite paire d'aiguilles roses.

— Tenez, Jim. Jo va vous montrer comment démarrer un tricot. C'est tout ce qu'il y a de plus facile, une fois qu'on a pigé le truc.

— Zut, ça m'apprendra à me vanter.

Quand je longe à nouveau le couloir pour me rendre dans la classe de Mme Tindall, M. O'Brien a déjà tricoté un petit carré de laine verte pour la bannière de l'école et regagné son bureau avec trois rangs de fil métallisé sur ses aiguilles. Mme Pickering, la cantinière, lui donne un coup de main pour que son échantillon ressemble à une cloche qui servira à coiffer la tour de l'horloge.

J'ai fait une visite éclair dans le réfectoire et vu qu'Archie n'avait pas touché à son panier-repas et avait reçu un pichet d'eau sur les pieds. En sortant, j'ai fait un petit coucou à Jack, qui regagnait sa classe.

Mme Tindall a mis son tablier de peinture auquel s'est accroché un petit garçon.

— Nous sommes en train de former les groupes, madame Mackenzie. Michael, tu peux lâcher mon tablier ? Et, Trent Carter, on ne court jamais avec un godet de peinture à la main. Doucement, là, comme ça. Va te laver les mains. Bien, et maintenant, tout le monde met un doigt sur sa bouche.

La classe a l'air de l'ignorer complètement.

— ON FAIT SILENCE.

Aussitôt, tout le monde met un doigt, ou même la main entière sur sa bouche, y compris Trent Carter, dont le menton est tout rouge à présent. Le niveau sonore baisse d'un seul coup.

— C'est bien. Matthew, s'il te plaît, assieds-toi. Et prends un kleenex pour faire ça. Bien, madame Mackenzie est venue spécialement pour nous montrer comment on fait les pompons pour Sammy le Serpent. Et ensuite, nous allons tous tricoter un petit quelque chose pour la nouvelle bannière de l'école. Nous en avons parlé ce matin, vous vous souvenez ?

Certains acquiescent, mais la plupart ont l'air dans la lune ou légèrement paniqués.

— Bien, nous allons rester sagement assis sur nos chaises pour lui montrer que nous sommes des grands, d'accord ? Ellie, c'est ça, se tenir comme un grand ?

Avant d'avoir pu dire ouf, je me retrouve sur une chaise minuscule, six gamins autour de moi, en train de faire des pompons à la chaîne comme si ma vie en dépendait, pendant que Mme Tindall range les peintures et la colle, et que son assistante Mme Channing amorce les petits carrés marron avec un autre groupe. Nous avons calculé qu'en faisant les amorces et à condition de ne pas les bousculer, nous devrions réussir à les faire tous participer.

Mais ça, c'était pour les grands, et reste à savoir comment réagiront les tout-petits. J'ai montré aux miens comment on enroule la laine autour des formes semi-circulaires en plastique.

Finlay et Connor sont déjà à pied d'œuvre, mais Natasha et Laura observent attentivement chacun de mes mouvements, tandis que j'amorce les pompons de Kyle et James avec du fil de coton bleu.

— Ma maman, elle a dit que je pourrai avoir un chien pour mon anniversaire.

— C'est super, dis donc. Et c'est quand ton anniversaire, Kyle ?

— Dans deux ans. Ou quatre. Et je vais organiser une boum, mais juste avec des garçons.

Natasha ronchonne.

— Si c'est une vraie boum, il faut qu'il y ait des filles.

— Peut-être quelques-unes. Mais pas toi.

Natasha n'a pas l'air d'être particulièrement dépitée de l'apprendre.

— Moi, pour mon anniversaire, il y aura un magicien et une piscine. Et on fera une boum.

Kyle a l'air déconfit et commence à donner des coups de pied dans la table tout en continuant à enrouler sa laine.

Finlay lève la main. Ouf.

— Moi, j'aime pas le tricot. C'est nul.

Les autres ricanent.

Je vais faire semblant de n'avoir rien entendu. Je suis sûre qu'on ne dit pas ce genre de choses à l'école, si grande que soit la tentation.

— Les garçons font pas de tricot. Que les filles.

Il repose son pompon et me lance un regard de défi.

— Les garçons intelligents en font, Kyle. Il y a très longtemps, seuls les hommes faisaient du tricot. Ils formaient des groupes appelés guildes, où seuls les meilleurs étaient admis.

Je ne suis pas mécontente de ma réponse vaguement pédagogique, mais il continue de me regarder fixement.

— Et tous les marins savaient tricoter et coudre, pour pouvoir réparer les voiles des bateaux. Et les soldats aussi, pour pouvoir faire des chaussettes et raccommoder leurs uniformes. Ce n'est pas drôle de se retrouver au milieu d'un champ de bataille sans chaussettes.

Il reprend son pompon juste au moment où Mme Tindall s'approche pour voir comment ils s'en sortent. Elle les félicite, puis nous découpons les pompons et nous les taillons avec des ciseaux qui ne coupent pas ; puis, je me retrouve face à un nouveau groupe de visages impatients, ma jupe couverte de bouts de laine.

— Ça vous ennuierait d'aider madame Channing avec son groupe ? Je crois qu'elle a un peu de mal.

J'aurais dû m'en douter.

— Non, bien sûr.

Mme Channing amène son groupe, et tous les enfants se pressent autour de la table.

— Comment est-ce qu'on fait déjà ?

Ils ont appris un couplet pour les aider à se souvenir comment on fait un point :

Je pique la maille,
Je lui passe la corde au cou,
Je la fais passer par le petit trou,
Je la jette par la fenêtre,
Et Jack fait le fou.

Malheureusement, un des plus petits s'appelle Jack et tient absolument à nous montrer comment il fait le fou, jusqu'à ce que Mme Channing vienne à la rescousse en lançant un jeu sur les nombres. On commence à compter les mailles de trois à neuf en levant les doigts et en comptant tous ensemble. Bien sûr, la moitié des aiguilles tombent par terre.

— Un, deux, quatre, six.

Je n'arrive pas à savoir si Michael, qui est assis à côté de moi, est en train de se livrer à un jeu mathématique de haute volée ou s'il ne sait tout simplement pas compter. Je pose mes aiguilles et commence à compter lentement sur mes doigts.

— Un, deux, trois, quatre, cinq, six.

Il me fait un grand sourire.

— J'ai sauté le cinq parce que je l'aime pas. J'aime bien le quatre. Et le sept, c'est mon préféré.

— Je vois. Et le trois ?

— Oui, aussi, des fois.

De deux choses l'une, ou bien ce gamin est un génie mathématique en herbe, ou bien il est complètement bouché.

Il regarde ses aiguilles en soupirant.

— Je pique la maille. Et Jack fait le fou.

Au final, nous obtenons six pièces de tricot vaguement carrées. Je leur montre comment arrêter les mailles, et c'est la récréation (Dieu merci) avant d'enchaîner avec un autre marathon de pompons. Quand arrive l'heure de raconter une histoire, je suis à la limite de piquer du nez. C'est un choc quand je me retrouve dans la cour en train d'attendre les garçons. Je me demande si je ne pourrais pas faire un petit somme, une fois à la maison, avant d'attaquer la tonne de repassage qui attend dans le placard sous l'escalier.

Jack a passé une bonne journée, mais pas Archie, qui traîne sa boîte à pique-nique derrière lui, l'air renfrogné.

— On a fait du tricot. Alors qu'ils avaient dit qu'on ferait une activité au choix.

— Je suis sûre que tu seras fier quand tu verras ton tricot sur la bannière.

— Même pas vrai. Moi, je voulais jouer aux voitures dans le coin aux jeux.

Il fait tournoyer sa boîte à pique-nique, puis la lâche, manquant presque éborgner l'Horrible Harry qui est en train de faire une scène à Annabel.

— Cours la ramasser, Archie.

— Non.

Jack soupire et va ramasser la boîte.

Entre-temps, Harry s'est accroché fermement à la grille, tandis qu'Annabel essaie de le tirer, un sourire figé aux lèvres. Dieu merci, elle est trop occupée pour songer à se plaindre des boîtes à pique-nique volantes.

Connie rit.

— Harry a eu une leçon supplémentaire de math ou de français, tu crois ?

Annabel se vantait de ses prouesses en français et en calcul, la semaine dernière, mais il n'a pas l'air d'aimer trop ça.

Archie a décidé de faire amende honorable.

— Pardon, maman.

— Demande pardon à Jack : c'est lui qui est allé chercher la boîte.

— Pardon, Jack.

— C'est pas grave, Arch. Moi aussi, je faisais ça quand j'avais cinq ans.

— Je vais en avoir six.

Jack l'ignore.

— Qu'est-ce qu'il y a pour dîner, maman ?

— Une omelette au fromage ?

Ils font tous les deux semblant de vomir.

— Ou des bâtonnets de poisson, mais seulement pour les gens sympas.

***

Quand les premiers invités arrivent à la fête d'anniversaire d'Archie, je suis au bord de la crise de nerfs. Je hais le court moment qui précède le début de la fête, quand il vous reste encore un peu de temps pour créer un décor de rêve si seulement vous saviez comment vous y prendre.

Mais, une fois que c'est parti, je me sens beaucoup plus calme, ce qui est d'autant plus étrange que je suis en train d'aider Connie à préparer le cadeau caché tout en discutant de friands à la saucisse avec grand-mère et de planifier le feu de joie avec Martin.

Reg a réussi à se procurer quelques feux d'artifice et une pleine caisse de cierges magiques, et M. Pallfrey et lui ont passé presque toute la journée dans le jardin à remplir des seaux avec du sable et à enterrer des chandelles romaines le long du mur, au fond du jardin, avec Trevor qui les aidait à creuser la terre.

Depuis que M. Pallfrey a commencé à préparer le terrain pour « les plus beaux jardins fleuris du bord de mer », le nôtre est présentable, bien qu'un peu nu maintenant qu'il en a ôté toutes les mauvaises herbes.

La diva devrait arriver d'une minute à l'autre, et il y a déjà un petit attroupement de paparazzis devant le portail, à la grande joie de Jane Johnson qui a pris la pose pour eux quand elle est venue déposer Seth.

Martin porte un bonnet à pompon qu'Elsie lui a tricoté. On peut difficilement faire plus ringard, mais, vu qu'elle n'a pas encore digéré le coup de la grange, il s'efforce d'être conciliant et encaisse sans broncher ses airs pincés et ses claquements de langue excédés.

— Est-ce que j'allume le feu maintenant pour qu'il soit bien parti quand les enfants goûteront ?

— S'il te plaît, oui.

— Il se pourrait bien que ce fichu bonnet tombe dans les flammes par inadvertance.

— Bon plan. Fais juste attention que les gamins ne te voient pas. Je ne voudrais pas qu'Archie aille s'imaginer que le feu est la meilleure façon de se débarrasser des affaires qu'on n'aime pas.

Il rit.

— Je tâcherai de m'en souvenir. Ce n'est pas tant le bonnet que le pompon qui me dérange.

Il secoue la tête pour faire osciller le pompon.

— Je vois ce que tu veux dire. Mais, bon, ça partait d'une bonne intention. En tout cas, merci pour le coup de main, Martin. Je suis sûre que tu avais des choses plus importantes à faire un samedi après-midi.

— Oh non ! J'adorais les feux de joie quand j'étais gosse. Et j'aime toujours ça. J'en fais souvent à la grange. Il faudra que tu viennes un jour avec les garçons. Je crois que ça leur plairait.

— Oui, excellente idée.

En réalité, je ne suis pas du tout sûre qu'emmener les garçons sur un chantier fasse partie de mes priorités du moment.

— À part ça, comment te sens-tu ?

— Bien. Oh ! tu veux dire... Je me sens très bien.

Il rougit.

— Ce n'est pas elle qui arrive ? Il m'a semblé voir des flashes crépiter sur le devant de la maison.

Elsie est en train d'ouvrir la porte quand nous regagnons le vestibule et trouvons Ellen en train de poser pour les photographes avant de remonter l'allée en coup de vent. Martin a ôté précipitamment son bonnet, ce qui lui laisse la tête hérissée de petites touffes hirsutes que j'ai envie d'aplatir avec ma main, comme je le fais avec Archie. Mais je résiste.

— Coucou, ma belle. Salut, Martin.

Elle est à tomber à la renverse, en bottes à talons vertigineux et minijupe en tweed sous un manteau de cuir super classe.

Je suis toujours dans ma jupe noire en stretch, qui paraît nettement plus courte qu'avant, et en collants de laine noirs. Je les avais achetés quand j'attendais Archie et je pensais les avoir jetés, mais ils sont réapparus miraculeusement dans le tiroir de la commode. Une chance, sans quoi j'aurais dû mettre des chaussettes.

Étant donné que les boutiques du coin ne vendent pas de collants pour géants, je vais devoir en acheter la prochaine fois que j'irai à Canterbury. Enfin, mon pull vert est un chouia trop serré, mais ma poitrine pousse tellement vite que j'ai toujours une taille de retard.

— Super pull, ma chérie.

Elle embrasse Martin, ce qui a pour effet de le faire battre précipitamment en retraite dans le jardin.

— Attends, laisse-moi te débarrasser de ton manteau.

— Tu avais raison pour ses cheveux. Il est beaucoup mieux comme ça. Je pense qu'on devrait le garder sur ta liste pour plus tard.

— Je n'ai pas de liste pour plus tard, et j'ai déjà bien assez de mal comme ça avec sa mère. Je te sers quelque chose à boire ou à manger ? Mark a apporté une soupe de poisson absolument fabuleuse. Antonella et Salvatore, les parents de Connie, sont avec lui à la cuisine – des gens adorables, tu verras –, et grand-mère est en train de préparer des friands à la saucisse. Tu n'as que l'embarras du choix.

— Bon sang, quel raffut ! Ça me rappelle le match de foot que j'ai couvert pour le journal l'année dernière.

— Ils vont se calmer un peu quand ils auront mangé.

— Est-ce que je peux faire quelque chose ?

Ellen n'est pas une habituée des fêtes d'anniversaire (sauf celles où on sert du champagne et des petits-fours), mais pour rien au monde elle n'aurait manqué l'occasion de rencontrer Grace, même si je lui ai fait promettre de ne pas se mettre en mode interview.

— Tu peux donner un coup de main à Connie. Elle est en train de préparer les jeux. Et souviens-toi que tu as promis de laisser Grace tranquille.

— C'est oui pour aider Connie, et peut-être pour laisser Grace tranquille. Mais à supposer qu'elle ait envie d'échanger des confidences entre la poire et le fromage ?

— Je ne crois pas. Et Bruno va te pousser dans les buissons si tu te montres trop insistante. Alors, fais comme si tu n'étais pas la présentatrice télé préférée des Britanniques, pour une fois. OK ?

— Relaxe, Max. Tu me connais. Le charme subtil. Tu as des oranges ? Je connais un jeu extra pour les adultes : ça s'appelle « passe-l'orange », et on s'amuse comme des fous, surtout après avoir descendu une ou deux vodkas.

Non, pitié.

De retour à la cuisine, j'ai planqué les oranges et je suis en train de garnir les assiettes en carton qu'Elsie emporte au fur et à mesure dans le séjour.

Grand-mère dispose de petits ramequins dorés contenant de la gelée de fruits sur un plateau.

— N'est-ce pas qu'ils sont choux ? C'est cette Grace Morrison qui les a fait livrer par un jeune homme. Des gelées de fruits individuelles avec une fraise sur le dessus et des gâteaux miniatures. Je ne savais pas qu'on pouvait faire du glaçage de cette couleur. Et ces petits pots sont tellement chics, tu ne trouves pas ? Remarque, le jeune homme qui les a livrés n'était pas mal non plus. Très bien élevé.

Elsie est très impressionnée. Elle est tellement excitée qu'elle manque lâcher un plat de saucisses apéritives quand le carillon de la porte d'entrée retentit.

C'est Grace, dans un crépitement de flashes, avec Lily endormie dans son siège pour bébé, dont la capote relevée dissimule en partie son visage. Maxine porte deux énormes sacs de provisions, et Bruno aussi.

— On peut entrer ?

— Euh, oui, bien sûr. Désolée.

— Alors, où est le roi de la fête ? Oh ! les jolis ballons ! J'adore les ballons.

Grace arbore son sourire éclatant de mégastar qui nous laisse tous babas.

Elsie s'avance vers elle.

— Bienvenue, Miss Harrison. Qu'elle est mignonne ! Encore plus belle que sur les photos des magazines.

Elsie est pratiquement à quatre pattes.

— Merci.

— Une saucisse ?

— Je crois que nous devrions d'abord laisser Grace se débarrasser de son manteau, Elsie, mais tu peux les poser sur la table en attendant.

— Mais oui, bien sûr. Surtout, n'hésitez pas si vous avez besoin de quoi que ce soit, Miss Harrison. Je vais vous préparer une assiette.

Elle s'en retourne à reculons vers la salle à manger, loupe la porte et se cogne dans le mur.

Après avoir fait un jeu des statues, deux autres tours de « cadeau caché » et une partie de chaises musicales sur le thème très enlevé de *Batman* (ce qui n'était peut-être pas une très bonne idée), la fête d'anniversaire bat son plein. Les adultes ne tarissent pas d'éloges sur la soupe de Mark et Salvatore.

Je pense que tout le monde s'amuse, même si chaque fois qu'Ellen tente d'approcher Grace, Maxine trouve un moyen subtil mais efficace de faire barrage.

Grand-mère se voit accorder le privilège de prendre Lily dans ses bras, et Elsie, celui de recevoir un autographe de Grace (ce qui doit être un tantinet frustrant), mais à part ça, chacun se conduit comme si Grace était une maman comme les autres.

Archie est ravi du cadeau de Grace : un château Lego (il y en a un aussi pour Jack) et la collection complète de cavaliers et de fantassins, épées et massues qui vont avec, et suffisamment de matériel de dessin pour pouvoir tenir jusqu'à la puberté.

Naturellement, c'est du haut de gamme, papier vergé deux cents grammes, et tout un assortiment de ravissants petits pots de peinture (le genre de truc sympa qui ne part pas au lavage et que je songe déjà à remiser pour un temps indéfini sur l'étagère du haut de ma penderie).

Il est tellement excité qu'il a sauté au cou de Bruno pour le remercier. Les poissons rouges remportent eux aussi un franc succès.

Il s'ensuit un long débat sur « comment on va les appeler », jusqu'à ce que Nemo et Bruce soient adoptés.

Nous sommes sortis dans le jardin pour contempler le feu de joie. Elsie a finalement renoncé à convaincre Grace de se laisser nourrir et s'est rabattue sur Bruno, qui est visiblement très impressionné par la façon dont Trevor aboie pour tenir les paparazzis à distance raisonnable du portail.

— Il pourrait en remontrer à Tom et Jerry. Je crois que je vais les amener un de ces jours. Ça serait bien qu'ils fassent la connaissance d'autres chiens.

Maxine secoue la tête.

— Tu ne penses pas qu'ils nous causent suffisamment d'ennuis comme ça, Bruno ? Ta fête est très réussie, Jo, mais je crois que nous n'allons pas tarder à y aller.

— Oui, bien sûr. En tout cas, c'est vraiment très gentil d'être venus. Et merci pour les cadeaux. Archie était fou de joie.

— J'ai remarqué, dit-elle en souriant.

Elle aussi a eu droit à un baiser collant sur la joue.

Grace s'approche avec Lily, qui commence visiblement à être fatiguée.

— Je crois que nous ferions mieux de partir, mais j'ai hâte de fêter son premier anniversaire. Tous les enfants sont ses camarades de classe ?

— Oui.

— C'est une école de garçons ?

— Non, mais les filles n'ont pas été invitées cette année, à part Nelly.

Elle sourit.

— Bon, on se voit la semaine prochaine ? Tu es prêt, Bruno ?

Bruno enfourne précipitamment un dernier friand à la saucisse.

— Ma parole, tu passes ta vie à t'empiffrer. Va chercher la voiture.

Nous rentrons dans la maison, Maxine sort son téléphone portable et va se poster devant la porte, tandis que je lui tends une pochette-surprise *Batman* et une baudruche. Dieu seul sait ce qu'ils vont faire d'un kit de savon à bulles, d'un serpent en guimauve et d'un paquet de Smarties, mais je suppose que Bruno sera content.

— Il y a du gâteau aussi, si vous voulez en emporter une part pour plus tard.

Grace sourit.

— Non, merci, c'est gentil.

Le téléphone de Maxine bipe.

— Bruno est devant la porte.

— Parfait.

Il y a une nouvelle salve de flashes quand elle remonte en voiture, juste au moment où Tina arrive pour reprendre Travis. Je retourne dans le jardin, où les cierges magiques crépitent à qui mieux mieux, pour m'assurer que personne n'a besoin d'être emmené d'urgence au service des grands brûlés. Martin veille au grain, un seau d'eau à la main, et Archie, qui n'arrête pas de les plonger dans le seau pour s'assurer que tout est bien éteint, en est à sa troisième paire de gants. Connie est en train de servir une deuxième tournée de soupe de poisson. Assis à la table de la cuisine, Salvatore flirte gentiment avec Elsie et Betty, tandis que les parents commencent à arriver pour récupérer leur marmaille. Ouf ! Grand-mère et moi mettons une part de gâteau dans chaque pochette-surprise que les enfants vont rapporter chez eux. Mark s'est surpassé sur le thème du super-héros.

Il a réalisé une Batcave surmontée d'une Batmobile avec des bougies noires et un glaçage gris et noir au-dessus d'un gâteau au chocolat fourré à la cerise tellement délicieux que j'en ai déjà mangé deux parts et que je songe sérieusement à remettre ça (avec peut-être un bol de soupe avant). Après tout, je dois manger pour deux.

Ellen est en train de se servir un verre quand je retourne à la cuisine.

— Super fête, ma chérie. Exactement ce que je voudrais pour mon mariage.

— Un Batcake et des baudruches ? Je parie que Harry serait fou de joie.

— Non, je veux dire une atmosphère détendue, où tout le monde s'amuse. Je t'ai dit que nous avions trouvé un hôtel ?

— Non, où ça ? Holà ! Doucement, Seth. Il ne faut pas courir avec ça à la main : tu risques de tomber et de te faire mal.

— C'est mon bâton pour plus tard, je l'ai trouvé dans le jardin. Je peux le garder ?

— Oui, mais on va le laisser ici en attendant que ta maman vienne te chercher, d'accord ?

— OK.

Il retourne en courant dans le jardin.

— Désolée. Où est-il, cet hôtel ?

— En Écosse. En fait, c'est une espèce de château, mais très moderne, avec un spa grandiose et un parc privé de plusieurs hectares, idéal pour tenir les curieux à l'écart. Il n'a pas encore ouvert ; notre mariage sera donc un de leurs tout premiers événements, ce qui devrait nous valoir une ristourne.

— C'est génial.

— J'ai toujours pensé que les organisatrices de mariage étaient nulles, mais je dois reconnaître que la nôtre fait bien son boulot. Remarque, vu ce qu'elle se fait payer, c'est la moindre des choses.

— En tout cas, ce sera pratique pour la famille de Harry.

— Oui, et c'est bien ce qui me chiffonne. Ils vont rappliquer de Glasgow par centaines.

— Je suis sûre que tout va bien se passer.

— Au fait, tu es toujours d'accord pour les kilts des garçons ?

— Jack, à la rigueur.

— Je croyais que je pouvais essayer de soudoyer Archie ?

— Bonne chance.

— J'ai un essayage la semaine prochaine, et ensuite elle va attaquer ta robe. Tu penses que tu feras quelle taille d'ici juin ?

— Montgolfière.

— Peux-tu être un peu plus spécifique ? Elle a vraiment besoin de savoir. De toute façon, il y aura de la marge, vu qu'on s'est décidées pour une ligne Empire.

— Pour moi ce sera Haut-Empire, alors.

Elle rit.

— Tu étais comment, déjà, quand tu attendais Archie ? Je ne me souviens plus.

— Énorme. À tel point que Nick m'avait surnommée la Grosse Bertha. Tu ne te rappelles pas ?

— Ah ! mais oui. Il lui arrivait même de t'appeler GB pour faire court.

Il y a un silence.

— J'aimerais tellement qu'il soit là dans des moments comme celui-là.

— Je sais, mais il faut voir le bon côté des choses, ma chérie. Au moins, cette fois, personne ne va t'appeler la Grosse Bertha.

— Ou éclater de rire quand je me retrouve coincée dans un fauteuil en rotin.

— Oui, mais c'était un fauteuil pour enfant.

— Pas vraiment.

— Je vais dire à la couturière de voir grand. Il vaut mieux pouvoir ajuster la robe si elle s'avère trop ample que le contraire.

— Crois-moi, trop ample ne devrait pas être un problème.

— Est-ce que Vin et Lulu seront rentrés d'ici là ?

— Je crois que oui. Le mariage de grand-mère a lieu juste une semaine avant le tien. Ils ne seront sûrement pas repartis d'ici là.

— Super. Je vais les mettre sur ma liste d'invités.

— Tu en es à combien pour l'instant ?

— Six cents. Et la salle de réception du château ne peut en contenir que trois cents, grand maximum. Si bien qu'on envisage de faire ça sous un chapiteau.

— Je croyais que tu avais horreur des chapiteaux.

— C'est vrai. Mais je préfère encore ça que de me retrouver squeezée dans un salon trop petit au milieu d'une horde d'Écossais ivres. Tu imagines la pétaudière ?

— Maman, tatie Ellen a dit un gros mot ! s'écrie Archie, tout joyeux.

— Ah oui ? Peu importe... Où sont tes gants ?

— Ils sont mouillés. Et, maman ?

— Oui, mon cœur ?

— On va être six dans la famille quand le bébé sera né : toi, moi, Jack, Bruce, Nemo et le bébé. Et en plus, j'ai six ans. C'est grand-mère qui l'a dit. C'est rigolo, non ?

— Oui, mon chéri.

— Et si on a un chien en plus, ça fera sept. Ce qui est encore mieux. Est-ce qu'on peut construire nos châteaux maintenant ? On a éteint tous les bâtonnets à étincelles, et Martin a dit qu'il allait m'aider ; comme ça, je pourrai finir mon château le premier. Marco va aider Jack à construire le sien, mais Martin et moi, on va les battre tous les deux.

— OK, mais attends une minute : il y a quelque

chose que tatie Ellen voudrait te demander. Au sujet de kilts.

Ellen le gratifie de son plus beau sourire, tandis que je retourne dans le jardin pour m'assurer que tous les cierges magiques sont éteints et qu'il n'y a pas d'enfants en train de rôder autour du feu de joie.

Ellen sait se montrer très persuasive quand elle veut, mais quelque chose me dit que le roi de la fête va lui donner du fil à retordre.

4

Les belles de juin

Le mois de juin s'annonce bouillant. Je porte un short baggy quand je suis à la maison, et, pour sortir, grand-mère m'a confectionné deux robes-tabliers bien amples dans le style *Petite Maison dans la prairie.* Je ne peux pas dire que j'en raffole, mais elles sont confortables et fraîches, et c'est tout ce qui compte pour l'instant.

Je dépouille le courrier du mercredi matin. Il y a quelques catalogues de vente par correspondance. Non pas que je fasse mes emplettes chez Boden (ils sont beaucoup trop chers et il y a quelque chose de déprimant dans tous ces trucs colorés en coton stretch ciblés classe moyenne supérieure), mais j'aime bien feuilleter leur catalogue, histoire de m'imaginer de quoi nous aurions l'air si nous vivions toujours à Londres.

Il y a une enveloppe en beau papier vergé crème que j'ouvre tout en mettant la bouilloire en route. Bon sang, c'est Daniel – ou plus exactement, ses avocats (des ténors du barreau, défenseurs des stars, très chers et très agressifs).

Sans préjudice de tous autres droits…

Ça commence mal.

Leur client les a informés d'un éventuel dépôt de plainte ; en vertu de quoi une analyse réalisée dans un laboratoire agréé semble être la meilleure option, compte tenu des circonstances énoncées plus haut. Nom de nom.

J'appelle Ellen.

— Je ne suis pas étonnée, ma chérie. Je t'avais dit qu'il allait te faire un coup de vache.

— Ces gens m'accusent ni plus ni moins de mentir.

— Ils y vont au culot - comme tous les avocats. Trouve-toi un avocat du même tonneau, et il s'occupera de l'affaire pour toi. Tu veux que j'en parle à James ?

— Non.

— Étant donné que tu vas gagner, tu n'auras rien à débourser. Je vais lui proposer une interview ou un truc comme ça. Il adore passer à la télé.

— Je vais gagner quoi ?

— Tu ne vas pas recommencer, dis ? Tu lui as annoncé la bonne nouvelle, et maintenant il te dit « Prouve-le ». Eh bien, prouve-le.

— Rien ne m'y oblige. S'il ne me croit pas, c'est son problème.

— Pas si tu lui réclames une pension alimentaire.

— Mais je ne lui réclame rien du tout.

— Je sais, mais c'est parce que tu as les hormones en vrac.

— Ellen, s'il veut faire quelque chose pour le bébé, tant mieux, mais moi, je ne veux rien. J'aurais l'impression de lui être redevable. C'est chaque fois la même chose : dès qu'il est question d'argent, tous les rapports sont faussés. Il n'a qu'à ouvrir un plan d'épargne pour le bébé, s'il tient à faire un geste. Moi, j'ai placé l'argent de Nick sur deux comptes pour Jack et Archie ; comme ça, ils auront tous les deux un pécule à leur majorité.

— Arrête de dire « l'argent de Nick ». C'est ton argent, pour l'amour du ciel. Et toi ? Il y a quelqu'un qui t'a ouvert un plan d'épargne ?

— Moi, je suis assez grande pour me débrouiller.

— Oui, mais Daniel est cousu d'or, ma chérie. Ça pourrait te simplifier la vie.

— Je ne crois pas que ça simplifierait quoi que ce soit. Et je suis sûre de pouvoir me débrouiller toute seule. Je ne t'aurais pas tenu le même discours au moment de la mort de Nick, ça, non. Sur le coup, j'ai cru que j'allais y passer, moi aussi. Mais maintenant, c'est différent. J'ai retrouvé ma sérénité. Je n'ai plus l'impression d'avoir été manipulée, ou le sentiment de devoir faire passer les envies des autres avant les miennes. À part celles des enfants, naturellement. Et puis je n'en suis tout de même pas réduite à manger à la soupe populaire. Je peux me débrouiller en faisant attention.

— Bon sang, mais c'est quoi ce discours postféministe ?

— Il n'y a rien de « post » là-dedans. Les femmes d'ici ont appris à ne compter que sur elles-mêmes, comme grand-mère depuis la guerre. Et regarde Grace : personne ne pense qu'elle est une postféministe ou je ne sais quoi.

— C'est parce qu'elle est pourrie de fric. Les riches et les aristocrates ont toujours su imposer leur loi.

— Et nous le pouvons, nous aussi. Je veux dire, si un couple marche, comme toi et Harry, ou Connie et Mark, tant mieux, mais si, comme pour Nick et moi (et une majorité de gens), le vrai ciment du couple, c'est le crédit immobilier, non, merci, j'ai déjà donné. Bien sûr, je peux me permettre de dire ça parce que je n'ai plus de crédit sur le dos, mais n'empêche que l'idée de pouvoir élever seule mes enfants a quelque chose de valorisant.

— D'accord, mais pourquoi ne pas en profiter pour t'offrir toutes les fringues qui te font envie et un sac à main hors de prix une fois de temps en temps ? Qu'est-ce qu'il y a de mal à ça ?

— J'en ai assez de faire des compromis. Pour les enfants, je veux bien, mais pas pour un sac à main. Tu serais surprise de voir tout ce qu'on peut faire comme économies quand on arrête d'acheter des trucs qui ne vous servent à rien.

— Oh ! Là, tu sais que tu commences à m'inquiéter ? Tu ne vas pas te mettre à tricoter toi-même tes bottes, j'espère ?

— Non, mais tu comprends ce que je veux dire.

— Je n'en suis pas sûre, mais nous n'avons jamais été vraiment d'accord sur ce qui est utile et ce qui ne l'est pas.

— Je ne sais pas quoi faire au sujet de cette lettre.

— Ignore-la si tu tiens à rester pauvre toute ta vie. Laisse mijoter ce salopard jusqu'à ce qu'il réalise qu'il s'est planté sur toute la ligne et que tu es probablement l'une des rares femmes dans l'Europe tout entière qui n'en veut pas à son argent.

— Tu sais que c'est une excellente idée ? OK, je vais faire ça.

— Quoi donc ?

— L'ignorer.

À part ça, tu as quoi de prévu aujourd'hui ? Une séance d'éveil de conscience à la boutique pour protester contre l'insécurité ?

— Non, ça, c'est le jeudi, quand notre groupe Tricot et Ragots se réunit.

— Pour s'empiffrer de gâteaux succulents. C'est tout à fait mon genre de thérapie de groupe : pâtisserie fine et tricot branché. Et sinon, comment va le beau Mark ? Connie continue de le garder enfermé à la cuisine ?

— Oui, mais il adore ça, même s'il travaille comme un chien.

— Contrairement à mon futur époux, qui est sorti jusqu'à pas d'heure hier soir. Un de ses potes, reporter de guerre, fêtait son retour au bercail avec tous ses abattis, ou presque… J'ai oublié lesquels.

— Ça m'a tout l'air d'un événement qui mérite d'être célébré.

— Pour ça, ils n'ont pas besoin d'une excuse, crois-moi. Ces reporters de guerre forment une race à part. On devrait leur donner des gilets antichocs. Ils sont constamment fourrés à l'hôpital, soi-disant parce qu'ils étaient en train de couvrir un événement sensationnel, alors qu'ils se sont cassé tout seuls la figure parce qu'ils étaient complètement cuits. Résultat, ils creusent le trou de la Sécu. On devrait leur faire payer une cotisation spéciale.

— Comment s'est passée la réunion avec Rebecca pour la liste des invités.

— Un cauchemar. Harry n'arrête pas de rajouter des noms, y compris ceux de ses ex.

— Super.

— Pardon ?

— Il est tellement fier de toi qu'il veut t'exhiber comme un trophée.

— Tiens, c'est marrant, je ne voyais pas les choses comme ça. Mais imagine que j'aie l'air complètement nunuche dans ma robe de mariée ? Je ne serais pas la première. C'est difficile d'avoir du chien quand on est attifée comme ça. Le plus souvent, on donne l'impression que c'est la robe qui vous porte et pas le contraire.

— Allons, tout ira bien, tu verras. Et puis, tu auras une montgolfière derrière toi pour te mettre en valeur.

— C'est vrai. Merci, ma chérie. Et tu as raison : envoie-le se faire foutre. Tu n'as pas besoin de son fric, ni de lui. Je serai toujours là pour toi en cas de besoin. Tu le sais, j'espère ?

— Oui, Ellen, merci.

— Et ensuite, je lui collerai un procès au cul.

***

Je suis à la boutique mercredi matin avec grand-mère et Lulu. Elle et Vin sont arrivés hier (complètement à la ramasse à cause du décalage horaire), mais un petit-déjeuner copieux les a requinqués, et Vin est en train de jouer les grands frères et de déplacer les meubles dans la maison.

Nous avons emprunté un matelas à Connie pour Lulu et lui ; comme ça, maman et papa, qui arrivent demain, pourront s'installer dans la chambre d'amis. Rien que d'y penser, j'en ai des sueurs froides.

C'est pourquoi je me concentre sur mon triangle de tricot : le dernier pour la banderole que nous allons mettre en devanture.

Grand-mère est en train de passer des coquillages à Lulu, qui a déployé un filet bleu marine au-dessus d'un fond bleu pâle sur le plancher de la vitrine pour simuler des vagues. De mon côté, j'ai agrafé un pan de velours argenté à la cloison latérale, que j'ai ensuite recouverte d'un filet bleu pour compléter le décor marin. Nous avons disposé des galets de chaque côté de la vitrine, sur lesquels nous allons asseoir des oursons en train de pique-niquer, à côté de petites baigneuses étendues sur des draps de bain rayés.

Mes baigneuses sont un peu plus rondes et lascives que je ne l'aurais voulu, mais j'espère qu'elles vont inciter les gens à acheter nos kits « MacKnit » : quatre pelotes de laine de couleurs vives, un modèle simple, une paire d'aiguilles en bois et une navette en pierre, le tout pour quinze livres. Ils commencent à bien se vendre, ce dont je ne vais pas me plaindre vu que je me fais sur chacun une marge de presque sept livres.

D'après notre comptable, M. Prewitt, notre chiffre d'affaires du mois dernier n'avait, de mémoire d'homme, jamais atteint un tel niveau, ce qui est plutôt encourageant, même si une bonne part des bénéfices a été réalisée grâce à la grosse commande de cachemire passée par la diva.

Grand-mère, qui ne sait pas vivre sans un chiffon à la main, donne un petit coup de Pliz à chaque galet.

— Tu as vu l'échographie du bébé ? demande-t-elle à Lulu. N'est-ce pas qu'il ressemble à Archie ?

Depuis qu'elle m'a accompagnée à l'hôpital pour la deuxième échographie, grand-mère est convaincue qu'il s'agit d'un garçon, parce que l'infirmière n'arrêtait pas de dire « le bébé ».

— C'est formidable, ce qu'ils arrivent à faire de nos jours. De mon temps, on faisait ça à la trompe.

Lulu écarquille les yeux.

— À la trompe ?

— Oui, l'infirmière se servait d'une trompe pour écouter le bébé, si bien que la mère ne pouvait rien entendre. Aujourd'hui, ils utilisent des micros. Et je peux te dire que son petit cœur battait très fort.

Elle me lance un regard en coin. Les médecins ont eu beau lui répéter que les battements de cœur du fœtus étaient normaux, elle n'a pas eu l'air convaincue.

— Et il a même passé avec succès le test nucléaire, ce petit malin. N'est-ce pas, Jo ?

Lulu se tourne vers moi.

— Le test nucléaire ?

— Le Doppler fœtal, pour détecter la trisomie 21. Plus la mère est âgée, plus les risques sont importants, mais j'ai reçu les résultats la semaine dernière, et ils sont encore meilleurs que ceux d'Archie.

— Ah ! mais c'est une excellente nouvelle !

Grand-mère acquiesce.

— Oui, et il ressemble comme deux gouttes d'eau à notre Archie. Reg et Betty sont du même avis.

Cette fois, j'ai fait faire une copie de l'échographie pour grand-mère, qui l'a mise dans un petit cadre en plexiglas, qu'elle emporte partout dans son sac à main pour la montrer à ses amies.

Lulu se faufile à nouveau à quatre pattes dans la vitrine et commence à disposer des poissons en laine sur le filet de pêche.

— Je trouve que Moby est un joli nom pour un garçon, dit grand-mère en se penchant par-dessus la cloison. N'est-ce pas, ma chérie ? J'aime bien aussi Tom et Albert. J'avais un oncle qui s'appelait Albert. C'était le plus gentil des hommes. Il avait toujours des bonbons dans ses poches.

— J'aime bien Tom. Mais Archie et Albert, mis côte à côte, ça fait penser à un vieux duo de music-hall, tu ne trouves pas ?

— Si.

— Et si c'est une fille ? Il y a les noms de fleurs, comme Daisy ou Rose. Ou Oceane. C'est joli, non ?

Lulu a manifestement creusé le sujet. Et elle n'est pas la seule. Hier, pour une raison qu'elle est seule à connaître, Elsie militait activement en faveur de Stewart.

Grand-mère lui passe un autre poisson en tricot.

— Rose, c'est joli, et j'avais une tante Ruby qui était gentille ; et puis il y a Mary, naturellement, mais il y en a déjà tellement, et Pearl, ma grand-mère s'appelait Pearl ; et ma mère avait une sœur qui s'appelait Nancy. Malheureusement, elle s'est amourachée d'un vaurien et elle s'est mise à boire. Tu ne crois pas qu'on devrait demander leur avis aux garçons ?

— Je ne suis pas sûre que ce soit une bonne idée, grand-mère, sauf si tu tiens absolument à avoir un petit-fils qui s'appelle Gandalf.

Lulu et moi finissons de disposer les poissons, puis Lulu installe mes plantureuses baigneuses sur leur rocher et met la touche finale au pique-nique des oursons, pendant que je suspends quelques sacs de plage et un seau et une pelle aux crochets fixés aux coins du plafond.

— Merci, Lulu. Je ne sais pas comment je m'en serais sortie sans toi.

— Je trouve ta vitrine très réussie.

— Tant mieux. Comme ça, les organisateurs ne pourront pas dire que nous n'avons pas fait notre maximum.

Depuis que Broadgate a remporté la médaille d'argent au concours des villes fleuries du bord de mer l'année dernière, et que notre vitrine s'est vu attribuer une mention honorable, le conseil municipal n'arrête pas de me dire que je dois me surpasser.

— Je parie que tu vas remporter la médaille d'or.

— Ça m'étonnerait, vu que nous sommes en compétition contre Whistable, qui rafle systématiquement toutes les médailles – au grand dam de lady Denby, qui est persuadée qu'il y a des dessous de table.

Lulu propose héroïquement d'accompagner grand-mère chez Mme Davis pour discuter une énième fois des arrangements floraux, pendant que je me bile toute seule dans mon coin au sujet des remarques que va faire maman quand elle va voir le papier peint dans la chambre d'amis.

Je m'efforce de chasser ces mauvaises pensées en passant une nouvelle commande de fil de coton, quand lord Denby entre dans la boutique, l'air plus distrait que jamais.

— Bonjour, chère madame. Vous n'auriez pas vu mon épouse, par hasard ? Nous étions convenus de nous retrouver quelque part, mais je ne me souviens plus où, et quelque chose me dit qu'elle va se mettre dans tous ses états si je ne la retrouve pas. Ça ne vous ennuie pas si je l'attends ici ? Il me semble qu'elle a parlé de laine.

— Oh ! mais non, bien sûr. Puis-je vous offrir une tasse de thé en attendant ?

— Excellent !

Je lui offre un biscuit, et il est en train de me raconter ses déboires avec les pucerons qui ravagent ses rosiers, quand lady Denby, visiblement excédée, entre dans la boutique, Algie et Clarkson à sa suite.

— George. Je croyais que vous deviez m'attendre dans la voiture ?

— Vraiment, très chère ? J'avais complètement oublié. Moira et moi étions en train de papoter.

Bien que personne ne sache pourquoi, lord Denby appelle tout le monde Moira.

Lady Denby a l'air embarrassée.

— Une tasse de thé, lady Denby ?

— Non, merci. C'est gentil, mais nous ne pouvons pas rester. George, vous êtes incorrigible ; pire que les chiens. Toujours à quémander des biscuits ici et là. Il ne vous a pas causé de problèmes, au moins ?

— Oh ! mais non, pas du tout. Nous étions en train de parler de rosiers.

Lord Denby repose sa tasse.

— À peine avais-je poussé la porte que cette charmante jeune personne m'a proposé une tasse de thé. Je n'ai rien quémandé, Pru.

Lady Denby me décoche un grand sourire.

— Il y a une chose que je voulais vous dire. Qu'est-ce que c'était déjà ? Ah oui ! J'ai cru comprendre que les félicitations étaient de mise. Ce genre de choses était monnaie courante pendant la guerre.

— Je vous demande pardon ?

— Les mères célibataires. Il y en avait à la pelle. Mais les temps ont changé, n'est-ce pas ? Et d'ailleurs, ça ne regarde que vous. Du moment que vous pouvez l'élever seule, ce n'est pas moi qui vais vous jeter la pierre. En tout cas, ne vous laissez pas faire. Les gens d'ici sont tellement médisants. Vous êtes en forme, au moins ? Moi, j'ai été malade comme un chien chaque fois.

— Je me sens très bien, je vous remercie.

— Parfait, parfait. Au fait, j'ai remarqué votre nouvelle vitrine. Bravo ! Vous n'avez pas perdu la main. Ah ! ils veulent jouer au plus malin ? Eh bien, c'est ce que nous allons voir ! Je vous parie que nous allons les battre à plates coutures.

Clarkson est en train de tirer sur sa laisse pour essayer de me lécher les orteils.

Lord Denby se lève.

— Merci pour le thé, Moira. Je devrais venir plus souvent. Ah ! et n'oubliez pas. L'eau savonneuse, rien de tel contre les pucerons. Ils ont horreur de ça. Bien le bonjour.

Il me fait un clin d'œil et pousse la porte. Il s'ensuit un enchevêtrement de laisses et de jambes jusqu'à ce que lady Denby réussisse à libérer ses chiens.

— Maudites bêtes, vous resterez dans la voiture la prochaine fois si vous ne savez pas mieux vous tenir.

J'ai droit à un deuxième clin d'œil de lord Denby et un au revoir de lady Denby, tandis qu'elle entraîne tout son monde vers sa vieille Volvo. Il faut que je pense à prévenir Elsie que le cher vieil homme risque de revenir pour une tasse de thé et qu'il va l'appeler Moira : elle sera absolument enchantée. On pourrait peut-être lui apprendre à tricoter des plaids pour les chiens pendant que lady Denby fait ses emplettes en ville. D'après Betty, il fut un temps où il avait la réputation d'être un chaud lapin. Espérons qu'il a définitivement passé ce cap.

***

Vin et Lulu sont allés chercher papa et maman à l'aéroport. Quant à moi, malgré une furieuse envie de piquer un petit roupillon, je vais récupérer les garçons à l'école pendant que quelqu'un d'autre se charge du dîner, de maman et de ses remarques désobligeantes.

— Super : voilà Annabel.

Mon gros ventre et moi avons droit à un regard désapprobateur, tandis qu'elle nous tend son dernier communiqué sur la kermesse d'été. Connie lui sourit, mais Annabel l'ignore et se remet aussitôt en quête d'autres parents suffisamment stupides pour s'être laissé convaincre de tenir un stand.

Dans sa dernière missive, la présidente nous informait que nous allions devoir nous déguiser à la mode victorienne pour la fête de fin d'année, et dans celle-ci, elle nous annonce qu'un comité de coordination des costumes a été formé.

Allô, la NASA ? Il semblerait que nous ayons un problème.

— Je parie qu'ils ont décidé de nous déguiser en ramoneurs.

— Si c'est le cas, ils peuvent boire de l'eau fraîche. Moi, je serai la reine Victoria. J'ai une robe longue noire, et Mark m'a dit qu'il allait me fabriquer un diadème. Je sens qu'elle va me haïr.

— Super ! Et moi, je serai Albert - un Albert enceinte jusqu'aux yeux qui va la faire tourner en bourrique.

— À moins qu'on ne te fasse une belle robe comme celle d'Anna dans *Anna et le Roi* ?

— Je doute que nous trouvions une crinoline suffisamment large, Connie. Et de toute façon, je ne sais pas valser.

— Je t'apprendrai.

On est en train de s'entraîner quand les enfants sortent.

Jack et Marco les premiers.

— Maman, est-ce qu'on peut rentrer à la maison tout de suite ? J'ai hâte de voir Mariella.

Maman a insisté pour que les garçons l'appellent non pas « mamie », mais Mariella, le prénom qu'elle a adopté depuis que papa et elle vivent en Italie.

Je suis en train de mettre un vase de tulipes dans la chambre d'amis, quand Jack grimpe les marches quatre à quatre en criant :

— Ils sont là ! Ils sont là !

Je prends plusieurs longues inspirations pour essayer de me calmer, mais ça n'a pas vraiment l'air de marcher.

— Vous avez fait bon voyage, maman ?

Debout derrière maman, j'aperçois Vin qui roule les yeux en secouant la tête.

— La valise de maman s'est perdue, dit-il en se pinçant pour ne pas éclater de rire.

— Oh ! mince.

— Oh ! mince ? C'est bien pire que ça, Josephine. Ma robe de cérémonie était justement dans cette valise, mais je te prie de croire qu'ils vont m'entendre. Je vais faire jouer mes relations et remuer ciel et terre.

Vin ricane en silence.

— Des relations, maman ? Je doute que la mafia ait beaucoup d'influence sur British Airways.

Elle lui décoche un regard furibond.

— Merci, Vincent. Toujours aussi serviable, à ce que je vois. Josephine, je vais avoir besoin de toi pour passer des coups de fil. À ton amie Ellen, pour commencer.

— À Ellen ?

— Oui, quand je vais leur dire que la presse a été alertée, je te garantis qu'ils vont se mettre en quatre. Et est-ce que quelqu'un pourrait me préparer une infusion ? J'ai un mélange d'herbes que mon guérisseur m'a préparé. Déjà que, selon lui, je suis extraordinairement stressée, ça n'est pas ce genre de tuile qui va arranger les choses. Derek, où as-tu mis mon médicament de survie ?

Tout en m'efforçant de persuader maman qu'Ellen ne va pas commenter l'incident de la valise perdue dans son journal de six heures, j'appelle environ cent fois le numéro des bagages perdus avant de m'entendre dire qu'ils s'efforcent de localiser la valise et qu'ils me rappelleront dès que possible. Je sens que maman est dans un état proche de la dépression nerveuse.

Les garçons ont essayé de lui présenter Trevor le fou joyeux, mais elle n'a pas eu franchement l'air impressionnée. C'est pourquoi je l'aide à défaire ses bagages pendant que tous les autres sont sortis dans le jardin pour faire une partie de foot.

Par chance, tous les sachets de plantes médicinales se trouvent dans la valise de papa, ce qui m'évite de devoir partir en catastrophe à la recherche d'un herboriste.

— Eh bien, maman, qu'est-ce que tu penses de la maison ?

À peine ai-je posé la question que je le regrette en voyant sa moue *pleine de tact*.

— Elle a du potentiel, à condition de revoir entièrement la déco. Et enfin, pourquoi as-tu mis cette couleur affreuse dans le couloir ?

— C'est du magnolia, maman. Il m'en restait tout un stock de Londres. Mais je serais ravie que tu me dises quelles couleurs iraient le mieux, d'après toi.

— Je suis beaucoup trop fatiguée pour ça, Josephine.

— Je ne voulais pas dire…

— Et si je puis me permettre, cette robe te va comme un sac.

— C'est grand-mère qui me l'a faite. Il a fait tellement chaud.

— Chaud ? On voit que tu ne sais ce qu'est l'été à

Venise. Mais dis-moi, ma chérie, tu te sens bien au moins ? Je te trouve l'air bouffi.

Bouffi. Super. Exactement le genre de compliment que j'attendais.

— Juste un peu fatiguée, mais c'est tout. Les garçons sont impatients de connaître le bébé.

— Je suis contente pour toi, tu le sais, ma chérie, si tu es absolument certaine d'avoir fait le bon choix. Mais c'est peut-être le moment de faire le point.

— Le point sur quoi ?

— Ne me dis pas que tu songes sérieusement à croupir dans cette boutique minable jusqu'à la fin de tes jours ? Le moment est venu pour toi de revenir à la civilisation. Et tu le peux, à condition de le vouloir vraiment. Tu pourrais recommencer à travailler à la télévision, exercer un *vrai* métier.

Entendez par là, un métier pour épater ses copines (« Ma fille travaille à la télévision »).

— Je sais que tu n'as pas aimé grandir ici, maman. Mais les garçons et moi, on s'y sent bien.

— Je ne comprends vraiment pas pourquoi. Tu n'as pas l'impression d'étouffer ici ? C'est une des choses que j'aime à Venise : cette sensation de liberté, l'atmosphère artistique. Ne me dis pas que tu veux rester éternellement dans ce trou.

— Je ne sais pas, mais pour l'instant j'y suis bien. Et les garçons aussi. Ils adorent leur école et être près de grand-mère.

Exactement ce qu'il ne fallait pas dire. Elle se raidit d'un seul coup et se met à plier un tee-shirt.

— Oui, forcément, pour elle, Broadgate est le centre de l'univers.

— Où dois-je mettre ceci, maman ? fais-je en lui

montrant un peignoir vert aux manches violettes brodées de ce qui ressemble à des perroquets.

Seigneur, faites qu'elle ne le mette pas pour le petit-déjeuner, sans quoi je vais devoir bâillonner Archie.

— Sur le fauteuil, s'il te plaît.

— J'ai hâte que tu voies la boutique. J'ai fait pas mal de changements, tu sais. Grand-mère et Reg vont venir dîner avec nous, et ensuite je vais à mon club Tricot et Ragots. Si le cœur t'en dit, tu es la bienvenue. Je suis sûre que toutes les filles seront ravies de faire ta connaissance.

— Demain peut-être, mais aujourd'hui je suis beaucoup trop stressée. Tu n'aurais pas d'autres cintres ? En bois, tant qu'à faire : je voudrais pendre le costume de ton père. A-t-on idée de se servir de ces machins en fil de fer ? Ce serait inconcevable en Italie.

— Désolée.

— Je sens que je vais avoir la migraine.

Tu m'étonnes.

— Oh non ! Tu veux un calmant ?

— Tire les rideaux, s'il te plaît. Si je m'allonge un peu sans bouger, ça va peut-être passer. Tu n'aurais pas quelque chose de léger, du bouillon, par exemple ?

— Du bouillon ?

Et pourquoi pas des pieds en gelée ?

— J'ai de la soupe en boîte, si ça peut te convenir. Je vais descendre jeter un coup d'œil.

— Non, c'est inutile.

Vin et papa sont en train de veiller sur maman, qui vient de s'enfiler une boîte de potage à l'agneau, deux tartines de fromage grillé et réclame du gâteau, quand Lulu et moi nous esquivons pour nous rendre à la boutique.

Maman a réussi à s'extraire brièvement du lit pour faire la connaissance de Reg avant de remonter se coucher. Reg n'a pas eu l'air de s'en formaliser, se montrant plein de sollicitude (ce qui n'était pas pour déplaire à maman), mais j'ai bien vu que grand-mère était contrariée et un peu blessée.

À l'atelier, Lulu a sorti les tasses et les soucoupes, tandis que Connie dispose sur une assiette les nouveaux biscuits de Mark (des sablés au chocolat et des macarons aux amandes qui ont l'air succulents).

— Ta mère va venir nous rejoindre plus tard ?

— Non, Connie, elle préfère bouder seule dans son coin. Elle est persuadée qu'elle souffre du décalage horaire.

— Après seulement deux heures d'avion ?

— Grand-mère lui a présenté Reg, ce soir, et je crois que s'obliger à sourire pendant plus de cinq minutes l'a achevée.

— Mais ça tient toujours pour le dîner de demain soir, j'espère ?

— S'il te plaît.

— Mark a préparé quelque chose de spécial : une sorte de répétition générale du banquet de mariage. Et le gâteau est presque terminé. Ta grand-mère lui a montré la photo d'une pièce montée à trois étages, mais comme elle craignait que ce soit trop difficile pour lui, elle en a choisi une plus petite. Du coup, il en a fait une à quatre étages, avec un couple qui danse au sommet. Il voulait lui faire la surprise.

— C'est formidable.

— Tu as essayé ta robe de demoiselle d'honneur ?

Connie est nettement plus enthousiaste que moi à ce sujet.

— Pas encore, je me réserve pour le grand jour.

La vérité, c'est que paraître en public affublée d'une toile de tente rose bonbon dans laquelle je vais avoir l'air d'une bombe glacée ne m'excite guère.

— Elle est rose, n'est-ce pas ?

— Oui.

— Génial !

Quand toutes les filles sont là et servies en thé, café ou vin, selon leur préférence, je commence à me détendre. Angela nous montre les dernières photos du petit Stanley, avec sa fille Penny et sa copine Sally, toutes fières ; Stanley a déjà une belle tignasse pour un bébé de neuf mois, et il semble particulièrement souriant.

Tina lui rend le paquet de photos.

— Il est adorable, Angela. Dis donc, qu'est-ce qu'il a grandi !

— Il va bientôt marcher. Il se met debout en se tenant à la table de salon, dont Sally a eu la bonne idée de capitonner les coins pour qu'il ne se blesse pas. Elle est tellement prévenante.

Angela s'est transformée en l'espace de quelques mois. Quand elle est entrée dans le groupe, elle était tellement timide qu'elle se mettait quasiment à trembler si on lui adressait la parole, mais, depuis qu'elle est grand-mère, elle a pris de l'assurance. Son mari, Peter, est notre agent immobilier local et l'un des piliers de la communauté.

Étant du genre à ne pas supporter la vue d'une femme en pantalon, sauf pour faire du jardinage, quand sa fille lui a annoncé qu'elle était enceinte et qu'elle vivait en couple avec une autre fille, championne du bricolage, la pilule a eu du mal à passer. Mais Angela ne lui en a pas fait cas, et elle va régulièrement rendre visite à sa fille et à sa copine.

Cath sourit.

— Olivia était pareille quand elle était petite. Elle n'arrêtait pas de s'agripper partout.

— Et ce soir, elle est où ?

— À la maison, en train de faire la tête parce que je refuse de la laisser partir en auto-stop cet été.

Linda repose son verre.

— Et où est-ce qu'elle voudrait aller en stop ?

— Je ne suis pas certaine qu'elle le sache elle-même. Sa copine Polly et elle ont décidé exprès de faire du stop parce qu'elles savent que ça nous rend fous. Elle nous fait tourner en bourrique. J'ai toujours pensé que les bébés n'étaient pas faciles, mais les ados, pardon !

Tina reprend un biscuit.

— Je ne sais pas comment je vais me débrouiller si Travis devient encore plus difficile qu'il ne l'est déjà. La semaine dernière, il m'a enfermée dans la serre. Comme je lui avais interdit de regarder un film, il a profité de ce que j'étais en train d'arroser les plantes pour refermer les portes coulissantes et mettre le loquet. Ces fichues vitres sont tellement épaisses. Graham était de garde de nuit, et il n'aime pas que je le dérange quand il est au travail.

Nous essayons de ne pas rire en imaginant Tina prise au piège par son fils de huit ans, même si je suis sûre qu'Archie ne serait pas contre me garder enfermée dans le jardin d'hiver si nous en avions un.

— J'ai pensé un moment appeler la police, mais Graham se plaint tellement souvent d'avoir affaire à des zozos qui appellent la caserne pour un oui pour un non, que je me suis dit que ça devait être pareil pour les flics. Si bien que je me suis assise et que j'ai attendu que tout devienne silencieux. Je sais que Travis a horreur de ça. Après quoi, je lui ai dit que je l'aimais… Enfin, j'étais obligée de crier à cause de la vitre, mais j'ai tout de même pris l'air malheureux. Et quand il a ouvert les portes, j'ai compris qu'il avait juste envie d'un câlin. Qu'est-ce que vous voulez ? Il se met dans un tel état sinon. Graham me dit que je suis beaucoup trop coulante, mais lui est bien pire. Il lui passe tous ses caprices.

Connie hoche la tête.

— Mark est exactement pareil. Nelly finit toujours par l'entortiller autour de son petit doigt. Dès qu'elle se met à pleurer, il craque.

Cath se resserre du thé.

— Oui, mais nous avons toutes envie que quelqu'un s'apitoie sur notre sort quand nous nous mettons à pleurer, non ? Imaginez comme ce serait insupportable si tout le monde s'en fichait. Flûte, je suis encore allée de travers.

Elle me tend son tricot, dont les derniers rangs comptent plus de trous que de mailles. Elle est en train de faire un cardigan en laine et soie crème, avec des manches à torsades. À peine ai-je fini de remettre de l'ordre dans les torsades, que Linda me demande de l'aider à faire la bordure de son poncho. Après quoi, c'est Lulu qui veut mon avis sur un pull qu'elle voudrait tricoter pour Vin.

J'adore les soirées comme celle-là, où tout le monde papote et fait des projets. Angela achète du fil de coton pour faire une veste à Stanley, pendant que Lulu refait du thé.

— Des amateurs pour le dernier macaron ?

— Non, Jo, mange-le, toi : il faut prendre des forces.

Comment te sens-tu ? demande Tina en regardant mon ventre.

— Bien, merci. Lady Denby est passée à la boutique aujourd'hui pour me féliciter.

Linda émet un petit reniflement méprisant avant de se reprendre in extremis, mais Tina l'a entendue.

— Nous sommes toutes ravies pour toi, n'est-ce pas, Linda ?

— Oui, bien sûr. C'est juste que... Oh ! peu importe.

Angela toussote, puis rosit.

— Si tu as quelque chose à dire, c'est le moment, Linda.

De deux choses l'une, ou bien Angela a suivi des cours de développement personnel ou bien elle a commencé à lire les livres que Penny lui a donnés.

— C'est juste que je n'ai pas envie que Lauren s'imagine que c'est bien d'élever seule un enfant. Après cette Grace Harrison, c'est au tour de Jo, maintenant. À croire que c'est la mode. Désolée, mais ce n'est pas un bon exemple pour les filles comme Lauren.

Tout le monde semble mal à l'aise, en particulier Linda.

Scrogneugneu.

— Tu veux dire que tu penses qu'il faut être mariée pour avoir des enfants, c'est ça ? demande Connie d'un ton cassant qui ne présage rien de bon.

— Non, non, bien sûr, pas si on a quelques sous de côté. Mais pour une fille comme Lauren, ce serait un désastre. Déjà qu'elle n'est pas fichue de s'occuper d'un hamster… Le sien passait sa vie sous le canapé du salon, jusqu'à ce que le chien finisse par l'avaler tout cru. Il ne manquerait plus qu'elle se mette en tête d'avoir un bébé.

Voyant combien elle est contrariée, Tina lui passe un bras autour des épaules.

— Je ne voudrais pas qu'elle s'imagine qu'elle a le choix. Pas à son âge. Quand j'avais seize ans, il fallait être mariée pour avoir un enfant. Et on a beau être divorcés, son père et moi, je ne voudrais pas qu'elle s'imagine qu'avoir un bébé c'est « fun ». C'est ce qu'elle m'a dit, ce week-end : « Ça serait fun » et aussi qu'elle n'avait pas envie « d'épouser un branleur » juste pour pouvoir avoir un enfant.

— Bah, le fait est qu'elle n'a pas tout à fait tort, Linda. Mais il est probable qu'elle l'ait dit juste pour te faire enrager.

— Et elle a réussi.

Cath interrompt son tricot.

— Ce n'est pas une raison pour vouloir revenir au Moyen-Âge ou mettre les filles au couvent, non ?

— Non, évidemment.

— Dans ce cas, j'estime que c'est une question d'éducation. Il faut que nos filles sachent qu'élever un enfant n'est pas de tout repos, et ce genre de choses. Moi, je veux qu'Olivia puisse choisir, mais en pleine connaissance de cause. Je suis persuadée que Lauren est beaucoup plus raisonnable que tu ne le crois, Linda. Tu parles tout le temps avec elle.

— Oui, mais c'est comme de souffler dans un violon.

Angela commence à ramasser les assiettes.

— Personnellement, je ne vois pas pourquoi une femme seule ne pourrait pas décider d'avoir un enfant. Avant, je pensais qu'il fallait absolument être mariée. Mais entre-temps, j'ai compris que c'était juste une façon de nous mettre le fil à la patte. C'est Penny qui me l'a expliqué.

Tina sourit.

— Et il en va de même du mariage, non ? Se marier trop jeune peut vous coûter très cher.

Linda soupire.

— Explique-moi ça. Bon sang, quand je pense à toutes les années de ma vie que j'ai gâchées. Je suis désolée, Jo. Je ne voudrais pas que tu penses que je ne suis pas contente pour toi. Tu comprends, n'est-ce pas ?

— Bien sûr que je comprends. Écoute, pourquoi n'amènerais-tu pas Lauren à la maison pour qu'elle apprenne à changer les couches quand le bébé sera né (entre minuit et six heures du matin, par exemple), histoire qu'elle voie le côté le moins réjouissant de la chose ?

— Sérieux ? Oh ! merci, Jo, je te revaudrai ça.

Tina lui passe à nouveau un bras autour des épaules.

— Linda, ta fille a envie de te faire enrager. Je suis sûre que Lauren est beaucoup plus mûre que tu ne le crois.

— Eh bien, je l'espère, parce que je ne me sens pas du tout prête à être grand-mère.

Après que tout le monde s'est apitoyé sur notre sort, à Connie et moi (malheureuses victimes sacrificielles de la kermesse d'été à la mode victorienne), nous en venons aux préparatifs du mariage de grand-mère, et soudain l'atmosphère se déride. Quand nous nous séparons, la bonne humeur est revenue. À mon grand soulagement, Linda me serre longuement dans ses bras.

C'est l'un des inconvénients de la vie dans une petite ville de province : tout ce que vous dites ou faites tombe dans le domaine public. Et les adolescentes vous citent en exemple pour faire enrager leur mère. Bon sang, je ne me sens vraiment pas de taille à affronter l'adolescence.

Je suis complètement fourbue quand arrive le moment de laver les tasses.

— Tu devrais rentrer et te mettre au lit, me dit Connie. Et ne laisse pas ta mère te manger la laine sur le dos. Compris ?

— Ne t'en fais pas. Tout va bien.

— Non, tout ne va pas bien. Avec le bébé et la boutique, je trouve que tu en fais un peu trop par moments. Tu ne peux pas passer ton temps à te mettre en quatre pour les autres.

— OK.

— *Brava.*

— Mince ! J'avais complètement oublié. Je lui ai promis de l'emmener faire des courses, demain, si sa fichue valise n'a pas été retrouvée.

— Non. Lulu peut s'en charger, ou moi. Tu vas devoir te reposer avant le mariage.

— Ah ouais ? Vous avez prévenu les garçons, au moins ?

Lulu apporte le reste des assiettes.

— Je veux bien me dévouer pour l'emmener faire ses emplettes, dit-elle.

Chère Lulu, elle est tellement adorable… et naïve.

— Dans ce cas, mieux vaut que tu saches qu'elle peut être extrêmement désagréable avec les vendeuses et qu'elle jette par terre tout ce qui ne lui convient pas. La vérité, c'est qu'elle est absolument odieuse quand elle fait du shopping.

— Ça promet d'être amusant.

— Bonne chance.

Quand nous rentrons, Vin est en train de regarder la télé, et il y a des rails de chemin de fer étalés partout dans le salon.

— Alors, cette soirée tricot, les filles ?

— Oh ! ça va, dit Lulu en s'asseyant sur ses genoux. Tu t'es regardé avec ton train électrique ?

— Je te l'ai déjà dit : les vrais hommes ne jouent pas au petit train, ils ne font qu'aider leurs neveux à s'amuser.

Elle l'embrasse.

— Tu sais que tu es un glandu, Vin ?

— Ôte-toi de là, gros tas. Tu m'étouffes.

— Sous mon charme.

— Ah ! je vois. Maintenant que vous vous êtes bien défoulées entre nanas, vous avez décidé de vous en prendre à moi. Super. Eh bien, je vous conseille de la mettre en sourdine, parce que papa et maman dorment et qu'elle était d'une humeur de chien la dernière fois que je l'ai croisée. Elle n'a toujours pas digéré le coup de la valise. Apparemment, sa robe de cérémonie est orange. Ça se fait, de porter une robe orange à un mariage ?

— Oui, si tu tiens absolument à passer pour la folle de Chaillot. À quelle heure les garçons sont-ils allés se coucher ?

— Huit heures et demie.

— Vin.

— Un peu avant dix heures.

— Bah, comme ça, on va peut-être pouvoir faire la grasse matinée. Lulu s'est portée volontaire pour emmener maman faire du shopping, demain, si la valise n'est toujours pas retrouvée. Ça promet d'être du sport. Tu ferais bien de la briefer pour qu'elle sache à quoi s'attendre.

Lulu sourit.

— J'aime bien sa façon de s'habiller. Ça sort de l'ordinaire.

Vin l'embrasse.

— Par moments, je me fais du souci pour toi, Lou. Attends d'être à samedi, quand elle va se pointer avec une tiare à leds clignotants.

— Quand vas-tu nous montrer ta robe, Jo ? J'ai hâte de la voir.

Vin ricane.

— Moi aussi.

— Arrêtez, vous deux. Elle est rose, c'est tout ce que j'ai à déclarer. Rose de haut en bas et très ample. Bon, et maintenant, je vais me coucher. Essayez de ne pas faire trop de bruit quand vous monterez. Si jamais Archie se réveille, il faudra assurer. Il y a tout ce qu'il faut à la cuisine pour vous faire un en-cas : des barquettes sablées dans le placard à côté de la machine à laver, et du cacao, si ça vous dit.

Lulu tape dans ses mains, et Vin me fait un clin d'œil : Lulu raffole des barquettes sablées avec du chocolat chaud.

— Tu veux qu'on te monte une tasse de cacao ?

— Non, merci. Je sens que je vais tomber comme une masse une fois au lit. Je suis complètement vidée.

Il est deux heures du matin, et je ne dors toujours pas. À la place, je suis en train de faire une crise de panique à retardement.

Je pense que la venue de maman, plus le bébé, ça commence à faire beaucoup (sans parler de l'idée de devoir me déguiser en bombe glacée et du voyage en Écosse pour le mariage d'Ellen, qui tient absolument à ce que les garçons portent un kilt). Tout cela me donne des bouffées de chaleur et des palpitations, et, si je n'arrive pas à dormir, je vais avoir l'air d'un gros panda rose sur les photos de mariage.

Si seulement tout pouvait s'arrêter, ne serait-ce qu'une minute, pour que je puisse reprendre mon souffle. À dire vrai, c'est plutôt de quinze jours de vacances que j'aurais besoin.

Quand j'ai dû jouer la jeune veuve éplorée qui avait perdu tragiquement l'amour de sa vie, ça n'a pas été facile, mais cette fois, c'est encore plus compliqué. Et Linda a raison : avoir un bébé seule, c'est une grosse responsabilité, et je ne suis pas certaine de pouvoir m'en sortir.

Nom de nom. Tout ceci est en train de prendre des proportions ridicules. Je connais à peine Daniel, et voilà que je vais avoir un enfant de lui ? Sauf que ce n'est pas vraiment le sien, pas comme les garçons avec Nick.

De toute façon, je croyais connaître suffisamment Nick, et voyez le résultat. D'ailleurs, la fameuse Mimi, la nymphette de l'ONU, n'était sûrement pas la première avec qui il avait eu une aventure. J'étais en train de penser à tout ça, l'autre jour, quand j'ai soudain réalisé combien lui et moi étions déconnectés. Il vivait une autre vie, ailleurs, depuis des années.

Mais ce bébé-ci, je ne vais pas être absolument seule pour l'élever. Il y a les garçons, et grand-mère, et tous ceux qui passent prendre de nos nouvelles chaque jour. En fin de compte, la seule chose qui manque, c'est la partie du milieu, quand vous l'épousez et qu'il vous plaque ensuite, ou qu'il s'encastre dans un arbre.

Du moins, ce bébé-ci ne connaîtra pas le même sort que Jack et Archie (le chagrin, l'incompréhension, la peur et le sentiment de culpabilité liés au deuil de leur père).

Même si Daniel décide de se manifester d'une façon ou d'une autre, nous saurons dès le départ qu'il ne fait pas partie de la famille, ce qui vaut mieux pour le bébé. N'empêche que je me demande comment je vais réussir à pouponner, m'occuper des garçons et faire tourner la boutique.

Ce dont j'ai besoin, ce n'est pas un fichu mari, mais une nounou (et même deux : une pour le bébé et une pour moi). Et je ne serais pas contre non plus de laisser un troisième larron s'occuper de tout le reste (comme de réparer la chaudière qui ne chauffe que quand ça lui chante, ou le robinet de la baignoire qui a commencé à fuir). J'en ai franchement ras le bol de jouer les Mère Courage. Que quelqu'un d'autre se charge des affaires courantes, moi je file me reposer avec les garçons sur une île déserte.

La vérité, c'est que je n'ai pas la moitié du quart du début d'une idée de comment je vais pouvoir me débrouiller. Et en attendant, j'ai mal aux genoux et au dos, et je suis trop fatiguée pour me traîner jusqu'à la cuisine pour une tasse de thé et des biscuits.

Dommage qu'il n'y ait pas une fichue sonnette sur laquelle il suffit d'appuyer pour qu'aussitôt quelqu'un rapplique et se charge de tout : un croisement de Mary Poppins et d'attachée de presse super efficace avec une pointe de Jamie Oliver pour faire bonne mesure. Sans quoi je demanderais à être immédiatement transportée dans un spa pour me faire faire une manucure.

Ce qui me fait penser que je dois ajouter une corvée à ma maudite liste : trouver le temps de me faire les ongles dans les vingt-quatre prochaines heures, si je ne veux pas décevoir grand-mère, qui a passé un temps fou à chercher un vernis à ongles du même rose que ma robe de cérémonie. Et si je me tirais du lit pour m'en occuper tout de suite ?

Quelqu'un se lève pour aller aux cabinets, puis tire la chasse. Super : Archie va se réveiller dans la minute qui suit.

— Maman ?

— Non, Archie. Retourne te coucher.

Debout sur le seuil, il oscille légèrement.

Nom d'une pipe, il va piquer une crise et réveiller Jack si je ne me lève pas pour le remettre dans son lit.

— Bon, d'accord. Mais promets-moi de te faire aussi petit qu'une souris.

Il traverse la chambre en traînant les pieds et grimpe dans le lit en tirant presque tout le drap et la couverture à lui.

Je tire de mon côté et réussis à récupérer un coin du drap.

— Cesse de gigoter, Archie.

Il fait un petit bruit, comme un couinement.

— Je fais la souris.

— Dans ce cas, fais la souris qui dort.

Je l'imagine en train de sourire dans le noir.

Le bébé remue dans mon ventre.

— Et toi, tu arrêtes, ça n'est pas le moment.

— J'ai rien fait.

— Non, je parle au bébé.

— Bonsoir, maman, bonsoir, bébé.

Il me tapote le dos, et le bébé recommence à bouger en donnant un petit coup de pied du côté gauche.

Super. Encore un qui se fiche comme d'une guigne de ce que je lui dis. Ça promet.

***

Il est presque dix heures, samedi matin, et il règne une atmosphère de chaos total. Allez savoir pourquoi, grand-mère a décidé que le cortège partirait de chez moi, si bien que Linda est en haut, en train de la coiffer, pendant que Vin est parti chez Reg pour l'aider à se préparer.

Elsie a mis des rubans blancs absolument partout, y compris sur Trevor (qui porte à présent une grosse faveur de satin autour du cou dont il cherche désespérément à se débarrasser).

Martin, désigné voiturier par Elsie, est occupé à faire la circulation dans la rue pour que les voitures du cortège nuptial puissent stationner devant la maison. Pendant ce temps, maman est en train de se pomponner dans la salle de bain.

Finalement, sa valise est arrivée hier (à mon grand regret, maintenant que je sais à quoi ressemble *vraiment* sa robe orangée). Avec son foulard et son couvre-chef psychédéliques, on dirait une reine de beauté du troisième âge sous acide.

Lulu se remet une dernière couche de vernis rose, pendant que je me débats avec mes sandales. Pourquoi ces satanées grolles, qui m'allaient parfaitement il y a trois semaines, refusent-elles de se fermer ? Je suis obligée de faire un trou supplémentaire dans la bride avec une aiguille à repriser. J'avais oublié l'histoire des chevilles qui gonflent quand on attend un bébé. Cela dit, si je ne veux pas que grand-mère m'oblige à m'allonger une demi-heure avec un gant humide sur la figure, j'ai intérêt à faire profil bas.

Je m'accorde une pause de cinq minutes avec un paquet de biscuits au gingembre, quand maman entre, l'air passablement énervé.

— Le miroir de ta salle de bain est une horreur. Je ne comprends pas pourquoi tu ne l'as pas changé.

— Je n'ai pas encore eu le temps de m'en occuper, maman. Grand-mère est prête ?

— Non, et elle est enfermée dans la chambre avec ce cerbère qui refuse de me laisser entrer « pour ne pas gâcher la surprise ». Non, mais je rêve !

Bravo, Linda.

— Une tasse de thé ?

— Non, merci. Et si tu continues de te gaver de biscuits, tu vas grossir.

— Je crois qu'il est un peu tard pour me soucier de mon tour de taille, maman. Eh bien, que dis-tu de ma robe ?

Je parade d'un bout à l'autre de la cuisine.

— Très jolie. Simplement, essaie de te tenir droite si tu ne veux pas avoir l'air d'un canard quand tu vas remonter l'allée. Le rose n'est pas la couleur qui te va le mieux, mais, bon. Je trouve ridicule que ta grand-mère ait absolument tenu à avoir une demoiselle d'honneur à son âge. Mais étant donné que tout le monde se fiche de mon avis comme de l'an quarante… Où est ton père ?

Papa est imbattable pour s'esquiver en période de crise. Il trouve toujours des travaux de bricolage à réaliser en urgence.

Voyant qu'il menaçait de démonter une des fenêtres du séjour pour la poncer (parce qu'elle colle), je l'ai aiguillé sur une mission d'encadrement des garçons, avec la promesse de le laisser poncer tout son content plus tard.

— Dans le séjour, en train de surveiller les garçons.

— Évidemment. Monsieur est en train de se la couler douce, pendant que je me tape tout le boulot.

Elle s'approche de la porte.

— Derek, tu as bien fait ton nœud de cravate, au

moins ? Tout compte fait, je crois que je vais prendre une tasse de thé, ma chérie.

Je suis en train de mettre la bouilloire en route, quand Lulu entre avec Martin.

— Les voitures sont arrivées.

— Merci, Martin.

— Ce sont des vintages, superbes, mais, euh..., il y en a une que maman voudrait absolument essayer. J'ai eu beau lui dire qu'on ne faisait pas partie de la famille, tu sais comment elle est.

— Pas de souci, Martin. On doit pouvoir tous tenir en se serrant un peu. Et puis, vous faites pratiquement partie de la famille. Tu peux monter dire à grand-mère que les voitures sont là, Lulu ? Et ne fais pas de bruit surtout. Si maman t'entend, elle va essayer d'entrer dans la chambre pour voir grand-mère avant qu'elle ne soit prête.

— Message reçu.

Martin porte ce que je suppose être son plus beau costard et, franchement, il est élégant.

— Super, le costume.

— Merci, ta robe n'est pas mal non plus.

— Martin, ne te sens pas obligé de me rendre le compliment. Je sais pertinemment que j'ai l'air d'une bombe glacée à la fraise.

— J'aime les bombes glacées à la fraise. Je vais aller annoncer la bonne nouvelle à maman. Après quoi, je file à l'église.

— C'est très gentil à toi de t'être occupé des voitures.

— Ça m'a fait plaisir.

— Bon sang, j'ai un de ces tracs. Je n'ai jamais été demoiselle d'honneur, et maman trouve que je marche comme un canard.

— Ignore-la. C'est ce que je fais avec la mienne.

— Bon conseil. De toute façon, l'important, c'est que grand-mère soit heureuse et que les garçons ne commencent pas à se mettre des gifles ou à s'insulter devant l'autel.

— Je suis sûr qu'ils vont bien se tenir.

— Maman ! Jack, il arrête pas de me pousser. Dispute-le.

Martin sourit.

— Enfin, peut-être.

À onze heures dix, tout se met à aller soudain très vite, et le cortège s'ébranle, nous laissant seules à la maison, grand-mère et moi. Elsie parvient à se faufiler dans la deuxième voiture, et Martin embarque Betty qui vient d'arriver avec un chapeau ressemblant à une pièce montée.

— Elle est prête.

Linda se tient au pied des marches, tandis que grand-mère commence à descendre tout doucement l'escalier, son bouquet de roses à la main, en faisant attention de ne pas trébucher dans ses chaussures neuves.

— Oh ! grand-mère, que tu es belle !

— Tu ne trouves pas que ce chapeau est ridicule ?

— Non, il est parfait.

Elle a choisi un bibi en soie crème à pois blancs avec une voilette.

— Et les fleurs ?

— Elles sont superbes, grand-mère. Tu es absolument parfaite.

Je commence à sentir les larmes me monter aux yeux.

— Allons, allons, me dit Linda en me tapotant

doucement l'épaule. Si tu commences, on va toutes s'y mettre. Bon, je file à l'église. On se retrouve là-bas. Mary, tu es à tomber. Reg ne va pas en revenir.

— Merci, Linda. Quelle heure est-il ?

— Moins dix, tu as tout ton temps. Tu devrais prendre un gin. Moi, c'est ce que je fais quand j'ai besoin de me donner du cœur au ventre.

Nous sommes en train de prendre un thé, avec un torchon propre étalé sur les genoux pour ne pas tacher nos belles robes, quand grand-mère pioche dans son sac à main et me tend une petite boîte enveloppée dans du papier de soie rose.

— De la part de Reg et moi, pour te remercier d'être notre demoiselle d'honneur. Ce sont de vrais diamants. Pas bien gros, mais j'espère qu'ils te plairont.

— Oh ! grand-mère, ils sont magnifiques. Tiens, aide-moi à les mettre.

Je pose sur la commode les pendants d'oreilles en forme de cœur que je portais quand j'ai épousé Nick. Je suis contente de porter quelque chose de nouveau. Cela me semble plus approprié pour un jour comme aujourd'hui.

— Mais j'y pense, tu portes quoi de bleu, grand-mère ?

— Ma petite culotte. Je ne voyais pas quoi porter d'autre qui ne se verrait pas, et j'ai mis mon collier de perles, et Betty m'a prêté ses boucles d'oreilles qui semblent avoir été faites pour aller avec. Et la montre que Reg m'a offerte à Noël. Je ne l'ai mise qu'une seule fois, mais ça n'a pas d'importance, non ?

— Bien sûr que non.

— Ça me fait penser à mon mariage avec ton grand-père.

— Grand-mère.

— Je sais, mais je ne peux pas m'en empêcher. Il était tellement beau. C'est vrai que, s'il avait vécu, ce serait un vieil homme aujourd'hui. J'en ai parlé avec Betty, et nous en sommes venues à la conclusion qu'il aurait été content pour moi.

— Bien sûr, grand-mère.

— Et je vais te dire quelque chose : je regrette que Nick ne soit pas avec nous aujourd'hui, même s'il avait décidé de divorcer et tout. Je sais qu'il s'est mal comporté et je pense que ce serait une bonne chose que sa mère le sache (comme ça, elle serait peut-être moins vache avec toi), mais, ce qui est fait est fait, et c'est bien dommage. Je le revois dans son costume de marié, le jour où vous vous êtes dit oui. Mourir si jeune… Comme mon Tom. La vie est vraiment injuste.

Allons bon. Si elle continue comme ça, on va se mettre à pleurer toutes les deux comme des madeleines.

— Oui, mais pas aujourd'hui, grand-mère.

— Non, mais c'est dans des jours comme celui-là qu'on s'en souvient. Je sais ce que tu as vécu, ma chérie, mais tout ce que je peux te dire, c'est que ça finit par s'arranger avec le temps. Et aussi, que je suis fière de toi. Je voulais que tu le saches. Si tu n'avais pas repris la boutique, je ne crois pas que Reg et moi, on se serait mariés. Tu sais combien je suis heureuse, n'est-ce pas ?

— Oui, grand-mère.

— Et maintenant, on ferait bien d'y aller. Je ne veux pas faire attendre Reg. Son estomac lui joue des tours pas possibles quand il a le trac. Allons, viens, ma chérie, donne-moi le bras pour marcher jusqu'à la voiture. Je ne me sens pas très à l'aise dans ces chaussures.

L'église est pleine à craquer. Mme Davis a mis des

fleurs partout, et la nef embaume la rose et le vieux missel avec une pointe de freesia.

L'organiste joue *Le Chant des marins*, dont la brigade de sauvetage en mer s'efforce de reprendre le refrain en chœur. J'ignorais qu'ils devaient chanter, mais ils ont dû répéter, car ils sont tous réunis dans un coin de l'église et arborent le badge de l'association au revers de leurs costumes du dimanche.

La marche nuptiale commence, et grand-mère se met à trembler comme une feuille lorsque nous remontons la travée. En principe, je suis censée marcher derrière elle, mais elle s'agrippe à mon bras avec une telle force que je me retrouve à ses côtés, tandis que les garçons nous précèdent en jetant des pétales de rose.

Quand nous atteignons l'autel, Archie se tourne vers ma mère avec un grand sourire pour lui donner son panier vide, puis il s'incline respectueusement devant grand-mère et va s'asseoir à côté de mon père. Jack fait de même, et la cérémonie commence : « Nous voici tous réunis ici, en ce jour béni... »

Vin me décoche un clin d'œil quand Reg manque faire tomber l'alliance. La scène est tellement émouvante que nous avons tous la larme à l'œil, même lady Denby, cachée sous son grand chapeau, qui se mouche avec un bruit de trompette.

Reg semble avoir repris des couleurs lorsque nous sortons de l'église pour faire les photos. Vin et moi allons nous asseoir sur un banc un peu à l'écart, tandis que Lulu emmène les garçons se dégourdir les jambes pour ne pas qu'ils deviennent enragés.

— Ils ont l'air heureux, tu ne trouves pas, Vin ?

— Tu ne vas pas te remettre à pleurer ? Je n'ai plus de kleenex.

— C'est fou ce que tu es romantique. De toute façon, je t'ai vu.

— Vu ?

— Renifler pour ravaler tes larmes.

— Des larmes de soulagement, crois-moi. Et d'ailleurs, les vrais hommes ne reniflent pas. Bon sang, j'ai cru que Reg allait faire une attaque ce matin. Il tremblait si fort que j'ai dû boutonner sa chemise à sa place. Et ce vieux machin d'Alf était en dessous de tout. Je croyais que le garçon d'honneur était censé calmer le jeu, mais il était aussi paniqué que Reg, apparemment. Cette fichue cravate. On a dû s'y reprendre six fois pour faire le nœud.

Reg a choisi son meilleur ami, Alfred, comme garçon d'honneur. Je crois qu'ils sont allés à l'école ensemble.

— En tout cas, tu es très chic dans ton costard de cérémonie.

— J'ai l'impression d'être un plouc endimanché.

— Lulu est en beauté, tu ne trouves pas ?

— Je n'avais pas remarqué.

— Vin.

— Elle est toujours en beauté pour moi.

— Parce que tu es amoureux.

— Holà ! Du calme.

— Allons, reconnais-le.

— Non.

— Je vais dire à maman que c'est toi qui as fait un trou de cigarette dans la moquette du salon. Et tu ne pourras pas me faire le supplice chinois, car c'est illégal.

— Depuis quand est-il illégal de faire le supplice chinois à sa sœur ?

— C'est illégal quand elle est enceinte et assise sur

un banc à l'extérieur de l'église. Allons, je veux te l'entendre dire.

— Je l'aime bien.

— Vin.

— Si elle n'était pas là, j'aurais l'impression que le monde a rétréci d'un seul coup. Pour toujours. Ça te va ?

— Ça me va.

Nom d'un chien, je sens que je vais me remettre à pleurer.

Vin toussote.

— Maman s'est plutôt bien comportée jusqu'ici, tu ne trouves pas ? Ces décoctions à base d'herbes doivent être plus actives qu'elles n'y paraissent. Je me demande si elle va appeler Reg papa ?

— J'en doute. Mais il faut bien reconnaître que ça ne doit pas être facile pour elle. Tu réagirais comment, toi ?

— Tu veux dire si elle plaquait papa pour épouser quelqu'un d'autre ? Je n'irais pas.

— Tout est si simple dans le monde des hommes, n'est-ce pas ?

— Oui, à condition de ne pas laisser les filles vous compliquer la vie.

— Non, mais, sérieusement, Vin. Maman n'a jamais connu grand-père Tom, mais, malgré cela, je suis sûre que ce n'est pas facile pour elle.

Il pose sa main sur la mienne.

— On parle de maman, là, ou du bébé ? Elle n'a jamais eu l'air de désapprouver.

— Non, mais à l'époque, c'était la guerre. Ne pas avoir de père parce qu'il a été tué pendant la guerre, c'est une chose, mais ne pas avoir de père parce qu'il n'est pas à la hauteur, c'est une autre histoire. Et vraiment, je ne supporterais pas que le bébé ait le sentiment qu'il n'est pas l'égal des deux autres.

— Ça n'arrivera pas. Aucun de tes enfants n'aura jamais ce sentiment.

— Merci, Vin.

— Les temps changent, ma douce. Et de nos jours, il n'y a presque plus que des familles reconstituées. Nous ne sommes plus obligés de nous en tenir à un seul et unique modèle familial étouffant. Dieu merci.

— Tant mieux, parce que je ne me vois pas tenir dans quoi que ce soit de trop étriqué pendant un bout de temps.

— Allons, viens, Grosse Bertha, dit-il en me prenant par la main. Je crois que c'est notre tour de poser pour la photo.

Connie et Mark ont entièrement pavoisé le pub avec des rubans blancs (à moins que ce ne soit Elsie qui a fait un saut en catimini dans la matinée). Nelly se tient sur le seuil avec un panier rempli de petites aumônières en résille blanche remplies de dragées. Il y a du champagne pour tout le monde et des assortiments de sandwiches, tartelettes, gâteaux et biscuits maison sur toutes les tables. Un joyeux brouhaha envahit le pub tandis que les gens vont et viennent entre la salle et le jardin, jusqu'à ce que Connie frappe dans ses mains et demande le silence, tandis que Mark fait son entrée avec la pièce montée sur une table à roulettes.

Le couple de figurines, au sommet, tourne doucement sur lui-même au son d'une valse émanant d'une minuscule boîte à musique. Tout le monde applaudit et pousse des cris de joie. Grand-mère a demandé à ce qu'il n'y ait pas de discours (principalement parce qu'elle redoute ce que maman pourrait dire), si bien que Reg lève son verre à la santé de sa ravissante épouse, puis ils découpent le gâteau, et Elsie éclate en sanglots. Tout est absolument parfait, et grand-mère semble flotter sur un petit nuage de pur bonheur.

Le gâteau est une composition magique à base de châtaigne et de praline, et je suis en train de chercher un moyen d'en reprendre une part, quand Connie s'approche.

— Tout va bien ?

— Parfaitement bien, merci, Connie. Vous avez fait des merveilles.

— Elle a l'air tellement heureuse.

— Elle ne pourrait pas l'être plus, sous peine d'éclater.

Connie sourit et s'assied.

— Il y a déjà deux personnes qui nous ont demandé si on pouvait faire la même chose pour eux. Mark est tellement fatigué qu'il leur a proposé un prix exorbitant. Et elles ont accepté ! Si on continue comme ça, on va pouvoir rembourser notre emprunt par anticipation.

— Et vous l'aurez bien mérité. Vous avez fait de cet endroit un palais de la gastronomie. Et Alison et Peggy se sont surpassées aujourd'hui, tu ne trouves pas ?

Elle hoche la tête. Trouver des serveuses qui soient capables de répondre aux exigences de la maison n'a pas été facile, mais Mark et Connie ont réussi à se constituer une liste d'extras sur lesquels ils savent qu'ils peuvent compter, comme Pete, le nouveau barman, qui s'est révélé être un vrai pro en dépit de quelques mémorables bitures. Il est très beau et très occupé à préparer un cocktail spécial mariage qu'il vient d'inventer exprès pour Linda et Tina.

— Maintenant, j'ai vraiment l'impression d'appartenir à la communauté. Il n'y a rien de tel qu'un mariage pour cela. L'Italie n'est plus ma seule patrie.

Je me penche pour déposer un baiser sur sa joue, quand Vin s'approche.

— Je ne vous dérange pas au moins ?

Il a l'air chouia éméché.

— Tu en es à combien de coupes de champagne, Vin ?

— Je ne sais plus. J'avais oublié à quel point j'aimais ça. Tu aurais dû tricoter toi-même ta robe de cérémonie, Jo. Je m'étonne que tu n'y aies pas pensé. Bon, mais j'ai oublié ce que je voulais te dire. Ah oui ! Archie. Il a grimpé dans un arbre et il ne peut pas redescendre. Il me faudrait une échelle. Surtout pas d'affolement, je peux tout à fait m'en charger. Alors, c'est oui ? Pour l'échelle ?

— Jamais de la vie, tu m'entends ? Pas question que tu grimpes aux arbres. Connie, tu as une échelle ?

— Nous avons une échelle pliante.

— Parfait.

— Je vais chercher Mark.

Après que Mark a secouru Archie (qui fait la tête à présent, clamant haut et fort qu'il n'était pas du tout coincé dans le pommier), le moment est venu pour grand-mère et Reg de se mettre en route.

Les gens du cercle des boulistes se rangent pour former une haie d'honneur. On dirait qu'ils s'apprêtent à lancer des boules (ce qui me fait redouter un accident corporel), mais ils se contentent d'un *salut spécial pétanque*, et grand-mère fond en larmes.

— Tu es sûre que tu vas t'en sortir toute seule, ma

chérie ? Trois semaines, c'est long. Promets-moi de m'appeler si quelque chose ne va pas.

— Je te le promets, grand-mère, mais tout ira bien.

— Tu sais que je peux demander à être débarquée par hélicoptère en cas de besoin. Reg s'est renseigné.

— Il ne va rien se passer, grand-mère. Pars tranquille et profite de ta lune de miel. Je suis sûre que vous aurez des tas de choses à nous raconter à votre retour.

Reg me tend la main, puis hésite et se penche vers moi pour me faire la bise.

— Je voulais te demander, Reg… Quand vous rentrerez de croisière, est-ce que tu serais d'accord pour que les garçons t'appellent grand-père ? Ils m'ont posé la question tout à l'heure. Je crois que ça leur ferait plaisir. Si tu veux bien ?

C'était mon cadeau de mariage, celui que je leur réservais pour la fin, parce que je sais que ça leur ferait très plaisir, à grand-mère et lui.

— Ce serait un honneur.

Grand-mère me serre dans ses bras, puis nous les aidons à monter en voiture en leur souhaitant bon voyage. Même maman a l'air légèrement émue, et je remarque qu'elle porte la broche en améthyste que Reg lui a offerte hier.

— Bien, dis-je. Et maintenant, je propose que nous allions remercier Mark avant de rentrer à la maison. Qu'en penses-tu, maman ?

— Oui, volontiers. On voit qu'il a été formé en Italie. Ses *biscotti* étaient succulents.

Je l'embrasse.

— En quel honneur ?

— Aucun. Depuis quand une fille ne peut plus embrasser sa mère sans raison particulière ?

— Tout compte fait, je trouve que le rose ne te va

pas si mal. Peut-être un poil plus foncé... En tout cas, tu étais ravissante à l'église tout à l'heure.

Alléluia ! Maman m'a fait un compliment !

— Tu étais très belle, toi aussi.

***

Mercredi, je suis à la boutique en train de composer un texto que je destine à Ellen. Apparemment, elle est en train de nous faire une mégacrise prénuptiale qui lui a attiré des ennuis au boulot. Hier, douze secondes avant le début du journal de six heures, elle a poussé son coprésentateur jusqu'à le faire tomber de sa chaise. Après quoi, elle a déchiré en menus morceaux la lettre d'avertissement de la direction sous le nez de ses supérieurs hiérarchiques.

Ai parlé du kilt aux garçons.
Propose prévoir pantalons, au cas où.

Le téléphone sonne.

— C'est quoi, cette putain d'histoire de pantalons ?

— Bonjour, Ellen. Comment ça va ?

— Je suis au bord du putain de gouffre, si tu veux tout savoir. Techniquement parlant, je crois même que je vais tomber la tête la première.

— Ma chérie, calme-toi.

— Non. Imagine-toi qu'on doit monter là-haut cet après-midi : Rebecca s'est engueulée avec le fleuriste au sujet des roses blanches, et il faut qu'on prenne le putain d'avion pour Glasgow pour essayer de trouver un plan B. Ensuite, j'ai une répétition générale avec ma mère. Alors, me calmer n'est pas vraiment à l'ordre du jour.

— Comment se fait-il que le fleuriste ne puisse pas se procurer de roses blanches ? Je vais demander à madame Davis. On pourrait les emporter dans la voiture.

— C'est une variété spéciale de roses odorantes qu'elle avait mise sur sa liste. Et ça va chier des bulles si elle nous facture un truc qu'elle ne peut pas fournir. Mais je crois qu'elle a résolu le problème. D'ailleurs, si tu pouvais lui envoyer un texto à propos des pantalons. Cela dit, ne t'étonne pas si elle fait un caca nerveux.

— Bien sûr.

— Est-ce que j'ai l'air de quelqu'un qui perd la boule ?

— Un peu. Mais, dis-moi, comment va ta mère ?

— À deux doigts de se retrouver sous sédatifs.

— Ça n'a pas l'air réjouissant, tout ça.

— Je songe à me procurer une ou deux seringues pour la piquer, au cas où elle deviendrait ingérable.

— Qu'est-ce qu'elle a encore fait ?

— Elle m'a appelée à sept heures ce matin pour me parler de la mousse au chocolat.

— Chic ! On va avoir de la mousse au chocolat ?

— Non.

— Il y a quelque chose que je peux faire ?

— Achète de l'arsenic.

— Ellen. Compte lentement jusqu'à dix.

— Et toi, rapplique le plus vite possible.

— Vin a loué un monospace. On se mettra en route dès que les garçons seront sortis de l'école, demain. Ça te va ? Comme Vin adore conduire de nuit, Lulu et moi, on va faire le premier tronçon. Après, il prendra le volant. On devrait arriver vendredi matin. C'est bon ?

— Non. Dis-lui d'écraser le putain de champignon.

Bon sang, après le départ de maman et papa hier, j'espérais avoir deux journées de calme pour décompresser un peu. Enfin, la croisière de grand-mère et Reg a l'air de bien se passer. Nous avons reçu un texto hier (le garçon de cabine a dû leur donner un coup de main, vu le nombre d'émoticônes et d'abréviations qu'il comportait). Ils ont trouvé une gerbe de fleurs dans leur cabine (émoticône cœur) avec un mot du capitaine (émoticône sourire).

***

Il est huit heures, vendredi matin, et Lulu et moi essayons de déchiffrer la carte routière, pendant que Vin et les garçons piquent un roupillon à l'arrière de la voiture. Comme il a conduit presque toute la nuit, j'ai pu me reposer. Je ne sais pas pourquoi, mais quand je roule de nuit, je m'endors direct. Outre que cela nous revient beaucoup moins cher que de prendre l'avion, la voiture que Vin a louée est super spacieuse et confortable (même si Vin a décidé de battre le record mondial de conduite sans arrêts pipi).

— Il devrait bientôt y avoir un lac.

— Bientôt comment ?

Nous sommes en train de rouler au cœur de ce qui ressemble à une épaisse forêt.

— Il y a environ dix minutes.

Oh non ! Ellen va m'étriper quand elle saura qu'on s'est perdus.

Mon téléphone bipe.

— Ne le lis pas. C'est sûrement un message de la mariée qui dit qu'elle s'impatiente.

— Ça dit juste *Au secours*. Regarde ! Un panneau.

Je ralentis et m'approche du panneau de la Commission des forêts nous disant que nous sommes autorisés à pique-niquer à condition de ne pas mettre le feu avant de partir. Pas de chance. Je pensais justement à allumer un feu pour envoyer des signaux de détresse.

— On devrait continuer de longer cette route. Elle doit bien finir quelque part.

— J'admire ton optimisme, Lulu.

Elle sourit.

Seigneur, faites qu'il y ait un lac pas loin.

— Hé ! les filles, vous avez décidé de prendre un raccourci ?

Super. Vin s'est réveillé.

— Oui.

La route décrit un virage à droite.

— Foutaises. Je parie que vous ne savez même pas où nous sommes. J'espère que vous avez pensé à emporter des fusées de détresse dans la tonne de bagages qui se trouve à l'arrière.

Lulu se tourne vers lui.

— Non. On s'est dit qu'on pourrait mettre le feu à ton chapeau.

Il porte un béret écossais qu'il s'est acheté dans une station-service, sur l'autoroute, pendant que nous étions tous en train de dormir.

— Encore combien de temps avant d'arriver ?

— Pas beaucoup.

Lulu et moi échangeons un regard inquiet quand la route amorce un virage à gauche et que nous émergeons de la forêt, au bord d'un lac, avec, dans la distance, une bâtisse qui ressemble à un château.

Hourra !

— Au temps pour toi. Tu vois notre raccourci ?

Seigneur, pourvu que cette allée mène bien à l'hôtellerie et pas à un domaine privé où toute personne non autorisée s'expose à des poursuites. Nous passons devant une discrète enseigne bleu marine. Hourra ! Hourra !

Un jeune homme arrive pour nous aider à sortir les bagages du coffre. Tout semble se passer pour le mieux jusqu'à ce qu'Ellen fasse une irruption fracassante dans la réception.

— Dieu merci, vous êtes arrivés. Bienvenue à Loch MacTaré.

Le jeune homme se replie prudemment derrière le comptoir.

***

Les chambres sont superbes. Celle des garçons communique avec la mienne. Il y a un gigantesque écran plasma avec des tonnes de DVD jeune public. La salle de bain est plus grande que notre séjour, et le jet à hydromassage, si puissant que j'arrive à peine à tenir sur mes jambes quand je passe sous la douche pour essayer de me réveiller un peu. La déco en ardoise et chrome est sublime, il y a des piles de serviettes immaculées et toutes les lotions possibles et imaginables. Total, nous sommes propres comme des sous neufs quand on nous apporte le petit-déjeuner délicieux (surtout les harengs fumés).

La chambre de Vin et Lulu, au bout du couloir, n'est pas aussi luxueuse que la nôtre, mais ils ont une baignoire-jacuzzi que les garçons meurent d'envie d'essayer après avoir essayé la piscine de l'hôtel. Pendant que Jack et Archie se collent devant *Les Incroyables*, je file rejoindre Ellen dans sa suite.

Les roses blanches parfumées sont finalement arrivées, mais la répétition générale en compagnie de sa mère aurait pu mieux se passer si Harry et son frère Jimmy ne s'étaient pas lancés dans un concours de boisson.

— Au fait, où est Harry ?

— Qu'est-ce que j'en sais ? La dernière fois que je l'ai vu, il était en route pour la pêche.

— Je ne savais pas qu'il aimait pêcher.

— Il n'aime pas ça, mais ses potes ont tout organisé. Je parie qu'il va revenir complètement cuit dans ses cuissardes.

— Ça s'annonce bien pour la séance photo.

Elle se sert une tasse de café.

— Et ma mère veut absolument te parler. Elle aimerait avoir ton avis sur les nappes.

— Quel est le problème ?

— La couleur. Elles sont dans des tons caramel et crème. Ou un truc du genre. Une idée de Rebecca. Mais elle veut du rose pour la table d'honneur. Je n'ai pas vraiment suivi la conversation. Zut. Voilà que je suis en train de me prendre la tête à cause de foutues nappes alors que je ne suis même pas encore mariée.

— Ellen.

— Si on s'en allait d'ici ?

— Pour aller où ?

— N'importe où.

Elle se met à pleurer. Je m'agenouille à côté d'elle et je la serre dans mes bras.

— Allons, ma chérie. Tout va bien se passer. Tu aimes Harry ; tout va se passer comme sur des roulettes.

— Je l'aime tel qu'il est pour l'instant, mais imagine que je ne l'aime plus une fois qu'il m'aura passé la bague au doigt ? Bon sang, quand je parle comme ça, j'ai l'impression d'être une de ces nanas qui sont prêtes à épouser des losers totaux juste pour pouvoir dire qu'elles sont mariées.

— Harry n'est pas comme ça.

— Je sais, mais soyons réalistes. Ce n'est pas le genre de mec à gagner correctement sa vie. Ce qui veut dire que je vais devoir m'occuper seule de faire bouillir la marmite. Note bien que ça ne me fait pas peur. En tout cas, pas encore. Mais quand je pense à toutes ces pauvres filles qui se tuent au boulot pendant que leurs mecs se roulent les pouces, ça me met hors de moi.

— Je ne vois pas Harry faisant une chose pareille.

— Non. Mais ça peut arriver quand on travaille en free-lance, surtout quand on n'est pas obligé de se pousser aux fesses. Et puis je ne supporte pas de m'entendre dire que la prochaine étape, c'est d'avoir des enfants, comme si, pour être une *vraie* femme, il fallait obligatoirement avoir un filet de lait caillé sur l'épaule et un sac plein de Pampettes.

— Pampers.

— Oui, l'un ou l'autre. Mais c'est de l'intox.

— Je sais, mais puisque tu veux avoir des enfants, tu l'as dit toi-même. Où est le problème ?

— Je ne veux pas que les autres décident à ma place. Tu n'as jamais eu ce sentiment, toi ?

— Non, parce que maman ne s'est jamais montrée très enthousiaste. Elle aurait mille fois préféré que je reste à la télévision et que je me concentre sur ma glorieuse carrière.

Elle sourit.

— J'ai des envies, ça oui, comme quand tu es dans un taxi et que tu aperçois une paire de pompes qui te fait vraiment envie. Alors, tu reviens à la boutique, mais, manque de pot, ils ont vendu presque tout le stock, et celles qui restent ne sont pas à ta taille. Tu vois ce que je veux dire ?

— Plus ou moins.

— À supposer que je déteste ça, être mariée et avoir des enfants ? Je fais quoi ?

— Une crise de panique, et puis tu te calmes et tu repars comme en quarante, comme nous toutes.

— Et si ça ne suffit pas ?

— Bien sûr que ça ne suffit pas. Rien ne suffit jamais. Mais si tu l'aimes et qu'il t'aime, c'est un bon début.

— Mais toi et Nick, vous étiez comme ça au début. Vous étiez faits l'un pour l'autre.

— À vrai dire, je n'en suis plus si sûre. Je pense que je l'ai toujours aimé plus qu'il ne m'aimait. Avec le recul, c'est l'impression que j'ai.

Elle sourit.

— Comme toujours, tu es trop sévère avec toi-même.

— Non, Ellen. De toute façon, toi et Harry, vous êtes complètement différents. Il te vénère. Alors que Nick et moi n'avions pas les mêmes objectifs.

— Mais encore ?

— Moi, je voulais le bonheur des garçons, et lui voulait devenir un reporter célèbre et coucher avec des femmes plus jeunes.

Elle rit.

— Le salopard. Mais promets-moi que, si je me fourvoie, tu m'aideras à me sortir du pétrin.

— Bien sûr.

— Je peux venir habiter avec toi au bord de la mer et faire du tricot ?

— Quand tu veux.

— Super. J'ai trouvé ma sortie de secours. Et maintenant, on va faire un tour au spa. Rebecca nous a réservé un soin complet. Il y a même un programme spécial femmes enceintes.

— Oh non ! Je n'ai rien de convenable à me mettre.

— Je t'en prie. Tu es enceinte. Ils ne s'attendent tout de même pas à te voir débarquer en string.

Ni en slip Marks & Spencer vintage tirant sur le gris à force de passer à la machine. Mais le bon côté de la chose, c'est que ça devrait les changer de la routine.

Après le spa et quelques bonnes rasades de champagne, Ellen avait retrouvé sa bonne humeur, hier soir, au point qu'elle voulait faire une partie de strip-poker quand je suis montée me coucher.

Les parents de Harry à Glasgow sont de vrais boute-en-train, en particulier sa tante Nell, une forte tête (comme grand-mère). À un moment donné, elle m'a obligée à m'asseoir avec les jambes relevées, à la grande joie de Vin.

Les garçons tournaient plus qu'au ralenti (comme les lapins de la pub Duracell) quand, à minuit, je les ai mis au lit. Mais du moins sont-ils toujours endormis quand je me lève à neuf heures et quart (ma première grasse matinée depuis des lustres).

Je réussis même à me payer le luxe d'un petit bain avant qu'Archie ne se réveille frais et souriant (ce qui est plutôt encourageant, vu que je dois le persuader d'enfiler un kilt). La cérémonie du mariage n'étant pas prévue avant quatorze heures, ça me laisse le temps d'aborder en douceur le sujet sans le braquer.

— Tu as faim, mon poussin ?

— Oui, mais j'aime pas le porridge.

— D'accord. Mais personne ne t'a obligé à le goûter, hier.

— Si, Jack, il m'a dit « chiche ».

— Bon, mais aujourd'hui, tu peux manger des pancakes, si tu veux.

— Avec des saucisses ?

— Oui.

— Et est-ce qu'on aura le droit de retourner à la piscine ?

Peut-être pas après les pancakes et les saucisses, sauf si on veut absolument que l'oncle Vin nous fasse une démonstration de réanimation par bouche-à-bouche.

— On verra. Mais on pourrait aussi aller faire une balade. Aller voir les biches.

— Et est-ce qu'on peut regarder les dessins animés ?

— Oui, mais tout bas, pour ne pas réveiller Jack.

Je vais lui chercher un jus de fruits dans le minibar (dont j'ai ôté l'alcool et les cacahuètes, et que j'ai garni avec des jus de fruits, de l'eau minérale et un paquet de Smarties que j'ai apportés dans mes bagages).

Je sais bien que se pointer dans un hôtel de luxe avec ses provisions n'est pas du meilleur chic, mais vu que les deux nuits à l'hôtel et la location de la voiture ont déjà explosé mon budget pour les deux mois à venir, j'essaie au maximum de limiter les frais.

Je suis en train de me faire une tasse de thé, quand Jack entre dans la chambre avec son kilt par-dessus son pyjama.

— Regarde, maman, on peut même la porter par-dessus un pantalon.

Archie se tord de rire.

— Tu portes une jupe, comme les filles.

— Tais-toi. Toi aussi tu vas en porter une. Hein, maman, que c'est vrai ?

Je pense que le moment est venu de faire péter le paquet de Smarties.

Nous nous sommes rassemblés derrière les portes closes de la salle de réception, prêts à faire notre entrée. Ellen est sublime dans sa robe Vera Wang, avec ses cheveux remontés en chignon et sa tiare en diamant assortie à ses boucles d'oreilles.

Elle est à la fois ultra-glamour et d'une sobre élégance. Je porte une robe smockée en soie violette avec une veste et des chaussures assorties, exactement comme les deux petites demoiselles d'honneur. La mère d'Ellen a gagné la bataille des demoiselles d'honneur et réussi à convaincre la couturière de leur façonner des robes en un temps record.

Les cousines d'Ellen sont ravies de voir leur progéniture jouer un rôle aussi important, surtout Miranda, la mère de la plus jeune, qui n'a pas arrêté de nous casser les pieds parce qu'elle voulait répéter encore et encore, et changer la disposition des fleurs. Heureusement, Rebecca la surveille de son œil de lynx. Archie et Jack sont tous les deux en kilt (même si Archie a insisté pour garder son short de bain dessous).

Ellen sourit en tenant la main de son père, tandis que Rebecca lisse une dernière fois sa robe tout en chuchotant dans son micro.

Enfin, les trompettes de la marche nuptiale résonnent, et les portes s'ouvrent. Ellen a dit à Harry qu'elle allait remonter l'allée quand les cornemuses entameront l'air du *Titanic*.

Archie et Jack commencent à remonter l'allée avec leurs corbeilles de pétales de rose. Ils se tiennent aussi loin que possible de la mariée sans avoir l'air de la fuir, tandis que je regarde où je mets les pieds pour ne pas piétiner sa traîne. Bon, je n'ai pas fait tomber le bouquet quand Ellen me l'a tendu. Jusqu'ici, tout va bien.

Quand les deux se passent la bague au doigt, Harry est obligé de s'y reprendre à trois fois pour prononcer son nom. Tandis que je cherche vainement un mouchoir, Archie commence à se dandiner d'impatience, faisant froufrouter son caleçon de bain sous son kilt. Ça y est, ils sont mari et femme. Tout le monde s'embrasse, puis chacun prend la pose pour les photographes (les mères s'efforçant de mettre leurs petites demoiselles d'honneur au centre de l'attention).

Ellen flotte sur un petit nuage. Elle me serre dans ses bras et me murmure que c'est le plus beau jour de sa vie (ce qui nous vaut de ressortir les mouchoirs). Harry m'embrasse et me remercie d'avoir empêché Ellen de commettre un meurtre ces derniers jours. Ainsi, j'ai passé le test de demoiselle d'honneur avec brio. Super, car Ellen insiste pour faire quelques photos rien qu'avec Harry, elle, moi et les garçons (ce qui n'est visiblement pas du goût de Miranda, mais nous nous débrouillons pour arriver jusqu'à la salle du banquet sans incident majeur).

Heureusement, les toasts et allocutions sont brefs et pas trop lourdingues. Après quoi, la cérémonie se transforme en un drôle de mix mi-cirque médiatique (de nombreux reporters sont arrivés en hélicoptère), mi-fête de famille.

Le gratin des médias arbore un air suffisant, et je reconnais quelques visages : des gens avec qui j'ai travaillé il y a des lustres et qui ont réussi à s'élever au rang de chargé de production ou directeur de programme. Tous se comportent comme s'ils étaient à la cour d'Angleterre, mais aucun n'a l'air de savoir parler d'autre chose que de boulot.

Quand ils s'adressent à vous, ces gens passent leur temps à regarder par-dessus leur épaule, des fois que quelqu'un de plus important pointerait le bout de son nez.

Heureusement, mon état nous facilite les choses : les hommes ne se sentent pas obligés de se répandre en condoléances sur Nick, et les femmes en font des tonnes dans le style retrouvailles chaleureuses.

L'une d'elles qualifie de bonne blague mon histoire de magasin de laine, jusqu'à ce qu'elle réalise que ce n'en est pas une. D'un coup, nous n'avons plus grand-chose à nous dire : je ne suis manifestement pas assez tendance. Jadis, ce genre de froid me sapait le moral, mais, entre-temps, les propos mondains sont devenus le cadet de mes soucis.

Après avoir fait mes adieux à Ellen et Harry (et réussi in extremis à empêcher Archie de se faufiler secrètement dans l'hélicoptère pour s'envoler avec les mariés vers un palace marocain), nous rentrons à l'hôtel. Vin et Lulu s'installent au bar en compagnie de la famille de Glasgow, mais je suis trop fatiguée pour jouer les prolongations.

Si Nick était ici, il voudrait sûrement que nous restions au bar avec les autres pour leur raconter des histoires palpitantes de reporter de guerre pris entre les tirs croisés de groupes armés, alors que je voudrais mettre les garçons au lit. Mais désormais, je peux faire ce qui me plaît.

C'est drôle, mais ces deux mariages m'ont fait prendre conscience que j'étais heureuse de ne plus être mariée. Et s'il y a des gens qui pensent que nous devons tous aller par paires (comme les bestioles de l'Arche de Noé), moi, je suis contente de pouvoir élever les garçons comme je l'entends, sans m'inquiéter de savoir ce qu'*il* veut.

Le bonheur d'Ellen m'a fait chaud au cœur, mais pas rendue nostalgique pour deux sous. En fait, je me sens beaucoup moins seule que lorsque nous vivions à Londres.

Parce que je ne connais rien de plus usant, mortifiant et désolant que de partager la vie de quelqu'un qui n'a plus envie d'être marié avec vous. Et bien sûr, dans ces cas-là, vous vous sentez coupable, vous vous dites que ça ne serait pas arrivé si vous étiez moins chiante.

Mais, bon, au final, non seulement je peux faire ce que je veux, mais j'ai une sublime robe en soie violette à me mettre la prochaine fois que j'aurai à sortir.

Quand j'emmène les garçons se coucher, Vin s'est lancé dans un plan conga, tandis que Lulu danse le mambo avec Alan, l'oncle de Harry, qui a toujours bon pied bon œil malgré ses quatre-vingt-deux ans.

— Maman ?

— Oui, Jack ?

— Est-ce qu'on peut regarder les dessins animés quand on sera au lit ?

— Non, il est très tard. Appuie sur le bouton de l'ascenseur, s'il te plaît.

— Mais comme récompense ? Parce qu'on a bien fait les garçons d'honneur ?

— Pendant cinq minutes alors, et tout bas.

— Maman ?

— Oui, Archie ?

— Moi, quand je me marierai, je veux pas que, les garçons, ils portent des jupes.

— OK. Appuie sur le bouton, Jack.

— Et je veux pas de fleurs débiles.

— OK.

— Mais je veux bien que tu sois ma demoiselle d'honneur.

Excellent, déjà un autre mariage à l'horizon.

— Et, maman ?

— Oui, Archie ?

— Quand je me marierai, le gâteau, il sera que pour moi et toi. Les autres, ils mangeront des sandwiches.

Et encore une pièce montée, une !

5

Juillet : éléphants blancs et flamants roses

C'est bientôt la fin du semestre, et la kermesse d'été se tient samedi prochain. Je suis dans la boutique en train de tricoter des éléphants blancs tout en priant le ciel pour qu'il pleuve. Il a fait très chaud ces dernières semaines, et tenir un stand par cette chaleur me file des cauchemars. Connie et moi avons finalement décidé quoi porter (après avoir rejeté la proposition d'Annabel de nous déguiser en servantes). Connie a suggéré des tenues de laitières après avoir vu le film *Oliver* (que Nelly et elle ont adoré), mais sans les seaux suspendus à l'épaule.

Nous pensons qu'Annabel approuvera un déguisement évoquant des origines paysannes, avec de longues jupes en coton et des corsages de mousseline (même si le mien est plus échancré que la moyenne, vu la taille de mes seins). Si ça continue comme ça, je vais bientôt faire la pige à Lolo Ferrari.

Connie et moi sommes allées à Canterbury la semaine dernière pour acheter des jupes, et j'en ai profité pour prendre deux pantalons très grande taille avec lien coulissant à la ceinture pour ne pas passer tout l'été dans mes robes à fleurs. Il y avait aussi de jolies tuniques en coton au marché, et Connie a acheté des tee-shirts pour Mark.

— Je mets la bouilloire en route. Tu veux une tisane ?

— Volontiers, Elsie.

Allez savoir pourquoi, je me suis récemment mise à la menthe poivrée alors qu'il y a quelque temps, j'avais horreur de ça.

— Tu devrais t'asseoir, tu sais : c'est mauvais pour tes jambes. Quand j'attendais Martin, j'ai eu des varices.

Surtout ne jamais l'encourager à se lancer dans une de ses tirades sur le thème *quand j'étais enceinte,* qui ont le don de me saper le moral. Et encore, elle a arrêté de me parler de forceps après que j'ai piqué ma crise la semaine dernière.

— Je vais allumer l'ordi dans une minute pour voir si j'ai reçu d'autres commandes. Après, je dois filer chez Grace à onze heures.

— Je te trouve particulièrement en beauté aujourd'hui. Cette couleur te va vraiment bien.

Je porte un châle en coton lilas, réalisé par Elsie à partir d'un modèle de son invention, par-dessus un corsage blanc et un de mes nouveaux pantalons en lin noirs. J'ai même réussi à me vernir les orteils hier soir, après quelques contorsions et extensions, si bien que je me sens prête à affronter une session avec la diva. Mieux même, je me sens d'humeur guillerette : grand-mère et Reg sont revenus enchantés de leur lune de miel, de même qu'Ellen et Harry, et, grâce à l'arrivée des touristes, la boutique tourne à plein. Enfin, lors de ma dernière visite, la clinique m'a décerné un sans-faute sur ma pression artérielle et la prise de poids du bébé. S'il ne faisait pas aussi chaud, tout serait absolument parfait.

Elsie revient avec ma tisane.

— Martin m'a chargée de te dire qu'il pouvait venir faire les photos quand tu voudras.

— C'est quand ça l'arrange, Elsie. Il va mettre ton nouveau châle sur le site. Je pense qu'on devrait refaire des kits « MacKnit ». Olivia en a vendu deux samedi. Regarde, elle a tout écrit bien proprement dans le livre de caisse.

Elsie n'apprécie pas qu'Olivia vienne travailler à la boutique le samedi (mais Cath est enchantée). Nous en avons parlé lors de la dernière réunion Tricot et Ragots. Il paraît qu'Olivia était tellement contente quand Cath lui a annoncé que j'avais un job pour elle, qu'elle a même proposé de débarrasser et de faire la vaisselle après le dîner.

— La caisse était rangée n'importe comment, samedi après-midi, quand je suis arrivée. Les billets de cinq et de dix étaient tous mélangés, et il n'y avait pas même une livre en monnaie.

— C'est ma faute : je lui ai dit de ne pas s'occuper de ranger la caisse, que c'était ton rôle, en tant que responsable du personnel. Tu ne penses pas que j'ai eu raison ?

Elle hésite.

— Si, et je dois reconnaître que cette petite n'a pas les deux pieds dans le même sabot. Elle avait presque entièrement fini de déballer la nouvelle commande quand je suis arrivée. Il faut savoir être juste.

Est-ce que je me trompe ou nous avons réussi à négocier une trêve ?

— Et elle se débrouille bien avec l'ordinateur, dis-je.

— Martin m'a montré comment m'en servir. Inutile de l'embêter avec ça. Mais elle nous sera sûrement utile pendant les vacances scolaires. Tu vas devoir songer à te reposer un peu. Les deux derniers mois de grossesse sont souvent les plus difficiles. J'avais les chevilles tellement enflées que j'ai dû porter des savates pendant au moins six semaines.

— Je me sens très bien, Elsie. En tout cas, tu peux donner le feu vert à Martin pour les photos.

Martin a finalement réussi à créer notre site web après toute une série d'incidents techniques auxquels je ne comprends rien. Nous avons déjà reçu une douzaine de commandes, ainsi qu'un courriel de la part d'une toquée qui ne sait pas faire les boutonnières et qui nous demande si on peut s'en charger, sans parler de l'habituel déluge d'offres de prêts bancaires et autres pourriels. Mais quand nous avons reçu notre première commande, nous étions tout excitées. Elsie s'est aussitôt autoproclamée responsable de la vente par correspondance (ce qui lui fournit l'occasion de se rendre à la poste et d'échanger des potins avec Mme Parish pendant qu'elle expédie les commandes).

— Quelles couleurs veux-tu pour les kits ?

— Noir, caramel (le plus clair) et blanc. Et peut-être le nouvel Eau-de-Nil. Ça devrait plaire à nos clientes. Et lilas. Et peut-être du fil argenté ?

— Superbe.

— J'ai jeté un coup d'œil à la collection d'automne. Je crois qu'on devrait rajouter des fichus en mohair. Ils se sont bien vendus l'année dernière, et il y a quelques très beaux chinés. Au fait, est-ce que la commande de madame Forrest est arrivée ?

— Non. Tu crois que je devrais rappeler les fournisseurs ?

— Oui, et dis-leur qu'on va annuler s'ils ne se dépêchent pas. En général, ça suffit à les faire réagir.

Je suis déjà en eau quand j'arrive à Graceland, et mon corsage est tout fripé. Il me semble apercevoir quelques paparazzis embusqués dans les taillis quand je franchis les grilles.

Heureusement, Tom et Jerry sont en train de vaquer à d'autres occupations, si bien que je ne suis pas couverte de bave des pieds à la tête quand je fais mon entrée dans la maison. Maxine m'expédie aussitôt dans la salle de jeux, où je trouve Grace installée parmi les joujoux en plastique préférés de Lily ; les autres, ceux en bois hors de prix, sont relégués dans un coin.

— Salut, Jo. J'en ai pour une minute. Meg est en bas, en train de préparer le déjeuner de la princesse. On est levées depuis pas d'heure, mademoiselle ayant décidé de se réveiller avec les poules.

Lily se tient debout sur les genoux de sa mère, toute fière d'elle-même.

— C'est incroyable ce qu'elle a changé depuis la dernière fois.

Grace dépose un baiser sur la tête de sa fille.

— Se tenir debout en s'agrippant à sa maman, c'est son nouveau dada.

Je me souviens que j'étais couverte de bleus quand Archie avait son âge et qu'il me labourait les cuisses avec ses orteils.

Meg vient chercher Lily pour l'emmener déjeuner à la cuisine, et Grace et moi commençons à regarder des modèles de cardigans en cachemire pour bébés quand Maxine entre, l'air passablement contrarié.

— Désolée de t'interrompre, Grace, mais c'est Jimmy.

— Qu'est-ce qu'il a encore fait ?

— Il est à la grille avec des journalistes. Il dit qu'il veut voir Lily et qu'il ne partira pas tant qu'il ne l'aura pas vue.

— Bordel de merde.

— Qu'est-ce que je dois faire ?

— Je n'en sais rien. Il faut que je réfléchisse. Tu as appelé Ed ?

— Oui, il a parlé d'hélicoptères. Il est au bout du fil.

Grace décroche le téléphone.

— Bon sang, Ed, ça ne va faire que l'exciter encore plus. Appelle mes avocats et rappelle-moi ensuite. Essaye de voir si on ne pourrait pas obtenir une injonction.

Elle raccroche et se tourne vers Maxine :

— Combien de caméras ?

— Un paquet.

— Seigneur.

La vérité, c'est que j'ai un peu de peine pour Jimmy. Mais peut-être sont-ce les hormones qui me jouent des tours. J'ai fondu en larmes, hier, à la vue d'un bébé pingouin dans une émission sur les espèces en danger. N'empêche que laisser Jimmy poireauter derrière la grille me semble un peu cruel.

— Est-ce vraiment si terrible s'il la voit ?

Mince, je l'ai dit tout haut !

Grace a l'air vraiment contrariée.

— Oui.

— Mais ce n'est peut-être pas... Je veux dire…

— Écoute, si ça ne t'ennuie pas, nous allons remettre la séance tricot à une autre fois.

— Oui, oui, bien sûr.

— Si tu pars maintenant, les journalistes t'empêcheront de franchir la grille. Alors, si tu pouvais descendre attendre en bas pendant que Maxine et moi nous nous occupons de régler cette histoire. Merci, Jo.

Merde. Je crois bien que je viens de me faire virer.

— Je suis désolée, Grace. Je regrette si j'ai eu des propos déplacés.

Elle me lance un drôle de regard ; un mélange de colère et de quelque chose d'indéfinissable, comme de la vulnérabilité sous sa carapace en acier trempé. Bon sang que j'ai été maladroite ! Elle va m'en vouloir à mort.

— Je sais que tu cherches à la protéger, Grace. Je l'ai bien compris. Mais est-ce qu'il ne va pas falloir que tu le laisses l'approcher à un moment ou à un autre ? Sinon, quand elle va te demander qui est son père, qu'est-ce que tu vas lui dire ?

Maxine hoche la tête.

— C'est vrai, Grace.

Grace se tourne vers Maxine, qui rougit jusqu'aux oreilles et se tourne vers moi.

— Et je sais que c'est difficile, Grace, crois-moi. Je ne supporterais pas que Daniel fasse une chose pareille. Remarque que ça ne risque pas d'arriver vu les circonstances, mais, en tout cas, on est toutes là avec toi, si tu as besoin de nous. Et si tu le laisses entrer, les journalistes n'auront rien à se mettre sous la dent.

Elle sourit.

— OK, je crois que j'ai capté le message.

Maxine écarquille les yeux.

— Je dois rappeler Ed, alors ?

— Oui.

— Tu devrais peut-être faire une annonce dès qu'on l'aura laissé entrer. Un truc du style « Je suis contente qu'il se soit manifesté et j'espère qu'on va trouver un terrain d'entente » ?

— Bonne idée, Max. Dis à Ed de s'en occuper. Je me demande pourquoi il a choisi précisément ce moment pour venir. Il a un nouvel album qui sort cette semaine ?

Maxine hoche la tête et griffonne quelque chose sur son calepin.

— Bon sang, mais pourquoi ne me l'as-tu pas dit ? On aurait dû se douter qu'il était en train de manigancer quelque chose. Bon, tu vas dire que je suis ravie qu'il soit venu et que ça n'a rien à voir avec la sortie de son prochain album. Mon unique souci étant le bonheur de Lily. Et s'il veut construire une relation avec elle, parfait.

— « Nouer des liens », ça passe mieux.

— Oui, « nouer des liens ». Mais avant cela, il faudra qu'il passe un test de dépistage de drogue, juste pour que je sois sûre qu'il n'est pas retombé dans ses vieilles habitudes. Parfait. Ça devrait le faire. Jo, tu peux rester un peu ? Étant donné qu'il connaît Max, il va se sentir dans ses petits souliers, et il me faut un témoin.

— Pardon ?

— Quand il va entrer.

— Oui, naturellement. Mais il ne va pas faire n'importe quoi au moins ?

— Va savoir. Max, est-ce qu'il est venu avec une nana ?

— Oui.

— Et elle fait quoi ?

— Elle pose avec un énorme ours en peluche rose.

— Et elle porte quoi ?

— Pas grand-chose.

— Je vois. Encore une débutante qui veut faire parler d'elle. Très bien, dis à Bruno de laisser entrer

Jimmy, mais pas la fille, une fois que tu auras concocté le petit discours à la presse. Moi, je vais me changer.

Vingt minutes plus tard, nous sommes en bas, dans la salle de réception aux canapés en velours vert émeraude.

Grace porte une robe-portefeuille super classe et semble avoir fait quelques exercices de yoga pour se mettre en condition. Elle est absolument sublime et clairement en mode diva quand la porte s'ouvre et que Jimmy paraît, escorté par Bruno.

Bon sang, je ne rêve pas, c'est bien Jimmy Madden en personne. Il est sec comme un coup de trique et nerveux comme une puce, mais cent pour cent rock star. Bruno va se poster à côté de la porte, au cas où Jimmy aurait prévu de se casser avec une toile de maître.

— Salut, poupée. Joli cocon, dis donc.

Grace lui balance son sourire à cent mille mégawatts.

— Qu'est-ce que tu veux, Jimmy ?

— Je ne suis pas certain de le savoir moi-même.

Grace soupire.

— Je n'ai pas le temps pour ce genre d'enfantillages.

— En tout cas, j'ai réussi à te faire réagir, pas vrai ?

Il sourit de toutes ses dents.

— Et puis, j'ai le droit de voir ma fille.

Elle se raidit, puis expire lentement.

— Ta quoi ?

— Je veux juste la voir. Ce n'est tout de même pas un crime ?

— Et les caméras seront là pour immortaliser l'émouvant instant ?

— Va te faire foutre.

— Jimmy, c'est à moi que tu parles.

— Je voudrais apprendre à la connaître. Je crois que ça pourrait être cool.

— Et avec tes autres enfants, c'est cool ?

J'avais oublié qu'il avait déjà deux gosses, ou même trois, de son premier mariage, ou du second (je m'y perds avec toutes ces familles tuyau de poêle, et lui aussi, probablement).

— Je reconnais que j'ai fait des erreurs, mais cette fois, c'est différent.

— Vraiment ? Et comment se porte ton nouvel album ?

— Ne joue pas les garces. C'est mauvais pour ton karma, poupée.

Il se tourne vers moi tandis que ses lèvres s'étirent lentement en un sourire fielleux qui me retourne l'estomac.

— Et celle-là, qu'est-ce qu'elle fiche ici ?

— C'est une amie, Jimmy. Laisse-la tranquille.

— Ah ! Parce que tu as des amies maintenant ? Tu la paies combien, sans être indiscret ?

Il sourit à nouveau.

— Crois-moi, mon petit cœur, elle t'exploite.

Sans même réfléchir, je lâche :

— Je ne pense pas que cela fasse avancer les choses.

Puis je rougis comme une tomate.

Il éclate de rire.

— Ah non ? Eh ben, moi, si.

Grace se lève.

— Bien, j'étais ravie de te revoir, Jimmy. Préviens-nous la prochaine fois que tu passes dans le coin.

— Où est-elle ?

— Dans sa chambre. En train de dormir.

— Poupée, je sais que tu cherches à la protéger et je le respecte. Totalement. Mais j'aimerais bien pouvoir passer un petit peu de temps avec elle, juste apprendre à la connaître… Je n'ai pas envie qu'elle croie que son papa n'en a rien à fiche d'elle. C'est tout.

Grace sourit tristement. Je crois qu'au fond d'elle-même, elle aimerait que ce soit vrai.

— OK, dans ce cas, reviens le week-end prochain. Le dimanche, par exemple. Une demi-heure. Et sans les journalistes. Et tu signes un accord de confidentialité. Pas d'interviews et pas de photos.

— Allons, ne sois pas vache. Je veux juste une ou deux photos pour ma mère.

— Ta mère est morte, Jimmy. On est allés à son enterrement ensemble, tu ne te souviens pas ? C'était peu avant que la mienne tombe malade. Si tu veux des photos, je peux demander à Max de t'en envoyer. Et même encadrées, si tu préfères. Oh ! Et nous avons fait une annonce à la presse pour expliquer que nous exigions un test de dépistage de drogue avant que tu puisses voir Lily. Les avocats ont insisté.

— Tu sais que tu es une belle peau de vache ?

— Tu sais de quoi tu parles ! Au revoir, Jimmy.

Bruno fait un pas en avant et ouvre la porte.

— Veille à ce qu'il ne se défile pas, Bruno. Et, Jimmy, la prochaine fois, décroche le téléphone.

Il hésite, puis sort du salon.

Bon sang. J'ai les mains qui tremblent. Je ne comprends pas comment Grace arrive à garder son calme.

Elle se rassied tranquillement.

— Bien, comme tu le vois, il se fiche de mon petit trésor comme de sa première chemise.

— Je suis vraiment désolée, Grace.

— Il ne faut pas.

— Et je m'en veux d'être restée plantée là comme

une courge. J'aurais dû dire quelque chose… de plus intelligent que cette remarque idiote sur le fait que ça n'arrangeait pas les choses.

— Moi, j'ai trouvé ça très à propos. Il pense probablement que tu es mon avocate. Alors, ne t'inquiète pas.

— Enfin, peut-être que, quand Lily sera plus grande, il sera moins farouche.

— Tu veux dire qu'il va se retirer à la campagne pour planter des légumes bio et jouer du luth ? Ça m'étonnerait. Il veut finir en beauté, dans le feu de la gloire, sur un air de rock and roll. Tu peux être sûre qu'il y a une chambre d'hôtel qui porte son nom quelque part.

— En tout cas, tu lui auras donné sa chance.

Elle sourit.

— Pour Jimmy, le week-end prochain, c'est comme l'année prochaine. Patienter quarante-huit heures, c'est le maximum. Et je ne lui ai pas donné sa chance, parce que je sais pertinemment qu'il ferait n'importe quoi. Il y aurait des photos de Lily dans tous les journaux, et je veux protéger ma fille.

— C'est bien normal.

— Pas de nouvelles de Daniel, je suppose ?

— Pas la moindre depuis la lettre au sujet de l'analyse ADN.

— Bon sang, ce que les hommes peuvent être lourdingues.

— Certains hommes, oui.

— Tous. Tu en connais un à qui tu pourrais confier tes enfants les yeux fermés ?

— Mon frère Vin.

— Je l'avais oublié. OK, mais à part lui ?

— Il y a des mecs bien, Grace, je t'assure.

— Des noms ?

— Mark, le mari de mon amie Connie. Et Martin, qui m'a aidée à créer le site web pour la boutique, et Reg.

— Il a épousé ta grand-mère, c'est ça ?

— Oui.

— J'ai toujours eu des goûts épouvantables en matière de petits copains. Je finis toujours avec des affreux. Mais je pense que je vais essayer quelque chose de moins compliqué la prochaine fois.

— La prochaine fois ?

— Je suis en train de faire passer des auditions. Les résultats ne devraient pas tarder à être connus.

— Oh ! mais c'est formidable.

Maxine est revenue.

— Il a fait une brève déclaration à la presse, devant la grille, puis il est remonté en voiture. Il a dit qu'il respectait la vie privée de sa fille et n'avait donc rien à ajouter, mais il avait l'air bien remonté.

— Tu m'étonnes. Je ne sais pas vous… Je meurs de faim. Jo ? Je crois que Sam a fait un gâteau, si le cœur t'en dit. Et j'aimerais bien jeter un coup d'œil aux modèles que tu as apportés. Max, tu as arrêté des dates pour les séances photo ? J'aimerais bien que Jo puisse être présente.

— J'attends confirmation.

— Tiens-la au courant dès que tu as une réponse ferme. Nous allons à Paris demain pour discuter du film sur Simone de Beauvoir. Ça te dirait de venir ?

— Je ne demanderais pas mieux, mais j'ai la kermesse de l'école samedi prochain. Et je tiens le stand de l'éléphant blanc. Ça tombe à pic, tu ne trouves pas ?

Maxine sourit.

— Je vais préparer deux sacs pour toi. J'ai un placard plein à craquer de fripes à vendre aux enchères, dont les bénéfices seront reversés à des organisations caritatives. Tu n'auras qu'à venir jeter un coup d'œil.

— Super. Si Grace est d'accord ?

Grace hoche la tête.

— On se retrouve à la cuisine ? J'ai faim.

Après avoir passé un petit moment à m'extasier devant le placard qui jouxte le bureau de Maxine (et contient plusieurs tenues que Grace a portées dans des films), je réalise qu'il y a un malentendu. Je ne vois pas comment nous pourrions dégager des bénéfices équivalents à ceux d'une vente aux enchères dans notre malheureux stand de kermesse.

Pour finir, nous décidons que je ne vais emporter qu'un somptueux châle brodé de perles, qui sera notre lot vedette. Puis, Grace et moi nous installons pour tricoter un bout, tandis qu'elle chipote une salade et que je résiste à l'envie de reprendre une part de cake.

***

Quand je me lève pour partir, elle me serre dans ses bras (c'est la première fois).

— Merci, Jo.

— Tout le plaisir est pour moi. Enfin, plaisir n'est pas exactement le mot qui convient, mais tu comprends.

— Tu veux dire que tu viendrais me voir, même sans être payée ?

— Bien sûr, ne serait-ce que pour le gâteau.

Elle rit.

— Super. Et tu as signé un formulaire de confidentialité, n'est-ce pas ? Celui que Max t'a envoyé ?

— Bien sûr.

— Désolée. Je ne devrais même pas en parler. Ce que j'apprécie chez toi, c'est que tu ne demandes jamais rien. Tous les autres passent leur temps à quémander des faveurs.

— À ce propos, justement…

— Quoi donc ?

— Non, je plaisante, mais j'aurais besoin de quelques conseils sur la façon dont je pourrais me déguiser en laitière de l'époque victorienne pour tenir le stand à la kermesse.

Elle sourit, tandis que Maxine reparaît avec un gros sac de shopping.

— Grace m'a demandé d'ajouter deux ou trois bricoles pour toi et ton amie. Mais pas pour le stand, hein ?

— Oh ! c'est trop gentil. Merci mille fois.

Maxine me raccompagne jusqu'à la voiture.

— Merci, Jo, pour ta présence aujourd'hui. Je crois que Grace a été passablement secouée.

— On le serait à moins.

— S'ils essaient de te choper à la grille, dis-leur que tu ne sais pas à quoi ils font allusion, d'accord ?

— Pas de problème.

— La plupart des reporters sont partis, heureusement. Bruno va t'escorter. Je t'appelle dès que j'ai du nouveau pour les dates.

— Merci pour les fringues. Le châle sera le clou de la kermesse.

Dès que je suis hors de vue de la maison, j'arrête la voiture pour jeter un coup d'œil à l'intérieur du sac. Il y a un magnifique kimono bleu poudré que j'ai vu sur Grace quand elle était à la fin de sa grossesse. Il était tellement ample que je suis certaine qu'il m'ira, même s'il ne tombe pas aussi bien sur moi. Et il y a une pochette de soirée dorée qui devrait ravir Connie. Génial. On va pouvoir ajouter quelques sous dans la cagnotte du stand tout en ayant l'impression d'être deux stars de cinéma.

J'arrive à l'école avec dix minutes d'avance. J'en profite pour faire un tour dans le préau et jeter un coup d'œil à la bannière. Mme Chambers est en train de coudre une bordure, autour des carrés à motifs tricotés par les grands, et des carrés de couleur taillés dans des chutes de satin et de velours apportés par les familles.

Elle a teint un grand drap de flanelle en gris pâle, sur lequel ont été cousues les bandes en tricot de la classe de Mme Callender pour former les mots « École de Broadgate ». La mer, réalisée par la classe d'Archie dans un camaïeu de bleus, est particulièrement réussie, et la silhouette du bâtiment ressort beaucoup mieux maintenant que Mme Pickering l'a entourée de carrés de laine bruns et noirs.

— Demain, nous allons coudre les arbres. Les enfants sont tous très fiers. Tous veulent voir où j'ai inséré leurs réalisations. Même Mme Morgan est passée tout à l'heure.

Nous échangeons un regard.

— Vous serez libre, vendredi, pour que nous commencions avec les personnages ?

— Vendredi, c'est parfait. Nous avons combien de carrés disponibles ?

Mme Chambers a trouvé un moyen de transformer un assortiment de bandes de tricot en personnages qu'elle a cousus sur des morceaux de flanelle grise. Elle les a ensuite distribués à des volontaires pour qu'ils ajoutent la tête, les bras et les jambes. Jane Johnson et Mme Pickering en ont déjà réalisé un bon paquet, et Mme Williams, qui dirige les louveteaux, devrait recevoir la médaille d'or pour ses personnages soigneusement brodés en soie et laine de toutes les couleurs.

— J'avais pensé que nous pourrions coudre l'horloge de monsieur O'Brien ce vendredi. Il a peur que nous oubliions.

— Bonne idée.

— Et au fait, il a mentionné votre nom dans la lettre de fin d'année, pour vous remercier de votre participation à l'atelier de tricot.

— C'est très gentil à lui. J'espère qu'il vous a remerciée, vous aussi.

— Oh oui ! Mais vous avez eu droit à une mention spéciale.

Elle me décoche un clin d'œil qui semble dire : « Annabel Morgan va adorer ça. »

Connie est enchantée de sa pochette dorée, et nous convenons de nous retrouver demain, à la sortie de l'école, pour trier tous les dons. Nous avons déjà expédié deux grands sacs-poubelle pleins de rogatons à la déchetterie, et d'autres suivront sûrement quand nous aurons trié le lot en attente au secrétariat.

Pendant que Connie emmène Nelly à son cours de danse, je ramène Marco avec nous à la maison, et Archie fait une scène quand les deux grands refusent de le laisser jouer au Lego avec eux.

Quand arrive l'heure de se coucher, je suis sur les genoux, mais je prends tout de même le temps d'essayer le kimono, qui me va tellement bien que j'ai envie de le mettre en sortant du bain. Enfin, un peu de pluie et de fraîcheur.

La performance de Jimmy cet après-midi m'a passablement ébranlée et fait penser que Daniel allait sûrement à nouveau se manifester un de ces quatre. Par avocat interposé, naturellement. Ce soir, le bébé gigote dans tous les sens, comme s'il n'arrivait pas à trouver une position confortable. Dommage que ce ne soit pas le bébé de Nick. Tout serait tellement plus simple. Je vais faire une liste, pour essayer de me calmer, et boire une tisane. Ensuite, je vais me coucher et écouter tomber la pluie jusqu'à ce que le sommeil vienne.

***

Jeudi matin, je suis à la boutique, en train de passer une commande tout en cherchant où Elsie a bien pu mettre les fichus ciseaux, quand elle entre en trombe, toute rose et essoufflée.

— Il faut que tu viennes tout de suite. Monsieur Pallfrey a eu un accident. À cause de ce maudit chien. Il a fait un vol plané au milieu de la chaussée. C'est un miracle qu'il soit encore vivant. Il est devant la boulangerie et a demandé à te parler.

— Il n'est pas trop esquinté au moins ?

— Il a le teint terreux, mais ça a l'air d'aller. On a appelé une ambulance, pour plus de précautions, mais il a réussi à s'asseoir.

Quand l'ambulance arrive, un petit attroupement s'est formé. Betty et Mme Davis ont l'air soucieuses.

— Ah ! la voilà. Calmez-vous, Arnold.

Il est allongé sur un brancard, et un urgentiste est en train de lui faire une injection dans le bras. Trevor est assis à côté de lui, immobile.

— Bonjour, monsieur Pallfrey.

Je ne me souviens pas de l'avoir jamais appelé Arnold. Je trouve ça déplacé.

Il sourit, mais à peine.

— Bonjour, ma chère. Désolé pour le dérangement. Ce n'est pas bien méchant. Juste une petite chute.

Je m'accroupis (non sans quelques contorsions) et remarque que l'ambulancier regarde mon gros ventre.

— Pas d'affolement, ma petite dame. Arnie a la peau dure. N'est-ce pas ?

M. Pallfrey hoche la tête, l'air un peu gêné.

— Fracture du coude et du poignet à vue de nez. Et il est tombé de tout son poids sur la hanche, ce qui n'est jamais bon. On l'emmène à l'hôpital.

— Vous avez besoin de quelque chose, monsieur Pallfrey ? Vous voulez que j'aille chercher des affaires chez vous ?

— Vous êtes sûre que ça ne vous ennuie pas ? Et aussi, si vous pouviez appeler ma fille Christine ? Elle est en Espagne, mais son numéro de portable est dans mon calepin, à côté du téléphone. Je vais vous donner la clé.

Voyant qu'il n'arrive pas à fouiller dans sa poche, l'ambulancier s'en charge et ressort une clé.

— Voilà, ma petite dame. Je vous aide à vous relever ? Il ne manquerait plus que je doive vous emmener tous les deux à l'hôpital. Vous n'avez pas de contractions au moins ?

— Non, non. Je me sens parfaitement bien.

— Un choc nerveux peut avoir de fâcheuses conséquences, vous savez. Il y a longtemps qu'on n'a pas fait un accouchement. On a perdu la main. En général, on a droit à un article dans le journal quand un bébé fait son apparition sur la voie publique.

Il sourit de toutes ses dents. Je suppose que c'est son baratin habituel pour détendre l'atmosphère. Sauf que ça n'a pas l'air d'avoir beaucoup d'effet sur M. Pallfrey.

L'autre ambulancier nous a rejoints. Il porte un sac plastique.

— Ne l'écoutez pas. Dave adore faire l'article quand on est de sortie. Et maintenant, à nous, Arnold. On vous emmène à l'hôpital. Je peux mettre la sirène, si ça vous dit.

M. Pallfrey sourit.

— Bon, c'est pas tout, ça, mais qu'est-ce qu'on fait du chien ? dit-il en me regardant.

Flûte.

— Vous voulez que je l'emmène à la maison ?

— Si ça ne vous ennuie pas. Jusqu'à ce que je revienne. Je ne vois pas à qui d'autre je pourrais le demander, et comme je sais que les garçons l'adorent...

— Oui, bien sûr. Pas de problème. On se voit plus tard. Essayez de ne pas vous faire trop de mauvais sang. Je suis sûre que tout va bien se passer.

— Oui, je ne crois pas qu'ils vont me garder.

Moi, si, malheureusement.

Betty s'en revient avec moi à la boutique, Trevor trottant plutôt calmement à nos côtés.

— Stupide clébard, il risque de te faire tomber, toi aussi.

— Ne t'inquiète pas, Betty. Nous avons fait un pacte. Pas vrai, Trevor ? dis-je en tirant sur la laisse pour l'empêcher de sauter. Tu ferais bien de marcher droit, si tu ne veux pas que je m'asseye sur toi. Sauf que, maintenant, je suis beaucoup plus lourde.

Il se retourne et me lèche la main, ce qui fait rire Betty.

— En tout cas, il a l'air de bien t'aimer. Et je parie que les garçons vont être contents.

— Contents ? Tu veux dire fous de joie.

Il est presque onze heures quand j'arrive chez M. Pallfrey avec Trevor et Betty, qui a insisté pour m'accompagner (soi-disant pour tenir Trevor, mais je crois plutôt qu'elle veut satisfaire sa curiosité).

Elle a l'air impressionnée par l'intérieur bien tenu de M. Pallfrey, et constate qu'elle et lui ont la même brosse à vaisselle.

À la boutique, Elsie est toujours sous le choc. Quand je lui demande si elle veut bien surveiller Trevor pendant que je file voir M. Pallfrey à l'hôpital, elle n'a pas l'air emballée. Il faut dire que Trevor a déjà causé des frayeurs à Mme Marwell, venue acheter de la laine, quand il s'est brusquement levé de la place qui lui a été assignée derrière le comptoir.

— Je vais mettre la bouilloire en route : tu as l'air de quelqu'un qui a besoin d'une bonne tisane. Tu crois que des biscuits lui feraient plaisir ?

— Bonne idée, je vais lui apporter des biscuits et des fruits.

— Non, euh..., je voulais dire Trevor.

— Je n'en sais rien, mais il ne faut pas lui en donner. S'il y a une chose dont nous n'avons pas besoin, c'est d'un chien surexcité.

Nous regardons toutes les deux Trevor, allongé par terre derrière le comptoir. Il bâille, révélant une impressionnante rangée de dents qui fait reculer Elsie.

— Il ne peut pas rester ici… Les clientes ne vont pas apprécier. Je l'aurais bien ramené, je t'assure, mais mon Jeffrey a horreur des chiens. Bon, je vais faire du thé ?

Tandis que Trevor entreprend de me lécher les chevilles, je réfléchis au moyen de le laisser dans le jardin, à l'arrière de la maison, pendant que je vais à l'hôpital.

Je pourrais l'attacher à un poteau, mais je ne suis pas certaine que ce soit autorisé et je n'ai pas envie que la SPA me tombe sur le paletot pour maltraitance.

Fichu clébard.

Je commence sérieusement à paniquer quand grand-mère arrive. Hourra ! Des renforts !

— Ah ! Tu es là. Quelle catastrophe ! Betty m'a annoncé l'accident juste au moment où je prenais mon service. Du coup, je me suis arrangée avec madame Tanner pour qu'elle me remplace.

— Merci, grand-mère.

— J'ai appelé Reg. Il arrive.

— Écoute, grand-mère, ça t'ennuierait d'aller à l'hôpital pour lui apporter ses affaires, pendant que j'évacue Sa Majesté Trevor avant qu'il ne fasse fuir toute la clientèle ?

— Non, bien sûr, ma chérie.

— Surtout, dis-lui que Trevor va bien. Il ne faut pas qu'il s'inquiète.

— Toi, tu rentres te reposer un peu, et je passerai te voir plus tard. En attendant, tu n'auras qu'à enfermer le chien dans la cuisine.

Enfermer le chien dans la cuisine ! Elle rêve !

Trevor est en train de s'ébattre dans le jardin pendant que je cherche un endroit où l'installer pour dormir. Il est hors de question qu'il monte à l'étage, même si je dois passer la nuit allongée sur le palier.

J'appelle Ellen au bureau.

— Tu ne devineras jamais ce qui m'arrive ?

— Ce sont des jumeaux.

— Non. Et ça n'est absolument pas drôle. J'ai Trevor à la maison. Monsieur Pallfrey a eu un accident.

— Mince. Il ne va pas passer l'arme à gauche, au moins ?

— Ellen !

— Désolée.

— Non, mais je crois qu'il en a pour un bout de temps.

— Mince.

— Je ne te le fais pas dire.

— En attendant, ce sont les garçons qui vont être contents.

— Et comment !

— Je peux t'envoyer Harry, si tu veux. Il me tape sur les nerfs ces temps-ci.

— Comment ça ?

— Monsieur a décidé de retomber en enfance. Il m'a laissé un paquet de linge sale, hier, pour que je me charge de l'apporter moi-même au pressing. Pfff. La lune de miel n'est plus qu'un lointain souvenir.

— Et ?

— Je ne suis toujours pas enceinte.

— Allons, ma chérie, tu viens seulement de commencer. Il faut du temps.

— Non. Maintenant que je me suis mis en tête d'avoir un bébé, je n'arrête pas de regarder les femmes enceintes dans la rue.

— Pourquoi ne viens-tu pas passer le week-end ? Tu as l'air de quelqu'un qui a besoin de faire un break.

— Je pourrais faire un tour à la kermesse, histoire de te voir déguisée en éléphant blanc.

— En laitière.

— Oui, enfin, avec tous ces volants de mousseline, on ne fera pas la différence.

— Trop aimable.

— Et bonne chance avec le chien, dit-elle en riant.

— Ellen ?

— Oui, ma chérie ?
— Va te faire foutre.

Je suis allongée sur le canapé pendant que Trevor est occupé à creuser un trou dans le jardin. À croire qu'à force de voir M. Pallfrey remuer la terre des plates-bandes, il a envie d'en faire autant.

Il y a une émission à la télé où une bonne femme pas commode explique comment personnaliser une table de pique-nique avec des ronds de serviette customisés. Étant donné que je ne suis pas à la boutique, je me dis que je ferais bien de m'attaquer à la monstrueuse pile de repassage en attente. Mais je penche plutôt pour un petit somme suivi d'un morceau à grignoter.

Je suis confortablement calée sur le sofa avec des coussins installés aux endroits stratégiques, quand le maudit téléphone se met à sonner. C'est Martin, qui ne pouvait pas tomber mieux, vu l'envie que j'ai de discuter du fichu site web.

— Désolée, Martin, je n'ai pas eu le temps d'en parler à grand-mère, mais je suis sûre qu'elle sera d'accord.

Je fais allusion à son couvre-théière, dont elle devait me communiquer le modèle.

— Oui, bien sûr, mais en fait j'appelais pour tout autre chose. J'ai cru comprendre qu'il y avait un toutou sans maître.

— Comment ? Oh ! tu veux dire Trevor ?

— Oui, en fait, je serais ravi de m'en occuper, si tu es d'accord.

— Ne me raconte pas de crasses, Martin. C'est Elsie qui t'a téléphoné ?

— Non, sérieux, j'ai toujours voulu avoir un chien. J'ai pensé que ça serait une bonne chose de le prendre à l'essai. Mais le problème, c'est que j'ai un chantier qui m'est tombé dessus et que je ne peux pas refuser, si je veux financer les travaux de la grange. Alors, je me demandais si on ne pourrait pas faire moit-moit ? Jusqu'à ce que monsieur Pallfrey soit de nouveau sur pied. Sa fille vit en Espagne, me semble-t-il ?

— Oui, elle est en route, mais elle ne pourra pas rester longtemps si elle ne veut pas perdre son boulot.

— Et ta grand-mère pense qu'ils vont devoir l'opérer de la hanche, et du bras aussi, peut-être, et lui mettre une plaque. Ce qui veut dire qu'ils risquent de le garder plusieurs semaines.

— Quand est-ce que tu as parlé à grand-mère ?

— Flûte. Je n'étais pas censé le dire.

— Martin.

— Je t'assure que je peux m'en occuper. Pour ne rien te cacher, je songeais à prendre un chiot. Un labrador. J'ai toujours eu un faible pour ces chiens-là. Bref, j'aimerais bien m'occuper de Trevor, mais à condition que tu puisses le garder quand je suis au boulot. Je ne pense pas que ce serait cool de le laisser tout seul dans la grange.

— Non, sauf s'il te reste encore des travaux de démolition à faire.

— Est-ce que ça t'ennuierait de le garder quand je m'absente ?

— Tu es vraiment sûr de vouloir le prendre chez toi, Martin ?

— Absolument.

— Ce serait super.

— Dans ce cas, je passerai le prendre ce soir, si tu es d'accord. Pour l'instant, je suis à Londres, mais je serai de retour vers dix heures. J'avais pensé à lui rapporter un joujou – un de ces trucs à mâchouiller et qui couinent – pour le mettre en confiance.

— Que la sainte patronne des femmes enceintes te bénisse.

— Merci pour la bénédiction. Ça peut toujours servir.

Grand-mère arrive juste au moment où j'attaque le repassage et fait l'étonnée quand je lui parle de la proposition de Martin.

— C'est gentil à lui.

— Tu l'as appelé pour lui demander de se dévouer ?

— Oui, depuis l'hôpital, mais je ne lui ai rien dit. Simplement, je me suis souvenue qu'Elsie ne voulait pas qu'il ait d'animaux domestiques quand il était petit, pas même un lapin nain, pauvre bout de chou.

— Parce qu'il voulait un lapin nain ?

— Pas que je sache, mais il voulait un chien, ça oui. Jeffrey aussi, mais Elsie n'a jamais voulu en entendre parler.

— Je la comprends.

— Bah, comme ça, au moins, tu ne vas pas avoir cette grosse boule de poils sur les bras pendant des semaines.

— Je sais, grand-mère. Merci. Comment ça s'est passé à l'hôpital ? Tu penses qu'ils vont le garder longtemps ?

— C'est fort possible. Ils vont l'opérer de la hanche, et, avec un bras dans le plâtre en plus, il va falloir un bout de temps avant qu'il retrouve son autonomie. Sais-tu quand Christine doit arriver ?

— Dans la soirée. Elle va aller directement à l'hôpital, et ensuite je l'ai invitée à dîner. Si je ne suis pas encore rentrée de Tricot et Ragots, tu trouveras de la quiche et de la salade dans le frigo.

— Bien. Je vais apporter du gâteau au cas où elle

aurait déjà mangé et qu'elle veuille juste une tasse de thé.

— Merci, grand-mère.

Trevor se retrouve au centre de l'attention quand je vais chercher les garçons à l'école. Mais je tiens la laisse d'une main ferme pour qu'il ne puisse pas bousculer les gamins. Il se montre plutôt attentionné avec les petits et se couche par terre pour qu'ils puissent le caresser. Puis il se redresse brusquement et s'assied bien sagement quand Annabel passe à côté de nous (je jurerais qu'elle a fait claquer sa langue). Sur le chemin de la maison, les enfants tiennent la laisse à tour de rôle, tandis que Marco et Nelly tarabustent Connie pour qu'elle achète toutes affaires cessantes le plus gros chien qu'elle puisse trouver.

— Maman ?

— Oui, Archie.

— C'est le plus beau jour de toute ma vie entière.

— Mais malheureusement pas pour ce pauvre monsieur Pallfrey.

Ou moi du reste.

— Je sais, mais il est sûrement content de savoir que Trevor est avec nous. Parce qu'il nous aime bien, hein, maman ?

— Oui. Mais Trevor ne va pas être avec nous tout le temps, Archie. Ça ne serait pas gentil de le laisser tout seul quand je suis à la boutique. Il va passer un peu de temps chez Martin.

Presque tout le temps, en réalité.

— Mais il va rester chez nous pour dormir ?

— Oui, certains soirs.

Il est ravi.

— C'est trop bien, hein, maman ?

— Oui, mon cœur.

Bon sang, quelle est la prochaine tuile qui va me tomber dessus ? Maintenant que j'ai hérité d'un chien à temps partiel, il ne manquerait plus que Bruno décide de me confier Tom et Jerry pour le week-end.

Je vais finir comme ces toquées qu'on croise avec leur meute de chiens sur la plage, entortillées dans les laisses et couvertes de bave.

***

Aujourd'hui, c'est la kermesse d'été, et je suis en train de garnir de kapok le dernier éléphant en tricot tout en essayant de persuader Archie de ne pas manger ses céréales dans le panier du chien (c'est un Cath Kidston qu'Ellen nous a fait livrer pour se faire pardonner de ne pas venir ce week-end).

Il est arrivé par messagerie express hier, et Archie a dormi dedans (ce qui m'a valu une belle frousse quand je me suis levée pour faire mon énième pipi nocturne et aperçue qu'il n'était pas dans son lit).

Pour rester éveillée, rien de tel que de partir à la recherche d'un petit garçon dans une maison plongée dans l'obscurité. J'étais à deux doigts d'appeler la police quand je l'ai retrouvé à la cuisine, pelotonné dans le panier de Trevor.

— Archie, s'il te plaît, viens t'asseoir à table.

— C'est pas juste. T'avais dit qu'on allait garder un peu Trevor, et il est même pas resté dormir. T'as menti.

— Nous l'avons eu avec nous mardi, Archie, et Martin recommence à travailler la semaine prochaine. Ce qui veut dit qu'il va revenir vivre avec nous.

Je suis allée voir M. Pallfrey à l'hôpital, hier, et je doute qu'ils le laissent sortir de sitôt. Il avait l'air tout penaud dans le pyjama trop grand que Christine lui a apporté avant de repartir dare-dare en Espagne. Je voyais bien qu'il faisait des efforts pour ne pas grimacer de douleur chaque fois qu'il changeait de position.

Quand ils le laisseront sortir, Christine va venir le chercher pour l'emmener en convalescence en Espagne. Si bien qu'un séjour prolongé de Trevor parmi nous est à l'ordre du jour.

— C'est pas juste. Martin, il nous l'a volé. Il était à nous, avant.

— Il est à monsieur Pallfrey, Archie, et il aime bien être chez Martin parce qu'il y a de l'espace.

— On devrait lui acheter des joujoux pour quand il vient à la maison, comme il a fait, Martin. Je peux les payer avec mon argent de poche.

Quand on est passés le prendre chez Martin avant l'école mardi matin, Trevor était en train de faire du saut d'obstacles parmi les planches et de s'en donner à cœur joie avec ses jouets en caoutchouc.

— OK. Tu as combien de côté ?

— Presque cinquante pence.

— Je vois.

Pas assez pour un jouet qui couine.

— Maman ?

— Oui, Jack ?

— Je pourrais acheter un jouet, moi aussi. Combien ça coûte ?

Pour que Jack songe à se séparer d'une partie de ses précieuses économies, il faut que ce soit du sérieux. Je vais en faire quoi, moi, des joujoux, quand Trevor sera parti et que nous n'aurons plus de chien pour jouer avec ?

— Je ne sais pas, mon chou. Mais je crois que ça

coûte cher. Bon, il faut que j'aille me préparer. Finis tes céréales, Archie.

Et maintenant, place à la laitière et son pot au lait.

***

À deux heures moins dix, Connie et moi avons pris place derrière notre stand, et je suis en train de me débattre avec mon corsage, dont les manches n'arrêtent pas de glisser, me donnant des allures non plus de laitière, mais de tapineuse victorienne.

Je m'enveloppe au mieux dans un châle de coton noir, mais M. Nelson est déjà venu deux fois pour nous proposer de nous aider à déballer notre marchandise.

— S'il te plaît, Connie, passe-moi une épingle à nourrice ; je viens d'avoir une idée de génie.

Nous avons une boîte Tupperware pleine d'épingles de sûreté pour accrocher les étiquettes que nous n'avons finalement pas utilisées vu que nous avons décidé de pratiquer un prix unique de deux livres. Je fixe la bretelle de mon soutien-gorge à la couture intérieure de ma manche de corsage.

Je suis en train de faire la même chose avec celle de Connie, quand M. Nelson s'approche avec une vieille boîte pleine de pièces de monnaie. Il nous observe, légèrement penché en avant, un sourire égrillard aux lèvres. C'est le moment fort de sa semaine, apparemment.

— Désolé de vous interrompre, mesdames. Annabel m'a chargé de vous dire que votre objectif de recettes pour la journée était de quatre-vingt-quinze livres, et voici votre caisse. Un objectif élevé, mais pas hors de portée pour deux jolies jeunes femmes.

Un objectif élevé, en effet, pour un tas de rogatons à deux balles. Heureusement, Connie et moi avons un plan B.

Il plonge sa main dans sa poche de pantalon et fait tinter des pièces de monnaie (enfin, je suppose que c'est ce qu'il fait). Il est également vêtu à la mode victorienne, comme tous les autres membres de l'association des parents d'élèves, à l'exception des enseignantes qui font mine de ne pas avoir compris qu'elles devaient se déguiser.

D'après Jane Johnson, Annabel est verte de rage. M. Nelson plastronne dans un costume avec haut-de-forme et cravate qui lui donnent des faux airs de Sherlock Holmes. Annabel resplendit dans sa robe froufroutante rose avec ombrelle assortie.

En revanche, Mme Nelson, toute de vert épinard vêtue, n'est vraiment pas à son avantage avec son bustier qui refuse de tenir en place.

Toutes les autres semblent avoir opté pour des robes longues, à l'exception de Jane Johnson et Tina Davis qui portent, comme nous, des jupons à fleurs, mais avec des corsages à col montant au lieu de généreux décolletés.

Enfin, Mme Denning (la copine d'Annabel) arbore un costume de bain à l'ancienne (une réelle preuve de courage, vu la taille de son postérieur). C'est fou comme les rayures horizontales peuvent être inélégantes.

Munie d'un mégaphone, Annabel contemple avec satisfaction la foule compacte amassée devant les grilles de l'école.

Mark et les enfants filent directement vers le château gonflable.

— Bonjour, madame Marwell.

— Bonjour, ma chère. Combien, ces flamants roses en plastique ?

— Tout est à deux livres, mais vous avez droit à un tirage au sort qui peut vous rapporter le châle ou une boîte de gâteaux.

Mark nous a confectionné exprès des gâteaux qui attendent l'heureux gagnant dans une boîte de carton blanc à l'ombre d'un arbre. Le somptueux châle de Grace, en mousseline et perles argentées, trône au milieu de notre table recouverte de papier doré.

— Quelle sorte de gâteaux ?

— Noisette, chocolat blanc et meringues.

— Je ne raffole pas des noisettes – elles se coincent entre mes dents –, mais si c'est pour la bonne cause.

Elle me tend un billet de cinq, et je lui rends quatre livres (elle tricote toujours pour les bonnes œuvres, et je sais qu'elle touche une minuscule pension de retraite ; de toute façon, elle ne vérifie jamais sa monnaie et ne va donc pas se rendre compte que je me suis trompée à son avantage).

— J'ai gagné ?

— Il faut piocher un ticket dans le bol en verre.

Elle ne gagne rien, mais elle a l'air enchantée de ses flamants roses qui vont aller tenir compagnie à ses nains de jardin autour du bassin. Elle espère qu'ils vont effrayer les hérons.

— Il y a beaucoup de hérons par ici ?

— Oh oui ! Et passez-moi l'expression, ce sont de vraies saloperies qui vous bouffent tous vos poissons rouges. J'en ai encore perdu deux la semaine dernière.

— Oh non !

— J'ai hâte de voir à quoi ressemble la nouvelle bannière de l'école. Madame Pickering m'en a parlé. Quelle bonne idée d'apprendre le tricot aux enfants !

De mon temps, tout le monde savait tricoter – enfin, nous, les filles. Les garçons, il n'aurait pas fallu leur en parler.

Nous sommes en train de déballer notre bric-à-brac et de le disposer de la façon la plus attrayante possible, ce qui ne va pas de soi au milieu de toute cette foule. Depuis que Connie a fait courir le bruit que Grace a porté le châle pour assister à une première, tout le monde nous achète deux ou trois bricoles dans l'espoir de rafler le gros lot.

Le stock de billets de loterie est en train de diminuer à vue d'œil quand Jane Johnson remporte la boîte de gâteaux. Elle est aux anges et déclare que c'est la première fois qu'elle gagne quelque chose depuis cinq ans qu'elle travaille au secrétariat. Ça me fait plaisir pour elle, mais je réalise que, si le châle part trop vite, nous allons nous retrouver avec un monceau de cochonneries invendables sur les bras. Bon sang, pourquoi n'y avons-nous pas pensé plus tôt ?

Grand-mère arrive en compagnie de Reg et Betty, et nous apporte à chacune une tasse de thé. Mark est dans la cour, en train de disputer ce qui ressemble à une partie de foot avec des hordes de gamins en liesse, y compris Trent Carter et Kyle, qui jouent les gardiens de but entre deux piles de pull-overs. Il nous fait un signe de la main, l'air légèrement paniqué.

Connie éclate de rire.

— Tu ne penses pas qu'on devrait lui envoyer des renforts, Connie ?

— Non, il adore ça.

M. O'Brien s'approche et nous complimente sur nos éléphants en tricot, qui se vendent comme des petits pains, avant de mettre le cap sur le terrain de jeux avec son sifflet. Au même instant, Martin débarque avec Elsie et Trevor. Il y a maintenant deux joueurs de foot supplémentaires, dont un à quatre pattes qui chipe la balle et se met à détaler comme un fou à travers le terrain.

M. Nelson s'approche à nouveau pour jeter un coup d'œil au coffret en bois dont le couvercle est cassé. En fait, il a les yeux fixés sur les seins de Connie qui fait exprès de se trémousser pour le mettre en fuite. Je vais chercher le reste du bric-à-brac dans la voiture. Un beurrier fêlé, quelqu'un ?

Je vends le dernier éléphant en tricot à une fillette qui est dans la même classe qu'Archie et dont il m'a affirmé qu'elle s'appelait Ortie (ce dont je doute fort). Mme Pickering, la cantinière préférée des enfants, déplie son billet de loterie et remporte le châle.

— Comment est-ce possible ? Moi qui ne gagne jamais rien.

Connie sourit.

— Je vais le mettre.

Mme Pickering l'enroule autour de ses épaules et s'éloigne en flottant sur un petit nuage pour le montrer à son mari.

Connie commence à ranger les derniers bibelots dans une grande caisse en carton.

— Je crois qu'on peut commencer à remballer, pas toi ?

— Si.

— Mets-les dans ma voiture. Je les balancerai dans la benne la prochaine fois que j'irai faire mes courses chez Sainsbury's.

— *Brava.*

— Je suis contente que madame Pickering ait remporté le châle.

— Moi aussi.

— Connie ?

— Je l'ai un peu aidée.

Dix minutes plus tard, nous avons rangé les dernières caisses de bric-à-brac dans ma voiture, et je monte sur le podium aux côtés d'Annabel, qui se penche en avant, tandis que M. O'Brien fait le tirage de la tombola et distribue des bouteilles de vin et des boîtes de chocolats. Mme Nelson monte à son tour sur le podium, l'air passablement renfrogné, et lui tend un morceau de papier sur lequel figure la recette nette de la kermesse : neuf cents livres. Un record ! Tout le monde applaudit.

— Et nous vous demandons d'applaudir tout spécialement Mme Mackenzie et Mme Maxwell, dont le stand a récolté pas moins de deux cent dix-sept livres, ce qui est un autre record.

Tout le monde applaudit, et Mark embrasse Connie. Annabel a l'air fumasse.

— Et maintenant, avant que chacun rentre chez soi, nous aimerions vous présenter la nouvelle bannière de notre école. Place à madame Chambers !

Avec l'aide de deux grands, elle hisse un panneau d'affichage sur roulettes sur l'estrade, puis demande le silence.

— Merci, monsieur O'Brien. Je pense que vous savez tous que nous avons appris à tricoter durant ce dernier trimestre et que chacun a participé à la réalisation de la nouvelle bannière. C'est pourquoi, avant que vous admiriez notre travail, je tiens à remercier madame Mackenzie et tous ceux qui ont animé l'atelier tricot.

Une salve d'applaudissements éclate quand les garçons ôtent le drap qui recouvre le panneau, révélant la bannière dans toute sa splendeur. Bon sang, elle a dû passer des heures à coudre des bonshommes et des arbres, car il n'y a plus un espace vide nulle part. Quelqu'un (vraisemblablement Mme Pickering) a fait une bordure au fil doré autour des lettres qui forment le nom de l'école, et ajouté des taches argentées sur la mer et des perles vertes sur les arbres. Le résultat est superbe, et M. O'Brien est tellement ému qu'il nous embrasse toutes les deux.

Annabel a l'air au bord de l'apoplexie quand nous quittons le podium, mais madame Chambers est rayonnante.

— Je crois que nous pouvons être fiers. Ça vous ennuierait de passer dans la salle des professeurs ? J'ai oublié vos fleurs. Je voulais vous les donner quand je vous ai remerciée.

— Oh ! mais il ne fallait pas, non, vraiment. Ce fut un plaisir.

— Tant mieux, parce que madame Pickering a décidé de proposer des travaux de tricot, le mercredi après-midi, dans sa classe d'expression artistique, et nous espérions tous les deux que vous voudriez bien nous fournir quelques modèles faciles pour les élèves qui voudraient tricoter.

— Très volontiers.

Dans la salle des profs, elle est en train de me montrer un livre sur l'apprentissage du tricot aux enfants, quand nous entendons Annabel et Mme Nelson entrer dans la pièce voisine.

— Elles ont l'air de deux pouffiasses dans ces costumes ridicules.

Mme Nelson semble frissonner de joie quand elle déclare :

— Je suis tout à fait d'accord. Quelle honte !

— Remarque, ça ne m'étonne pas. Cette marchande de laine, avec toutes ses amies célèbres, ne se prend pas pour de la crotte. Et comme les enfants illégitimes font rage, ces temps-ci, il ne faut pas compter sur elle pour s'embarrasser de principes ou de bienséance.

Mme Chambers a l'air terriblement gênée quand je me lève et me dirige vers la porte avec mon bouquet de fleurs.

Comme dirait Ellen : qu'elles aillent se faire foutre.

— Salut, Annabel. Il me semblait bien que c'était vous.

Annabel se liquéfie littéralement. Elle doit se demander si moi et surtout Mme Chambers, qui se tient juste derrière moi, avons entendu ce qu'elle disait.

— Je parie que vous êtes satisfaite de la façon dont s'est déroulée la kermesse. N'oubliez pas de remercier Connie.

— Pardon ?

— Madame Maxwell. C'est elle qui a fait presque tout le boulot sur notre stand, et son mari a préparé les succulents gâteaux. Il est important que la présidente remercie tous ceux qui se sont dévoués, vous ne croyez pas ?

Mme Nelson a l'air totalement paniquée lorsqu'Annabel tente de sauver la mise.

— Oui, naturellement. J'ai pour habitude de remercier mon équipe.

— Vraiment ? Je n'avais pas remarqué. Bon, je ferais bien d'aller récupérer mes loupiots. Oh ! mais j'y pense, Annabel, plus personne ne parle d'enfants illégitimes, sauf les gros réacs. Jolie robe, quoique pas super adaptée à la saison. L'avantage, quand on se déguise en pouffiasse, c'est qu'on a les miches au frais.

Je longe le couloir en direction du préau, pas

mécontente de moi. Je suis un tantinet tremblante, mais pas ébranlée. Pour une fois, j'ai pu dire tout haut ce que j'avais sur le cœur, au lieu de le garder pour moi.

Mme Chambers est tout sourire.

— Bien joué. Bravo !

— Quelle horrible bonne femme !

— Oui. J'ai hâte de tout raconter à monsieur O'Brien. Ça m'a mis du baume au cœur.

— À moi aussi.

Nous rions quand Annabel nous dépasse, livide, avec Mme Nelson trottinant à sa suite.

Ouh ! Les cornes !

***

Comme Mark est retourné au pub pour prendre son service, Martin et Reg rentrent à pied avec Trevor et les enfants, tandis que je ramène Connie et grand-mère. Pour le dîner, j'ai du poulet froid au frigo, que je vais servir avec une salade et des pommes de terre.

— On mange dans le jardin ?

— Bonne idée, ma chérie. On sera bien, à l'ombre du gros arbre.

Pendant que les garçons jouent dans le jardin avec Nelly, nous buvons une tasse de thé en préparant la salade.

Quand je sors sur le devant de la maison pour remettre la glacière dans le coffre de la voiture, je trouve Martin ligoté à un tronc d'arbre avec la laisse extensible de Trevor.

— On fait joujou ?

— J'ai été pris en otage.

— Je vois ça.

— Je ne peux pas bouger les mains et je crois que

les enfants ont oublié qu'ils m'avaient ligoté. Tu peux me détacher ?

— Tu aurais dû crier.

— Ils ne pensaient pas à mal. Ils voulaient juste s'amuser.

— Martin !

— À vrai dire, je me suis senti bête. Je pensais pouvoir me libérer tout seul, mais en tirant, je n'ai fait que resserrer le nœud.

Les petits sagouins l'ont ligoté comme un saucisson.

Archie déboule en trombe par le portail latéral.

— Maman, il faut pas le détacher. C'est notre prisonnier.

Je continue à dérouler la laisse.

— Ne sois pas stupide, Archie. On ne laisse pas les gens ligotés comme ça éternellement aux arbres.

Trevor se met à courir autour de l'arbre en faisant des bonds et en aboyant.

— C'est toi qu'on va attacher, la prochaine fois, dit Archie.

— Je te le déconseille, si tu ne veux pas être privé de dessert.

Il fait claquer sa langue.

— Une tasse de thé, Martin ?

— C'est pas de refus. Ou même un petit remontant.

— Pour te remettre du choc d'avoir été pris en otage ?

— Si ça ne t'ennuie pas, j'aimerais mieux qu'on ne parle plus de ça.

— Je vais y songer. Tu me donnes quoi ?

— Comment ?

— Combien pour que je ne dise pas à ta mère que des grands méchants garçons t'ont ligoté à un arbre ?

Il secoue la tête.

— Je sens que cette histoire va me poursuivre jusqu'à la fin de mes jours.

— Bon, allez. Le sujet est clos.

— Ouf !

— Allez, viens, Houdini. Tu vas m'aider à mettre la table.

Le dîner est une réussite. Pendant que Connie et Martin sortent des chaises dans le jardin, Reg supervise les opérations. J'ai trouvé des bougies que j'ai plantées dans des pots de fleurs, et Connie a parsemé la nappe de pétales de rose.

Après dîner, pendant que les autres disputent un match de foot, je me pose tranquillement sur le canapé pour me délasser un peu avant de faire du café. Deux parts de dessert ont coupé court à toute velléité de ma part de jouer les gardiens de but.

Quand je me réveille, grand-mère est en train de tricoter à mes côtés, et il fait presque nuit.

— Les garçons sont couchés, ma grande : on ne voulait pas te réveiller. Reg est parti avec Martin pour voir la grange. Apparemment, ça commence à prendre tournure. Connie a dit qu'elle passerait demain. J'ai fait prendre leur bain aux garçons. Archie avait de la crème glacée jusque dans les cheveux.

— Merci, grand-mère.

— Tu veux quelque chose à boire ?

— Je veux bien. Qu'est-ce que tu tricotes ?

— Une couverture pour le bébé.

— Quelqu'un a eu un bébé ?

Elle me jette un regard ahuri.

— Oh ! mais oui, bien sûr.

— Je suis en train de faire un peu de layette. Je préfère prendre de l'avance.

— Tu as raison.

C'est ça que je devrais faire. Prendre de l'avance au lieu de m'affaler sur le canapé quand les gens viennent dîner.

— Tu veux une tisane ?

— Oui, mais je vais la faire. Reste là.

Je ne connais rien de plus jouissif qu'une bonne tasse de tisane pour finir la journée après avoir dit ses quatre vérités à Annabel Morgan sans avoir eu à employer expressément les mots « va te faire foutre ».

6

Août : chaussures, chalutiers et cire à cacheter

La première semaine des vacances d'été coïncide avec la fin de la canicule et les premières pluies. Résultat, je suis obligée de trouver un moyen d'occuper les garçons sans avoir à débourser des fortunes ou les coller douze heures par jour devant la télé. Olivia vient plus souvent nous donner un coup de main à la boutique, et c'est Betty qui remplace Elsie, partie une semaine en Espagne.

Les mères organisées ont un planning bien rempli, avec des sorties au musée préparées à l'avance. Mais moi, je n'ai rien prévu d'autre qu'un nouveau chapeau de paille et des chaussures de plage pour les garçons. Enfin, nous avons tout de même fait du pain et un cake aux fruits qui a viré au désastre.

Nous avons également emmené Trevor en promenade sur le sable mouillé. Pour finir, j'étais tellement désespérée, hier, que j'ai accepté d'organiser une chasse au trésor.

J'ai passé un temps fou à écrire des énigmes sur des bouts de papier (ce qui n'est vraiment pas mon fort) et à ranger ensuite la penderie mise sens dessus dessous par un Archie débordant d'enthousiasme. Le bon côté de la chose, c'est que les serviettes de bain sont à présent parfaitement rangées sur les étagères et que le pyjama *Batman* préféré de Jack a refait surface.

Aujourd'hui, il fait presque beau, et le moral remonte. Archie a déjà mis son masque et son tuba : le gros avantage d'avoir une cabine de bain à soi (même si en réalité, c'est celle de grand-mère), c'est qu'on peut aller pique-niquer sans avoir à trimballer des tonnes de trucs tels qu'épuisettes, seaux et pelles.

Tout se trouve déjà dans la cabine, mis à part un sac plein de soldats en plastique que Jack a décidé d'emporter à la plage et le déjeuner que je vais préparer : quelqu'un est tenté par de la polenta aux tomates confites et sauce au vinaigre balsamique ? Ou des Babybel et des Kit Kat ?

Ellen appelle pendant que je suis en train de beurrer des petits pains.

— Comment ça va, ma chérie ?

— À ton avis ? Ce sont les vacances.

— Sur une échelle de un à dix ?

— Cent quarante-huit.

— Tu fais quoi pour ton anniversaire ?

— J'avais pensé à un pique-nique à la plage et un barbecue.

— À Broadgate ?

— Quel est le problème ?

— S'il pleut ?

— Ce sera un pique-nique et un barbecue à la cuisine.

— OK, tu peux m'inscrire sur la liste des invités. Avec Harry, si j'arrive à le trouver. Il a l'air plutôt content de lui, ces derniers temps, maintenant qu'il a passé tous les tests avec succès.

— Quels tests ?

— Je ne te l'ai pas dit ? Nous sommes allés consulter le gourou de la fertilité, et tout est en ordre.

— Super.

— Il a dit que nous devions « nous donner un an », nous détendre, et que « nous tomberions enceinte ». J'ai horreur de ça, quand les toubibs vous disent « nous ». Sinon, « nous pouvons commencer le traitement tout de suite ». Auquel cas, je serais immédiatement soulagée de dix mille livres sterling.

— C'est plutôt encourageant.

— Je sais, mais attendre un an ! Sans compter que, maintenant que je sais que je ne peux pas avoir d'enfants, je me suis mis en tête d'en avoir un à tout prix. Mais à supposer que je tombe enceinte et qu'une fois l'enfant là, je réalise subitement que je ne suis pas taillée pour la maternité ? Bon sang, je n'ai pas envie de devenir une pondeuse juste par principe. Quant à essayer d'en parler à Harry, c'est totalement inutile. Il me répond que c'est moi qui décide. Comme si je pouvais décider seule ! Je suis tellement occupée au boulot que je ne trouve jamais le temps de réfléchir posément. Il est question que je fasse des éditions spéciales de trente minutes.

— Excellente nouvelle !

— Oui, sauf que je suis censée présenter le journal par la mode future maman.

— Tu devrais réfléchir à tout ça pendant ta semaine de voile.

— Il s'agit d'une croisière en yacht, ma chérie, pas en catamaran. Je l'espère, tout au moins.

— Justement, tu seras au calme pour penser.

— J'ai horreur du calme. Mais enfin, peut-être. Il faut que je prenne une décision… Toute cette histoire me rend folle. Oh ! Et si tu pouvais convaincre la diva de venir à ton anniversaire, pour que j'aie une interview exclusive sur Jean-Luc, ça serait top.

— OK.

— Vraiment ?

— Non.

Elle rit.

— À plus, ma douce.

Les chances que Grace fasse une apparition sur la plage de Broadgate au bras de l'homme qu'elle a soi-disant ramené de Paris, et que je n'ai personnellement encore jamais vu, sont très, très minces, mais je vais tout de même informer Maxine que je fais une fête quand je retournerai là-bas, la semaine prochaine.

Elle a été tellement adorable pour l'anniversaire d'Archie, que je ne voudrais surtout pas la froisser. Néanmoins, je prie le ciel pour qu'elle ne puisse pas venir. Outre que je n'ai pas spécialement envie d'être filmée dans mon maillot de bain ultra-pas-seyant, ou de devoir réfréner Ellen, qui peut se montrer très envahissante quand elle a un scoop en vue, je n'ai pas le début d'une idée de ce que je vais pouvoir servir à manger.

J'avais pensé à des crudités et une salade de pommes de terre maison, mais, avec des invités de marque, je vais devoir songer à ajouter des trucs comme le quinoa (auquel je n'ai jamais goûté et qui doit être un sacré casse-tête à préparer). Tout compte fait, je pense que je ne vais rien dire à Maxine.

Nous sommes enfin prêts à partir à la plage (Jack a réuni tous ses soldats en plastique).

— Est-ce qu'on pourra se baigner, maman ?

— Peut-être. Si l'eau n'est pas trop froide.

— Mais tu as apporté ton maillot, maman ? La dernière fois, tu l'avais oublié.

— Il est dans mon sac, Archie. Et retire ce truc, s'il te plaît, mon cœur. Je ne comprends rien à ce que tu dis.

Il trépigne d'impatience.

Flûte. Moi qui espérais ne pas avoir à m'exhiber dans mon maillot ultra-volumineux... J'aurais bien aimé celui en lycra argenté, mais j'avais peur que la jupette ne remonte à la surface et se plaque devant ma figure quand je suis en train de nager la brasse. Si bien que j'ai opté pour un truc noir en lycra bien ample à bretelles très larges, mais trop court (ce qui m'oblige à marcher voûtée).

Seigneur, faites qu'il n'y ait personne de l'école sur la plage, et surtout pas l'équipe de sauvetage des baleines, sinon ils vont m'envelopper dans des serviettes humides et me rejeter à la mer.

— Il faut que je passe prendre des petits pains à la boulangerie.

Tous les deux ronchonnent.

— Ça ne prendra qu'une minute.

Je passe à la boutique pour m'assurer que tout va bien et prendre de quoi tricoter un autre châle. Ils se vendent si bien, durant les week-ends, que je dois déjà regarnir mon stock.

Olivia est en train de servir Mme Bishop quand nous arrivons.

J'emmène les garçons au premier pour leur servir un jus de fruits et j'en profite pour dépouiller le courrier. La nouvelle commande pour les kits de sacs de plage est arrivée, et Olivia a commencé à déballer, de sorte que la table est entièrement couverte de sacs « MacKnit », bien proprement alignés.

Je suis en train de jeter un coup d'œil à la collection d'automne, quand Olivia arrive.

— Elle est enfin partie, avec six pelotes de cette horrible laine poilue. Désolée d'avoir tout laissé en plan.

— Non, pas du tout. Tu as fait du bon travail. Je ne vais pas te déranger plus longtemps. Je voulais juste m'assurer que tout allait bien.

— En fait, il y a quelque chose que je voudrais te demander. C'est au sujet du samedi après-midi. J'ai des copines qui aimeraient bien venir à la boutique pour faire un groupe de tricot comme le tien, le jeudi, mais sans nos mères. On aimerait être seules. Je peux leur montrer comment démarrer un tricot et tout. Ça serait vraiment super. Mais est-ce que tu pourrais me donner un coup de main la première fois ? Je te promets qu'on ne fera pas de bruit.

— Je songeais justement à démarrer un nouveau groupe, le samedi, après la naissance du bébé. Est-ce que ça pourrait attendre jusque-là ? Parce que, là, tout de suite, ce sont les vacances d'été, et je suis un peu débordée.

Elle a l'air déçue.

— Oui, mais c'est juste que je m'ennuie à mourir à la boutique.

— Vous seriez combien en tout ?

— Cinq ou six. Sophie et Lauren, Gemma, et probablement aussi Anna Maddox et Polly. Elles sont toutes super sympas. Et je te promets qu'on sera sages. Oh ! s'il te plaît.

Étant donné que ce sont de futures clientes en puissance, je suppose que je devrais faire un effort.

— Je te propose qu'on essaie une première fois pour voir comment ça se passe. Si tout va bien, Elsie pourrait peut-être venir vous donner un coup de main, en cas de panne. Elle sera en bas dans la boutique de toute façon le samedi après-midi.

— Ça serait génial. Oh ! merci, Jo. C'est tellement rasoir, ici, quand il n'y a personne.

Archie, qui a entendu le mot « rasoir », est en train de le répéter en marmottant dans son tube de plongée.

— Archie, arrête de faire le singe, tu veux ?

Il y a un son étouffé, puis il se met à souffler bruyamment dans le tuba en émettant toute sorte de bruits grossiers qui font rire Jack.

Olivia essaie de ne pas éclater de rire. C'est curieux comme les bruits obscènes peuvent déclencher l'hilarité de toutes les tranches d'âge.

— Et bien sûr, je ne veux pas d'argent, Jo.

— Tout travail mérite salaire, Olivia. Mais laisse-moi d'abord en parler à Elsie. Je suis sûre qu'elle sera d'accord, mais elle le sera d'autant plus si je lui demande son avis. Il y a suffisamment de monnaie dans la caisse ?

Olivia hoche la tête.

— Je crois. Maman doit passer plus tard ; je lui demanderai d'aller m'en chercher si j'en ai besoin. Oh ! Et la machine pour les cartes bancaires recrache des reçus pleins de raies noires. Il faut que je change la bobine ?

— Oui, s'il te plaît.

Elsie a dû tout laisser en plan, sachant qu'Olivia venait ce matin (elle est beaucoup plus à l'aise qu'elle pour tout ce qui touche aux bobines CB et aux cartouches d'encre).

— Allez, les garçons, on va à la plage.

Jack renfile ses sandales.

— Je peux emporter mon livre ?

J'ai acheté quelques livres, ainsi que des blocs de papier et des crayons de couleurs pour qu'ils aient de quoi s'occuper quand ils viennent à la boutique. Mais Jack veut toujours emporter les siens.

— Je les ai achetés exprès pour la boutique.

Il soupire.

Archie est déjà dans l'escalier quand le carillon retentit, suivi d'un aboiement qui ne peut être que celui de Trevor.

Merde et remerde. Martin tient un dossier à la main.

— Je pensais bien te trouver ici. Je voulais te montrer les dernières photos pour le site web, si tu as une minute. Trevor, assis.

— C'est qu'on était en route pour la plage, Martin. Ça t'ennuie de remettre ça à plus tard ?

— On va faire un pinique, et tu peux venir aussi. Trevor, il adore les piniques.

Super, Archie. Sauf qu'un arrêté municipal interdit les chiens à la plage entre huit heures du matin et six heures du soir. Pendant que Martin s'efforce de lui faire entendre raison, je me faufile hors de la boutique.

J'ai fait de mon mieux pour esquiver le problème Trevor et je ne me sens pas de taille à m'y recoller, là, tout de suite. Christine a emmené M. Pallfrey en Espagne pour sa convalescence, et il était censé rentrer d'ici quelques semaines.

Mais, quand grand-mère a parlé avec elle, elle lui a dit qu'elle avait presque réussi à persuader son père de louer sa maison de Broadgate et d'acheter un appartement à côté du sien, dans une résidence avec piscine. Apparemment, il fréquente assidûment le club des *expats* et s'amuse comme un fou. Je m'en réjouis, mais ça n'arrange pas mes affaires.

— J'ai eu monsieur Pallfrey au téléphone hier soir.

Quand on parle du loup…

— Ah oui ? Et alors ?

— Il va beaucoup mieux. Il n'a presque plus besoin de se servir de sa canne et a décidé d'acheter un appartement là-bas.

— Sans blague ?

— Oui, mais il se fait du souci pour son toutou. Alors, je lui ai dit que je serais ravi de l'adopter. Je me suis beaucoup attaché à lui, et tu remarqueras qu'il est déjà nettement plus obéissant. Couché, Trevor.

Trevor se lève, juste pour qu'on sache qu'il est le seul à décider, puis se couche.

Martin jubile.

— Je crois que je vais lui fabriquer un chenil, mais en attendant, je me demandais si ça ne t'ennuierait pas de le garder avec toi. Avant la naissance du bébé, bien sûr. J'aurai fini bien avant cela, mais je n'aime pas le laisser seul trop longtemps : il a tendance à creuser des trous partout.

— Je sais, il fait la même chose à la maison. Il en creuse deux à la fois chaque minute et, dès qu'on les a bouchés, il recommence.

— Je crois qu'il est anxieux.

— Pas autant que moi quand j'étends le linge en me demandant si je ne vais pas retrouver les slips au fond d'une crevasse.

Il rit.

— Ça ne prendrait pas plus d'une semaine ou deux. Encore deux nuits la semaine prochaine, mais ensuite, j'ai des chantiers sur le secteur. Je vais mettre les bouchées doubles pour le chenil, promis. Je vois bien que tu ne peux pas t'occuper du chien et du bébé.

Archie jette son tuba par terre.

— C'est pas juste. C'est notre chien, pas celui de Martin. Je préfère avoir Trevor qu'un bébé débile.

Il éclate en sanglots.

De mieux en mieux.

Martin a l'air consterné. Jack passe un bras autour des épaules de son frère.

— T'inquiète pas, Arch, faut juste attendre qu'il grandisse. Ensuite, on aura un chien à nous quand le bébé sera plus grand, hein, maman ?

— Ce n'est pas le bébé qui pose problème, mon poussin, mais le fait que Trevor se retrouve seul à la maison toute la journée pendant que vous êtes à l'école, et moi, à la boutique. Ce ne serait pas juste. Et puis vous pouvez voir Trevor autant que vous le voulez et l'emmener en promenade, n'est-ce pas, Martin ?

— Bien sûr. Oh ! j'ai retrouvé la barque dont je t'avais parlé, Archie, dans mon appentis. Je vais l'apporter plus tard, si tu veux.

Archie arrête de renifler.

— Celle en bois avec des voiles ?

Martin hoche la tête.

— Ça te ferait plaisir ?

— Oh ouiii ! Maman, est-ce qu'on peut avoir des donuts pour le déjeuner ? S'il te plaît, maman ?

— Oui, Archie.

Cette fois, tous ses vœux sont comblés (la promesse d'une promenade avec Trevor, la barque en bois et le donut pour déjeuner) et il se remet à sautiller gaiement, tandis que Martin part de son côté en sifflotant.

Et flûte.

Je crois que je viens de perdre une nouvelle manche dans le bras de fer canin. Martin aime bien siffloter quand il lustre les étagères avec un chiffon spécial, et aussi quand Elsie essaie de lui faire la leçon (ce qui impressionne particulièrement Jack).

Heureusement, ni Archie ni lui ne savent encore siffler, ce qui ne les empêche pas de souffler copieusement dans leurs tubas tandis que nous nous dirigeons vers la plage.

Il y a quelques familles sur le sable, mais les risques d'averse auront sans doute découragé les touristes. Et c'est tant mieux, parce que j'aime bien quand nous pouvons prendre nos aises sur la plage.

Grand-mère et Reg sont installés devant la cabine, en train de lire le journal, et Reg semble avoir investi dans un nouveau parasol bleu marine.

Grand-mère a déjà sorti les seaux et les pelles pour les garçons.

— Ah ! Te voilà, ma chérie. Tu as vu nos nouveaux lits de plage ? Ils étaient en promo dans le grand centre commercial qui vient d'ouvrir sur la route de Margate. On n'a pas pu résister. On s'est dit que tu serais plus à l'aise que sur les chaises longues.

Elle se lève pour me laisser admirer le tissu à fleurs multicolores qui ne risque pas de figurer un jour dans le catalogue Laura Ashley.

— Le tien est orange. Regarde.

Reg ressort de la cabine avec un lit de plage rouge couvert de fleurs roses et de perroquets orangés. Bon sang, mais qu'est-ce que c'est que cette obsession familiale pour les perroquets ? D'abord, ma mère et son peignoir psychédélique, et maintenant, grand-mère avec sa chaise longue en technicolor.

— C'est ravissant, grand-mère. Merci.

— Je savais que tu allais l'aimer, ma chérie. Il y avait les mêmes sur le paquebot, sauf que les perroquets avaient le bec rouge. Sur celui de Reg, il y a des oiseaux bleus.

Il se lève.

Effectivement.

— Ils sont tellement confortables. Assieds-toi pour voir.

Grand-mère n'a pas forcément les mêmes goûts que moi en matière de couleur, mais, question confort, elle s'y connaît : le matelas a l'air rembourré, et, une fois que Reg a ajusté le dossier, je suis presque aussi bien que dans mon lit. Peut-être mieux. Je me demande s'il n'y aurait pas moyen de le ramener à la maison.

— C'est parfait, Reg. Merci.

— Il y a un petit parasol qui va avec. Je vais te l'installer. Il te suffit de le rabattre en avant, comme ceci.

Une colonie de perroquets orange se déploie au-dessus de ma tête.

— Super.

Tous deux rabattent leurs parasols en avant et se rallongent.

— On se sent comme une star d'Hollywood, pas vrai ?

— Tout à fait.

En fait, il ne me manque plus qu'un plaid écossais, et j'aurais l'air de quelqu'un qui récupère lentement d'un drame personnel. Il ne manquerait plus qu'Annabel Morgan décide justement de faire un tour à la plage aujourd'hui. En principe, ce n'est pas son genre (pas assez chic pour elle), mais sait-on jamais.

***

Mardi, je suis à la boutique en train de profiter d'une journée tranquille sans les garçons : Connie les a emmenés au zoo pour fêter l'anniversaire de Nelly (avec un pique-nique spécialement préparé par mes soins, incluant des cupcakes roses ornés de petites danseuses en pain azyme).

Mark, qui a confectionné un vrai gâteau d'anniversaire, n'a pas voulu entendre parler de mes cupcakes industriels, si bien que j'ai dû m'interposer pour empêcher Connie de le frapper avec sa spatule.

Les friandises exclusives, c'est bien pour le cercle de tricot hebdomadaire, mais chacun sait que les cupcakes rose fluo sont un classique indétrônable. J'ai un moment songé à aller au zoo avec eux, puis renoncé : rouler pendant des kilomètres dans la campagne du Kent pour essayer d'apercevoir un lion ne fait pas partie de mes passe-temps favoris, surtout quand on est enceinte de sept mois.

À la place, en cherchant des idées pour une nouvelle vitrine, je farfouille dans les paniers en osier que nous gardons sur les étagères au premier.

Le thème marin devrait faire l'affaire jusqu'à la fin août, mais en septembre, j'aimerais bien exposer des couvre-théières et des cupcakes en tricot disposés sur les supports à gâteau en verre soufflé que j'ai achetés à Venise l'année dernière (si j'arrive à les retrouver). Je songe aussi à tricoter des cache-bouillottes. Ils se sont très bien vendus l'an passé, avant les fêtes de Noël, et je voudrais aussi faire des sachets de lavande. Il n'y a rien de plus simple à réaliser, et nous avons des tonnes de lavande en ce moment dans le jardin.

Elsie a déjà commencé d'en tricoter plusieurs en mohair, et j'aimerais bien en faire quelques-unes en forme d'animaux, oiseaux et lapins, en cachemire avec des rubans pour pouvoir les accrocher. J'en ai vu à trente livres pièce dans un magazine de déco.

Je pourrais vendre les miens moitié moins cher et néanmoins me faire une marge confortable. C'est un beau projet, pas trop prenant, pour occuper mes soirées d'automne, quand j'aurai un petit quelqu'un sur les genoux qui me réclamera une dernière tétée avant de piquer du nez.

Je n'arrive tout simplement pas à réaliser qu'un bébé va naître. Ça me paraît encore complètement irréel, bien que j'en sois déjà passé deux fois par là. Une nouvelle personne se prépare dans l'ombre à faire son entrée dans le monde.

La sage-femme m'a dit que nous étions déjà tout en haut du tableau de croissance fœtale, et jusqu'ici toutes les analyses sont parfaitement normales. Mais je n'arrive tout de même pas à y croire.

Je suis en train de tâter mon ventre quand Elsie arrive.

— Je mets la bouilloire en route. Je te fais une tisane ?

Comme l'idée d'Olivia de former un groupe de tricot n'a pas eu l'air de l'emballer, je me dis que toute perche est bonne à prendre.

— Oh oui ! Merci, Elsie. Tu n'aurais pas vu les

supports à gâteau que j'avais mis en vitrine l'année dernière, par hasard ?

— Je les ai rangés dans l'arrière-cuisine, dans le placard sous l'évier, enveloppés dans du papier à bulles. C'est dangereux de garder des trucs en verre sur les étagères. Ils pourraient se casser en tombant et blesser quelqu'un.

— Oui, c'est sûr.

Nom d'une pipe, elle pourrait me prévenir quand elle planque des affaires à la cuisine.

— Combien de filles doivent venir au cercle de tricot déjà ? Parce que tu sais comment elles sont à cet âge-là : il vaut mieux les avoir à l'œil.

— Olivia m'a l'air d'être très responsable. Tu ne trouves pas ?

— Quand elle est seule, peut-être, mais une fois toutes ensemble, ça ne m'étonnerait pas qu'elles se mettent à boire des cocktails.

Les filles se pintant à l'étage pendant qu'Elsie est occupée dans la boutique ? J'aimerais bien voir ça.

— Je vais les surveiller cette semaine et voir comment ça se passe, d'accord ? Et si tu crains de ne pas pouvoir les tenir, grand-mère a proposé de venir les surveiller les fois d'après.

C'était ma carte maîtresse ; et maintenant que je l'ai jouée, j'espère qu'Elsie va mordre à l'hameçon.

— Oh ! je peux parfaitement me débrouiller. On ne va pas déranger Mary pour si peu. Je disais juste qu'il faut les avoir à l'œil, des fois qu'il y aurait de mauvais éléments. Avec tous ces jeunes qui brûlent des voitures et autres…

— En principe, ce ne sont pas les mêmes qui font du tricot. Et puis, je crois qu'il y en a moins que tu ne crois, Elsie. Simplement, les jeunes qui obéissent à leurs parents ne sont pas assez remuants pour faire la une des journaux.

Elle renifle.

— Pendant que j'y pense, il y a cette Maxine qui a appelé pour savoir si tu pouvais venir à deux heures et demie plutôt que deux heures. Je lui ai dit que tu la rappellerais.

— Super.

— Je vais faire chauffer l'eau.

J'ai hâte de voir Grace et peut-être Jean-Luc. Jane Johnson m'a dit qu'il y avait à nouveau des tas de paparazzis agglutinés à l'extérieur des grilles quand elle est passée devant hier, ce qui veut dire qu'ils ont flairé quelque chose.

— Et l'évier de la cuisine a l'air bouché.

— T'inquiète, je m'en occupe.

Et hop ! Un petit coup de ventouse avant de mettre le cap sur Graceland.

Il y a des voitures stationnées tout le long du bas-côté à l'extérieur de la grille, et des tas de reporters qui ont l'air de s'ennuyer à cent sous de l'heure.

Heureusement, Tom et Jerry semblent avoir appris les bonnes manières : ils se tiennent trois pas derrière Bruno, répondant à une série de clics émis par un petit boîtier en plastique. Je descends de voiture en me demandant si je ne ferais pas bien de m'en procurer un pour Trevor.

Maxine émerge par une porte latérale et m'emmène voir Grace.

— Elle est dans le jardin. Quel temps magnifique ! On se croirait sur la Riviera. Je parie que tu emmènes tes gamins à la plage tous les jours.

— Presque. Mais j'y pense : nous organisons un pique-nique dimanche, sur la plage, pour mon anniversaire. Aux alentours de dix-huit heures.

— Je peux te confier un secret ?

— Bien sûr.

— Bruno et moi, on viendra peut-être si tu es d'accord. Mais Grace sera probablement occupée.

— Vous êtes les bienvenus.

— Comme ça, au moins, tu n'auras pas une nuée de journalistes faisant du rappel du haut des falaises pour essayer de photographier Jean-Luc.

— Oh ! tu veux dire qu'il est là ?

— Complètement là.

Le jardin sur l'arrière est opportunément ceint d'une vieille muraille qui abrite les occupants des téléobjectifs indiscrets.

L'endroit est ravissant : parterres de fleurs et de plantes potagères, arbres fruitiers en espaliers, et ce qui ressemble à une vigne de treille qui déploie son feuillage et ses grappes au-dessus d'une immense table en bois. Je ne sais pas combien de jardiniers travaillent ici, mais ils doivent être nombreux à en juger par le résultat.

Lily est en train de barboter gaiement dans un petit bassin à l'abri d'un vélum crème, tandis que Meg l'asperge à l'aide d'un arrosoir miniature. Grace est étendue sur un transat garni de coussins crème. Elle est vêtue d'un jean et d'un minuscule tee-shirt blanc.

— Un jus de fruits ou de l'eau, Jo ?

— De l'eau, merci, Grace.

— On est en train d'apprendre à monter à cheval pour le prochain tournage. Du coup, il y a des chevaux dans l'écurie. Ça fait terriblement *country style*, tu ne trouves pas ?

— Tout à fait.

Maxine me tend un verre d'eau en désignant le fond du jardin d'un hochement de tête, où une vision en chemise blanche et jodhpur est en train de marcher dans notre direction. Seigneur, heureusement que je suis assise ! Il est à tomber à la renverse, et ce, en dépit du fait qu'il porte une culotte de cheval.

— Est-ce que Sartre faisait de l'équitation ?

— Pardon ?

Il s'approche. Nom d'une pipe, si Jean-Paul Sartre avait eu ce look, on serait toutes converties à l'existentialisme.

Maxine sourit.

— Non, Jean-Luc tient le rôle du professeur Emelius Browne dans *L'Apprentie Sorcière*, Jo. Ils cherchent une tête d'affiche américaine pour jouer Sartre.

— Oh ! je vois. Je ne me rappelle pas qu'il y ait eu des chevaux dans *L'Apprentie Sorcière*.

Grace exhibe son sourire de diva.

— C'est vrai. Mais ils ont apporté pas mal de changements au script original. Et crois-moi, quand tu le verras monter à cheval, tu seras bien contente qu'ils aient changé le script.

Maxine sert un verre d'eau à Jean-Luc qui se penche pour embrasser Grace sur la joue et repousser une mèche de cheveux de devant sa figure.

— Bien galopé, mon amour ?

— Oui, mais j'ai eu très chaud. Je vais monter me changer et aller piquer une tête. Tu as besoin de quelque chose ?

Personnellement, je ne serais pas contre un petit quelque chose (son accent français est tout simplement irrésistible).

Il l'embrasse à nouveau, puis commence à se diriger vers la maison.

Maxine lâche un profond soupir, ce qui fait rire Grace.

— Les lectures préliminaires marchent du tonnerre. Rien de tel pour faire passer le courant. Cette Angela Lansbury vous prend aux tripes. Mais ils ont décidé de donner un répétiteur d'élocution à Jean-Luc (qui va lui apprendre à parler comme Hugh Grant, je parie).

Maxine débarrasse les assiettes et les pose sur un plateau.

— De toute façon, ça ne va pas changer grand-chose.

— Meg, on dirait que la petite en a assez.

Lily est occupée à jeter des bateaux en plastique hors de son bassin.

— Un peu, je crois. Je la sors du bain ?

— S'il te plaît. Et, Max ? Tu peux dire à Sam de nous apporter d'autres jus de fruits et de la glace ?

Sam arrive avec un pichet de jus frais et des fruits.

— Merci, Sam. Il est dans la piscine ?

— Oui. Et il m'a demandé de lui faire un café. Je lui fais un déca ?

— S'il te plaît.

Il sourit et s'éloigne.

— Je suis obligé de mettre le holà sur la caféine pour le calmer un peu. Sinon, c'est éreintant. Eh bien, que penses-tu du jardin ?

— Il est fabuleux. Tu as vraiment beaucoup de chance.

— De la chance ? Je me suis décarcassée pour pouvoir me payer tout ça.

— Désolée.

— Non, je plaisante. Bon sang, il ne faut pas prendre tout ce que je dis au premier degré. Même si, en les persuadant d'engager Jean-Luc, j'ai eu la main heureuse. Un trait de génie.

— Et donc, il joue le rôle d'un Français dans le film ?

— Plus ou moins. C'est un personnage plus héroïque que dans la première version : ex-militaire, moitié français, évacué à Dunkerque. Et puis, je fais sa connaissance, et il oublie la Résistance.

— Tu m'étonnes.

— Le tournage débute dans deux semaines. Au fait, Maxine t'a communiqué les dates ?

— Oui. Et je suis vraiment sur des charbons ardents.

— Ils veulent que je tricote dans le film. Elle te l'a dit ? Nous avons répondu que tu allais nous soumettre un modèle d'époque. On tricotait surtout des chaussettes pendant la guerre, n'est-ce pas ?

— Oui, ou des passe-montagnes. Ma grand-mère a des tonnes de modèles qui datent de cette époque. Je t'en apporterai quelques-uns la prochaine fois.

— Parfait. Naturellement, tu seras payée. Max a déjà tout arrangé.

— Vraiment ? C'est formidable.

— Tu n'auras qu'à voir ça avec elle. Mince, qui est-ce encore ?

Le téléphone posé sur la table est en train de sonner.

— Entendu, passe-le-moi. Salut, Ed... Parce que je n'ai pas envie, un point c'est tout. Je suis en train de passer un été anglais reposant. Si je voulais passer l'été à L. A., j'y serais déjà. D'accord, tu peux les amener. Sam préparera un déjeuner.

Elle repose le téléphone.

— Il est question de gros sous.

— Pour ?

— Faire un film sur moi et Jean-Luc. Ils sont prêts à tripler les cachets si on se bécote. Bande de salopards. Ed est sur l'affaire. On va faire un dîner à Londres ou à Paris. Max s'en occupe.

— Et ça t'ennuie ?

— Ça fait partie du métier, ma chérie.

— J'imagine, mais…

— Il n'y a pas de mais. C'est la loi du genre : tu dis oui ou tu dis non, mais tu ne chipotes pas. Cela dit, rien ne t'empêche de leur faire un procès si tu estimes qu'ils poussent le bouchon trop loin.

— C'est-à-dire ?

— S'ils cherchent à s'immiscer dans ta vie privée.

— Ah…

— Au fait, j'ai fini le cardigan de Lily - le cache-cœur -, et elle l'adore. Je pensais lui en faire un autre, dans cette laine vert olive que tu m'as montrée. Du cachemire, je crois.

— Cachemire et soie.

— C'est ça, et je voudrais tricoter un truc pour Max, comme cadeau d'anniversaire. Il y a un cardigan dans le livre que tu m'as laissé qui lui irait comme un gant. J'ai marqué la page ; tu n'auras qu'à me dire les couleurs et me les apporter. Mais j'aimerais bien changer les manches : elles sont affreuses... Flûte, on crève de chaud ici. On rentre.

— C'est quand, son anniversaire ? J'aimerais bien lui offrir quelque chose, moi aussi.

— Le mois prochain. Mais ne lui tricote rien. Je veux que mon cardigan soit le clou de la fête.

— Bien sûr.

Elle sourit.

— Tu pourrais lui acheter un puzzle. Elle adore ça.

— Vraiment ?

— Quand Sam et moi voulons la taquiner, nous cachons une ou deux pièces. Ça la met hors d'elle. C'est une puzzle maniaque, ce qui est logique de la part de quelqu'un qui fait ce métier : elle passe son temps à remettre les choses en ordre et à arranger les fleurs. Si jamais tu cherches une autre vendeuse pour ta boutique, je te conseille de prendre une fille autoritaire et qui aime que les choses soient à leur place.

— J'en ai déjà une comme ça, merci bien.

— Ça te dirait de barboter un peu ?

— Non, merci, je n'ai pas apporté de maillot.

Et même si c'était le cas, il faudrait me payer très cher pour que j'accepte qu'elle et Jean-Luc me voient en tenue de bain.

— Quand tu partiras, emporte le livre de modèles et appelle-moi pour les couleurs. Merci, Jo. À bientôt.

Elle file tout droit vers la piscine.

***

Samedi, je jette un coup d'œil à la collection de modèles vintage de grand-mère en attendant qu'elle arrive pour s'occuper des garçons pendant que je vais superviser le groupe de tricot d'Olivia à la boutique. Il y a des tas de modèles de passe-montagnes et de gants de l'époque de la guerre, et même un gilet pour enfant plutôt sympa, avec une ceinture à poche qui servait sans doute à mettre un porte-monnaie. Grand-mère m'a dit que la laine était rationnée et qu'elle était en écheveaux plutôt qu'en pelotes, si bien qu'il faudra veiller à ce détail pour le film.

Elle m'a raconté qu'elle tricotait des bottes de laine pour les marins, ainsi que des écharpes et des gants, et que Betty et elle s'étaient tricoté des maillots de bain. Le seul souci, c'est qu'ils se détendaient au contact de l'eau.

Mais, vu que les plages étaient presque entièrement couvertes de barbelés et que la garde nationale empêchait les gens de se baigner, ça n'était pas vraiment un problème.

On distribuait gracieusement des modèles aux gens qui achetaient de la laine, même si certains (la layette ou les robes et les pulls américains) coûtaient trois pence. La laine étant rationnée, les couleurs n'étaient guère variées. Il y a une liseuse garnie de dentelle blanche que je trouve particulièrement croquignolette.

Je me demande ce que diraient les garçons si je descendais petit-déjeuner, un matin, avec une liseuse à froufrous par-dessus ma robe de chambre (sans doute pas que des choses agréables).

Je pense que le mieux pour le film de Grace serait de la montrer en train de tricoter une écharpe ou un passe-montagne bleu aviation.

Je suis en train de choisir parmi les rares coloris disponibles quand grand-mère arrive avec un gâteau pour le goûter.

— Tu as une mine de papier mâché, ma chérie. Je monte juste dire bonjour aux garçons. Toi, tu mets la bouilloire en route.

Le fait est que je suis complètement à plat : je n'ai pas bien dormi à cause du bébé qui n'a pas arrêté de gigoter pendant une bonne partie de la nuit et ensuite à cause d'un rêve plutôt hard-core avec Jean-Luc qui se transformait en Nick au moment crucial.

Résultat, je me suis réveillée en sursaut, puis je suis restée des heures à psychoter dans le noir. Pour finir, juste au moment où j'allais me rendormir, Jack est arrivé tout tremblant parce qu'il avait rêvé que j'avais disparu et qu'il était tout seul dans un bateau en train de sombrer.

Il y avait des mois qu'il n'avait pas fait ce rêve, mais je crois que la discussion que nous avons eue hier, grand-mère et moi, à propos de la chambre du bébé, a dû le perturber.

Reg arrive quand nous sommes en train de prendre le thé. Il a apporté des échantillons de papier peint : grand-mère l'a envoyé chez B & Q avec ordre de ne ramener que des couleurs et des motifs harmonieux.

Mon Dieu !

— Il va falloir que nous en mettions un bon coup, ma chérie, si tu veux que tout soit prêt pour la venue du bébé.

— Oui, mais on a encore jusqu'en octobre. Pas la peine de se mettre la rate au court-bouillon.

— Au fait, je voulais te dire que j'ai acheté un de ces mobiles qui font de la musique, avec des petits lapins blancs. Il est adorable. N'est-ce pas qu'il est adorable ?

Reg hoche la tête. Je crois bien qu'il est tout excité, lui aussi.

— C'est incroyable, toutes les choses qu'on arrive à faire de nos jours. Tu appuies sur un bouton, et hop ! La musique se met en marche. Martin m'a dit qu'il allait m'aider pour le parquet. Il a une ponceuse électrique. On avait pensé à poncer et à cirer ensuite pour lisser les lattes du plancher. Tu es certaine que tu ne veux pas de moquette ?

— C'est très gentil, Reg, mais…

Grand-mère pose sa tasse.

— Et Tina, du salon de coiffure, m'a parlé de ces *baby showers*, ces réceptions-cadeaux pour bébé comme on en fait maintenant. Elle va en organiser une avec Elsie. Elles pensaient faire ça un jeudi soir, au club de tricot. Elles voulaient te faire la surprise, mais, comme je sais que tu n'aimes pas les surprises, j'ai préféré te prévenir.

Autrement dit, on va avoir du parquet et du papier peint dans la chambre du bébé, plus une réception-cadeaux surprise (mais en toute discrétion, bien sûr, comme je les aime).

— Grand-mère, je ne veux pas de tralalas, d'accord ? Ça me met les nerfs en pelote.

— Non, ma chérie, les nerfs en pelote, tu vas les avoir dans quelques semaines, quand tu vas réaliser que rien n'est prêt.

— J'ai tricoté une couverture pour le bébé.

— Je sais, ma chérie, et elle est très jolie.

— Ne va pas t'imaginer que je suis dans le déni ou autre, grand-mère, mais j'en suis déjà passée par là et je sais par expérience que les bébés ne dorment pas dans leur chambre les premiers temps. Tout ce qu'il me faut, c'est un couffin et un siège pour bébé.

Elle a soudain l'air effarée.

— Un siège pour bébé ! Mince, je n'y avais pas pensé.

— Grand-mère, ne t'inquiète pas, s'il te plaît. Je suis ravie que tu veuilles t'occuper de la chambre, mais ce n'est pas grave si tout n'est pas absolument prêt à temps.

Reg passe un bras autour des épaules de grand-mère.

— Elle n'a pas tort, Mary.

— Et, grand-mère ?

— Oui, ma chérie ?

— Si tu pouvais m'aider à rafraîchir les chambres des garçons, celle de Jack en particulier. Leur redonner un petit coup de peinture pour qu'ils n'aient pas l'impression d'être laissés pour compte

— C'est une pensée touchante.

Elle va chercher les garçons.

— Votre mère, Reg et moi, on a décidé de repeindre vos chambres. Quelles couleurs vous feraient plaisir ?

Jack a l'air inquiet.

— Je sais pas. Maman, quelle couleur à ton avis ?

— Qu'est-ce que tu dirais de bleu et argent, comme la chambre de Marco ?

— Oh oui ! Avec des lunes et des étoiles au plafond ?

Grand-mère acquiesce.

— Et avant de retrousser tes manches, ma chérie, souviens-toi que tu ne dois pas monter sur une échelle.

— OK, grand-mère.

Archie sautille sur place.

— Et moi, est-ce que je peux avoir des super-héros, maman ? Des requins. J'aime bien les requins.

Un papier peint avec des requins. Quoi de plus relaxant ?

Reg est en train de faire une liste. Aaargh, moi et mon grand clapet.

Olivia est au premier en train de ranger l'atelier et de sortir des verres quand j'arrive à la boutique.

— Tout le monde apporte quelque chose à boire.

Oh non ! Ne me dites pas qu'Elsie avait raison.

— Comme on n'arrivait pas à décider si on allait boire de l'eau ou du coca, chacune va apporter ce qu'elle veut. Est-ce qu'il y a d'autres aiguilles en rab ?

— Dans cette boîte, sur l'étagère du haut.

— Elsie était de mauvais poil quand elle est arrivée.

— Elle va se calmer.

— Et lady Denby est passée. Elle a dit qu'elle repasserait.

— D'accord.

— Oliver Benson et Matt Lewis vont peut-être passer aussi ; simplement, je leur ai dit qu'on allait faire du tricot et rien d'autre. Est-ce que ça t'ennuie s'il y a des garçons ?

Des garçons ? Je n'y avais pas pensé. Certains de ces ados sont des vrais mastodontes, du moins ceux que je vois descendre du bus avec leurs cravates défaites et leurs chemises sorties de leur pantalon. Ils ne pensent qu'à faire du gringue aux filles ou à chahuter avec leurs gros cartables suspendus à l'épaule.

— Non, bien sûr.

— Oliver est raide dingue de Polly… Comme si des filles de notre âge allaient sortir avec des garçons. Mais il ne va rien se passer. Et puis, il est gentil, et Matt aussi.

— J'ai hâte de faire leur connaissance.

J'espère juste qu'ils sont de taille moyenne, sans quoi les chaises risquent de ne pas tenir le coup, s'ils ont la manie de se balancer en arrière comme Jack et Archie.

Une heure plus tard, Polly et Sophie s'affairent à tricoter, tandis que Lauren et Gemma en sont encore à monter les mailles. Olivia montre à une fille appelée Clare comment faire les points à l'envers. Oliver et Matt sont assis en bout de table et essayent de se souvenir de quel côté passer la laine pour faire une maille.

Ils ont renoncé à monter les mailles après que Sophie, compatissante, s'en est chargée pour eux. Et maintenant, Oliver lance des œillades langoureuses à Polly, qui l'ignore royalement. Le pauvre se donne un mal de chien. Tout à l'heure, quand elle s'est mis du brillant à lèvres, j'ai cru qu'il allait tourner de l'œil.

— Pardon, madame Mackenzie.

— S'il te plaît, Sophie, appelle-moi Jo.

Elle ne se fait pas prier.

— Il y a un petit coin, Jo ?

— Juste en bas de l'escalier, sur le palier.

— Merci.

— Eh bien, Gemma ? Tu as besoin d'un coup de main ?

— Oui, s'il vous plaît.

Oliver pose son tricot.

— Moi aussi, Jo.

Polly le regarde, et il devient rouge comme une tomate.

J'aide Gemma à rattraper une maille, puis je me tourne vers Oliver.

— Tu as vite fait de prendre le coup.

Il sourit.

— C'est plutôt sympa, une fois qu'on est lancé. J'aimerais bien tricoter un truc pour ma mère, peut-être une écharpe pour son anniversaire. Vous pensez que ça lui ferait plaisir.

Tout le monde sourit.

— Sûrement.

Polly prend une gorgée d'eau.

— Je peux t'aider à choisir les couleurs, si tu veux.

— Super.

Quel triomphe ! Il a l'air tellement heureux que j'ai envie de le serrer dans mes bras. Ça ne doit pas aller de soi, pour un garçon, de se retrouver au milieu de toutes ces filles tirées à quatre épingles, avec leurs cheveux brillants et leurs lèvres peintes.

Elles me semblent beaucoup plus sûres d'elles que je ne l'étais à leur âge. Et je ne suis pas certaine qu'un garçon aurait accepté de passer un après-midi à faire du tricot.

Matt regarde Gemma en souriant de toutes ses dents, ce qui a l'air de la troubler.

— Et moi, vous voulez bien m'aider à faire un truc pour ma mère ?

— Bien sûr. Tu pensais à quoi ?

Il regarde son tricot.

— Un truc tout petit.

Lady Denby arrive juste au moment où je suis en train de regarder des modèles de capes que la sœur de Polly, qui fait des études de styliste à Londres, lui a donnés. Elles sont imposantes, vivement colorées avec de gros rubans ou des épingles à nourrice géantes en guise de fermetures.

Je vois mal les gens de Broadgate avec ça sur le dos, mais elles ont du chien en plus d'avoir l'air confortables. Je devrais peut-être m'en faire une juste pour voir la tête que ferait Elsie.

— Bonjour, ma chère. Toujours occupée, à ce que je vois. Je ne serai pas longue, car j'ai laissé les chiens en bas.

Aux bons soins d'Elsie, je suppose.

— Je voulais uniquement vous dire que nous avons gagné la médaille d'argent une fois de plus, pour les villes fleuries du bord de mer. C'est un scandale.

Oliver prend une gorgée de coca.

— Mon père dit qu'il faut graisser la patte des juges, si on veut une médaille d'or.

— Ça ne me surprendrait pas outre mesure, jeune

homme. Lamentable. Enfin, on ne va tout de même pas cracher sur l'argent, surtout pour la deuxième année consécutive. L'or l'an prochain, même si nous devons les débaucher.

Oliver s'étrangle sur son coca. Je dis :

— Vous voulez dire « soudoyer », lady Denby.

— Oui, peut-être... Enfin, quoi qu'il en soit, je suis sûre que votre vitrine a fait des miracles. Bravo.

— Merci. Je suis touchée.

— En tout cas, ravie d'avoir fait votre connaissance. Ça fait plaisir de voir des jeunes gens s'occuper à des choses utiles. Apprenez le tricot, vous verrez qu'un jour ou l'autre, ça pourra vous servir. Bon après-midi à tous.

Je la raccompagne au rez-de-chaussée et trouve Elsie s'efforçant de tenir Algie et Clarkson à distance. Juste au moment où Clarkson va contourner le comptoir derrière lequel elle s'est réfugiée, lady Denby attrape sa laisse et le tire en arrière.

— Merci, Enid.

— Elsie, lady Denby.

— Vraiment ? Vous en êtes sûre ?

Elsie semble momentanément perplexe.

— C'est curieux, j'ai toujours pensé que vous vous appeliez Enid. Bon, je file. J'ai laissé George dans la voiture. Il suffit que je le laisse seul pour qu'il parte vadrouiller. C'est pénible. Heureusement, les garçons finissent toujours par le retrouver.

— Il va falloir que tu le lui dises.

— Quoi donc ?

— Qu'elle ne doit pas amener ses chiens ici. C'est insupportable.

— Ah oui… Et tu as une idée sur la façon de lui présenter la chose ?

Elsie sourit.

— Ils sont sages, là-haut ?

— Parfaitement. L'un des garçons voudrait tricoter un truc pour sa mère.

— Non ! Le cher ange. J'aimais tellement ça quand mon Martin me faisait des cadeaux qu'il avait fabriqués lui-même. Nous avons encore la petite table qu'il avait faite sur son établi. Enfin, je dois reconnaître que nos jeunes là-haut sont très polis.

— Oui, et tous très gentils.

— Je propose donc qu'on leur donne une chance. Tu sais que j'ai toujours estimé qu'il fallait donner leur chance aux jeunes. Et si jamais ils font la java, je t'appelle. D'accord ?

— Oui.

— Je me souviens de l'un d'eux quand il était petit… Il accompagnait toujours sa maman. Il adorait *Thomas la Locomotive*. Sa maman lui tricotait tous ses pulls. Elle lui avait même tricoté un peignoir, je crois.

— Bon, mais, s'il te plaît, ne lui pose pas la question devant les filles. Il essaie de les impressionner. Bon sang, et dire que je vais devoir en passer par là avec les garçons…

Elle sourit.

— Jack ne te posera pas de problèmes. Mais Archie, en revanche, il va falloir le garder à l'œil. C'est un tel charmeur. Tu crois que je peux monter leur proposer des biscuits ? J'ai vu que tu avais acheté une nouvelle boîte de sablés. Ils ont toujours faim à cet âge. Je peux faire du thé, si ça te dit ?

Excellent.

Je savais que la boîte de biscuits allait l'amadouer.

***

Quand arrive dimanche midi, je suis exténuée après un saut de dernière minute au supermarché. À force de me prélasser sur la plage entre deux tours à la boutique, j'ai perdu le rythme et fini par oublier les choses importantes, comme mon pique-nique d'anniversaire.

Ellen et Harry arriveront plus tard, et presque toutes les filles de Tricot et Ragots doivent nous retrouver sur la plage un peu plus tard, sans oublier Connie, Mark et les enfants, quand Mark aura fini son service de midi. Ce soir, le restaurant est fermé.

J'ai dit à Mark de ne rien préparer pour le pique-nique, et je commence à m'en mordre les doigts. J'ai fait une énorme salade de pommes de terre avec de la ciboulette hachée et j'ai mis des filets de saumon à mariner dans une sauce au miel et au gingembre agrémentée d'une giclée de soja (en fait, plus qu'une giclée, le goulot de la bouteille étant moins étroit que je ne l'avais imaginé).

Il y aura du poulet pour les gens qui vont retirer la ciboulette de la salade de pommes de terre de leur maman, mais, une fois tout emballé, j'ai l'impression qu'il n'y en aura pas assez pour tout le monde et je n'ai plus de boîtes Tupperware.

Je pourrais appeler grand-mère, qui détient une collection impressionnante de boîtes en plastique avec couvercles assortis, mais je sais qu'elle se proposerait pour m'aider et je veux tout faire toute seule, ou presque (elle a insisté pour apporter le gâteau).

— Maman ?

— Oui, Archie.

— Pourquoi on peut pas se déguiser à ton anniversaire ?

— Parce que c'est une *beach party*, mon poussin.

— Oui, mais on pourrait tous se déguiser en poissons. Est-ce que je peux mettre un costume de poisson, s'il te plaît ?

— Non.

— Ou alors, en cow-boy avec mon pistolet à patate ?

— Je ne sais pas.

Et même si je le savais, je ne le lui dirais pas.

— Je pense que les poissons, ça serait mieux. Et, maman ?

— Oui ?

— Quand est-ce qu'on mange ? J'ai faim.

Mince, j'ai complètement zappé le déjeuner.

— Il y a des céréales.

— Pour le déjeuner ?

— Oui.

Il me regarde avec insistance jusqu'au moment où il perçoit les premiers signes d'une mère au bord de la crise de nerfs.

— Je veux pas des Shreddies.

— Dans ce cas, prends des Weetabix.

Il s'ensuit une série de ronchonnements et de soupirs excédés, mais je suis trop occupée à touiller mon riz tout en pelant des poivrons grillés et en surveillant la cuisson des petits-pois pour m'en formaliser.

Jack entre à son tour.

— Qu'est-ce qu'il y a pour déjeuner ?

— Des céréales.

— Quoi ?

Archie lui décoche un regard appuyé.

— Je veux pas de Weetabix.

— Prends des Shreddies, Jack, et ensuite tu pourras m'aider à porter tout ça jusqu'à la voiture.

— T'as des ballons, maman ?

— Non, Jack.

Il maugrée.

— C'est pas une vraie fête quand y a pas de ballons.

— Dans ce cas, ne te sens pas obligé de venir.

Ils soupirent tous les deux.

Le premier qui se met à siffloter, je lui jette des boulettes de riz gluant.

Ellen arrive à trois heures, avec Harry, qui est tombé en disgrâce depuis qu'il est rentré à la maison coiffé d'un cône de signalisation à cinq heures et demie du matin.

Il va s'allonger directement sur le canapé pour « aider » les garçons avec leur Lego, pendant qu'Ellen et moi nous claquemurons dans la cuisine.

— Mince alors, tu attends combien d'invités ?

— Je ne sais pas, des tas.

— En tout cas, ils ne repartiront pas le ventre vide.

— C'est le but de l'opération.

— Tu as fait ta salade de pommes de terre ?

— Oui, mais ne dis pas à Archie qu'il y a de la mayonnaise, sinon, il ne voudra pas en manger. Il faut dire *salad cream* : il pense que c'est de la crème glacée.

— Pas de souci. Je meurs de faim. Ce maudit Errol m'a fait galoper pendant des heures sur le tapis de course, hier. Ce n'est pas l'envie qui me manque de le virer, sauf que je serais grosse comme un camion s'il ne me menait pas la vie aussi dure.

Dans sa minuscule robe d'été blanche à pois roses, on dirait qu'elle est en train de poser pour un régime minceur. Même ses cheveux ont la ligne.

— Tu es superbe.

— Merci, ma chérie. Et toi, qu'est-ce que tu vas mettre ?

— Ça ?

— Tu plaisantes ? Ce pantalon affreux ? C'est ta fête d'anniversaire : tu dois être à ton avantage.

— Moi, je le trouve cool.

— S'il te plaît, mets la robe que tu portais au mariage. Elle t'allait comme un gant.

— Tu veux dire celle en soie violette ? Non, je la garde pour une grande occasion.

— Quelle occasion ?

— Bonne question.

À cinq heures, la température commence à fraîchir, et une douce lumière enveloppe la plage. Il y a encore pas mal de baigneurs embusqués derrière des brise-vent, mais on entend la rumeur des vagues par-dessus le bruit des conversations. C'est mon heure préférée, en particulier quand la marée est basse comme aujourd'hui.

Grand-mère et Reg sont déjà là. Ils ont pavoisé la cabine de plage avec des guirlandes et des baudruches, à la grande joie des garçons.

— Coucou, chérie, coucou, Ellen. Alors, qu'est-ce que vous dites de notre déco ? Bon sang, mais qu'est-ce qu'il y a dans tous ces sacs ? Reg, débarrasse-la avant qu'elle nous fasse un malaise. Assieds-toi.

— Il y a encore des provisions dans la voiture.

— On va y aller dans une minute. Mais prends le temps de souffler un peu – je n'arrête pas de te le dire. Assieds-toi, Ellen, ma chérie… Je vais mettre la bouilloire en route. On a tout le confort ici. Le thé arrive.

Ellen sourit, puis se fige devant les lits de plage avec les perroquets.

— Bon sang, où as-tu dégoté ces trucs ?

— Ils sont à grand-mère et Reg.

— J'ai bien fait de mettre mes lunettes de soleil.

— Ils sont très confortables.

— Encore heureux.

— À six heures, la température est idéale : fraîche, mais douce, sans cette brise mordante qui se met à souffler parfois en fin de journée. Je porte mon châle en mohair gris brodé d'une lisière en perles argentées, et tout le monde me complimente sur ma robe. Ellen m'a même verni les orteils ; un exercice que m'interdit désormais ma forme sphérique. Elle a aussi préparé son punch, un truc mortel auquel j'ai ajouté de la limonade pendant qu'elle avait le dos tourné. Non pas que j'aie l'intention d'y goûter, mais j'ai peur qu'une fois pompette, Elsie ne devienne incontrôlable.

— Bon Dieu, qu'on est bien ici. Une vue comme celle-là, ça vaut bien douze heures d'avion et la file d'attente à l'embarquement.

La mer s'est complètement retirée, et les enfants sont en train de fabriquer des châteaux de sable et des bases militaires compliquées en faisant l'aller et retour jusqu'à la mer pour remplir leurs seaux d'eau.

Tout le monde a l'air de bien s'amuser, et je ne me souviens pas d'avoir reçu autant de cartes d'anniversaire, même quand j'étais petite.

Tous m'ont apporté un cadeau. Maggie, qui travaille à la bibliothèque, et à qui j'avais dit que j'adorais les livres de cuisine, m'a offert une ancienne édition des recettes de Madame Beeton. Tina et Linda m'ont apporté un kit de bain complet, spécial femme enceinte, et sont en train de s'extasier sur le fabuleux sac en cuir crème que m'a offert Ellen, et sur lequel lorgnent Olivia et Polly tout en essayant de s'approcher du bol de punch pendant que leurs mères ont le dos tourné.

Côté bouffe, tout s'est déroulé à merveille, principalement grâce à Mark qui est arrivé de bonne heure pour préparer le barbecue : il a ajouté des branches de romarin sur le gril et assaisonné le poulet avec un mélange d'huile d'olive et d'herbes.

Mais ce que j'apprécie le plus, c'est de voir que tout le monde s'amuse sans que j'aie besoin de faire quoi que ce soit. Les invités ont apporté des couvertures pour s'asseoir. Ils papotent, barbotent, et Tina est même obligée de réfréner Travis qui s'est mis en tête de nager jusqu'au soleil couchant.

Graham, le pompier, s'affaire autour du barbecue, et Maxine et Bruno sont arrivés avec une bouteille de Calèche (mon parfum préféré) superbement emballée. Bruno et Martin s'échangent des trucs sur l'éducation des chiens pendant que Trevor, Jerry et Tom s'ébattent au bord de l'eau avec les enfants. Tout est tellement parfait que j'ai l'impression de vivre ici non pas depuis un an seulement, mais depuis toujours.

Je suis en train de barboter quand Maxine déclare que Bruno et elle doivent rentrer à la maison.

— Merci, Jo. Super soirée.

— Tout le plaisir est pour moi. Et merci encore pour le parfum.

— De rien. Il y avait une éternité que je n'étais pas allée à une *beach party*, où les gens mangent de bon appétit. Ça fait du bien de se retrouver entre gens normaux de temps en temps.

Elle se retourne pour sourire à Ellen, qui a essayé d'enrouler Maxine autour de son petit doigt dans l'espoir de décrocher une interview exclusive avec Grace.

— Ravie de vous avoir revue, Ellen, et si jamais Grace décide d'accorder une interview, vous serez la première prévenue.

— Vraiment ?

— Non.

Ellen rit.

— Bah, c'est de bonne guerre. En tout cas, je vous promets de ne pas faire un carnage.

— Je sais. C'est pourquoi je vais vous ajouter à ma liste. Promis. Jo, je t'appelle.

Elle m'embrasse, puis nous les raccompagnons jusqu'en haut des marches. Bruno démarre avec un coup de klaxon, et nous leur faisons au revoir avec la main.

— Une femme charmante. C'est toujours bon signe quand une attachée de presse ne s'empresse pas de casser du sucre sur le dos de ses patrons. Et Monsieur Bricolage a l'air de plutôt bien s'entendre avec Bruno.

— Ils aiment bien parler de leurs chiens. Et arrête de l'appeler comme ça. Il ne parle presque plus de bricolage, ces temps-ci.

— Il le fait, puisqu'il te raconte comment il retape sa fichue grange. Au fait, à quoi est-ce que ça ressemble ?

— Pour l'instant, il y a surtout beaucoup de gadoue, mais je pense qu'une fois finie, elle sera magnifique.

— Tu devrais tenter ta chance. Je l'ai bien observé tout à l'heure… Comment a-t-il chopé ce beau bronzage ?

— En refaisant sa toiture.

— Bien, invite-le à sortir, fais-le boire et attends de voir ce qui se passe. Au moins, tu ne risques pas de tomber enceinte.

— Ellen.

— Quoi, Ellen ? Une petite romance n'a jamais fait de mal à personne. J'ai une idée : on laisse les mômes et on se fait une virée en boîte. Qu'est-ce qu'il y a de sympa dans le coin ?

— Le loto-bingo.

— Ou bien ?

— Rentrer à la maison et se faire un bon chocolat chaud.

— Seigneur. Je n'ai pas pensé à apporter mes charentaises.

— Tu n'en as pas.

— Non, mais j'ai des mules. Avec des plumes sur le dessus. Un cadeau de Harry (pour se faire pardonner une de ses mémorables bitures). Je propose qu'on ramène Monsieur Bricolage à la maison pour une partie de strip-bingo.

— Maman, dis à Jack qu'il a pas le droit de me commander. Il fait rien que m'embêter.

— Ignore-le, mon cœur. Tu ne serais pas en train de l'asticoter, des fois ?

— Non, Nelly et moi on a fait un bateau dans le sable. Et il est bien plus beau que le sien. Viens voir.

Ellen est en train de parler à grand-mère, quand je commence à ramasser les bols du barbecue. Elle a l'air très contente d'elle.

— Parfait. Tout est arrangé.

— Comment ça ?

— Ta grand-mère va s'occuper de ramener les

garçons à la maison pendant qu'on va boire un verre. J'avais pensé qu'on pourrait aller à Whitstable. Il doit bien y avoir un bar là-bas.

— Je le suppose, mais…

— Plus un mot. Les garçons n'ont pas besoin de toi.

Elle se tourne vers Martin :

— Ça vous dirait de vous joindre à nous ?

— Ce ne serait pas de refus, mais il y a Trevor. Je pourrais peut-être demander à mon père de le ramener à la maison.

— Super.

Oh non ! Ellen me décoche un clin d'œil.

À Whitstable les bars et les restaurants sont pleins, mais Ellen parvient à nous dégoter une table en terrasse, face à la mer. Être la présentatrice préférée des Britanniques présente indéniablement des avantages.

Tandis qu'elle initie Martin aux bienfaits du cocktail, Harry m'explique qu'il rêve de vivre en dehors de Londres.

— Comment sont les prix dans la région ? On pourrait peut-être se payer un pied-à-terre avec vue sur la mer.

— À Whitstable, ça risque de vous coûter les yeux de la tête, mais il y a encore des petits villages autour, où les prix restent abordables.

— J'ai toujours voulu habiter au bord de la mer. Qu'est-ce que tu dirais d'acheter une maison ici, ma chérie ?

— Pas question. J'essaie de persuader Jo de revenir vivre à Londres, pas le contraire.

— Ellen, je te l'ai dit, je suis bien ici.

— Tu vois. Elle ne veut pas bouger, ma chérie. Une petite maison de campagne, ça ne te dit vraiment rien ?

Il effleure son épaule d'un baiser.

— Non.

— On pourrait retaper une vieille grange, comme Martin.

— Oui, sauf que le bricolage et toi, ça fait deux, mon amour. Contrairement à Martin, qui sait ce qu'il fait.

— Dans ce cas, on fera appel à des experts. Et si tu veux tout savoir, j'ai décapé tout seul le bateau de mon oncle, une fois. Et je me suis débrouillé comme un chef. Et ensuite, on l'a verni. Ça nous a pris un temps fou.

Martin repose son verre.

— Quelle sorte de bois était-ce ?

Et les voilà partis à parler coque de bateau et cire à bois.

Ellen secoue la tête.

— Je propose qu'on commande une deuxième tournée.

Elle se tourne pour appeler la serveuse, quand une femme s'approche et se campe devant elle en titubant légèrement.

— Vous seriez pas la présentatrice de la télé, par hasard ?

— Non.

— Z'êtes sûre ?

— Absolument.

La femme retourne auprès de ses amis.

— Bon sang, j'ai vraiment besoin d'un autre verre.

La serveuse s'approche, puis s'en revient avec trois grands verres d'une mixture à base de vodka.

— Tu es sûre que tu ne veux pas un autre jus de fruits ?

— En fait, j'aurais plutôt envie d'un thé, mais je suppose que…

— Si, si, bien sûr.

Génial. Je suis de sortie entre adultes un samedi soir, j'ai mis ma plus belle robe et j'ai tout de même droit à une tasse de thé.

Ellen rit.

— À ta santé, ma chérie.

— Mince.

— Ça ne va pas, Martin ? C'est la vodka ? Il faut boire lentement, mon cœur, mais tante Ellen va prendre soin de toi.

— Non, c'est Patricia.

— Qui ça ?

— Mon ex. Avec Phil.

Ellen et moi échangeons un regard, puis nous tournons vers les portes qui ouvrent sur la terrasse. Il y a une femme avec une robe minuscule et des cheveux bruns. J'ai toujours cru qu'elle était blonde.

Elle semble hésiter, cherche une table, puis l'aperçoit. Phil aussi. Il porte une chemise et un jean à la ceinture un peu trop haute.

Martin se ratatine sur sa chaise.

— Oh non ! La voilà qui vient.

Ellen rit.

— Laisse-moi faire, mon chou. Je m'en charge.

Je lui lance un regard pointu, mais elle m'ignore.

— OK, les gars. Je sens qu'on va s'éclater. Harry passe-moi un bras autour des épaules.

— Pourquoi ?

— Pour l'amour du ciel, fais ce que je te dis.

Il sourit et obtempère, tandis qu'elle se serre contre lui.

— Vous autres, vous regardez et c'est tout, compris ? Je n'ai pas envie d'en venir aux mains… Je suis trop pompette.

Elle sourit.

— Martin.

— Salut, Patricia.

— Si je m'attendais à te trouver ici.

Ellen la toise avec un de ces regards qui donneraient envie à n'importe quelle femme de filer se changer illico.

— Tu ne nous présentes pas, mon chou ?

— Désolé. Je vous présente Patricia et Phil.

Phil fait un signe de tête, visiblement mal à l'aise.

— Ravie de faire votre connaissance. Ellen Malone, et voici Harry. Vous êtes la première épouse, c'est bien ça ?

Patricia semble désarçonnée.

— Je vous ai déjà vue à la télé.

— C'est possible, mais j'essaie de faire profil bas ce soir. Les gens sont tellement surexcités ces temps-ci, si voyez ce que je veux dire ?

Patricia a l'air impressionnée, mais cherche manifestement à ne pas le montrer, quand elle me lance un regard en coin qui me retourne l'estomac.

Ellen sourit.

— Je sais, nous sommes tous fous d'impatience. Et c'est pour bientôt, Jo, n'est-ce pas ? Nous étions justement en train de nous demander si Martin aurait fini de retaper sa grange à temps.

Patricia tire une tête de six pieds de long.

— Quelle grange ? demande-t-elle, furieuse, en se tournant vers Martin. Eh bien, tu n'as pas perdu de temps.

— C'est…

— Ce fut un plaisir de faire votre connaissance, Tricia. Et la vôtre, Phil. Passez une bonne soirée.

Ellen leur fait un grand sourire avant de congédier Patricia d'un regard de glace.

— Viens, Patsy. On s'en va.

Mais elle reste clouée sur place et me dévisage, l'air aussi hostile qu'on peut l'être quand on porte une mini-robe et des talons aiguilles.

— La naissance est prévue quand ?

Brusquement, il me vient une idée de génie et j'étire le bras pour prendre la main de Martin.

— Bientôt.

Elle tourne les talons et regagne la sortie, Phil à sa suite.

Martin ne peut réprimer un sourire.

— Merci à vous deux. C'était trop bien. Je sais que c'est mesquin, mais vous avez vu sa tête ?

— Je peux reprendre ma main ?

— Euh, oui, désolé.

Il m'embrasse sur la joue.

— Merci, Jo.

— Je ne crois pas qu'elle nous regarde, Martin.

— Ce n'est pas pour elle que je le fais.

Ellen choque son verre avec celui de Martin tout en me décochant un clin d'œil.

Le trajet du retour me semble interminable, principalement parce que je ne retrouve pas mon chemin et que Martin est tellement cuit qu'il arrive à peine à faire deux phrases cohérentes.

— Tu es sûr que c'est par là, Martin ?

— Oui. Tu as tourné à gauche quand je t'ai dit de prendre à droite. Ou l'inverse. Mais c'est par là. Enfin, je crois.

— Tais-toi, Martin.

Il rit. Je finis par retrouver la grange après avoir traversé tout Broadgate pour ne pas avoir à suivre les indications farfelues de Martin.

— Nous y sommes.

— Qui veut voir ma grange ?

Harry, qui dormait sur la banquette arrière, se réveille.

— Moi. Moi, je veux la voir.

Ellen soupire.

— Bon, mais vite fait alors... Bon sang, j'espère que ce chien est à toi, sinon on est dans le pétrin.

Il y a force aboiements avant que Trevor ne paraisse et se mette à sauter et à faire fête à Martin, manquant presque le renverser.

— Bonsoir, Martin.

— Bonsoir, Ellen. Il faut qu'on remette ça un de ces quatre.

— Quoi donc ? Faire tourner ton ex en bourrique ?

Il rit.

— Non. Enfin, si. Mais je voulais dire boire un verre ensemble. On pourrait se faire une petite bouffe quand j'aurai installé la cuisine.

— Super. Tu vois ça avec Jo, et vous nous tenez au courant.

Harry remonte l'allée avec Martin pour jeter un coup d'œil à la grange pendant qu'Ellen et moi attendons dans la voiture.

— Tu aurais dû aller avec eux pour lui fixer un deuxième rendez-vous.

— Ellen, ça n'était pas notre premier rendez-vous. Et de toute façon, je ne vais pas commencer à lui faire des avances alors que j'en suis à sept mois et demi de grossesse. C'est trop... Je ne sais pas comment dire, mais ce qui est certain, c'est qu'il n'y a aucun chapitre consacré à la question dans *Tout ce à quoi il faut s'attendre quand on attend un enfant.*

— Et c'est bien dommage, si tu veux mon avis. Bienvenue dans le monde réel. Enceinte d'un homme, amoureuse d'un autre, et ni l'un ni l'autre n'est ton mari. Ma petite sœur chérie a finalement appris la vie. Je suis fière de toi, ma poulette.

— Arrête.

— Je l'aime bien.

— Moi aussi. Mais avec toutes ces hormones, je n'arrive plus à savoir ce qui est vraiment moi et ce qui ne l'est pas.

— Il a du potentiel, c'est tout ce que je veux dire. Ne le raye pas de ta liste.

— Oh ! toi et tes listes.

— Ça te va bien de dire ça.

Quelques heures plus tard, je commence à sombrer dans le sommeil, épuisée mais heureuse. Il y avait longtemps que je n'avais pas passé un anniversaire aussi joyeux. Je crois même que ça ne m'est jamais arrivé. Nick était nul pour les cadeaux.

Une fois, il m'a offert une planche à repasser, jusqu'à ce qu'Ellen l'apprenne et l'emmène faire du shopping. Mais cette année, c'était complètement différent. Les enfants se sont amusés comme des fous, moi, j'ai eu un nouveau sac magnifique et une bouteille de parfum suffisamment grande pour me durer des années, et Ellen a inventé un nouveau cocktail à base de chocolat chaud et de vodka qui, selon elle, devrait lui permettre de devenir millionnaire.

Et voir Martin triompher de la redoutable Patricia n'était pas mal non plus. Ellen a raison : je l'aime vraiment bien. Mais pas question que je me mette martel en tête. J'y penserai demain. Ou dans un mois.

J'ai bien assez de soucis comme ça. À commencer par la grande opération de décoration lancée par grand-mère, et comment organiser la boutique et faire entrer la collection d'automne avant la naissance du bébé. Mon dos recommence à me faire souffrir, et le bébé n'arrête pas de remuer.

Je crois que je ferais bien de faire une liste.

7

Septembre : lumière, caméra, action

Les garçons ont repris le chemin de l'école, et tout redevient plus calme une fois passée la frénésie de la rentrée des classes et les achats de dernière minute tels que chaussures et uniformes. Les chantiers de Martin lui ont rapporté suffisamment d'argent pour pouvoir s'acheter une nouvelle cuisine, et nous envisageons d'inviter Ellen et Harry à dîner dans les semaines à venir. Ellen appelle ça « notre soirée romantique à quatre », mais moi je préfère parler de dîner entre amis, car j'ai décidé qu'il n'était pas convenable pour une femme enceinte de songer à la bagatelle.

C'est fou ce que le temps passe vite. À l'école, ils commencent déjà à parler du prochain spectacle de Noël, et Archie a décroché le rôle de l'aubergine (heureusement pas dans une scène de la Nativité). Je sens que ça va chauffer si Annabel a le culot de distribuer Harry dans un meilleur rôle. Car soyons réalistes : n'importe quel rôle est forcément meilleur que celui de l'aubergine. Chaque classe va chanter une chanson ou mimer un poème, et celle d'Archie est en train de fabriquer des figures géantes en papier mâché pour décorer la scène. Celle de Jack a choisi « Le gros matois minet » qu'Archie s'est empressé de rebaptiser « Le gros putois bidet », et je suis censée tricoter un chat noir au point de chenille (ce dont je me serais bien passée, mais Mme Chambers s'est montrée tellement persuasive que je n'ai pas osé refuser).

— Tu es sûre que ça ne t'ennuie pas ? Parce que, sinon, je peux reporter le rendez-vous.

Elsie, qui souffre de cors aux pieds, a pris rendez-vous chez le pédicure.

— Non, Elsie. Je t'en prie, vas-y.

— Martin sera peut-être à la maison. Je lui ai apporté un filet de poisson hier soir dans mon sensationnel nouveau plat qui tient au chaud. Et il a dit qu'il allait peut-être me le ramener aujourd'hui.

— OK.

— Quand il était petit, il était très difficile. C'était une vraie corrida pour lui faire manger du poisson.

— Je vois.

— Sauf mon colin à la sauce au persil. Mon Dieu ! Je ferais bien de me dépêcher si je ne veux pas être en retard.

— OK.

Tiens, tiens, et si je faisais du colin à la sauce persillée, ce soir, pour le dîner ? Archie va retirer tout le persil, à moins que je le hache menu, menu. Grand-mère et Reg ont prévu de passer. L'opération Rénovation est en bonne voie, et après un début assez laborieux qui nous a obligés à tous sortir dans le jardin pendant que Reg et Martin ponçaient le plancher, tout est rentré dans l'ordre après que grand-mère a donné un bon coup d'aspirateur et de serpillière.

Et le résultat est fabuleux. La chambre de Jack est terminée (et il est fou des lunes et des étoiles à la peinture fluo qui brillent dans le noir).

Dans celle d'Archie, il ne manque plus que la frise avec les soucoupes volantes. Je vais peut-être m'y coller aujourd'hui, si Reg ne me prend pas de vitesse.

J'ai peur que grand-mère et lui ne s'épuisent, mais le fait est qu'ils sont beaucoup plus raisonnables que moi. Ils font de nombreuses pauses pour prendre le thé, et, quand vient le soir, grand-mère n'a rien perdu de sa volubilité.

Nous avons acheté du tissu au marché pour les rideaux : la chambre d'amis a désormais des murs beurre frais et des rideaux de coton à fleurs jaunes doublés de tissu occultant pour encourager les bébés fraîchement débarqués à faire leurs nuits.

Entre deux séances de peinture, ils se rendent chez John Lewis, où ils peuvent arpenter le rayon bébé et demander aux vendeuses de leur présenter tous les modèles de poussettes et de berceaux.

Je leur ai promis de les accompagner bientôt pour faire mon choix, mais je repousse l'échéance au maximum, sachant que j'ai encore plusieurs semaines devant moi.

La vérité, c'est que je ne me sens pas encore prête à choisir une poussette. La date de la césarienne est déjà fixée, mais j'essaie de ne pas y penser. J'ai envie de mener une vie normale pendant quelques jours encore avant de me mettre en mode bébé.

Je suis en train de mettre la dernière main à la vitrine qu'Olivia m'a aidée à décorer samedi dernier. Polly aussi était de la partie. Elle a pris l'habitude d'arriver un peu à l'avance pour pouvoir tricoter en tête-à-tête avec Olivia.

Elles se sont déjà tricoté deux jupes et maintenant elles se tricotent des sacs. Polly est clairement la locomotive du groupe, et je m'en réjouis, car toutes les autres vont sûrement vouloir l'imiter. Même Elsie s'est dite impressionnée par la motivation du groupe : c'est un peu comme si on ouvrait la boutique à une nouvelle génération de clientes, ce qui me fait penser que je dois commander un nouveau stock de laine gris chiné qui semble être leur couleur fétiche.

Vingt minutes après le départ d'Elsie, Martin arrive avec le plat qui tient au chaud et son couvercle.

— Le timing est excellent.

Il sourit de toutes ses dents.

— Ma mère me rend dingue. Elle va me préparer des œufs à la coque avec des mouillettes, si ça continue.

— J'adore les œufs coque avec des mouillettes. Ça fait une éternité que je n'en ai pas mangé.

— Je déteste la sauce au persil, elle le sait. Mais Trevor s'est régalé. Lui, il mange tout ce qu'on lui donne. Comment trouves-tu le nouveau plancher ?

— Magnifique. Nous avons repoussé le lit contre le mur, et la chambre a l'air beaucoup plus spacieuse.

— Maman m'a dit que tu allais avoir besoin d'une nouvelle douche pour le bébé.

— Comment ?

— Elle a parlé de *baby shower*.

Ah oui ! La réception-cadeaux.

— En fait…

— J'en ai touché un mot à Gary, qui m'a proposé de faire la plomberie dans la grange si je voulais bien l'aider à monter sa cuisine. Alors, j'ai pensé que je pourrais te poser la douche. Tu as déjà choisi un modèle ?

— Pas vraiment.

— J'ai remarqué que ton plateau de douche était fêlé quand je suis venu poncer le parquet. Ce n'est pas bien compliqué à remplacer. Mais si tu veux que tout soit prêt à temps, il vaut mieux ne pas traîner.

Si je lui dis que la *baby shower* est une fête de bienvenue, il va se sentir idiot.

— C'est vraiment très gentil de ta part, mais j'insiste pour te payer.

— Pas de problème. Tu n'auras qu'à m'apprendre à cuisiner. J'en ai assez de manger de la soupe en conserve et j'aimerais bien apprendre deux ou trois recettes simples.

— Comme les œufs à la coque avec les mouillettes ?

Il sourit.

— Oui. Et le poulet rôti. C'est difficile ?

— Pas vraiment.

— Super. Dans ce cas, marché conclu. Tu me donnes des leçons de cuisine, et moi je te pose ta douche. Tu veux que j'apporte des brochures ? Tu vas aussi avoir besoin d'une pompe de vidange. Comment est la pression de l'eau ?

— Bonne, je suppose.

— Je vais t'apporter les brochures, et on en reparlera.

— Merci, Martin.

— Pas de problème. Ça va me permettre de me faire la main avant d'attaquer la mienne dans la grange.

Une douche neuve qui produit plus qu'un mince jet d'eau tiède ne figurait pas sur ma liste de priorités, mais je suppose que ça me sera utile quand je vais devoir préparer tout le monde pour aller à l'école en un temps record. Et puis, il me reste un peu d'argent des rideaux et le cachet que l'équipe de tournage doit me verser.

Ça me fait penser que je dois appeler Maxine pour savoir à quelle heure je dois être là vendredi. Nous avons rendez-vous sur le lieu même du tournage.

Ellen s'est proposée pour m'accompagner en se faisant passer pour mon assistante (comme s'ils allaient tomber dans le panneau). Mais l'intérêt des médias pour Jean-Luc ne faiblit pas, bien que tous les journaux aient publié des photos de lui et Grace en train de se bécoter dans un bistrot parisien.

— Maxine ?

— Ah ! bonjour, Jo. Comment vas-tu ? Le bébé est toujours à bord ?

La dernière fois qu'on s'est vues, elle et moi, nous avons échangé des blagues à propos de ces autocollants débiles apposés sur les voitures. Elle a vu un PAPA SEXY À BORD qu'elle songe à se procurer pour la Porsche d'Ed.

— Pour l'instant, oui. Je voulais savoir à quelle heure je devais venir vendredi.

— À l'heure du déjeuner ou un peu avant si tu veux.

— Je dois apporter quelque chose ?

— Non. Ou plutôt, si : du Valium.

***

Il y a trois heures de route jusqu'à l'hôtel du Sussex où est basée l'équipe de tournage, quatre en comptant les arrêts pipi.

Mais cette escapade loin de Broadgate me fait le plus grand bien, et je me sens très glamour, tandis que je roule pour aller retrouver ma star de cinéma.

C'est une des choses qui me manquent le plus depuis que j'ai quitté la télé : la pression qui vous donne la sensation d'être quelqu'un d'important. À la boutique, si je me trompe quand je passe une commande, tout le monde s'en fiche sauf moi (et M. Prewitt quand il fait la comptabilité).

Parfois, j'ai vraiment la nostalgie du studio, du rythme effréné, des pots avec les collègues à la sortie du bureau et des blagues du moment. Non pas que ma présence sur le tournage soit indispensable, mais c'est tout de même bien de pouvoir faire des choses qui vous changent de la routine.

Quand j'arrive, ils sont tous en train de déjeuner, faisant la queue devant le camion-cantine avant d'aller s'asseoir à l'une des tables disposées sur l'aire de stationnement. Maxine m'avait prévenue que ça risquait d'être un chouia bordélique, mais je ne m'attendais pas à trouver des gens habillés comme dans la série *Papa Schultz*, allant et venant parmi des caisses et des caisses de matériel. À la télé, on se contente généralement d'un caméraman et d'un camion ; mais là, c'est une véritable invasion.

Je suis censée trouver un assistant de production appelé Rick, qui devrait me mener jusqu'à Grace, mais Maxine m'aperçoit la première.

— Hello, Jo. Tu veux grignoter quelque chose ?

— Non, merci, je n'ai pas faim. C'est tellement excitant tout ça. Tout va comme vous voulez ?

— Tout sauf le temps, mais on avance. Tu ne veux vraiment rien manger ? Grace est un peu occupée : elle répète avec Jean-Luc, dit-elle en levant les yeux au ciel.

— Dans ce cas, je ne dis pas non.

***

Assise sur une chaise en plastique, je suis en train de manger de la salade de poulet, tandis qu'une équipe d'hommes en veste matelassée noire consultent Maxine ou lui tendent des petits bouts de papier.

— Il faut qu'elle soit prête à cinq heures moins le quart ?

— Tom veut régler l'éclairage.

— Qu'il lui dise lui-même.

— Il y a un problème ?

Un petit homme légèrement ébouriffé sourit à Maxine.

— Jo, je te présente Tom, le réalisateur. Tom, je te présente Jo, la consultante en tricot de Grace.

— La quoi ?

— Jo aide Grace à trouver des modèles de tricot d'époque, et elle donne aussi des master class.

Il faut que je m'en souvienne, ça fait tout de suite beaucoup plus chic et professionnel.

Tom sourit.

— Quelle belle façon de gagner sa vie ! Bien mieux que tout ce barnum. Maxine, ma jolie, j'ai cru comprendre que Grace était en train de faire un filage en privé avec le prince charmant. Tu penses qu'elle en a pour longtemps ?

— Hier, c'était ma faute, Tom. Je m'étais trompée dans les horaires. Je suis navrée.

— Je comprends, pas de souci. Ravi d'avoir fait votre connaissance, Jo. On se verra plus tard, je suppose.

Il s'éloigne, suivi d'une nuée de gars en veste noire et d'une femme munie d'une oreillette.

— Grace était en retard, hier, et il ne l'a pas encore digéré.

— Il avait l'air pourtant charmant.

— C'est un excellent cinéaste, pas comme tous ces trous du cul qui se lancent dans le cinéma sans rien savoir, mais il est perdu dans ses pensées la plupart du temps, dont il émerge occasionnellement pour vous remonter les bretelles – sauf à Grace naturellement. Il a viré deux assistants hier, mais il faut bien reconnaître qu'ils faisaient n'importe quoi. Dans ce métier, il n'y a pas un assistant qui ne soit pas persuadé d'être quelqu'un de *spécial*. Oh ! Et surtout, n'appelle pas Jean-Luc le « prince charmant » devant Grace. C'est une blague en interne : Français égale grenouille, tu comprends ? Ils s'imaginent qu'ils sont pleins d'esprit.

— Je vois.

— Tu as apporté la laine et le reste ?

— Oui, je l'ai laissée dans la voiture. Je vais la chercher ?

— Non, prends un café d'abord. Un déca ?

— S'il te plaît. J'ai fait plusieurs échantillons de tricot pour qu'elle puisse choisir. En bleu aviation. Ça ira ?

— Parfait.

— Où est Lily ? Je pensais qu'elle serait là.

— Elle est là. Nous avons installé une nurserie qui communique avec la suite de Grace.

La femme à l'oreillette s'approche pendant que Maxine va chercher le café.

— Vous êtes la tricoteuse, c'est bien ça ?

— Oui.

— Donnez-moi le tricot : j'en ai besoin pour l'accessoiriste. Et dépêchez, s'il vous plaît, je n'ai pas que ça à faire.

— J'y…

Maxine est revenue illico, sans les cafés.

— Bien, tu as fait la connaissance de Jo, une amie VIP de Grace. Nous allons apporter les tricots dans une minute. Mais d'abord, on boit un petit café. D'accord ?

— Oui, bien sûr.

— Et d'ailleurs, j'y pense, tu pourrais aller nous chercher deux cafés ? J'ai l'impression qu'il y a la queue. Un normal et un déca, avec du lait et sans sucre.

— Oui, tout de suite.

— Merci.

— Seigneur.

— Tu l'as dit. Elle m'a bassinée toute la semaine. C'est une vraie garce.

— Je vais chercher le tricot ?

— Non. Quand elle reviendra, tu lui donneras tes clés de voiture, et c'est elle qui ira. Maintenant qu'elle sait que tu es une VIP, elle va sortir la brosse à reluire. Il y a une autre chose dont je voulais te parler.

— Quoi donc ?

— Grace sera à Londres demain, pour la séance photo. *Vanity Fair* nous envoie Daniel Fitzgerald pour un article sur le film.

— Oh !

— Il ne viendra pas ici.

— Très bien.

— Mais j'ai pensé que tu aimerais peut-être être tenue au courant.

— Merci, Maxine.

— Tu as réussi à te mettre d'accord avec lui ? Désolée, je ne veux pas être indiscrète, mais Grace a mentionné la lettre. Vous vous êtes reparlé depuis ?

— Non.

— Salopard. Enfin, si jamais tu as un message à lui faire passer ou autre, je peux m'en charger.

— Merci, Max, mais ça ne sera pas nécessaire.

— Tant mieux. Mais si jamais tu changes d'avis, n'hésite pas. Ah ! la revoilà avec les cafés. Tu as tes clés de voiture ?

Bon sang ! Daniel est à Londres. Ça me fait tout

drôle de penser qu'il est en Angleterre. Je me le représente comme un homme perpétuellement en partance pour des destinations exotiques. En tout cas, rien n'a changé. S'il veut garder le contact, tant mieux ; sinon, tant pis.

Toute l'équipe se dirige vers la rivière pour filmer une scène où, m'explique Maxine, Grace est en train de tricoter à l'ombre d'un arbre, tandis que trois enfants évacués essaient d'attraper du poisson. Voyant que leurs efforts restent vains, elle récite une formule magique et, abracadabra, ils attrapent une truite. C'est alors que le Pr Jean-Luc fait son entrée.

Il y a des gens partout avec des caméras et des spots lumineux. Un homme est monté dans l'arbre pour scier une branche dont la forme n'a pas l'heur de plaire à Tom. Tout le monde est là, sauf Grace et Jean-Luc, qui sont encore au maquillage. Nous avons fait une rapide incursion là-bas avant de suivre l'équipe de tournage : Grace portait un ravissant tailleur en tweed et un chignon.

La femme à l'oreillette lance un regard glacial et un sourire grinçant à Maxine jusqu'à l'arrivée d'une limousine noire aux vitres teintées, dont Grace émerge dans toute sa majesté. La diva est parfaitement détendue et au summum de sa beauté lorsqu'elle s'installe à l'ombre de l'arbre.

— Silence, on tourne !

Un jeune homme sort des rangs, main levée, avec ce qui ressemble à un clap électronique qui émet un bip quand il appuie sur un bouton.

— Scène quatorze, prise un. Action !

Bon sang que c'est excitant ! Je suis paniquée à l'idée de faire du bruit ou de me prendre les pieds dans un câble et de tout fiche par terre. Je me fige sur place pendant que les caméras filment les enfants au bord de la rivière. C'est étrange : on a beau savoir que c'est du cinéma, avec tous les projecteurs, les réflecteurs et les gens en train de s'affairer derrière les caméras, l'espace d'une minute ou deux, tout ce qu'on voit, ce sont des enfants en train de pêcher au soleil, et Grace qui leur sourit.

***

Nous en sommes à la centième prise, et les enfants sont toujours en train de pêcher sans rien attraper.

— Bon, cette fois, vous attrapez la truite. Soyez le plus naturels possible, vu ? On n'est pas en train de filmer *Ma sorcière bien-aimée.* Grace, mon ange, tu es divine, comme toujours. J'adore le tricot.

Grace rit. C'est vrai qu'elle est divine, assise dans la lumière qui filtre à travers le feuillage, tandis que Tom, agenouillé à côté d'elle, lui murmure quelque chose à l'oreille.

Maxine me tend une bouteille d'eau.

— Ça ne devrait plus être long. Encore une prise avec les enfants, et ensuite Jean-Luc fait son entrée. Pas plus d'une heure.

Une heure !

— Surtout, n'hésite pas si tu as besoin de faire un tour aux toilettes ou de te reposer : il y a une voiture exprès pour ça.

Dieu merci, Maxine excelle dans son rôle d'attachée de presse.

— À vrai dire, je ne serais pas contre une petite pause.

— La voiture est stationnée juste au bout du chemin. Tu veux y aller maintenant et revenir plus tard ?

— Oui. Tu restes ici. Je peux y aller seule.

— Tu en es sûre ?

— Mais oui. Tu veux que je te ramène un café quand je reviendrai ?

Elle a l'air surprise..., agréablement.

— Ce serait super, Jo. Merci.

— Eh bien, ça t'a plu ?

— J'ai adoré, Grace. Merci mille fois de m'avoir invitée. J'ai hâte de voir le film.

— Je crois que ça devrait bien marcher. Tom est un grand bonhomme. Un génie.

— La scène avec Jean-Luc m'a beaucoup plu.

Nous avons visionné les plans rapprochés sur le moniteur, et il m'a semblé qu'il y avait beaucoup plus d'attirance sexuelle que dans la version d'Angela Lansbury, en particulier quand il s'assied à côté d'elle sur la couverture et qu'il lui touche le bras. Elle s'est figée et l'a regardé au fond des yeux. Même à vingt mètres, et malgré une furieuse envie d'aller faire pipi, ça vous colle des frissons.

— Je suis contente que ça t'ait plu. Je crois qu'on part filmer en Cornouailles la semaine prochaine.

— Maxine me l'a dit.

— C'est un peu loin pour toi, j'imagine. Le bébé sera bientôt là. Tu te sens prête ?

— Pas vraiment.

Elle sourit.

— Lily adore les bébés (j'ai hâte qu'elle voie le tien), et encore plus les lapins. J'aimerais bien lui en tricoter un. Tu peux me trouver un modèle ?

— Bien sûr.

— Max t'a dit que nous voyons monsieur Fitzgerald demain ?

— Oui.

— OK ?

— OK.

— Et je ne suis au courant de rien. C'est bien ça ?

— S'il te plaît.

— Pas de problème. Prends soin de toi, ma douce, et on se revoit bientôt.

Elle se lève pour me serrer dans ses bras, puis se remet en mode star.

— Maxine, où est le prince charmant ?

Maxine a l'air décontenancée.

— Je ne savais pas que tu étais au courant.

— Je sais tout, Max. Tu ne l'as pas remarqué depuis le temps ?

— Il est en train de se baigner.

— Vraiment ? Mais où trouve-t-il toute cette énergie ? Bon, je vais voir Lily, et ensuite tu demanderas à Sam de me préparer une salade avec un peu de riz, mais pas ce truc brun infâme. Je l'ai pris en dégoût.

Maxine me raccompagne jusqu'à la voiture.

— Le modèle de tricot était impec, Jo. Je vais me mettre à la chasse aux sous pour toi : ils mettent toujours un temps fou à payer.

— Merci, Maxine.

— Sois prudente au volant, et appelle-moi s'il y a du nouveau. En principe, on devrait se voir avant l'accouchement, mais sinon, tiens-moi au courant.

— Bien sûr.

— Tu essaies de ne pas y penser ?

— Tu as tout compris.

— OK. Tu vas recevoir quelque chose de notre part, à la réception-cadeaux.

— Comment as-tu su ?

— Elsie, ton employée. Elle m'a tout raconté pendant la *beach party*.

Nous sommes arrivées à la voiture.

— Je ferais bien d'aller chercher Bruno. Elle veut dîner dehors avec Jean-Luc ce soir. Il doit bien y avoir un restau inscrit au Michelin dans le coin.

— Bonne chance. Personnellement, je n'ai vu que des Little Chef sur la route.

— Waouh ! Ça ferait une jolie photo de couverture.

***

Je suis en train de dîner avec les garçons, jeudi soir, avant ma soirée Tricot et Ragots et la réception-cadeaux du bébé, que nous avons dû avancer parce qu'Angela ne sera pas là la semaine prochaine et que Maggie part en vacances. Daniel ne donne plus de nouvelles, ce qui ne me surprend guère. Maxine m'a appelée pour me dire qu'il se la pétait comme jamais sur le mode « génie créatif ».

Il a deux assistants maintenant, et un look ultra-tendance qui laisse supposer que Liv est passée par là. Ça m'a fait plaisir qu'elle prenne la peine d'appeler, même si je ne m'attendais pas à des nouvelles fracassantes. Je suis contente que la séance photo soit terminée sans qu'il y ait eu de *conversations*.

Archie fait la tête.

— J'aime pas les pâtes. Pourquoi tu fais toujours des pâtes ?

— On a mangé de la tourte au poisson hier soir, Archie.

— Oui, et j'aime pas ça non plus. Et je veux pas de sauce.

— Juste des spaghettis ?

— Oui.

— Pas de fromage ?

— Juste un peu.

— Il faut que tu prennes de la sauce si tu veux du fromage.

Il jette sa fourchette par terre.

Le moment est venu de faire diversion, je crois.

— Archie, je viens de me rappeler que… S'il te plaît, mon cœur, ramasse ta fourchette et mets-la dans l'évier. Et ne recommence plus jamais. Je viens de me rappeler que je ne vous ai pas parlé des cadeaux, de la part du bébé.

— Des cadeaux du bébé ou pour le stupide bébé ?

— *Du* bébé. Quand tu es né, tu m'as aidé à choisir un beau cadeau pour Jack.

— C'était quoi ?

— Un zoo Playmobil.

— C'est un truc pour bébés.

— Oui, mais Jack n'avait que deux ans quand tu es né. Je pensais que cette fois on pourrait choisir ensemble.

— Pas des vêtements. Grand-mère a dit que tout le monde allait apporter des vêtements pour le bébé ce soir, à la fête.

— Ce n'est pas une fête, Archie. C'est juste une réunion où les gens apportent des cadeaux pour le bébé.

— Ça s'appelle une *baby shower*.

— Oui, Jack.

— C'est débile.

— Peut-être, mais c'est gentil à eux de nous donner

des cadeaux, tu ne trouves pas ? Seulement, ce seront des choses sans intérêt pour vous, des vêtements et des accessoires pour bébé ; alors, que diriez-vous de commencer à réfléchir à ce qui vous ferait plaisir, pour que tout soit prêt quand le bébé naîtra ?

— Je vais chercher mes catalogues, dit Jack qui adore feuilleter les catalogues de jouets et qui en a toute une collection dans sa chambre.

Archie approuve.

— Oui, comme ça, on pourra faire une liste.

Martin rapporte les tasses vides à la cuisine. Kevin et lui sont en train de poser une douche à l'étage, ce qui s'est avéré plus compliqué que prévu. Ils y sont depuis ce matin, et le pantalon de Martin est trempé.

— Désolé de vous déranger. Tu n'aurais pas un seau par hasard ?

— Dans le placard sous l'évier. Je vais le sortir. Comment ça va, là-haut ?

— On a eu du mal à mettre tout d'équerre, mais ça y est, c'est fait. On va pouvoir remettre l'eau.

— Super.

— La pompe est en place.

Reg va s'occuper de poser la faïence et de déblayer les monceaux de gravats quand ils auront fini. Bon sang, quelle idée ai-je eue de me lancer dans ce chantier ?

— Je vous fais du thé ?

— S'il te plaît.

— Kevin prend deux sucres, n'est-ce pas ?

— Oui, et il ne serait pas contre un ou deux biscuits s'il en reste. Au fait, ça tient toujours pour la leçon de cuisine dimanche prochain ?

— Bien sûr.

— Je dois apporter quelque chose ?

— Juste ton tablier.
— Mon quoi ?
— C'est sans importance. Je t'en prêterai un.

Je me suis mise en retard, et Elsie est déjà en train d'aider Connie à sortir les tasses et les soucoupes, quand j'arrive à la boutique.

Tina et Linda arrivent peu après.

Tina porte une boîte Tupperware.

— J'ai fait des friands à la saucisse. Je les porte à la cuisine ?

— S'il te plaît, oui.

Connie a apporté un grand carton blanc.

— Ne regarde pas, c'est une surprise.

Elsie met la bouilloire en route.

— Va donc t'asseoir pendant que nous préparons le thé, Jo.

— OK.

J'ai fait du feu tout à l'heure. Les soirées sont plus fraîches maintenant, et je suis en train de regarder danser les flammes quand Cath et Olivia montent au premier avec Polly, qui porte la jupe en laine chinée qu'elle s'est tricotée, par-dessus un collant noir, avec un body noir et des ballerines. Elle est à croquer, et tout le monde admire sa jupe.

— Je me souviens d'avoir porté un truc comme ça dans ma jeunesse, dit Maggie qui vient d'arriver, mais j'avais la ligne en ce temps-là.

Linda rit.

— Nous avions toutes la ligne, mais Tina et moi, on a décidé de suivre un régime. Plat unique.

Tina hoche la tête.

— C'est tout simple : tu manges de tout, mais dans une petite assiette. J'ai déjà perdu un kilo et demi.

Linda tire la langue à Tina.

— Et moi, j'en ai pris deux. C'est étonnant tout ce qu'on arrive à faire tenir dans une petite assiette quand on sait s'y prendre.

Elsie s'agite en tous sens. Je crois qu'elle est tout excitée. Elle ne vient pas au groupe d'habitude (et tout le monde est beaucoup plus détendu). Elle a déjà roulé des yeux outrés quand elle a vu Connie remplir des verres de vin.

Cath s'assied à côté de moi.

— On attend Angela.

Linda lui tend un verre de vin.

— Elle a dit de commencer sans elle. Elle viendra plus tard. Elle a dû aller à Maidstone pour déposer Peter à une réunion. Tiens, ouvre celui-là en premier.

Elle me tend un paquet enveloppé dans du papier métallisé.

— De la part de Tina et moi.

Une demi-heure plus tard, la table est couverte de papier-cadeau froissé et de toutes sortes d'accessoires pour bébé. Elles ont pensé à tout. Connie est ressortie pour aller chercher un couffin garni d'un volant de coton blanc et deux paires de draps en flanelle, un avec des canards et un avec des éléphants.

Elle a aussi tricoté une ravissante petite couverture composée de carrés caramel et crème. J'ai des brassières, des grenouillères et plus de couvertures en tricot, cardigans et bonnets qu'il n'en faudrait pour un seul bébé.

Elsie, quant à elle, a passé des heures à tricoter un châle pêche magnifique, ainsi qu'une parure de poussette pêche ornée de ruban de satin, que je songe à mettre de côté pour notre première sortie à la boutique. Le cadeau de Maxine et Grace est un vanity très chic, rayé bleu et blanc, avec une multitude de petites poches remplies de lotions, crèmes et lingettes pour bébé, et deux petites chemises de nuit en flanelle à l'ancienne brodées d'agneaux sur le devant.

Je suis à deux doigts de me mettre à pleurer quand j'ai fini de tout déballer.

— Tout est si beau. Merci à toutes, je suis…

Linda se lève.

— Ne commence pas, Jo, sinon on va toutes s'y mettre. D'ailleurs, je meurs d'envie de goûter au gâteau et je ne crois pas que je vais pouvoir résister beaucoup plus longtemps. Connie ?

Connie hoche la tête et va à la cuisine, tandis que Linda éteint la lumière.

— On a pensé qu'on allait lancer une nouvelle tradition : le gâteau du futur joyeux anniversaire. Il faut que tu souffles toutes les bougies et que tu fasses un vœu, ma belle.

Tout le monde se penche en avant lorsque Connie dépose le gâteau couvert de bougies sur la table devant moi.

— On fait toutes un vœu.

Chocolat et châtaignes avec des morceaux de meringue. Mon péché mignon.

— Tu remercieras Mark pour moi, Connie. C'est trop gentil.

— Il a remplacé l'Amaretto par quelque chose, mais j'ai oublié quoi.

Nous passons les dix minutes suivantes à nous régaler tout en essayant d'identifier le mystérieux ingrédient, jusqu'à ce que Connie se souvienne qu'il s'agit de confiture de coings maison. La conversation tourne ensuite autour des bébés. Olivia est gênée quand Cath raconte comment elle l'a ramenée de la maternité, puis est restée éveillée toute la nuit pour s'assurer qu'elle respirait bien. Linda se souvient de la fois où elle a laissé Gemma à l'extérieur de la boutique quand elle n'avait que quelques semaines.

— Je ne m'en suis aperçue qu'une fois à la maison. Ça m'a fichu un de ces coups. Je suis repartie aussi sec. Je n'ai jamais couru aussi vite de ma vie. Quand je suis arrivée, ta grand-mère était en train de faire les cent pas dans la boutique avec Gemma dans les bras. Elle m'a simplement dit : « Merci, il y avait si longtemps que je n'avais pas tenu un bébé dans mes bras », comme si rien ne s'était passé. Ça m'a fait chaud au cœur de voir qu'elle ne me prenait pas pour une mère indigne. Je ne l'ai jamais oublié.

— Ça m'est arrivé avec Travis aussi. Je l'avais laissé dans sa poussette devant la porte, et j'étais déjà à mi-chemin de la rue quand je m'en suis souvenue. Heureusement, il n'y avait personne derrière moi : je n'ai jamais été fichue de faire une marche arrière correctement, mais cette fois-là, autant te dire que j'ai rebroussé chemin en trois secondes chrono.

Linda ressert un verre de vin à Tina. Les seuls moments où j'ai vraiment envie de boire du vin, c'est pendant nos réunions Tricot et Ragots.

— Ça m'est arrivé à moi aussi, avec Jack. Il faisait ses dents, et nous avions passé une sale nuit. Bref, Nick pensait que je l'avais installé sur son siège-auto, et moi je croyais que Nick l'avait fait. Résultat, on était déjà en train de rouler quand on s'est aperçus qu'il était resté dans son parc. Nick est descendu de voiture et a foncé à la maison en laissant le moteur tourner.

Olivia et Polly ont l'air légèrement choquées par nos défaillances maternelles.

— Vous voulez dire que tout le monde oublie son

bébé à un moment ou à un autre ? demande Polly en se léchant le doigt pour ramasser les miettes de gâteau dans son assiette.

Tina sourit.

— Non, mais ça peut arriver quand on est très fatigué et qu'on n'a pas toujours la tête sur les épaules.

Linda acquiesce.

— Tu étais une vraie terreur, la nuit. Elle ne dormait pas plus d'une heure d'affilée. Oh ! désolée, Jo.

— Il n'y a pas de quoi, Linda. Archie était pareil. Alors, si vous pouviez toutes veiller à ce que je ne laisse pas la poussette dans la rue, ça serait super.

Grand-mère est aux anges quand Connie et moi revenons à la maison avec tous les cadeaux.

— Que c'est beau ! Et regardez le châle d'Elsie. Elle a dû y passer des heures.

— Je sais, et regarde, il y a aussi des couvertures pour le couffin et une baignoire pour bébé.

— Dieu merci, tu as de quoi parer au plus pressé. J'étais en train de me demander si le bébé allait devoir dormir dans un tiroir avec juste un drap. Remarque, ta mère a dormi dans le tiroir du bas de ma commode et elle ne s'en porte pas plus mal.

— Vraiment ? Pourquoi ?

— Parce qu'elle était prématurée et que je n'avais pas encore réussi à convaincre la vieille madame Butterworth de me laisser sa chambre. Nous étions dans la chambre arrière, une vraie glacière, tandis qu'elle était douillettement installée dans la grande pièce de devant, la méchante femme. Je sais bien qu'il ne faut pas dire du mal des morts, mais à la fin, j'en étais venue à la détester comme tu n'as pas idée. Mais passons. Quand j'ai finalement réussi à la faire changer d'avis, je n'avais pas eu le temps d'acheter un berceau. Je n'ai commencé à garnir la penderie que la veille de sa naissance.

— De sorte que tu n'avais pas toute ta layette bien proprement pliée dans des tiroirs ?

— J'avais tricoté deux ou trois bricoles. En ce temps-là, on faisait presque tout soi-même. Mais je n'étais pas absolument prête. Tu sais de qui tu tiens à présent.

***

Des coups frappés à la porte me tirent du sommeil à six heures moins le quart. Bon sang ! Ça n'est tout de même pas le facteur à cette heure. Quant au laitier, il n'a pas l'habitude de frapper. À moins que ce ne soit un de ces services de livraison express qui m'apporte un colis de la part de Vin et Lulu à pas d'heure.

C'est Graham, le pompier, en uniforme, avec un casque en plastique jaune dans les mains. Il a l'air épuisé.

— Désolé de te réveiller, Jo, mais il y a eu un incendie.

— Quoi ?

Je me retourne pour scruter le couloir et sens monter l'adrénaline tandis que je me précipite vers l'escalier pour aller chercher les garçons. Un incendie. Ma maison est en feu, et je n'ai rien remarqué ? Vite, les garçons !

— Non, non, désolé. Pas ici, à la boutique. Tu ferais bien de venir jeter un coup d'œil.

— Un incendie à la boutique ?

— Graham, espèce d'idiot, tu l'as terrorisée. Pousse-toi. Ce n'est que la boutique, ce n'est pas bien méchant. Enfin, il y a des dégâts, mais ne panique pas surtout.

Graham va te montrer, et on a appelé ta grand-mère. Elle devrait arriver d'une minute à l'autre.

Je n'avais pas remarqué que Tina était derrière lui avec Travis à demi endormi, avec sa capuche d'anorak remontée et ses chaussons *Batman*. Elle porte des mégabigoudis en mousse. Je sais maintenant pourquoi elle est toujours frisée comme un mouton.

— Entrez, je suppose que je devrais...

En fait, je ne sais pas ce que je devrais faire.

Tina me serre dans ses bras. J'ai des flash-back du policier qui était venu m'annoncer l'accident de Nick.

— On va mettre la bouilloire en route. Il n'y a pas de victime, et c'est tout ce qui importe. Travis, tu veux regarder la télévision tout bas ?

Il hoche la tête.

— Graham, tu veux bien lui mettre des dessins animés ? Une bonne tasse de thé, ça devrait nous requinquer.

Les garçons dorment à poings fermés quand je monte me changer. Il faut que je pense à vérifier que le détecteur de fumée du palier fonctionne bien.

Celui de la cuisine se déclenche chaque fois que je fais griller du pain. Mais celui du premier, je ne l'ai pas testé depuis des lustres.

— Est-ce que c'est grave ?

Tina me sert une tasse de thé et regarde Graham.

— C'est juste le premier étage. La toiture a brûlé à un ou deux endroits, mais en bas, rien n'a bougé.

Mince, je viens juste de me rappeler que j'ai fait du feu dans la cheminée hier soir, pendant la réunion. Mais ensuite, j'étais tellement occupée à mettre tous les cadeaux dans la voiture que j'ai oublié de mettre le pare-feu correctement devant l'âtre.

— C'est la boutique de maman qui est la plus touchée, surtout la réserve. Ce n'est pourtant pas faute de lui avoir dit de mettre l'électricité aux normes. Quatre fils adultes, dont un pompier, mais jamais aucun de nous n'a réussi à lui faire entendre raison. La pauvre est dans tous ses états.

— Tu es sûr que c'est un court-circuit, Graham ? Ce n'est pas la cheminée dans ma boutique ? D'habitude, je pense toujours à mettre le pare-feu, mais hier soir, j'ai oublié.

— Non, non. Le départ de feu s'est fait chez ma mère. Ce n'est pas encore officiel, naturellement, car il faut que les experts passent, mais je suis certain que c'est un court-circuit. Quand ta grand-mère sera là, je t'emmènerai là-bas pour que tu puisses voir par toi-même, mais franchement, ça aurait pu être pire.

Tina fait claquer sa langue.

— Oui, mais tout est trempé.

— Une lance à incendie, ça sert à éteindre le feu, Tina.

— N'empêche que, la plupart du temps, ils font plus de dégâts que les flammes elles-mêmes avec leur fichue lance à incendie.

— C'est bon, je vais le dire aux copains. D'autres idées de génie sur la façon d'éteindre un feu sans se servir d'eau ?

— Oh ! ça va.

Grand-mère arrive tout habillée, mais avec sa robe de chambre en guise de manteau.

— Malheur ! C'est grave ? Tu es allée voir ?

— Non, grand-mère, pas encore.

— Vas-y et tu me diras. Je vais rester ici avec les garçons. Reg, tu vas avec elle.

Tina reste avec grand-mère, tandis que Reg et moi descendons la rue avec Graham. Quand nous tournons au coin, j'aperçois la voiture de pompiers stationnée dans la rue transversale.

Graham renfile son casque.

— Heureusement qu'il n'y a que deux boutiques qui ont été touchées.

Reg me prend la main.

Il y a une petite rue étroite qui sert pour les livraisons entre la boutique de fleurs de Mme Davis et le reste des commerces. La plupart des boutiques, dont la sienne, ont un petit jardin sur l'arrière. En fait, la nôtre est la seule à ne pas en avoir parce qu'elle fait un coin. Les gyrophares du camion d'incendie tournent toujours.

Stan, l'épicier, se tient sur le trottoir devant le magasin.

— C'est moi qui ai donné l'alerte. J'avais mangé des oignons au vinaigre à dîner, mais ils me sont restés sur l'estomac. Si bien que j'étais réveillé à quatre heures, quand j'ai vu de la fumée.

Reg jette un coup d'œil à l'intérieur de la vitrine.

— Dieu vous bénisse, Stan. Ça n'a pas l'air bien méchant, ma chérie.

Moi, je trouve que si. La porte vitrée est fracassée, et il y a de l'eau partout.

Elsie est là avec Mme Davis.

— Si c'est pas malheureux.

En réalité, elle a l'air plutôt excitée par toute cette agitation.

— Un peu plus et on y passait toutes. Ces escaliers sont un piège mortel.

— On aurait senti l'odeur de la fumée longtemps

avant que tout ne flambe, Elsie. Il y a un détecteur de fumée dans la cuisine, rappelle-toi.

— Si tu le dis…

— Je ne me le pardonnerai jamais. Je suis désolée, murmure Mme Davis, l'air complètement catastrophé.

— Allons, c'était un accident. Je suis juste soulagée que ce ne soit pas à cause de ma cheminée.

Elsie semble contrariée. Elle devait s'attendre à un peu plus de suspense.

— Naturellement, je vous rembourserai tous les dégâts occasionnés.

— S'il vous plaît, n'y pensez pas. Je suis sûre que l'assurance nous couvrira.

Dieu merci, nous sommes à jour de nos cotisations. Je me souviens d'avoir fait un chèque en pestant intérieurement quand M. Prewitt m'a annoncé que les primes avaient encore augmenté.

Graham s'approche et prend sa mère dans ses bras.

— Maman, il ne faut pas rester ici. J'ai appelé Pete. Il arrive. Tu veux que je te raccompagne à la maison ?

— Non, je suis bien ici. Je veux m'assurer que le feu est bien éteint.

— Il est bien éteint, maman. Jo, tu veux entrer pour voir ? On va te prêter un casque, et je vais t'accompagner à l'intérieur.

En fait, je n'ai pas envie d'entrer dans la boutique. J'ai peur de ce que je vais trouver, mais je n'ai guère le choix, si je veux pouvoir juger de l'étendue des dégâts.

— Merci, Graham.

C'est bien pire que je ne le craignais. Au rez-de-chaussée, tout a l'air normal, à part l'odeur de fumée, les traces noires sur les murs et les stocks de laine trempés. Il y a de l'eau par terre, mais à part ça, les étagères contiguës à la porte d'entrée sont intactes. La porte qui donne sur l'escalier devait être fermée, parce que de l'autre côté tout est noir de suie et trempé : le plancher, les murs. Par endroits, on voit la lumière du jour à travers la toiture, et l'odeur de brûlé est tellement forte et âcre qu'elle vous colle à la gorge.

Mince. Il va falloir un temps fou pour tout remettre en état.

— C'est bien pire à côté, Jo : le plancher s'est effondré en plus de la toiture.

— Je vois.

— Sortons respirer un peu d'air frais.

— Alors ? demande Elsie, impatiente de savoir.

— C'est un beau gâchis, mais on devrait pouvoir tout remettre en état.

Je dis ça parce que je ne veux pas démoraliser cette pauvre Mme Davis qui a l'air au bord des larmes, mais au fond de moi, j'en doute.

— Allons chez moi. C'est à deux pas, et grand-mère sera contente de vous voir, madame Davis. Allons, il ne faut pas rester ici.

— Je ne suis pas sûre d'avoir la force de la regarder en face, après toutes ces années.

— Allons, maman, ne dis pas cela. Tu ne l'as pas fait exprès.

Graham lui prend la main, et Reg opine du chef.

— Viens, Pat. Mary sera contente de te voir.

Nous commençons à remonter la colline, mais Mme Davis reste plantée devant la vitrine.

— Si je m'étais imaginé qu'on pouvait tricoter des citrouilles…

Je vais appeler M. Prewitt pour qu'il fasse venir les experts. Et ensuite, je vais préparer les garçons. Je crois que je vais demander à Reg de les emmener à l'école. Je ne me sens pas le courage d'affronter toutes les questions.

Grand-mère a préparé des sandwiches au bacon, et les garçons sont en train de regarder des dessins animés avec Travis.

Nous nous asseyons autour de la table de la cuisine, et personne ne dit un mot, quand Mme Davis repose sa tasse.

— En ce qui me concerne, c'est fini. Je ne rouvrirai pas la boutique. J'ai passé trop d'années avec les mains dans l'eau froide ; ça vous use les articulations. Il y a des nuits où je ne peux pas dormir. De toute façon, les fleurs, ça ne rapporte plus. On ne peut pas faire concurrence aux supermarchés et aux ordinateurs.

— Ne prends pas de décision à la va-vite, Pat.

— Non, Mary, mais ça fait un bout de temps que je songe à prendre ma retraite.

J'ai l'impression que tous les yeux sont tournés vers moi. Je réalise que c'est un de ces moments où il faut que quelqu'un prenne une décision. Je pourrais faire marcher l'assurance et décider ensuite. Mais je sais déjà ce que je veux.

— Après tout le mal que tu t'es donné, ma chérie, ça me fend le cœur.

C'est grand-mère qui va se mettre à pleurer maintenant.

— Tout ira bien, grand-mère. Ne t'en fais pas. J'avais l'intention de revoir la déco de toute façon.

Cette fois, tout le monde sourit.

En réalité, je sais qu'il va falloir bien plus qu'une ou deux couches de peinture.

— On va tout remettre en état et repartir de zéro. Ça ne sera pas la première fois.

Elsie se mouche.

— Bien sûr, ma chérie, et je t'aiderai. On va tout nettoyer en un rien de temps, Mary. Et pour la déco, Jo a toujours de bonnes idées.

Reg se lève et va poser sa tasse dans l'évier.

— Bien, maintenant, ce qu'il nous faut, c'est un plan. Je vais commencer par appeler l'assurance. On ne peut rien faire tant que les experts ne sont pas passés. Elsie, penses-tu que Jeffrey saura quel expert va être mandaté ?

— Je crois. Il connaissait tout le monde avant de partir à la retraite et il a gardé le contact avec ses anciens collègues.

— Bien, cela nous donne un avantage. Et maintenant, il faut décider d'un plan d'action.

À mesure que la nouvelle de l'incendie se répand, les gens affluent à la maison, et, quand vient l'heure d'emmener les garçons à l'école, on se croirait à Piccadilly Circus.

— Maman ?

— Oui, Archie ?

— Est-ce qu'on peut aller voir le feu tout à l'heure ?

— Il n'y a plus de feu, Archie, je te l'ai dit. Tout est rentré dans l'ordre. Et maintenant, Reg va vous emmener à l'école. Qu'est-ce qui te ferait plaisir pour le dîner ?

Il émet un petit claquement de langue agacé.

— C'est pas juste. Moi, je voulais voir le feu et monter dans la voiture de pompiers.

— Les pompiers étaient bien trop occupés pour laisser des petits garçons jouer avec leur camion, Archie.

— Ils m'auraient peut-être pas vu.

— Va chercher tes chaussures, mon cœur.

J'ai encore l'odeur de fumée dans les narines. Je crois que je vais prendre un bain et me laver les cheveux.

Reg enfile son manteau.

— Allez, les petits gars, on aura peut-être le temps de passer acheter des bonbons si on se dépêche.

Les garçons se ruent vers la porte d'entrée.

Je suis dans mon bain et j'essaie de faire comme si tout allait bien, même si je suis à bout de forces et de nerfs. Résultat, quand le bébé se met à remuer dans mon ventre, je fonds en larmes. C'est chaque fois la même chose : il suffit que j'aie l'impression que tout marche comme sur des roulettes pour qu'une nouvelle tuile me tombe sur la tête.

Cela signifie-t-il que je vais devoir repartir de zéro juste au moment où les affaires commençaient à tourner grâce au site Internet et aux groupes de tricot ? Mais pour aller où ? On se plaît tous bien ici.

Espérons que l'assurance ne va pas trouver un moyen de se défiler, parce que je n'ai pas le premier sou pour remplacer la toiture. Je ferais bien d'emmener les garçons là-bas dès que les travaux auront commencé pour qu'ils n'aillent pas s'imaginer que le magasin n'est plus qu'un tas de charbon.

— Tu es toujours dans ton bain, ma chérie ? Reg est rentré et il veut te parler.

— Je sors dans une minute, grand-mère.

— Tu es sûre que tout va bien ? Tu as une petite voix.

— Non, non, je vais bien.

— Tu devrais retourner te coucher un peu, ma chérie. Il ne faut pas aller au bout de tes forces.

— Mais non, grand-mère, ne t'inquiète pas.

— Je te fais un sandwich au bacon ?

— Non, merci.

— Tu en es sûre ? Même avec un œuf ?

— OK. Je descends dans une minute.

— Je mets la poêle sur le feu.

Un sandwich au bacon grillé avec un œuf au plat. C'est un bon début.

8

Septembre : la quatrième dimension

Mardi matin, Connie et moi nous rendons à la boutique après avoir déposé les enfants à l'école.

— Il m'est venu une idée, Connie, et j'aimerais que tu me dises sincèrement ce que tu en penses.

Étant donné que j'ai passé la moitié de la nuit à cogiter, j'espère sincèrement qu'elle va approuver mon plan.

— Vas-y.

— Tu sais que Mme Davis a l'intention de vendre sa boutique ?

— Oui.

— Eh bien, si j'arrive à réunir les fonds, j'aimerais la lui racheter.

— Comme ça, tu pourrais t'agrandir.

— Oui. Mais je ne ferais pas que vendre de la laine. Les groupes de tricot commencent à bien marcher, et, comme Elsie passe son temps à offrir le thé aux gens, je me suis dit : « Pourquoi pas ouvrir un salon de thé pour de bon ? »

— Tu veux dire, une espèce de café ?

— Oui, un truc tout simple, où on servirait du thé, du café et des petits en-cas. Une sorte de croisement entre un Starbucks et un salon de thé traditionnel. Un lieu où les gens de tous âges pourraient se retrouver pour papoter autour d'une tasse de thé, aussi bien Olivia, Gemma et Polly que nos chères vieilles dames.

— *Brava*. Il n'y a pas de vrai café ouvert à l'année ici, et le café qu'ils servent au Fish and Chips est infect. Je crois que ça ferait des heureux.

— Le seul problème, c'est que je ne connais rien à la restauration. Alors, je me demandais si Mark et toi seriez d'accord pour m'aider ?

— Ce serait de bon cœur, Jo, mais nous n'avons pas l'argent…

— Non, non, il ne s'agit pas d'argent. Étant donné que je suis propriétaire de ma boutique, mon banquier acceptera sûrement de m'accorder un prêt. Non, je voulais dire que je vais avoir besoin d'être conseillée - pour l'achat d'une machine à café, par exemple, et ce genre de choses –, en échange de quoi, vous seriez intéressés aux bénéfices. Qu'en penses-tu ?

Elle m'embrasse.

— Mark pourrait se charger de la pâtisserie ?

— Exactement.

— Il sera enchanté. Il va embaucher un deuxième chef en cuisine pour pouvoir se consacrer à ses gâteaux. C'est ce qu'il préfère, et il a tellement d'idées qu'il ne trouve jamais le temps de toutes les réaliser.

— Super.

— Ce serait parfait pour les gâteaux d'anniversaire. Les gens viennent au pub pour les choisir, mais nous sommes toujours très occupés, et nous ne sommes pas autorisés à les emmener en cuisine.

J'avais espéré qu'elle y trouverait au moins un avantage : les bénéfices que le pub pourrait tirer de la vente de quelques pâtisseries seraient dérisoires, mais si le café peut servir de vitrine aux gâteaux de mariage et d'anniversaire de Mark, ce serait beaucoup plus intéressant pour eux. De plus, je n'ai pas besoin de beaucoup d'espace : une vitrine réfrigérée et quelques cartons à gâteau devraient suffire.

— Je vais l'appeler maintenant.

Elle est toujours au téléphone avec Mark, quand nous arrivons à la boutique. Grand-mère et Reg nous y attendent.

Grand-mère a mis son tablier.

— Qu'a dit Connie ?

— Elle trouve que c'est une idée géniale.

J'ai appelé grand-mère ce matin à la première heure pour lui parler de mon projet. Je voulais qu'elle sonde Mme Davis pour s'assurer qu'elle voulait toujours céder sa boutique. Elle a aussitôt décroché son téléphone pour l'appeler et m'a donné un coup de fil ensuite pour me dire qu'elle était d'accord.

— On a ouvert toutes les fenêtres du premier.

— Super.

L'opération Grand Nettoyage est lancée. Grâce aux efforts combinés de Reg et de Jeffrey, l'expert est déjà passé et nous a dit que l'essentiel du stock devrait nous être remboursé, de même que la réfection de la toiture, si bien que Reg et son ami Malcolm, retraité de la compagnie d'électricité, ont réparé les circuits et mis en route deux gros déshumidificateurs à l'étage et au rez-de-chaussée. Je ne compte plus le nombre de seaux en plastique pleins de jus noir que nous avons dû vider, mais les résultats sont là : l'atmosphère est nettement moins humide.

Notre plan consiste à nettoyer le plus vite possible pour pouvoir rouvrir la boutique dès la semaine prochaine, puis fermer à nouveau après les fêtes de Noël et la naissance du bébé, et commencer les travaux de remise en état ; les plafonds sont tachés, le plâtre s'est craquelé par endroits, et la toiture a besoin d'un remaniement complet, mais d'ici là, on devrait pouvoir tenir le coup.

Tous les gens se sont montrés solidaires. À l'école, tous les parents d'élèves sont venus me demander si j'avais besoin d'aide ; sauf Annabel Morgan, évidemment, qui arborait un petit sourire suffisant jusqu'à ce qu'elle m'entende dire que nous allions rouvrir la boutique dès que possible. J'aimerais bien voir sa tête quand elle apprendra que Grace a accepté de venir couper le ruban, lors de la grande cérémonie d'inauguration, une fois que les travaux seront terminés.

Ce qui me fait penser que je dois appeler Max pour lui demander ce que je devrais offrir à Lily pour son anniversaire. La dernière fois qu'on s'est parlé, elle était en train de pianoter fébrilement sur son ordinateur à la recherche de machines à neige artificielle.

Elle m'a annoncé que la fête avait été reportée à la dernière semaine de décembre : le tournage a pris du retard, et en janvier, Grace sera aux États-Unis. Si bien que je n'ai pas jugé opportun de lui parler de cadeaux d'anniversaire.

Martin et Jeffrey sont en train de colmater les brèches de la toiture avec du film plastique, pendant que nous lessivons les murs et jetons des seaux pleins d'eau sale dans le caniveau. Déjà, l'atmosphère est plus respirable. J'ai réussi à récupérer un stock de laine emballé dans ses sachets en plastique remisés tout au fond des étagères, et je jette le reste dans de grands sacs-poubelle. Demain, les éboueurs vont passer, et j'aimerais me débarrasser d'un maximum de choses. Je m'efforce tant bien que mal de récupérer les pelotes les plus chères (tout au moins pour mon propre usage, parce que ça me fait mal au cœur de les jeter), même si je vais devoir les laver à grande eau, puis les rembobiner entièrement.

Quand arrive l'heure du déjeuner, je suis à ramasser à la petite cuillère. Mes manches dégoulinent d'eau savonneuse, je grelotte et je suis couverte de suie. Grand-mère aussi a l'air fatiguée, quoique nettement plus présentable. Je décide de faire une pause.

— Quelqu'un veut une tasse de thé ?

Elsie a descendu la bouilloire du premier, et nous sommes en train de faire du thé, quand Maggie arrive de la bibliothèque pour nous offrir son aide, suivie de Cath qui entre avec un thermos plein de soupe aux pois cassés et jambon fumé, et de Tina et Mme Davis qui ont apporté des petits pains et des pâtés à la viande.

— Linda ne devrait pas tarder. Elle finit une permanente et elle arrive. Si tu as des trucs à laver, tu peux te servir de la machine du salon et du sèche-linge.

— Merci, Tina. J'ai ramené les rideaux à la maison, mais il y a deux coussins là-haut, si tu es sûre que ça ne te dérange pas.

— Je vais les emporter au salon.

Jeffrey a fini son pâté à la viande.

— Fameux. Qui les a faits ?

Mme Davis sourit.

— Mes garçons ont toujours aimé mes pâtés à la viande.

Elsie renifle.

Nous sommes en train de manger en papotant gentiment, quand Betty arrive avec des petits rochers, et Angela, avec des cakes aux fruits. Notre déjeuner impromptu prend des allures de fête malgré le décor miteux.

Tout le monde est emballé par l'idée du café-salon de thé, en particulier Betty.

— Naguère, il y avait un glacier dans la grande rue. Des crèmes glacées ? Mais bien sûr !

— C'est une excellente idée, Betty. La vitrine réfrigérante pour les gâteaux pourrait tout aussi bien servir pour stocker des glaces, n'est-ce pas, Connie ?

Connie sourit.

— Je peux demander à Mark de faire des sorbets. Celui à l'abricot est à se damner. C'est l'une des raisons pour lesquelles je l'ai épousé : dès la première bouchée, tu deviens accro.

Betty se ressert du thé.

— Les gens vont faire la queue jusqu'au bout de la rue. Ça va les changer des cônes industriels. Tu devrais aussi faire des smoothies. J'en ai goûté un délicieux à la banane la semaine dernière, chez Sainsbury's.

— Mark voulait s'équiper d'un nouveau blender… On pourrait aussi bien en acheter deux ?

— Super.

Je suis en train d'empiler des sacs-poubelle sur le trottoir. Soudain, un labrador déboule et commence à me lécher les pieds.

— Hello, lady Denby !

— Je me suis laissé dire que vous allez ouvrir un salon de thé ? Quelle bonne initiative ! Il y a des années qu'on ne trouve plus personne pour vous servir une tasse de thé digne de ce nom. Je voulais juste vous dire bravo, et, surtout, n'hésitez pas si vous avez besoin d'un coup de pouce pour un permis de construire ou autre. J'ai encore voix au chapitre au conseil municipal. Toutes ces tracasseries administratives ne servent à rien d'autre qu'à nous empoisonner l'existence. De mon temps, on ne portait pas de bonnets pour servir à manger, et ça ne nous a pas empêchés de survivre au Blitz.

Elle se campe sur le seuil.

— Je vois que vous êtes tous très occupés. Clarkson, arrête ça, sinon je t'enferme dans la voiture.

Clarkson, qui s'est mis à lécher frénétiquement le plancher sans raison apparente, se dirige droit sur les pieds d'Elsie.

— Parfois, je me demande ce que ce chien a dans le crâne. En tout cas, je tenais à tous vous féliciter. Beau travail. Bon, je file. George a besoin de nouvelles lunettes. Il prétend qu'il peut y voir à un kilomètre, mais en attendant, il casse toute ma porcelaine. Allez, courage, vous tous, et bon après-midi !

Grand-mère rit sous cape, tandis qu'Elsie semble s'être fait un tour de reins en essayant de se soustraire aux léchouilles du chien.

— C'était sympa de la part de lady Denby.

— Oui.

— Elle est très influente, tu sais.

Génial, maintenant, j'ai la moitié de la ville avec moi, plus notre aristocrate locale pour plaider ma cause auprès du conseil municipal. Et on va servir des smoothies et des crèmes glacées. Elle est pas belle, la vie ?

***

Quand la fin de la semaine arrive, nous avons presque entièrement nettoyé la boutique, et j'ai revu la sage-femme pour rassurer grand-mère qui se fait du souci pour ma pression artérielle. Le dimanche matin, je suis à la boutique, en train de finir d'installer la nouvelle vitrine.

Martin et Reg sont au premier, où ils continuent de calfeutrer la toiture. Comme il a plu la nuit dernière, Elsie s'est mise à vider des seaux d'eau dès potron-minet. Force m'est de reconnaître qu'elle n'a pas ménagé sa peine ces derniers jours. L'idée du salon de thé a l'air de l'enchanter presque autant que Connie et moi.

— Voilà, nous avons terminé. Ça devrait tenir jusqu'à ce qu'on refasse la couverture.

— Merci, Martin.

— Je trouve que tu devrais garder le comptoir quand tu feras les travaux à côté : c'est une si belle pièce de menuiserie.

Reg acquiesce.

— Je revois la vieille madame Butterworth derrière son comptoir. Tu pourrais peut-être en faire un identique pour le salon de thé, Martin.

— Je pourrais essayer.

Ils sont en train de prendre des mesures et de griffonner sur des bouts de papier quand la porte de la boutique s'ouvre et qu'un homme entre.

Dieu du ciel ! Daniel.

— Salut, beauté. Comment ça va ?

Il porte un blouson en cuir et un jean, et un bronzage de star.

Il vient à moi et m'embrasse.

— Salut, Daniel.

Ma voix reste coincée au fond de ma gorge.

Bon sang, mais qu'est-ce qu'il est venu fiche ici ?

— Tu es en train de refaire la déco ?

— Non, il y a eu un incendie.

— Ah ! mais tout va bien ?

— Oui, c'est juste un mégabordel.

— Je voulais parler du bébé.

— Oh ! oui, oui. Tout va bien.

— Tant mieux.

Il se recule pour me toiser du regard.

— Tu es en beauté, chérie. Je pensais t'inviter à déjeuner. Tu n'as pas encore mangé, au moins ?

— Non, mais il faut que j'aille chercher les garçons, et…

— Ne t'inquiète pas, mon ange : va déjeuner. Grand-mère et moi allons nous occuper des garçons.

— Daniel, je te présente Reg, et…

Quand je me retourne, Martin a disparu. Il est remonté au premier.

— Enchanté, Reg.

Il s'ensuit un silence gêné.

— Allons, viens, chérie, je meurs de faim. Je suis venu directement de l'aéroport. Dans la voiture la plus petite du monde. Une Twango ou je ne sais quoi. Une mocheté sans nom.

— Oh !

— Il y a quelque chose pas loin, où on pourrait aller à pied ?

— Il y a le pub, mais c'est souvent plein.

— Parfait.

Pour finir, nous prenons la voiture parce qu'il s'est mis à pleuvoir. La voiture la plus petite du monde s'avère être un véhicule de taille normale, même si la couleur turquoise est, il est vrai, particulièrement moche.

— Désolé pour le tas de boue, mais c'est tout ce qu'il restait à l'agence de location.

— Pas de problème.

— Je suis en route pour New York, mais j'ai pensé que j'allais venir au moins te faire un petit coucou.

— Je vois.

Le silence se fait. Je ne sais pas quoi lui dire à part « S'il te plaît, casse-toi, je suis déjà bien assez occupée sans qu'il soit besoin d'en rajouter ».

— J'aurais dû t'appeler peut-être ?

— Pardon ?

— Avant de venir ?

— Non, non, pas de souci.

— Écoute, trésor, je suis navré. Je sais que j'aurais dû t'appeler depuis longtemps, mais je n'arrivais pas à me décider. Et d'ailleurs, tu aurais pu m'appeler, toi. Pourquoi ne l'as-tu pas fait ?

— Parce que je n'avais pas envie de recevoir une autre lettre de ton avocat.

— Oui… Bien sûr. Je te demande pardon. J'ai…, j'ai paniqué.

— Je comprends.

— Tu es vraiment radieuse.

— Merci.

— Je ne m'attendais pas à te trouver aussi...

— Énorme ?

Il rit.

— Épanouie.

— C'est un gros bébé.

— C'est bon signe, au moins ?

Il sourit.

— Oui. Il prospère et fait tout ce qu'il est censé faire à son âge.

— Parfait. Je me gare ici ?

— Oui, sinon il y a une aire de stationnement sur le côté.

Connie nous installe à une table, dont elle ôte le carton RÉSERVÉ, puis présente le menu à Daniel.

— Je reviens dans une minute.

— Pas de souci.

— Excuse-moi, Daniel, je reviens tout de suite.

Je me rends aux toilettes des dames, où Connie vient me rejoindre en trente secondes chrono.

— C'est lui ?

— Oui. C'est Daniel.

— *Porca Madonna*.

— Je ne te le fais pas dire. Il s'est pointé, comme ça, sans prévenir, à la boutique.

— OK, mais tout va bien ?

— Je n'en sais rien. Je ne sais pas encore ce qu'il veut.

— Alors, tout va bien. Il veut probablement parler du bébé.

— Je crois.

— Mais oui. Sinon, pourquoi il serait là ?

— Je n'en sais rien.

— S'il te fait des misères, appelle à l'aide, et Mark lui mettra une bonne dérouillée.

— Super.

Elle m'embrasse.

— Tout ira bien. Sinon, tu me fais un clin d'œil et je t'envoie Mark.

Super, maintenant, en plus du reste, il faut que je pense à ne cligner des yeux sous aucun prétexte.

***

— Je crois que je vais me laisser tenter par la tourte au bœuf et aux rognons. La nourriture est correcte ici ?

— Excellente.

— Tant mieux. Écoute, je suis désolé de débouler

comme ça, à l'improviste. Je sais que j'aurais dû me préparer, mais le planning, ce n'est pas mon fort. Je ne voulais simplement pas que tu t'imagines que je n'en ai rien à fiche. J'ai beaucoup réfléchi et…

Connie arrive pour prendre les commandes et me persuade de prendre du ragoût d'agneau au lieu d'une salade.

— Vous êtes amies ?

— Oui.

— Elle a l'air charmante.

— Elle l'est. Et son mari est le cuistot.

— Il est italien aussi ?

— Non, ils se sont rencontrés là-bas.

Bon sang, je n'arrive pas à croire que nous sommes en train de papoter, lui et moi, comme deux vieux amis au-dessus d'un gueuleton du dimanche.

— Et question argent, tu ne manques de rien ?

— Non, merci.

— Tu en es sûre ?

— Oui.

— Il va falloir qu'on réfléchisse à la question. La vérité, c'est que je n'étais pas du tout préparé à un truc comme ça. Avoir un bébé ne faisait pas partie de mes plans. Je ne suis tout simplement pas prêt. Tu comprends ? Je suis tellement pris par mon travail.

— Je sais ce que c'est.

— Désolé, Jo. J'imagine que ce n'est pas facile pour toi.

— En l'occurrence, il ne s'agit pas de toi ou moi, Daniel.

— Non, bien sûr. Mais ce n'est pas facile pour moi en ce moment.

— Comment ça va avec Liv ?

— Super bien. Mais…

— Tu ne le lui as pas encore dit ?

— Non. J'ai l'impression que ce n'est jamais le bon moment. Son premier mari avait des enfants, et, apparemment, c'était compliqué.

— J'ignorais qu'elle avait été mariée.

— Deux fois.

— Oh !

Un autre silence.

— Mais je n'ai pas envie que tu t'imagines que je suis un salopard. Je tiens à prendre mes responsabilités.

— Sauf que tu ne sais pas au juste à quoi t'attendre ?

— Exactement.

Les plats arrivent, et je vois à sa tête qu'il ne s'attendait pas à ce que ce soit aussi bon.

— Est-ce que Grace t'a dit quelque chose quand tu l'as vue ?

— Non.

— Tu en es sûr ?

— Rien de particulier. À part qu'elle me traitait comme si j'étais radioactif, jusqu'à ce que je me décide à lui demander quel était le problème.

— Et ?

— Grave erreur.

— Oh !

— Mais ça m'a tout de même obligé à réfléchir.

— Et qu'a-t-elle dit ?

— Pas grand-chose, si ce n'est qu'elle pensait que tu ne me laisserais jamais m'approcher du bébé vu que j'étais le dernier des losers.

— Oh !

Il sourit de toutes ses dents.

— Pleine de délicatesse.

— Elle l'est, quand on apprend à la connaître.

— Bien sûr. Et alors ? Tu me permettras de le voir ? Le bébé ?

— Bien sûr.

— Bon. J'ai pensé que je pourrais faire un saut ici de temps en temps... En fait, Londres me conviendrait mieux. Je pourrais acheter une maison. Qu'est-ce que tu en penses ? J'adore Londres. Mais tu n'as peut-être pas envie de bouger ?

— Pour aller où ?

— Je pourrais acheter une grande maison, qui me servirait de pied-à-terre quand je suis là.

— Tu veux dire une maison où nous habiterions ? Et Liv, elle en dirait quoi ?

Il sourit.

— Elle péterait un plomb.

— Tu as déjà tout organisé dans ta tête ?

Nous éclatons de rire.

— Écoute, j'essaie de prendre mes responsabilités. Est-ce que j'y arrive ?

— Pas vraiment.

— Le problème, c'est que je l'aime. Si ce n'était pas le cas, je la plaquerais et je m'installerais avec toi. Nous pourrions jouer au papa et à la maman, et voir comment ça marche.

— Tu ne le ferais pas de toute façon.

— Si, si. Je suis sérieux. C'est peut-être ce dont j'ai besoin. Tu serais OK ?

— OK pour quoi ?

— Pour essayer. Toi, moi et le bébé.

— Et les garçons ?

— Bien sûr.

— Comment ça, bien sûr ? Les garçons ne viennent pas en option. Écoute, c'est une idée absurde.

— Je cherche une solution, j'explore toutes les possibilités.

— C'est un tort. Je ne veux pas de « peut-être », je veux du concret. Je suis trop avancée dans ma grossesse pour bâtir des châteaux en Espagne.

— Désolé, chérie. Le problème, c'est que je ne sais jamais où je vais atterrir. Je ne peux pas faire de projets à long terme, ni même à moyen terme.

— Je sais.

— Et si j'étais un oncle qui venait vous voir une fois de temps en temps ?

— Une fois de temps en temps, ça ne marche pas avec les bébés, Daniel. Et je ne veux pas faire les choses en cachette. Non seulement ça ne fonctionnerait pas, mais ça ne serait pas juste pour l'enfant.

— Non, tu as raison. Écoute, je suis sûr qu'on peut arriver à trouver un accord. Je m'envole pour New York, mais je serai de retour dans quelques jours. Laisse-moi réfléchir, et je te rappelle quand j'aurai parlé à Liv ?

— OK.

Il me dévisage un instant en silence.

— La grossesse te va bien. J'aimerais prendre des photos de toi. Qu'est-ce que tu dirais d'aller faire un tour ? La lumière est géniale ici. Il y a une plage pas loin ?

— Oui. Mais si tu t'imagines que je vais poser devant l'objectif par ce temps pourri, tu te mets le doigt dans l'œil.

Il sourit.

— OK. On commande le dessert. Je suppose que les femmes enceintes raffolent du dessert.

— Enfin des paroles sensées.

Lorsqu'il me dépose à la maison, je dis à grand-mère que rien n'a encore été décidé (ce qui la contrarie beaucoup), puis j'appelle Ellen.

— Je suis du même avis que ta grand-mère. Ce type est un sale con.

— Non. Je pense qu'il a bien fait. Ça veut dire qu'il n'est pas complètement indifférent.

— S'il ne sait pas comment annoncer la chose à sa petite amie, ce n'est pas ton problème.

— Je sais, mais il m'a fait penser à Nick. Bien sûr que j'aimerais qu'il arrête de tourner autour du pot, mais en même temps, il me fait de la peine.

— Pour l'amour du ciel, ma chérie, ressaisis-toi.

— Il ne sait pas comment s'y prendre, mais je sais qu'intérieurement il se sent concerné.

— Eh bien, s'il l'est, qu'il se bouge le cul. Il t'a parlé d'argent ?

— Il a dit qu'il voulait mettre un truc en place, mais sans entrer dans les détails.

— Bon sang, mais tu n'as vraiment pas deux sous de sens pratique.

— Ellen, tu sais ce que je pense de l'argent : ce n'est pas l'essentiel.

— Mais bien sûr que si. Pourquoi faudrait-il que tu tires le diable par la queue alors que monsieur joue les génies créatifs ? Salopard. La prochaine fois que tu lui parles, rappelle-lui que je l'ai à l'œil, d'accord ?

— OK.

— Pauvre Monsieur Bricolage. Il a disparu d'un seul coup ?

— Oui. Alors que je devais lui montrer comment faire cuire un poulet. Du coup, il n'a même pas eu à déjeuner. Tu crois que je devrais l'appeler ?

— Pour lui dire quoi ?

— Je ne sais pas.

— Dans ce cas, abstiens-toi.

— Tout est tellement compliqué. Je crois qu'il faut que j'attende que le bébé soit né. Les choses devraient se dénouer d'elles-mêmes après ça, tu ne crois pas ?

— Sûrement.

— Bon sang. Imagine que Daniel en parle à Liv et qu'ils décident de prendre le bébé avec eux ? Ou même que Liv décide de l'adopter ? Ça se fait beaucoup ces temps-ci, en particulier chez les stars qui tiennent à garder leur taille de guêpe.

— Arrête de délirer, tu veux ?

— On ne sait jamais. Et s'ils me collent un procès, je vais devoir trouver un avocat et repousser les paparazzis qui vont camper devant ma porte, comme chez Grace. Sauf que moi, je n'ai ni Bruno ni clôture électrique pour me protéger.

— Ma chérie, il n'y a aucune chance pour que cela arrive.

— On ne sait jamais. J'aurais dû y penser avant de le lui dire.

— Bon, et à part ça, qu'est-ce qui te chagrine ? Tu me disais quoi au sujet de Jack ?

— J'avais la hantise qu'il disparaisse de son berceau en pleine nuit pendant que je dormais.

— Et tu avais imaginé tout un système d'alarme consistant à attacher des chaises les unes aux autres avec des cordes, et Nick avait failli se briser le cou en dégringolant dans l'escalier.

— Non, pas exactement. Juste les deux marches qui mènent à la salle de bain. Mais il a fait un tel raffut qu'on l'aurait cru tombé du sixième étage. Et au fait, ce n'étaient pas des cordes, mais de la laine.

— Je t'ai dit qu'il m'avait appelée après cela ? Il se demandait si tu n'étais pas en train de perdre la boule.

— Je me suis calmée après quelques semaines, et, de toute façon, il était aussi paniqué que moi. Il était hanté par la mort subite du nourrisson et n'arrêtait pas de se lever la nuit pour s'assurer que le bébé respirait. Enfin, moi aussi, ça m'arrivait.

— Je sais, Jo. Et personne ne va essayer de te voler ton bébé.

— Mieux vaut pour eux qu'ils n'essaient pas.

— Et avec Archie, il s'est passé un truc aussi, avec un dingo australien ?

— Non, pas un dingo, un corniaud pure souche. L'ironie du truc, c'est que ça fait des années qu'il me réclame un chien.

— Mais il a arrêté de dormir dans le panier du chien au moins ?

— Oui, depuis que je l'ai mis dans le garage.

— Donc, tout va bien. Pas de cauchemars de chiens fous, et rien ne t'empêche de tendre un piège aux voleurs d'enfants en enroulant de la laine autour des barreaux de l'escalier.

— Arrête de te moquer de moi. J'ai un sérieux problème de déséquilibre hormonal à gérer en ce moment.

Archie entre, furieux, parce que Jack ne veut pas qu'il regarde *Le Seigneur des anneaux*.

— Bon, je te laisse. Ils sont encore en train de se chamailler.

— Pas de problème. Laisse quelques jours à Daniel ; après quoi, je lui enverrai une lettre de mise en demeure dont j'ai le secret. Et remise en mains propres par coursier. Quant à Monsieur Bricolage, t'inquiète, il s'en remettra.

— Merci, Ellen.

En fait, je crains que non. Je songe à lui téléphoner, sauf que j'ai eu ma dose d'échanges tendus pour la journée. Je pourrais juste l'appeler et lui fixer un autre rendez-vous pour le poulet rôti. En gardant un ton neutre, mais amical.

Comme il ne répond pas, je laisse un message sur sa boîte vocale. Ensuite, maman appelle pour se plaindre de papa, puis Jack se souvient que nous n'avons pas fait ses exercices de lecture et se met à sautiller nerveusement d'un pied sur l'autre pendant que j'essaie de raccrocher le téléphone.

— J'ai cinq pages d'exercices à faire.

— OK.

— Mais peut-être plus.

— Viens ici et assieds-toi, mon cœur. Archie, éteins la télé et va chercher ton livre, toi aussi. On va faire une demi-heure de lecture.

— Et après, tu nous feras un en-cas ?

— On verra.

***

Mercredi matin, je suis en train de vider le lave-linge avant de filer voir Grace. Elle et lui sont de retour pour une semaine entre deux séances de tournage, si bien que je suis attendue là-bas avec la laine qu'elle m'a commandée. J'ai juste le temps d'étendre le linge avant de partir. Au moment où je monte dans la voiture, il se met à pleuvoir.

Maxine attend pendant que je gare la voiture.

— Désolée d'être en retard.

— Tu n'es pas en retard. Au fait, comment va la boutique ?

— Ça va. On a rouvert, mais juste le rez-de-chaussée pour l'instant.

— Super, et n'oublie pas de me faire savoir quand tu veux que Grace vienne présider l'inauguration.

— Probablement à la nouvelle année, quand on aura installé le salon de thé.

— Pas de problème, du moment que j'ai droit à une coupe glacée.

— Marché conclu.

— Je préfère te prévenir : elle est d'une humeur massacrante.

— Pourquoi ?

— L'ex de Jean-Luc n'est tout compte fait pas complètement ex. Ils sont séparés depuis des lustres, mais le divorce n'a pas encore été prononcé, ce qui ne l'a pas empêchée de donner une interview exclusive sur quatre pages.

— Mince alors.

— Ed est en train de s'y coller. Il va essayer de limiter les dégâts. Au fait, il adore l'autocollant.

Elle désigne la Porsche bleu marine à toit ouvrant dont la vitre arrière exhibe un sticker PAPA SEXY À BORD.

— Il dit que les filles adorent.

— C'est fâcheux.

— À qui le dis-tu ! Il a même essayé de chiper un des vieux sièges-auto de Lily, la semaine dernière, pour le mettre sur sa banquette arrière dans l'espoir de booster ses chances. Il dit que le coup du *papa divorcé*, ça marche toutes les fois. Vouloir se mettre à la colle avec un type qui a plaqué sa famille, je t'avoue que ça me dépasse.

— Moi aussi, mais peut-être que la Porsche y est pour quelque chose.

— À voir la façon dont il bichonne cette bagnole, on croirait que c'est un bébé. Une fois, Sam s'est amusé à coller une de ces fausses rayures de carrosserie sur la portière. Un truc énorme et super bien imité. Ed a piqué une de ces crises ; on a tous cru qu'il allait y passer.

Nous éclatons de rire, puis Maxine se remet en mode professionnel lorsque nous montons l'escalier et longeons le palier jusqu'au salon.

— Ah ! Te voilà enfin. Max, un jus de fruits et un thé. Et chaud, le thé, si possible.

— Oui, bien sûr. Jo, tu veux quelque chose ?

— Un thé, s'il te plaît.

Elle me fait un clin d'œil et s'éclipse.

Lily s'ennuie et se met à jeter des fruits en plastique à travers la pièce jusqu'à ce que Grace l'emmène en bas pour la confier à Meg.

Tout en contemplant les joujoux éparpillés, je me mets à méditer sur les avantages de la maternité chez les nantis. Quel effet cela fait-il de confier un enfant brailleur à une gouvernante pour qu'elle l'emmène se baigner dans la piscine chauffée ?

Maxine revient avec un plateau sur lequel trône une mixture verte à l'aspect répugnant et des tasses de thé. Elle remet un sac de shopping à Grace, puis va se poster près de la porte.

— De la part de Lily et moi. Tu lui as tricoté de si jolies choses quand elle est née… J'ai voulu en faire autant.

À l'intérieur, joliment emballée dans du papier de soie entouré de ruban, il y a une couverture en cachemire crème et un lapin avec des oreilles tombantes. Et un chèque de mille livres.

— Oh ! Grace, c'est tellement beau. Je ne sais pas quoi dire. Merci.

— Ce n'est pas grand-chose. Juste un petit cadeau de congé maternité.

— Je n'avais pas réalisé que j'étais en congé maternité.

— Moi non plus.

Elle sourit.

— En tout cas, encore merci. C'est très généreux de ta part, et le tricot est parfait.

— Tout le plaisir est pour moi.

Maxine sourit.

— Je descends voir Ed, Grace. Y a-t-il quelque chose que je doive lui dire ?

— Oui, demande-lui ce qu'il compte faire au sujet du putain de magazine. Il est hors de question que ces gens aient accès à l'anniversaire de Lily. Qu'il trouve autre chose.

— Entendu.

Quand Maxine referme la porte derrière elle, Grace commence à siroter son jus de fruits.

— J'ai eu de la visite ce week-end.

— Ah oui ?

— Daniel.

— Ah oui ?

— Je crois que ton petit sermon a fait son effet.

— Vraiment ? Je suis désolée. Tu m'avais demandé de ne pas aborder le sujet, mais quand je l'ai vu, je n'ai pas pu résister. Qu'est-ce qu'il a dit ?

— Je ne suis pas sûre d'avoir bien compris.

Elle sourit.

— C'est du Daniel tout craché. Ce type adore se montrer énigmatique.

— Non, en fait, il m'a semblé plutôt positif. Il m'a parlé du bébé, expliqué qu'il voulait s'impliquer, mais qu'il ne savait pas encore comment.

— Autrement dit, il veut que tu t'en charges à sa place.

— Plus ou moins.

— Et ?

— Non.

— Bravo. La dernière chose dont tu as besoin, c'est t'occuper d'un quatrième enfant.

— Je crois qu'il s'inquiète de la façon dont Liv va réagir.

— Tu m'étonnes. Cette fille adore être au centre de l'attention… Je dis ça en connaissance de cause.

— Grace, dis-je en reposant ma tasse. Je sais que ce que je vais dire est probablement stupide, mais tu ne penses pas qu'elle serait capable de réclamer la garde du bébé ?

— Ce n'est pas son genre, mon chou. Jouer les mères de famille est un truc beaucoup trop sérieux pour elle, mais si jamais elle s'en avise, préviens-moi, et je mettrai mes avocats sur l'affaire. Quand ils en auront fini avec elle, elle ne songera plus à réclamer la garde de quoi que ce soit, pas même d'une perruche.

— Merci.

— Bon sang ce que les hommes peuvent être lourdingues. Tantôt ils oublient de vous dire qu'ils vont avoir un bébé, tantôt ils oublient de vous signaler que leur ex n'est tout compte fait pas une ex. Je te ressers du thé ?

— Volontiers. Comment se passe le tournage ?

— Interminable, comme toujours, mais tout se passe bien. Je sens que tous les cinéastes vont s'arracher Jean-Luc l'an prochain. Il est allé à Londres pour parler avec son avocat.

— Maxine m'en a vaguement touché un mot. Je suis désolée.

— C'est entièrement sa faute, mais j'aimerais mieux que ça ne devienne pas le scandale du siècle. Bon sang ! Et moi qui croyais que les Français étaient des gens discrets. Enfin, c'est son problème, pas le mien. J'ai d'autres choses plus importantes en tête, comme le premier anniversaire de Lily.

— Il faut que tu me dises ce qui lui ferait plaisir.

— À peu près tout ce qui est kitsch et qui fait du bruit. Elle a très mauvais goût, comme sa mère.

— Grace, tu as un goût irréprochable.

Elle sourit.

— J'ai pensé à inviter quelques enfants pour un goûter d'anniversaire dans un style rétro. Qu'en penses-tu ?

— Combien ?

— Cinquante-trois pour l'instant.

— Cinquante-trois bambins de un an ? Seigneur.

Elle rit.

— Il y en aura de plus vieux – comme tes garçons – et quelques autres, mais la plupart auront moins de deux ans. Je vais devoir faire appel à des renforts pour l'encadrement.

— Je te conseille des renforts armés.

— J'ai pensé à une féerie de Noël comme thème : des manèges et un spectacle de magie avec des lapins… Elle adore les lapins.

— C'est une super idée, mais il risque d'y avoir des gamins allergiques à la fourrure. Tu y as pensé ?

Elle décroche le téléphone.

— Max, tâche de savoir s'il y a des enfants allergiques. S'ils sont trop nombreux, annule les lapins. Et renseigne-toi pour la neige ; elle n'a jamais vu la neige. Non, dis-lui de rester jusqu'à ce que je lui aie parlé.

Elle se tourne vers moi.

— Ça ne t'ennuie pas de rester encore un peu, Jo ? Il faut que j'aille parler avec Ed. Max, dis-lui que je descends. Et toi, tu n'auras qu'à monter pour parler avec Jo de la fête d'anniversaire et noter tous les bons plans.

Maxine s'assied et se sert un verre d'eau.

— C'est quoi, le truc vert que Grace était en train de boire ?

— Des vitamines et de l'herbe.

— De l'herbe ?

— Oui, une herbe spéciale, particulièrement indiquée pour la peau des stars.

— Et ça a quel goût ?

— Infect, et si je te disais combien ça coûte, tu ferais une syncope.

— Et avec du gazon ordinaire, ça marche ?

Elle rit.

— Non, sinon on serait déjà milliardaires.

— Où en es-tu de l'organisation de la fête d'anniversaire ?

— Je passe.

— Je serais enchantée de pouvoir te donner un coup de main.

— Elle veut une *superproduction*.

— OK.

— Je veux dire un truc *grandiose*.

— Je vois.

— J'ai déjà des devis pour les manèges, les intervenants et les bouées pour la piscine, mais il me manque encore les surveillants de baignade. Et maintenant, elle veut de la neige.

— N'importe quel bambin de moins de deux ans va essayer d'y goûter... En revanche, je dois pouvoir t'aider pour les surveillants de baignade. On a prévu une baignade party pour l'anniversaire de Jack samedi prochain. Tu es la bienvenue si tu ne crains pas les hurlements de joie et les éclaboussures.

— Oui..., euh, j'aime autant éviter, si ça ne t'ennuie pas, mais j'ai un cadeau pour lui.

— Oh ! Max, tu n'aurais pas dû.

— Si, si.

— Je peux demander un devis à l'équipe de sauvetage en mer, si tu veux…

— Ce serait génial. Et côté bouffe, Sam et moi pensions à un thé anglais traditionnel avec des canapés pour les adultes et du champagne.

— Parfait, mais pas besoin d'en faire des tonnes non plus. Les enfants ne vont rien manger de trop sophistiqué, et les parents seront trop occupés à surveiller leurs gamins pour s'assurer qu'ils ne cassent rien.

— La plupart viendront avec leurs gouvernantes. J'ai déjà reçu des e-mails de certains qui comptent venir en hélicoptère. En fait, à part les gens normaux, comme toi et la maquilleuse du film – que Grace adore –, tous les autres adultes seront des gens imbuvables et capricieux.

— Oh là là ! En tout cas, évite à tout prix tout ce qui pourrait contenir des cacahuètes ou autres.

— Je crois que sur ce front-là nous avons déjà atteint le point de non-retour.

***

Nous sommes samedi matin, et Daniel n'a pas donné signe de vie (ni Martin du reste). Mais c'est l'anniversaire de Jack aujourd'hui, et Fiona, James et les filles doivent venir déjeuner, si bien que je me concentre sur la préparation du repas. J'ai passé presque toute la journée d'hier à nettoyer la maison à fond (surtout pour Fiona qui semble s'être arrogé le titre d'officier de liaison avec la famille).

Je crois que la mère de Nick a du mal à accepter ma grossesse. Sans doute espérait-elle que j'allais passer le reste de ma vie à porter du noir en hommage à son merveilleux fiston, ce qui est de bonne guerre, mais elle est tellement et outrageusement snob qu'à mon avis, ce qui la dérange, c'est ce que vont dire ses copines du club de golf quand elles verront la veuve de son fils avec un bébé sur les bras et pas de bague au doigt.

Quand Fiona a téléphoné jeudi pour m'annoncer qu'elle viendrait avec un cadeau à l'anniversaire de Jack, elle a évoqué une visite au cimetière (comme s'il s'agissait de la grande sortie du week-end, alors que Jack commence seulement à cesser de faire des cauchemars et à se gratter les coudes jusqu'à les avoir à vif).

Tout en continuant de ranger le séjour, j'appelle Ellen pour qu'elle me remonte le moral.

— À quelle heure arrivent-ils ?

— À midi.

— Sers-leur des sandwiches, merci pour le cadeau, et au revoir. Tu peux les virer poliment au bout d'une heure.

— Ellen, je ne vais pas les mettre à la porte alors qu'ils ont fait toute cette route pour venir nous voir.

— Tu ne l'as pas invitée. C'est sa faute.

— Je sais, mais je n'ai pas envie qu'elle retourne chez elle en déclarant que c'était le grand foutoir à la maison.

— Autrement dit, tu voudrais qu'elle dise à ta vieille bique de belle-mère que tu te débrouilles parfaitement toute seule ?

— C'est à peu près ça.

— N'y pense plus. Ça n'arrivera jamais.

— Je sais.

— Comment va Monsieur Bricolage ?

— Je ne l'ai pas vu. Elsie dit qu'il a un gros chantier à Birmingham.

— Ce n'est pas grave, ma poulette : moi, je t'aime toujours. Essaie juste de ne pas te mettre la rate au court-bouillon. Tu es beaucoup trop enceinte pour ça.

— Je sais. Mais le prochain qui me dit que je suis surmenée, il se prend une baffe.

— J'adorerais te voir mettre une bonne paire de gifles à Fiona. Bon sang, si je ne devais pas être à Cardiff tout à l'heure, j'aurais rappliqué illico.

— À Cardiff ?

— Ne m'en parle pas. C'est pour un reportage sur la grandeur de la foutue nation. Mais parle-moi donc de cette histoire de surmenage.

— Les gens n'arrêtent pas de me dire que je suis surmenée, et tout ça avec un grand sourire, ce qui me donne à penser que je dois avoir l'air d'un épouvantail. Comme si je ne savais pas que j'étais surmenée, merci bien. Et même plus que ça.

— Les salopards. Et moi qui te croyais emportée par un tourbillon d'hormones de la joie, prête à donner le jour.

— Pas encore.

— Que Fiona aille se faire voir. Dis-lui que tu n'es pas d'humeur.

— À moins que je fasse réchauffer les lasagnes et me la joue cool.

— Pas mal. Tu déjoues ses soupçons pour la mettre en confiance, et, à la moindre incartade, hop ! tu lui en flanques une. Ta grand-mère sera là ?

— Oui, elle doit venir déjeuner avec Reg.

— Dans ce cas, pas de problème. Quiconque cherchant à vous dénigrer, toi et les tiens, risque de s'attirer de gros ennuis.

— Je l'espère.

— C'est sûr, ma puce. Alors, profite bien de la fête d'anniversaire de Jack, et moi je vais me renseigner sur les hormones.

— Super.

— La testostérone est censée faire des merveilles. Il me semble bien que la mère de Marina, ma copine de New York, en prend. Là-bas, toutes les vieilles biques en prennent. C'est principalement indiqué après la ménopause, mais c'est bon à tout âge. Ça te fait sortir les poils de la barbe, mais ça peut valoir le coup si ça te remonte le moral.

— Non, merci, très peu pour moi.

S'il y a bien une chose dont je n'ai vraiment pas besoin, c'est avoir de la barbe en plus de tout le reste.

Jack m'aide à mettre la table.

— N'est-ce pas que je t'aide vraiment, hein, maman ?

— Oui, mon cœur.

— C'est parce que j'ai huit ans.

— Ah bon ?

— Oui. Quand on a huit ans, on est beaucoup plus grand. Et après le déjeuner, ce sera presque l'heure de ma fête d'anniversaire ?

— Presque.

J'ai mis mes bottes aujourd'hui, bien que je n'aie pas réussi à remonter complètement la fermeture éclair.

Mais j'arrive encore à entrer dans ma jupe longue noire en lycra et dans un des vieux pulls que j'avais tricotés pour Nick il y a des années. Il est tout déformé, et je le portais quand j'étais enceinte d'Archie. J'espère que j'ai l'air d'une mère qui contrôle parfaitement la situation, et j'ai arrangé la baignade party de façon à ne pas avoir à paraître en public dans mon maillot de bain. Polly et Gemma se chargeront de surveiller la baignade, et je leur ai promis dix livres de pourboire chacune si personne ne se noie.

Fiona arbore fièrement un jacquard qu'elle a elle-même tricoté, avec un motif compliqué de fruits, feuillages et baies d'automne. Il y a tellement de couleurs que ça vous fiche le tournis rien que de le regarder. Et elle semble avoir eu un problème avec les emmanchures, qui l'obligent à hausser constamment les épaules.

— Il est ravissant, Fiona.

— Ça m'a pris du temps, mais je ne voulais pas que tu t'imagines que tu étais la seule de la famille à savoir tricoter.

Loin de moi une telle pensée.

— Tu n'as pas idée du nombre de gens qui m'ont demandé où je l'avais acheté.

Sans blague.

— Vous voulez du café ? Le déjeuner est presque prêt.

— Super. Je vais juste aller voir ce que font les filles. En principe, elles n'ont pas le droit de regarder la télévision dans la journée.

Pas étonnant qu'elle ait l'air aussi *tendue*.

— Grand-mère ne devrait pas tarder à arriver, avec Reg.

— Formidable. J'ai tellement hâte de faire sa

connaissance. C'est touchant de se marier à leur âge, tu ne trouves pas ? Comme quoi, il ne faut jamais perdre espoir. Tout vient à temps à qui sait attendre.

Son regard s'attarde un instant sur mon gros ventre.

— Qu'est-ce qui sent si bon ?

— Des lasagnes.

— Personnellement, je ne fais plus que des pâtes maison : c'est tellement meilleur. James m'a offert une de ces machines miraculeuses à faire les pâtes pour mon anniversaire.

Mince, c'est quand, déjà, son anniversaire ?

— Et merci pour ta carte.

Panique à bord. Quelque chose semble avoir disparu de mon radar mémoriel à court terme. J'ai dû lui envoyer une carte par pilotage automatique. Il y a des jours entiers qui passent comme ça.

— Il faut que je te donne ma recette avant de partir. Tu verras, elle est très facile.

— Super. On va prendre le café dans le séjour ? Oh ! voilà grand-mère et Reg.

Hourra ! Les renforts sont là.

— Ces lasagnes sont délicieuses, ma chérie.

— Merci, grand-mère.

— Vraiment délicieuses. Tu es un cordon-bleu.

— Merci, Reg.

Reg est un modèle de tact. Il laisse James se vanter à propos de son nouveau GPS et du meilleur itinéraire pour venir de Londres, même si Reg ne va jamais à Londres.

— Tu mets de la muscade dans ta béchamel ?

Allons bon, voilà que Fiona remet ça.

— Parfois.

Quand j'y pense.

— Je me trompe où il y a comme un goût d'anchois dans la garniture ?

Archie pose sa fourchette.

— Non, juste de la viande hachée et de la pancetta. C'est du bacon, Archie. Mange, mon poussin. Tu vas avoir besoin de forces quand on ira nager tout à l'heure.

— Maman, est-ce que je dois manger toute ma salade ?

— Non, Jack, mais n'en prends pas autant la prochaine fois.

— Je croyais que j'aimais ça, mais plus maintenant.

— Ce n'est pas grave, mon cœur.

Lottie repose sa fourchette, l'air soulagé, tandis que Fiona la foudroie du regard.

— Bien, si tout le monde a fini, il y a de la glace en dessert et de la tarte aux pommes de grand-mère. Lottie, tu veux bien m'aider à débarrasser ? Apporte ton assiette, s'il te plaît.

Il me semble entendre un claquement de langue désapprobateur de la part de Fiona.

James me passe son assiette sans un mot.

— Vous aimez jouer au golf, Reginald ?

Bon sang, ce qu'il est ennuyeux.

— Je fais du café, ma chérie ?

— Oui, merci, grand-mère.

Elle me décoche un clin d'œil.

— Et ensuite, Reg pensait aller faire un tour à la confiserie avec les enfants. James, que dirais-tu de les accompagner ?

Fiona a l'air horrifiée. Je ne sais pas si c'est à cause des bonbons ou de l'idée que James puisse emmener les filles en promenade sans elle.

— Je propose que nous laissions les mamans se reposer un peu. Elles l'ont bien mérité, vous ne croyez pas ? dit Reg en souriant à James qui n'a pas l'air convaincu.

— Quoi ? Oh oui ! Elles l'ont mérité.

— Bien. Dès que vous avez fini la glace, on y va. Qui est-ce qui veut venir acheter des bonbons avec nous ?

Tous les moins de dix ans lèvent la main comme un seul homme.

Nous sommes à table, en train de prendre le café (un thé déthéiné pour moi).

— Tu es sûre que Beth et Lottie ne veulent pas rester pour la fête d'anniversaire de Jack, Fiona ?

— Non, vraiment, nous devons partir dès qu'elles seront de retour. Nous voulons acheter un cheval à Betty, et il y a un haras qui nous a été recommandé et auquel nous aimerions jeter un coup d'œil avant de rentrer.

Grand-mère repose sa tasse.

— Un cheval ? Quelle bonne idée ! On devrait y songer, nous aussi, pour les garçons.

Certainement pas. Ramasser du crottin ne fait pas partie de ma *liste de nouveaux hobbies*.

Fiona sourit. Maintenant que nous sommes de plain-pied dans le monde de *Chevalmag*, elle reprend du poil de la bête.

— Beth est emballée ; elle adore monter à cheval. Bien sûr, cela ne va pas sans contraintes, et ça coûte les yeux de la tête, mais c'est tellement excitant de disputer des compétitions.

— Sûrement. Et merci encore pour tous les cadeaux, Fiona. Jack adore les livres.

— Tant mieux. Certes, ils sont un peu démodés, mais ce sont des classiques.

J'ai toujours trouvé les histoires de Beatrix Potter

fades et exagérément moralisatrices (et même carrément chiantes) ; un peu comme Fiona en fin de compte. Et pas vraiment le meilleur choix de lecture pour un garçon de huit ans. Bon, je ferais bien de me contrôler, si je ne veux pas devenir la râleuse de service.

— Est-ce qu'Elizabeth a réussi à se remettre de son rhume ?

— Oh oui ! Complètement. Elle a remporté la compétition du déjeuner des dames au club de golf. C'était super. Elle a de bonnes chances de devenir notre capitaine des séniors l'année prochaine. Nous sommes toutes ravies. Je suis sûre qu'elle va faire des merveilles.

— Sûr. Il faut que je pense à la féliciter quand nous nous verrons à Noël.

Elle pose sa tasse d'un air anxieux.

— Tu avais prévu de venir ?

L'année dernière, nous avons apporté un minisapin de Noël pour mettre sur la tombe de Nick. Jack voulait être certain qu'il savait que c'était Noël.

— Je n'en ai pas encore parlé aux garçons, mais je pense qu'ils vont vouloir y aller. Pourquoi ? Il y a un problème ?

— Non, pas du tout... Simplement, comment dire, Elizabeth préférerait que vous ne veniez pas pour l'instant.

— Comment cela ? Je ne comprends pas, Fiona ?

— Oh ! il ne faut pas le prendre en mauvaise part, mais je crois qu'elle ne se sentirait pas à l'aise. Après tout, c'est son église, et...

Grand-mère est furieuse.

— Son église ? Ah ! ça, c'est la meilleure ! On ne nous l'avait encore jamais faite, celle-là !

— Les gens vont lui poser des questions à propos du bébé, et je crois qu'elle…

— Fiona, est-ce que tu peux me dire exactement ce qu'elle a dit ?

— Juste qu'elle préférait que les garçons viennent seuls pour éviter les questions embarrassantes. Jusqu'à la nouvelle année. Lorsqu'elle aura été promue capitaine (c'est un tel honneur), bien sûr, il n'y aura plus de problème. Et si tu pouvais la prévenir suffisamment à l'avance… Désormais, la porte de l'église est verrouillée, et il faut qu'elle se procure la clé.

— Super. Je vais l'appeler plus tard.

Grand-mère me coule un regard en coin, mais Fiona a l'air ravie.

— Je suis soulagée que tu comprennes la situation. Je sais bien que tu es surmenée et que…

— Je vais l'appeler et lui dire que j'irai me recueillir sur la tombe de Nick, mon mari, enceinte ou avec le bébé, aussi souvent que les garçons le souhaiteront. Si l'église est verrouillée, peu importe. Nous n'y allons pas pour prier. Et si ça ne lui plaît pas, elle peut..., elle peut aller se faire voir.

— Bien parlé, ma chérie. Il était temps que tu remettes cette horrible mégère à sa place. Tu n'as rien à te reprocher. Contrairement à certains, dont je pourrais citer le nom.

— Grand-mère.

— Je pense que quelqu'un devrait lui dire ses quatre vérités.

— Mais encore ?

Fiona a l'air paniquée maintenant qu'elle réalise qu'elle n'est pas complètement à la page dans la rubrique des secrets de famille.

— Rien.

— Oh ! mais si. Une femme de mon âge a le droit et même le privilège de dire ce qu'elle a sur le cœur.

Quand Jo s'est retrouvée seule avec ses deux petits garçons, c'est à peine si elle a eu droit à une parole compatissante. Je trouve ça révoltant, et je vais être franche avec toi, Fiona : toi et elle devriez passer un peu moins de temps aux galas de charité de ce ridicule club de golf et vous occuper un peu plus des membres de votre famille. Parce qu'au cas où tu ne le saurais pas, non seulement Jo s'est installée dans cette maison sans l'aide de personne, mais elle fait un travail formidable à la boutique, et puisqu'Elizabeth a fait de toi sa messagère, tu peux lui dire de ma part que, si elle fait quoi que ce soit qui pourrait nuire aux garçons, à Jo ou au bébé, elle trouvera à qui parler. Et maintenant, je propose que nous fassions la vaisselle. La fête d'anniversaire de Jack va bientôt commencer ; il ne faut pas qu'ils nous trouvent en train de faire la tête à leur retour. Jack est un garçon très sensible.

Elle tend un torchon à Fiona.

— Je lave et tu essuies. Et toi, Jo, tu te reposes.

Grand-mère se lève.

Quelque chose me dit que Fiona va s'abstenir pour une fois de chanter les louanges de son merveilleux lave-vaisselle.

— Excellente initiative, grand-mère. Je vais finir de débarrasser.

— Pas question. Fiona et moi allons le faire. N'est-ce pas, Fiona ?

— Mais bien sûr.

Reg a deviné qu'il y avait de l'orage dans l'air quand lui et les autres reviennent de promenade. Nous avons fini la vaisselle et, pour une raison qui m'échappe, Fiona entreprend de nous expliquer comment faire une tarte au citron. Mais Reg n'est pas dupe, et je crois qu'il a deviné que nous avons eu des mots. Lorsqu'ils remontent en voiture et que nous leur faisons au revoir, il me passe un bras autour des épaules.

— Elle a vidé son sac ? Je savais qu'elle le ferait. Elle m'avait promis de ne pas perdre son sang-froid, mais Mary est quelqu'un qui aime bien dire ce qu'elle pense.

— Elle l'a fait. Et je dois dire qu'elle m'a fait un peu peur.

— Comme toutes les femmes de cœur, ma chérie. Il m'a fallu des années avant de m'en rendre compte. Tu n'es pas trop chamboulée, au moins ?

— Pas du tout.

En fait, je le suis un peu. Je ne supporte pas que des gens puissent penser que le bébé compte moins que les garçons simplement parce que je ne suis pas mariée. J'ai beau me dire que c'est n'importe quoi, ça me met hors de moi.

— Tant mieux. Il y a des gens qui s'imaginent qu'ils valent mieux que les autres, mais ces gens-là finissent toujours tout seuls. Ils passent à côté des choses importantes. Et j'ajouterai même qu'avec la route que James a prévu de prendre, ils auront de la chance s'ils sont rentrés chez eux avant minuit. Il y a des travaux sur l'autoroute M2, et j'ai entendu ce matin à la radio que la bretelle de contournement était également fermée à la circulation. Et maintenant, j'aimerais bien qu'on m'explique comment son GPS va pouvoir le sortir de là, s'il n'est pas équipé d'une fonction téléportation.

***

Il pleut quand nous arrivons à la piscine, et il y a un jeune garçon à la porte qui nous accueille avec des ballons. Son nom est Scott, et il est notre coordinateur de baignade party. Il a l'air un tantinet paniqué (on le serait à moins), mais, au bout d'une demi-heure, après que nous avons réussi à mettre toute la marmaille en maillot de bain pendant que Scott soufflait comme un sourd dans son sifflet, tous les gosses sont en train de s'ébattre joyeusement dans la piscine parmi les jeux gonflables. Il y a même des dauphins et des crocodiles pneumatiques dans le petit bassin, afin que ceux qui ne sont pas encore prêts pour le grand toboggan puissent s'amuser à se battre à coups de dauphins. Je prends des photos tout en surveillant Archie qui a insisté – et obtenu de guerre lasse – une dérogation pour garder son tuba.

Il y a pas mal de hurlements et de gerbes d'eau. Quand arrive l'heure du goûter, Scott donne un coup de sifflet et annonce qu'il y aura une récompense pour celui qui se sera rhabillé le premier.

En moins de temps qu'il n'en faut pour le dire, les voilà tous assis autour de la grande table de la cafétéria, avec leurs chapeaux de cotillon, mais pas forcément les chaussettes qu'ils portaient en arrivant.

Grand-mère sert la limonade, tandis que Scott prend les commandes de pizzas ou de nuggets. Vu qu'il n'y a pas d'option bio au menu, personne ne va manger de bâtonnets de carotte ou de méli-mélo de fruits, et tous les plats sont servis avec des frites. Et cela m'est bien égal du moment que ce n'est pas moi qui fais la cuisine ou la vaisselle ensuite.

Tandis que Connie et moi mettons les bougies sur le gâteau (Mark en a réalisé un magnifique en forme de poisson avec un glaçage argenté pour les écailles et des petits bonbons roses en forme de crevettes tout autour), je lui raconte le déjeuner avec Fiona et le coup de gueule de grand-mère.

— *Brava*. Et maintenant, il faut que tu ailles là-bas pour faire le tour du village avec le *bambino*.

— Seulement si les garçons sont d'accord.

— Bien sûr. Oh ! cette peau de vache porcine.

— Peau de vache suffit, Connie.

— Tiens, allume les bougies.

— Nelly n'a vraiment pas droit à une part de gâteau ?

— Non.

Nelly est tombée en disgrâce après s'être échappée du troupeau pour sauter depuis le plongeoir intermédiaire pendant que tous les autres étaient en train de se mettre en rang pour retourner au vestiaire. Le maître-nageur a failli faire une attaque, et Scott, avaler son sifflet, mais elle a regagné le bord à la nage sans encombre. Cependant, Connie est furieuse et l'a privée de gâteau d'anniversaire.

— Même si elle te demande pardon ? S'il te plaît, ce serait tellement dommage qu'elle soit la seule à ne pas faire partie de la fête. Je crois que Jack serait malheureux. Tu devrais aller lui parler et lui faire promettre de ne pas recommencer.

— OK, OK. Tu es encore pire que Mark.

— Je parie que tu n'avais pas vraiment l'intention de la priver de gâteau.

Elle sourit.

— Non, mais elle m'a fait une de ces peurs.

— Je sais, Connie. Je crois que Scott aussi a eu la frousse de sa vie.

Reg prend des photos pendant que je m'agenouille à côté de Jack.

— Fais un vœu, mon trésor.

Il ferme les yeux tandis que nous chantons *Joyeux Anniversaire* tous en cœur.

— C'était ma plus belle fête d'anniversaire, maman,

et est-ce qu'on pourra refaire la même chose l'an prochain ?

— Oui, si tu veux.

— Et tu sais quoi, maman ?

Mon Dieu, faites que ce ne soit pas un plan *mon papa chéri me manque*, juste au moment où il a l'air si content.

— Quoi donc, mon cœur ?

— J'ai encore tous mes cadeaux d'anniversaire à ouvrir quand on va rentrer à la maison.

— Oui. Et maintenant, on découpe le gâteau. Pour qui la première part ?

— Pour moi, parce que c'est mon anniversaire. Et ensuite, pour Archie.

— OK.

— Et l'année prochaine, le bébé pourra venir à ma fête d'anniversaire aussi ?

— Oui, mon cœur.

— Mais il ne pourra pas manger de gâteau, parce qu'il sera trop petit ?

— Absolument.

Archie hoche la tête.

— Et moi, je serai son grand frère, au bébé, hein, maman ?

— Oui, mon cœur.

Jack sourit.

— Oui, mais pas mon grand frère à moi. Parce que je suis le plus vieux.

Archie soupire.

***

Nous passons un dimanche tranquille tandis que Jack joue avec ses nouveaux jeux et qu'Archie fait l'indifférent. Mais quand arrive l'heure de déjeuner, nous avons tous des fourmis dans les jambes et décidons d'aller pique-niquer à la plage. J'ai préparé quelques sandwiches et je m'installe dans la cabine pendant qu'ils s'ébattent au soleil.

Il fait un peu plus chaud aujourd'hui, mais je pense que c'est un des derniers jours de vrai beau temps avant que l'automne ne s'installe.

Je suis étendue sur un des nouveaux lits de plage de grand-mère, en train de lire les journaux du dimanche tout en sirotant une tasse de thé, pendant que les garçons jouent gentiment. Je devrais postuler pour la médaille de meilleure mère de l'année.

Tout se passe à merveille jusqu'à ce que Trevor fasse une entrée fracassante sur la plage : il bondit dans l'eau, puis ressort des vagues et s'ébroue copieusement. Les garçons sont fous de joie.

— Salut, Martin !

— J'ai pensé qu'une vraie promenade ne pouvait pas lui faire de mal.

— Elsie m'a dit que tu étais à Birmingham.

— Oui. C'est papa qui s'est occupé de lui donner à manger pendant mon absence. Le chenil est parfait.

— Tant mieux.

— Alors, comment s'est passée la fête d'anniversaire ? C'était hier, n'est-ce pas ?

— Oui. Et Jack était très content.

En réalité, je suis un peu vexée qu'il n'ait pas pris la peine de répondre à mon message.

— Tu n'as pas reçu mon message ?

— Quel message ?

— J'avais laissé un message sur ta boîte vocale.

— Oh ! Ah non ! Désolé. Trevor l'a bouffée.

— Il a mangé ton portable ?

— Pratiquement.

Je ne peux m'empêcher d'éclater de rire.

— Ce n'est pas drôle.

— Désolée.

Il sourit.

— Je crois que je vais devoir suivre un de ces cours accélérés « à-l'aide-mon-chien-est-complètement-ravagé ».

— Bonne idée.

— Je t'aurais rappelée si j'avais encore un téléphone. Alors, c'était quoi, ce message ?

— Je voulais te proposer de venir à la maison pour t'apprendre à faire cuire un poulet.

— Oh oui ! Ça serait super. Quand tu veux, si tu es sûre que ça ne t'ennuie pas. Comment s'est passé ton déjeuner ?

Il ne me regarde pas.

— Bien, merci. Nous avons parlé du bébé. Il se pourrait qu'il vienne lui rendre visite de temps en temps, mais tout cela est encore très flou.

— Juste pour voir le bébé ?

— Oui.

— Bah, c'est plutôt une bonne nouvelle.

— Mmm. Archie est retourné dans l'eau.

— Désolé, Jo. Trevor ! Reviens ! Écoute, je vais le ramener à la maison pour que tu aies la paix. Trevor ! Au pied ! AU PIED ! Fichu clébard. Oh ! Pardon, Jo. Jack, je n'ai rien dit, d'accord ?

Jack hoche la tête, l'air enchanté.

Et voilà que son frère a encore fait des siennes. Tout était trop parfait.

Trevor reste dans l'eau, mais Archie s'en revient avec son pantalon trempé.

— Ça n'est vraiment pas malin, Archie.

— Je sais, pardon.

— Reste tranquille pendant que je te retire tes chaussettes.

Je suis en train de le sécher dans la cabine quand Martin parvient enfin à remettre sa laisse à Trevor.

Je crois qu'il fait semblant de prendre l'air sévère.

— Vilain chien. Vilain, vilain.

Trevor lui lèche la main.

— Désolé, Jo. Et toi, Archie, tu m'avais promis de ne pas retourner dans l'eau.

— Je sais, Martin. Je te demande pardon. Vraiment pardon, mais c'est à cause des vagues. Elles arrivent, et moi, je les vois pas.

Martin essaie de ne pas sourire.

— Allons, viens, Trevor. Et tiens-toi tranquille. On ne tire pas sur sa laisse, compris ?

Il remonte les marches en sifflotant.

Le ragoût que j'avais mis à cuire est à point, fondant à souhait quand nous rentrons à la maison. Après la toilette des garçons, je fais du feu dans la cheminée et je m'installe un moment devant la télé pour me détendre un peu avant de me remettre à la recherche d'un sac de sport manquant.

Ces derniers temps, je me suis remise en mode détecteur d'objets, perpétuellement à la recherche de chaussettes orphelines, mais j'ai tout de même préparé les paniers-repas pour demain, de sorte que le marathon pour l'école devrait se faire sans heurts, si j'arrive à mettre la main sur le maillot de gym d'Archie.

Je leur donne dix minutes avant de monter les border. J'ai les pieds et le dos en compote, et je songe à aller me coucher de bonne heure, moi aussi, avec de la lecture (il me reste un magazine que je n'ai pas encore commencé à feuilleter). Comme ça, le bébé pourra faire ses exercices d'étirement pendant que je fantasmerai sur les robes que j'aimerais porter si j'avais encore un tour de taille.

9

Octobre : des perles et des aiguilles

Nous sommes la première semaine d'octobre et ma *liste de choses indispensables à faire avant le jour J* ne cesse de s'allonger. J'essaie de rester calme, mais l'instinct du nid ne s'est pas encore manifesté, même si j'ai réussi à monter le lit du bébé ce week-end avec l'aide de Jack et Archie, qui tenait à nous « donner un coup de main ». Et je suis en train de tricoter comme une possédée.

C'est à peu près tout ce que j'arrive à faire en ce moment. Des couvertures de bébé et de minuscules brassières avec des ouvertures très larges pour ne pas que bébé pique sa crise et pousse des cris d'orfraie chaque fois que je lui enfilerai quelque chose par-dessus la tête.

Nous rentrons à pied de l'école avec Connie qui raconte aux enfants que son oncle est marchand de glaces à Florence.

— Maman, c'est vrai qu'on va vendre des glaces ?

— Oui, Archie.

Il se met à sautiller.

— Et on aura le droit de manger des glaces tous les jours ?

— Peut-être pas tous les jours.

— Mais presque tous les jours.

— On verra.

Je me demande si on sera capables de se passer de glaces (il paraît que les employés des usines de friandises finissent par se lasser du chocolat). Peut-être pas Archie.

— Elle sera prête quand ?

— Qui ça, mon poussin ?

— La boutique de glaces.

— Pas avant un petit bout de temps. Il faut d'abord qu'on finisse de tout remettre en état.

— Pour le week-end alors ?

Probablement après ça.

— Après Noël.

— Il faut se dépêcher, maman. Qu'est-ce qu'il y a à dîner ?

— Une omelette.

— Beurk.

Il est juste minuit passé, et je suis en train de faire une de mes attaques de panique *je-suis-enceinte-jusqu'aux-yeux-et-je-suis-loin-d'être-prête.* Je n'arrive pas à concilier mon travail à la boutique et tout le reste.

Je sens que tout cela va se finir dans les larmes et je n'ai toujours pas de nouvelles de Daniel (Dieu seul sait s'il a parlé à Liv). Bon sang, mais quelle idée j'ai eue de vouloir agrandir la boutique alors que je suis déjà débordée ? Je voudrais aller me planquer quelque part, dans un havre de paix, sombre et silencieux.

— Maman ?

Exactement ce qu'il me faut.

— Oui, Jack.

— Le mauvais rêve est revenu.

— C'est vrai, mon cœur ? Viens et raconte-moi ça.

— C'était horrible.

— Raconte-le, et il va disparaître.

— Je te cherchais, dans une espèce de forêt et j'arrivais pas à te trouver. Archie faisait le clown et il arrêtait pas de pousser des cris.

Rien de bien nouveau.

— Et puis un loup est arrivé.

— Mon Dieu !

— Oui, mais c'était Trevor en fin de compte. Sauf que j'avais peur.

— Ce n'est pas grave : il ne reviendra plus.

— Je peux rester là ?

— Oui, mais seulement si tu ne fais pas de bruit.

— Maman ?

— Oui ?

— Je crois que le salon de glaces, ça va être génial.

— Bien.

— Maman ?

— Jack, dors, s'il te plaît.

— Hein, que c'est mieux ici qu'à Londres ?

— Oui.

— Parce qu'ici on a plein d'amis.

— Oui.

— Et maintenant, on va vendre des glaces.

— Oui, et maintenant, tu dors, sinon je te renvoie dans ton lit. Pense à tous les parfums de glace que tu aimes et tu vas t'endormir sans même t'en rendre compte.

En fait, je crois que je vais faire la même chose.

Café et noisette. Vanille bourbon au coulis de framboises. Sorbet à l'orange. Et cette glace au miel avec des petits morceaux de rayons de miel. Peut-être que j'en suis capable, après tout. Peut-être que, plus tard, les garçons vont devenir les Ben and Jerry de Broadgate et qu'ils vont transformer une affaire familiale en un trust multinational. À quoi était la glace que j'avais mangée à Venise déjà ? Pistache – hum – et crème glacée à la pêche avec des morceaux de meringue.

Je vais l'ajouter à ma liste.

***

Mercredi soir, je suis en train de tricoter un gilet à capuche pour le bébé, pendant que les garçons regardent la télé, quand maman appelle.

— Je voulais juste m'assurer que tu n'avais pas changé d'avis pour Noël.

— Non, maman, désolée, mais, avec l'incendie à la boutique, c'est impossible.

— C'est la meilleure chose qui pouvait t'arriver, si tu veux mon avis : on rase tout et on repart à zéro dans une autre branche.

— Maman, nous avons déjà eu cette conversation.

— Je n'arrive pas à comprendre comment tu peux être aussi égoïste, Josephine.

— Maman, je n'ai pas le temps de parler. Je te rappelle plus tard.

***

— Maman ?

— Oui, Archie ?

— Est-ce qu'on peut avoir des toasts au fromage grillé ? T'as dit qu'on pouvait.

— Oui et, ensuite, on fait la toilette.

— Maman, tu sais que je dois faire l'aubergine dans le spectacle de l'école… Pas demain. Demain, on va faire que chanter.

Mince, j'avais complètement zappé la fête des Moissons qui a lieu à l'école demain et où je suis censée apporter des cupcakes. Voyons…

Il me semble qu'il me reste de la farine et des œufs. Je vais m'y coller quand *mes deux angelots toujours prêts à mettre la main à la pâte pour aider maman* dormiront à poings fermés.

— Maman ?

— Oui, Archie ?

— Eh ben, je fais plus l'aubergine, parce que je l'ai cassée. Je ferai la carotte.

— OK.

Il est une heure du matin quand le téléphone sonne. Nom de nom, si c'est pour m'annoncer qu'il y a eu un incendie ou une inondation, je me fais rembourser. Et si c'est ma mère qui me rappelle pour parler de Noël, je lui raccroche au nez.

— J'ai quitté Harry.

— Ellen, mais où es-tu ?

— Dehors.

— Quoi ?

— Réveille-toi, ma choute, et viens m'ouvrir la porte. J'ai vraiment besoin de toi.

Ellen avait l'habitude de se pointer en pleine nuit quand nous vivions à Londres et qu'elle venait de s'engueuler avec son dernier petit ami. Nick décrochait le téléphone, puis me le passait sans même se réveiller.

Mais cette fois, c'est du sérieux. Bon sang, que s'est-il passé ? Harry l'aurait-il trompée ? Ou elle, lui ? Non, elle me l'aurait dit.

Elle est gelée et légèrement tremblante.

— Thé ou chocolat ? Je crois qu'il m'en reste.

— Un thé, s'il te plaît.

— Que s'est-il passé ?

— Rien.

— OK.

— J'en ai juste ras le bol. Je sais que ce n'est pas bien, mais c'est comme ça. Je voulais un grand mariage, alors, j'ai joué le jeu, mais maintenant je m'ennuie comme un rat mort. Il n'est pas fait pour moi : il passe sa vie avec ses fichus potes. Rien n'a changé en fin de compte.

Je sens qu'elle ne me dit pas tout. Il doit y avoir autre chose.

— Ça n'est tout de même pas à ce point, non ?

— Si. Bon Dieu, mais qu'est-ce qui m'a pris de l'épouser ? Où avais-je la tête ? Je suis fichue.

— Ellen, tu es tout sauf fichue.

— Et je suis désolée de n'avoir pas été plus présente ces derniers temps. Surtout après l'incendie, et tout.

Il y a manifestement quelque chose qu'elle ne me dit pas.

— Je ne vois pas de quoi tu veux parler.

— Mais quand Nick est mort, j'ai été à la hauteur, n'est-ce pas ?

— Tu as été parfaite.

— Et la fois où tu as cru que Jack avait attrapé un truc horrible et qu'on l'a emmené à l'hôpital en pleine nuit, et qu'il s'est avéré que c'était la varicelle, là aussi, j'ai été à la hauteur, hein ? Donc, deux fois sur trois, c'est pas si mal.

— Comment ça, deux fois sur trois ? Je ne comprends pas ?

— Je n'ai pas vraiment été là pour le bébé ou l'incendie. Je suis égoïste. C'est ça, mon problème.

— Ellen, arrête. Dis-moi franchement ce qui te tracasse.

— Je suis jalouse.

— Jalouse d'un incendie ?

— Jalouse qu'il t'arrive tout le temps un tas de trucs et pas à moi. Bon Dieu, je suis fichue de chez fichue. Ce n'est pas la faute de Harry. Il m'aime, à sa façon. Et ne me dis pas que le bonheur est un truc qui vient de l'intérieur, ou je t'en mets une.

— Je ne dis rien.

— Et donc ?

— Le bonheur est un truc qui vient de l'intérieur.

— Merci, ça me fait une belle jambe.

— Il n'en tient qu'à toi d'être heureuse. C'est ce que tu m'as dit quand Nick est mort.

— C'était n'importe quoi.

— Ce n'est pas vrai. Tu te souviens quand on est venus s'installer ici et que tu m'as dit que tu m'enviais de pouvoir repartir de zéro ?

— Oui.

— Eh bien, si c'est ce que tu veux, démissionne de la télé et lance-toi dans autre chose. Essaie au moins.

— J'aime mon boulot. C'est ma vie que je n'aime pas. Avoir un nouveau mec en vue, flirter, me demander à quoi il ressemble quand il est nu, c'est ça qui me manque. Toujours la même rengaine.

— Tu es en train de parler de Harry, là ?

— Oui.

— Ellen, tu l'aimes.

— Oui, et c'est bien là le problème. Bon sang, qu'est-ce qu'on va devenir ?

— On va continuer notre petit bonhomme de chemin, bon an mal an.

— Avec ton tricot ?

— Oui.

— Super. Au fait, pas de nouvelles de Daniel ?

— Non.

— Branleur.

— Qu'est-ce qui ne va pas, Ellen ?

— Rien. Juste ma vie. Tu vas vraiment ouvrir un salon de thé ? Tu n'as pas plutôt envie de t'enfuir avec moi dans un vignoble en France ou un truc de ce genre ? Exploiter une ferme ? On pourrait élever des moutons, et toi tu filerais la laine, histoire de faire prospérer le commerce du tricot.

— Non, merci. Les moutons sont des bêtes stupides, au cas où tu ne le saurais pas.

— Pas plus que la plupart des gens qui travaillent à la télévision, ma chérie. Et ton salon de thé et de glaces risque de connaître des temps morts.

— Je sais. Mais dans ces moments-là, je pourrai m'envoyer un cornet pour me remonter le moral.

— Bon sang, j'ai besoin d'un remontant.

— Je crois que, dans le placard, il y a un reste de la vodka que tu avais apportée.

— Non. Comment te sens-tu ?

Je crois que je viens de comprendre ce qui l'a mise dans cet état.

— Ellen, tu ne serais pas enceinte par hasard ?

— Je ne veux pas en parler.

— Oh ! mais c'est formidable ! Pourquoi ne me l'as-tu pas dit ?

— Parce que je suis en train de péter un boulon. C'est trop réel pour moi et ça me fiche la trouille.

Elle se met à pleurer.

— Allons, allons, tout ira bien.

— Et si ce n'est pas le cas ?

— Je serai là, et on s'en sortira, comme toujours.

— Promis ?

— Promis.

Elle pose sa tasse.

— Jamais tu as l'impression d'être prise au piège ?

— Non, pas prise au piège. Mais il m'arrive de paniquer. Souvent, même.

— À propos de quoi ?

— De l'argent, de la sécurité des enfants. Ce genre de choses. Mais prise au piège, non.

— C'est parce que tu es heureuse.

— Probablement.

— Tu crois que je devrais rentrer auprès de Harry et aller de l'avant clopin-clopant ?

— Ai-je dit ça ? Non, je crois que tu dois être honnête avec toi-même. Et si ce n'est pas ce que tu veux vraiment, ne perds pas ton temps, ou le sien. La vie est trop courte.

— Mais comment le saurais-je ?

— Pas la moindre idée.

— Merci, je suis bien avancée. On devrait te trouver une pige comme chroniqueuse.

— Je n'ai jamais prétendu avoir la réponse à tout.

— Mais tu peux m'aider à tricoter un pull pendant que je réfléchis à tout ça ?

— Oui.

— C'est un début.

— Un bon début.

— Fais péter les cupcakes.

— Ils sont pour la fête des Moissons.

— Comment ?

— À l'école, demain. Viens, si tu veux. En fait, même si tu ne veux pas : Annabel Morgan va être verte quand je vais me pointer bras dessus bras dessous avec la présentatrice préférée des Britanniques.

— Bien sûr. Je serai probablement encore en fugue de toute façon.

— Est-ce que Harry sait où tu es ?

— Non.

— Appelle-le.

— Non.

— Ellen, appelle-le. Il va se faire un sang d'encre. Sinon, c'est moi qui l'appelle.

— Bon sang, ce que tu peux être tyrannique.

— Appelle Harry, pendant que je mets la bouilloire en route.

Je suis au lit en train d'écouter le bruit des vagues. Ce soir, il y a de la tempête, et j'ai les reins endoloris. Rien de grave, juste une petite douleur sourde.

Bon sang que j'ai hâte de pouvoir prendre deux cachets de paracétamol sans craindre que le bébé naisse avec six jambes à cause d'une mère accro aux médocs. Je me contenterais même d'un demi-cachet d'aspirine.

La sage-femme a constaté que ma tension artérielle était un peu élevée cette semaine et m'a conseillé de me détendre. Facile à dire.

Bon, mais reprenons notre liste des crèmes glacées appétissantes. J'en étais restée au pudding au beurre et je fonde de grands espoirs pour celle au chocolat et aux noix.

— Maman ?

Oh non !

— Oui, Archie ?

— J'ai faim.

— Ce n'est pas vrai…

— Et j'ai soif.

— Archie, s'il te plaît, retourne te coucher et ne fais pas de bruit : tante Ellen est ici ce soir.

— OK, mais c'est pas juste. Parce que j'ai vraiment faim.

— Arrête de jouer la comédie, s'il te plaît, Archie.

— Maman, Archie, il va dormir dans ton lit ?

De mieux en mieux.

— Non, et toi non plus.

— Mais si je fais un cauchemar ?

— Tu n'en feras pas. Et maintenant, écoutez-moi, vous deux : vous retournez vous coucher et vous ne faites pas plus de bruit qu'une petite souris. Et on ne couine pas, Archie.

Il fait claquer sa langue.

***

Samedi matin, grand-mère et Reg ont emmené les garçons en promenade, et je suis à la boutique quand maman appelle.

— Il faut que nous parlions de Noël.

Ça recommence.

— On ne pourrait pas remettre ça à plus tard, maman ? Je suis occupée, là, tout de suite.

— Je pense que ce serait beaucoup, beaucoup mieux si vous veniez passer Noël ici.

Dans un palais vénitien décrépit, sans chauffage et sans eau chaude, dont le propriétaire milanais leur accorde la jouissance en échange du gardiennage. Un lieu de résidence idéal avec un nouveau-né.

— Oui, mais…

— Nous nous sommes tellement amusés l'année dernière. Ça nous a fait tellement plaisir de vous avoir avec nous. Tu peux appeler Vincent et le lui dire ? J'ai un tas d'amies qui ont hâte de voir le bébé. J'ai pensé qu'on pourrait organiser des petits cocktails.

Autrement dit, le bébé va passer de mains en mains pendant que je jouerai les serveuses.

Compte dessus et bois de l'eau fraîche.

— Non, merci, maman. Je crois que nous…

— Désolée, chérie, je ne t'entends pas : la ligne est mauvaise. Tu n'auras qu'à me donner ton numéro de vol, et papa viendra vous chercher. Ou est-ce que tu veux que je m'occupe de réserver les billets ?

— Je préférerais vraiment passer un Noël tranquille ici cette année. Toi et papa pouvez venir nous rejoindre.

— Franchement, Josephine, ce que tu peux être égoïste. Je ne demande tout de même pas l'impossible. J'ai dit à tout le monde que tu allais venir. Pourquoi ne peux-tu pas te rendre utile au moins une fois dans ta vie ?

Alors là, c'est le pompon. Il est temps de mettre les pendules à l'heure.

— Tu as peut-être raison, au fond. Grand-mère et moi avons besoin de repos, et je suppose que, si nous venons, tu t'occuperas de tout : des garçons, des repas, de changer le bébé et de lui donner son biberon pour que je puisse dormir la nuit et faire la sieste le jour. Mais à condition que ça ne t'ennuie pas. Je devrais pouvoir assister à un cocktail ou deux, du moment que je peux dormir tout mon saoul.

Il y a un silence, comme si elle avait soudain changé d'avis.

— Il faut que j'en parle à ton père, ma chérie. Tu sais comment il est. Et puis, il n'est pas dit qu'il y ait encore des vols disponibles. Ne t'occupe de rien, je vais y réfléchir.

— Super.

Ouf ! Problème résolu.

Je crois que je vais célébrer ça avec un donut.

Mon téléphone bipe. Je n'aurais jamais cru qu'elle allait être aussi rapide. Je suppose qu'il ne reste plus aucun vol de libre. C'est Daniel.

Désolé. Pas encore trouvé le temps de parler. Absolument débordé. Espère que tout va bien. Appelle-moi quand il y a du nouveau. Daniel

Je ne vais pas en faire une maladie. Je n'en ai pas l'énergie. Mais un texto ?! En même temps, ça ne m'étonne pas plus que ça.

Je réponds :

Tout va bien. Appelle-moi si tu veux des nouvelles. Jo

— Maman ?

— Oui, Jack ? La promenade s'est bien passée ?

— Oui, mais j'ai trop faim. Ou peut avoir des donuts ?

— Oui, mon cœur.

***

On est mardi matin, et je n'arrive pas encore à réaliser que le jour J, c'est demain. La césarienne est programmée à onze heures, et je dois être à la maternité à neuf. Je finis de boucler ma valise. Tout me semble irréel, et une partie de moi-même voudrait ne plus avoir l'air d'une baleine.

J'ai envie de pouvoir me baisser spontanément pour ramasser des trucs ou de prendre un bain sans craindre de ne plus pouvoir m'extraire de la baignoire ensuite. Avec Jack et Archie, j'avais déjà bien pris, mais, cette fois, j'ai l'impression d'être encore plus grosse et molle. À part tricoter et buller, je n'ai pas fait grand-chose ces derniers jours.

D'un autre côté, j'aimerais bien rester comme je suis. Dieu seul sait comment je vais réussir à me débrouiller avec le bébé quand il se réveillera en pleine nuit et qu'il faudra le prendre dans mes bras pour le bercer. Je n'ai jamais fait ça toute seule.

Non pas que Nick ait beaucoup collaboré, mais il était là, parfois, même s'il était endormi. Je ne me sens vraiment pas prête. Ellen doit arriver demain matin à la première heure pour m'accompagner à l'hôpital, et j'ai garni le frigo pour que grand-mère ait tout sous la main. Donc, en théorie tout au moins, je suis prête. Ou, plus exactement, je le serais si j'avais réussi à aller jusqu'au bout de ma fichue liste.

Pour une fois, je me suis levée et préparée longtemps avant que ne commence la ruée vers l'école. La nouvelle douche est géniale pour se réveiller le matin (même si j'ai réglé le jet sur la puissance maximum par inadvertance et envoyé valser tous les flacons qui se trouvaient sur le rebord de la fenêtre).

— Allons, Jack. Où est ton cartable ?

— Je sais pas.

— Il faut le chercher, mon cœur. Et, Archie, tu ne peux pas emporter ça à l'école.

— Mais c'est pour la récréation.

— Pas d'épée à l'école, Archie.

— Mais…

— Vite, montez dans la voiture, sinon on va être en retard. Qu'est-ce que vous voulez pour dîner ? Choisissez chacun votre plat préféré, et on tirera au sort.

— Pas des macaronis, en tout cas.

— OK.

Après avoir rejeté les huîtres proposées par Archie (qui n'en a jamais mangé et dont la seule vue le ferait frémir d'horreur), et la tourte au poulet de Jack, parce que je suis trop fatiguée pour songer à me bagarrer avec un fond de tarte qui va rester collé sur le plan de travail, nous optons pour des tagliatelles aux crevettes.

Je suis à la boutique et j'essaie de ne pas paniquer, bien qu'il me reste encore un millier de choses à faire. Je dois choisir de la laine pour Angela, qui a prévu de tricoter une nouvelle couverture pour Stanley avec des motifs d'animaux, sauf que je n'ai pas toutes les couleurs qu'elle m'a demandées.

Et ensuite, je dois mettre à jour le site Internet. Après quoi, il faut que je règle le problème de la porte de derrière, qui est tellement dure à fermer que je me suis quasiment démis l'épaule. Je vais demander à Martin s'il peut s'en occuper. Il me semble qu'il avait dit qu'il passerait ce matin. Il doit reprendre les mesures pour les travaux de menuiserie.

Aussi, il faut que j'appelle M. Prewitt au sujet de la paie d'Elsie, qui va faire des heures supplémentaires au cours des prochaines semaines et à qui je veux verser une prime en plus.

J'ai sans arrêt des petites contractions depuis quelques jours. Ce n'est pas grave. J'ai eu la même chose quand j'attendais Archie, mais j'ai hâte que ça s'arrête. Bien, et maintenant, où est passée la note que j'avais glissée dans le cahier de commandes ?

Martin est en haut, en train de piquer le plafond, quand je monte faire du thé.

— Ça n'est pas bien méchant.

— Tant mieux. Et, au fait, je voulais te demander de jeter un coup d'œil à la porte de derrière, à la maison. Elle a du mal à s'ouvrir.

— Probablement à cause de toute la pluie qui est tombée. Un petit coup de rabot devrait suffire. Dès que j'ai fini ici, on ira voir ça.

— Parfait.

— Je vais juste faire un saut à la maison, Elsie. Je reviendrai tout à l'heure.

— Oui, ma jolie. Va te reposer un peu. Et ne t'épuise pas à faire du ménage.

Certainement pas.

Nous rentrons à la maison à pied, moi marchant cahin-caha.

Martin me lance un regard soucieux.

— Tu es sûre que ça ira ?

— Oui, pourquoi ?

— Tu n'as pas l'air en forme.

— Je suis un peu fatiguée. J'ai juste besoin de m'asseoir un peu.

— Du thé ?

— S'il te plaît.

— Il faut pousser vraiment très fort, genre avec l'épaule.

— Je vois.

— Et c'est le même manège pour la refermer.

— Je m'en doute. Alors, c'est demain le grand jour ?

— Oui.

— Je te dis bonne chance. Tu as tout ce qu'il te faut ?

— Presque tout.

Il sourit.

— Enfin, juste la moitié.

— La moitié, c'est mieux que rien.

— C'est vrai.

Je commence à servir le thé, penchée légèrement en avant.

— Tu es sûre que ça va ?

— Oui.

— Tu n'aurais pas ce qu'on appelle des contractions ?

— Non. Je vais à la maternité demain pour accoucher. Je te l'ai dit.

Je suis en train de mettre du linge dans la machine à laver.

— Cette fois, ça y est.

— Comment ?

— J'appelle l'ambulance.

— Ne sois pas ridicule, Martin.

— Mais tu fais des bruits bizarres.

— Pas du tout.

— Bien sûr que si, et tu n'arrêtes pas de perdre le fil, comme si tu étais ailleurs. C'est sûrement un signe.

— C'est le signe que je n'ai pas assez dormi la nuit dernière.

Bon sang. En voilà une autre.

— En fait, je ferais peut-être bien d'aller à la maternité, juste par acquit de conscience. Je peux…

Mince. Soit j'ai fait pipi sur le carrelage de la cuisine, soit j'ai perdu les eaux (ce qui ne faisait pas partie du plan). Je vais aller à l'hôpital, et tout ira bien. Sauf que je ferais peut-être mieux de laisser Martin prendre le volant. Appeler une ambulance me semble un peu excessif.

— Martin.

— Je les ai au téléphone.

— Martin.

— Je sais… Essaie de te détendre. Ils envoient une ambulance. Ils disent de rester calmes. Je voudrais bien les y voir. Pardon ? Je vais le lui demander. Ils veulent savoir depuis combien de temps tu as perdu les eaux.

— Quelques minutes.

— Quelques minutes. Oui, je reste calme, mais ça n'est pas facile. Dépêchez-vous, s'il vous plaît.

Ouille, ouille, ouille ! Rien à voir avec ce que j'ai ressenti pour Jack et Archie. Cette fois, c'est beaucoup plus violent et brutal. Je n'arrive pas à reprendre mon souffle.

— L'ambulance arrive. Ils disent qu'il faut que tu me parles. Qu'est-ce que tu fais ?

— Tu ne vois pas que je suis en train de passer la serpillière ? Non, mais, enfin, Martin, qu'est-ce qui se passe à ton avis ?

Je pousse de drôles de petits grognements malgré moi. Dieu du ciel, faites que le bébé aille bien.

— Je fais bouillir de l'eau ?

— Comment ?

— Je fais bouillir de l'eau et je vais chercher des linges propres, ce genre de choses ?

— Martin ?

— Oui ?

— Tais-toi.

— OK.

— Mon Dieu !
— Martin ?
— Oui ?
— Tu es totalement inutile.
— Désolé. Reste calme. Respire. Tu respires ?
— Oui, Martin.
— Bon, c'est bien... Oh mon Dieu !...

— Ça y est, l'ambulance est arrivée. Ils se garent devant la maison. Juste une seconde, je vais chercher...

Bon sang de bonsoir, où est-ce qu'il croit que je vais ?

Il y a deux ambulanciers dans la cuisine à présent, pendant que je suis accroupie devant le frigo, en train de pousser des grognements incontrôlés.

Zut, j'aurais voulu au moins passer un coup de serpillière. Il y a de la crasse sur le côté du frigo. Je suis mortifiée. Si seulement je n'étais pas aussi négligée, tout serait parfaitement propre. Si seulement ...

Voilà une nouvelle contraction.

Je recommence à grogner, tandis que les ambulanciers dézippent leurs sacs en nylon.

— Ne bougez pas. Bob, va chercher l'autre sac. J'ai bien cru que vous aviez commencé sans nous, ma p'tite dame. Vous allez où ?

Martin est à mi-chemin du seuil de la cuisine.

— Je vais attendre dehors, Jo, OK ?

Les ambulanciers échangent un regard.

Il me semble reconnaître l'un d'eux. C'est celui qui a emmené M. Pallfrey et a prédit que j'allais accoucher dans la grande rue.

— Tout va bien se passer, ma p'tite dame. On va juste regarder où vous en êtes. Vous pouvez bouger un peu ?

Je m'agrippe à son bras.

— Bon, je suppose que non. Il me semble qu'on s'est déjà vus. C'est pas vous qui étiez avec le vieux monsieur qui a fait une chute ? Celui avec le chien ? Dave va être déçu : c'est son jour de congé. Il adore les accouchements à domicile.

Les accouchements à domicile ? Doux Jésus, il n'en est pas question.

Cette fois, je me mets à pleurer, et j'ai envie de frapper quelqu'un. C'est pas juste. J'étais fin prête à me rendre à la maternité ; j'avais bouclé ma valise.

Pas question que j'accouche ici.

— Tout va bien se passer, ma p'tite dame. Si vous vouliez bien me lâcher le bras une minute pour que j'essaie de vous installer plus confortablement.

Confortablement ? À moins d'avoir une grosse masse ou un puissant anesthésiant cachés dans son sac, je doute qu'il puisse m'installer confortablement. Dieu du ciel, ça recommence. C'est mille fois pire qu'avec Jack. L'épidural avait cessé de faire effet quand je l'ai expulsé, mais rien de comparable avec ça. Ce n'est pas normal.

— OK, Bob. Tu as la sacoche ?

— Non, je refuse d'accoucher ici. Je dois accoucher par césarienne.

— Je ne crois pas, ma p'tite dame.

— Si.

— Bon, si vous voulez, mais tout va bien pour l'instant. Si vous voulez bien juste vous approcher pour que je puisse voir la dilatation. S'il vous plaît. Pas besoin de vous lever, mais si vous restez comme ça, je ne vais pas pouvoir vous aider, Poupette.

Super. Je vais accoucher avec un type qui m'appelle Poupette.

— Je vous interdis.

— Comment ?

— Je ne vous permets pas de m'appeler Poupette.

Il sourit de toutes ses dents.

— Désolé. Ma femme a horreur de ça, elle aussi. Mais vous vous en sortez comme une chef. Tenez, accrochez-vous au bras de Bob : il fait de la musculation. Vous pouvez le pincer aussi fort que vous le voulez.

Bob lui décoche un regard furax, mais il me prend la main et la serre très fort.

— Tout va bien. Il y en a une autre qui arrive ?

Une autre déjà ? Alors que la précédente vient seulement de se terminer ? J'essaie désespérément de me souvenir des séances d'accouchement sans douleur : on expire et on compte, on visualise un bel objet, ce qui est plus facile à dire qu'à faire quand on est agrippée à son réfrigérateur. Oh ! et puis, merde ! Je veux une césarienne.

— Je veux une césarienne.

— Je sais. Mais on verra ça plus tard.

Je hoche la tête et garde le menton baissé.

— On le fait rentrer ?

— Qui ça ?

— Sa Seigneurie, le chevalier sans peur et sans reproche. Il est dehors en train de faire les cent pas sur le gazon, au lieu d'être là à vous tenir la main.

Je pense que Bob aimerait bien que je lui lâche le bras.

— Il est. Il n'est pas.

Oh ! flûte à la fin. Je n'ai pas que ça à faire.

— Non.

J'ai l'impression que je vais mourir.

Normalement, les contractions ne devraient pas être aussi rapprochées. Je me souviens que, pour Jack, c'était comme si une immense vague vous arrivait dessus et que vous preniez de grandes goulées d'air pour pouvoir la traverser.

L'instant d'après, tout redevenait normal, et plus rien ne se passait jusqu'à la suivante. Nick et moi faisions des mots croisés et toute sorte de jeux de mots graveleux, mais cette fois, je n'ai pas suffisamment de temps pour cela. Je suis sûre que quelque chose ne tourne pas rond.

Mais si. Je peux le faire. Et je vais le faire.

— Attendez avant de pousser, ma p'tite dame, je n'ai pas encore déplié le drap.

Attendre pour pousser ? Il est fou ?

— Vous y arrivez ? OK. Maintenant, c'est bon. Bob, passe-moi le... Je vois la tête. Il a plein de cheveux. C'est ça, inspirez à petits coups. Bien. Il faut ralentir un peu. Essayez de tenir le coup, ma p'tite dame.

Je ne vois plus rien que du noir et des étoiles à présent (probablement parce que j'ai les yeux fermés). Tout en moi n'est que tension, chaque parcelle de mon corps.

Et soudain, plus rien. Quelqu'un me tient les épaules pour me soutenir, et, l'espace d'une ou deux secondes, je me sens toute légère et calme.

J'ouvre les yeux et je regarde. Et je vois un bébé. Un vrai bébé couvert de sang, et je me mets à trembler. Comme si j'avais froid, mais je n'ai pas froid. Elle gigote. Elle ouvre les yeux. Elle… C'est une fille !

Et voilà que je me mets à pleurer, et Bob s'y met lui aussi, sans me lâcher la main.

— Désolée, ma p'tite dame, mais ça me fait ça chaque fois.

Dave relève la tête.

— Elle est belle comme tout. Vous avez fait du beau travail. Et vite, en plus. Mais vous êtes bien et elle aussi. Surtout, ne bougez pas. Vous voulez couper le cordon ?

Mes mains tremblent, si bien qu'il m'aide.

— Voilà.

Il me présente le bébé enveloppé dans un drap vert.

Le bébé. Mon bébé. Elle me regarde de ses yeux bleu sombre et fixes de nouveau-né.

— Coucou.

Elle remue les doigts.

— Coucou, mon ange.

Elle est parfaite. Absolument parfaite.

Elle est là. Elle est bien. Et tout s'est bien passé. Dieu merci.

Et moi, je suis folle de joie.

— La sage-femme doit s'assurer que tout est en ordre, mais, si vous voulez rester chez vous, elle peut se déplacer. Sinon on vous emmène à l'hôpital. Attendons de voir ce qu'elle dit. Bob, mets la bouilloire en route. C'est une chance que ce soit arrivé dans la cuisine, pas vrai ? Je vais chercher votre mari ?

— Pardon ?

— Le Superman qui est allé se planquer dans le jardin ? Oh ! désolé, je ne voulais pas…

— Ce n'est pas mon mari.

— Ah ! pardon. Votre ami. Il veut sûrement voir le bébé, non ?

Martin a fait une brève apparition à la fenêtre de la cuisine, a eu une sorte de haut-le-corps avant de disparaître à nouveau.

Bob sourit.

— Il avait l'air content. On va lui laisser une minute, le temps de se remettre, et puis j'irai le chercher. Ça vous remue toujours un peu de voir la femme que vous aimez endurer ce genre de chose. Moi, il m'a fallu plusieurs semaines pour reprendre le dessus. Ah ! ce doit être la sage-femme.

La sage-femme est très impressionnée.

— On va vous monter à l'étage et vous mettre au lit, d'accord ?

J'essaie de me lever.

— En fait, j'aimerais bien rester encore un peu ici, si c'est possible.

Elle sourit.

— Allons, messieurs, aidez cette dame à monter se coucher. Elle mérite un lit confortable. Et une médaille.

Je suis dans mon lit et je contemple mon bébé. C'est fou ce qu'elle ressemble à Jack.

— Tu te sens bien ?

— Oui, Martin, merci.

— Bon sang. Je n'en reviens pas.

— Je sais.

— Elle est mignonne comme tout.

— N'est-ce pas ?

Les deux ambulanciers sont là, eux aussi, et ils sourient fièrement.

— Il faut que j'appelle quelqu'un ?

— Grand-mère.

Martin sourit.

— Tiens, prends mon téléphone. J'ai appelé

maman. Je n'ai pas pu résister. Mais elle m'a promis de ne rien dire.

— Grand-mère ?

— Oui, ma chérie ? Tout va bien ? J'avais l'intention de passer. Je t'ai acheté de cette lotion pour le corps que tu aimes bien. Les maternités sont toujours surchauffées et…

— Ça t'ennuierait de venir ?

— Non, bien sûr, ma chérie. Qu'est-ce qui ne va pas ? Tu as une drôle de voix. Tu ne serais pas en train d'avoir des contractions, par hasard ? Reg, sors la voiture, les contractions ont commencé. REG !

Grand-mère ?

— Oui, ma chérie ?

— En fait, ça y est. Le bébé est né.

— Quoi ? Mon Dieu ! J'arrive. J'arrive tout de suite. Ne bouge pas surtout. Reg, Reg, sors la voiture.

— Grand-mère ?

— Oui, ma chérie ?

— Je te passe la sage-femme. Tout va bien.

Quand Grand-mère arrive, elle est encore en tablier. La sage-femme vient de finir d'examiner le bébé.

— La voici.

Grand-mère sourit, mais elle a l'air affolée.

— Oh ! ma chérie, tu es sûre que tout va bien ? Elle va bien, Audrey ?

La sage-femme sourit. J'avais oublié que grand-mère connaît tout le monde ici.

— Elle se porte à merveille. Elle s'en est très bien sortie. Les accouchements inopinés peuvent donner lieu à des complications. Mais tout s'est bien passé, et sa cicatrice n'a pas bougé.

Elle m'a expliqué qu'il y avait toujours un risque que les vieilles césariennes se déchirent en cas d'accouchement précipité, mais ce n'est pas mon cas, et je peux donc rester à la maison.

Elle range son tensiomètre dans sa sacoche.

— Il faut juste la surveiller, Mary : elle est fatiguée.

— Je m'en doute.

— Si jamais tu constates une perte de sang importante, ou n'importe quoi d'autre, appelle-moi. Mais je pense que tout ira bien. Je repasserai ce soir. J'ai laissé mon numéro en bas, à côté du téléphone. Je vais prévenir l'hôpital. Le médecin devrait passer dans la journée. Félicitations, ma chère.

— Oh ! grand-mère. Je suis tellement heureuse. Je ne sais pas pourquoi je n'arrête pas de pleurer.

— C'est le contrecoup, ma chérie. Mais tout est bien qui finit bien.

Moi, je dirais plutôt que c'est le début, mais passons. Ma fille dort dans son couffin. Elle est douillettement enveloppée dans son drap à motifs de lapin et la couverture en coton crème qu'Audrey a trouvés dans la commode de la chambre d'amis reconvertie en chambre de bébé.

— Elle est parfaite.

— Oui. Et moi qui étais persuadée que ce serait un garçon.

— C'est ta première arrière-petite-fille, et peut-être la seule – sauf si Vin se décide à sauter le pas. Alors, profites-en bien, grand-mère. Tu ne veux pas la prendre dans tes bras ?

— Si, je n'attends que ça. Mais je devrais peut-être aller chercher les affaires d'abord ?

— Quelles affaires ?

— Oh ! des bricoles et…

— Grand-mère ?

— Oui ?

— Tu ne veux pas lui faire juste un petit câlin avant ?

Elle la prend dans ses bras avec mille précautions.

Super. Je peux dormir à présent. Grand-mère est là et elle s'occupe du bébé.

***

— Tu n'as pas faim, ma chérie ?

— Si, je meurs de faim. Quelle heure est-il ?

— Presque trois heures. Reg est allé chercher les garçons à l'école. Je vais te préparer à manger pendant que la petite dort. Qu'est-ce qui te ferait plaisir ?

— Du thé et des tartines de pain grillé.

C'est ce qu'on m'avait donné à manger à la maternité, quand j'ai accouché des garçons, et j'ai envie de la même chose.

— Ce n'est pas très consistant. Tu ne veux pas plutôt des œufs brouillés ? Je vais demander à Reg de t'acheter un steak pour le dîner. Il faut reprendre des forces. Et je vais te faire des frites. Reg ira chercher ma friteuse à la maison.

— Super. Mais pour l'instant, des tartines de pain grillé suffiront, s'il te plaît.

Quand les garçons arrivent, grand-mère les fait aussitôt monter. Archie s'assied sur le lit et commence à manger mes tartines, tandis que Jack s'agenouille à côté du couffin pour regarder sa petite sœur.

— Maman ?

— Oui, Jack ?

— C'est une fille, le bébé ?

— Oui, mon cœur.

— C'est pas grave. Elle pourra quand même jouer avec nous. Quand elle sera plus grande. Comment elle s'appelle ?

— Je ne sais pas. Je voulais qu'on choisisse un nom tous ensemble.

Il sourit, et Archie se penche pour jeter un coup d'œil dans le couffin.

— Et si on l'appelait Galadriel, comme la reine dans *Le Seigneur des anneaux*. Elle est super.

— Je pensais l'appeler Mary.

Grand-mère émet un petit bruit ému et franchit le seuil à reculons, tandis que Reg lui passe un bras autour des épaules.

Archie s'assied sur le lit.

— C'est pas mal aussi. Et quoi d'autre ?

— Pearl ?

Jack acquiesce.

— C'est vrai qu'elle ressemble à une perle.

— On l'appelle Mary Pearl alors ?

— Oui.

Archie approuve.

— Oui, et nous, on l'appellera « Pearly ». Parce que c'est une fille.

— Ou peut-être « Pearl », tout simplement.

Je tapote le lit.

— Approchez, vous deux. J'attends mon câlin.

Ils se faufilent en gigotant à mes côtés, puis se détendent et se pelotonnent contre moi.

— Vous voulez faire un câlin au bébé ?

— « Pearl », maman. Il faut l'appeler par son nom. Elle a pas envie qu'on l'appelle « le bébé » tout le temps.

Archie est visiblement fier de son statut nouvellement acquis de grand frère.

— OK. Vous ne voulez pas faire un câlin à Pearl ?

— Non, merci.

— Moi, si.

Grand-mère la prend sur ses genoux, et Pearl reste endormie, tandis que Jack entreprend de la câliner timidement.

— Ses mains sont toutes petites, maman.

— Je sais.

— C'est parce qu'elle est petite.

— Oui.

En fait, elle pèse presque quatre kilos, ce qui n'est pas à proprement parler un poids plume.

— Moi aussi, j'avais des petites mains ?

— Oui, mon cœur. Et les mêmes cheveux. Des tas de cheveux noirs.

— Mais maintenant ils sont châtains.

— Oui, les cheveux changent de couleur quand on grandit.

En fait, la ressemblance avec Jack au même âge est saisissante. Elle a les mêmes pieds, les mêmes doigts fins et allongés, et la même forme de tête. Archie était plus rond et n'avait presque pas de cheveux.

Mon Dieu, faites qu'elle dorme la nuit, contrairement à Jack. Bah, de toute façon, ça m'est égal. L'important, c'est qu'elle soit là. Elle est parfaite. Mes trois enfants le sont ; donc, tout va bien.

Je sens que je vais me remettre à pleurer si je ne me contrôle pas.

— Maman, raconte-nous comment c'était quand on est nés.

— Plus tard. Je suis un peu fatiguée, et puis, vous allez bientôt dîner. Après le bain.

— Qu'est-ce qu'il y a à dîner ?

— Je ne sais pas, Archie. C'est grand-mère qui décide. Mais probablement tout ce que vous voudrez.

— Ouiiiii ! Tout ce qu'on veut ? Moi, je veux un homard. Cuit. Avec de la sauce.

Je vais laisser grand-mère se débrouiller avec ça.

— Tu vas descendre plus tard ?

— Je ne sais pas, Jack. Peut-être ce soir. Mais là, tout de suite, je suis un peu fatiguée.

— Mais j'ai un nouveau livre de lecture.

— Allez, les garçons. Grand-mère a une surprise pour vous. Laissez maman se reposer. Et votre petite sœur. Elle aussi, elle a eu des émotions aujourd'hui.

Reg a fait un petit câlin au bébé tout à l'heure, et il semble très fier de sa nouvelle petite-fille.

Archie hoche la tête.

— À plus, Pearly.

Je suis en train de somnoler, quand grand-mère arrive avec le téléphone.

— C'est Ellen.

— Merci, grand-mère.

— Salut, beauté. Dis donc, tu dégaines plus vite que ton ombre ! Alors, comme ça, tu as accouché sur le carrelage de la cuisine ? Tu as finalement décidé de faire ça à la maison ?

— Je n'ai pas vraiment eu le choix.

— Comment va-t-elle ? Et toi ? Est-ce que tu as beaucoup souffert ?

— Elle est parfaite, et j'ai eu la frousse de ma vie, mais tout s'est très bien passé. Et si vite que je n'ai pas eu le temps de paniquer. Heureusement que Martin était là.

— Ce cher Monsieur Bricolage. Je savais qu'il saurait se rendre utile. Tu as appelé Daniel ?

— Non. Mais dans un sens, je préfère qu'il ne sache pas qu'elle est arrivée. Si je l'appelle, il va avoir l'impression que je tiens à le mettre au courant, alors que ce n'est pas le cas.

— Tu pourrais lui envoyer un texto.

— C'est vrai.

— Ça t'est un peu égal, pas vrai ?

— Oui. Maintenant qu'elle est là, tout ce qui compte, c'est qu'elle soit bien.

— Tu as raison. Et toi, ça va ?

— Oui. Et elle est intelligente en plus. Elle m'a déjà réclamé deux fois la tétée.

— Sans blague ?

— Insinuerais-tu par là qu'elle est aussi goinfre que sa mère ?

— Ça ne m'étonnerait pas plus que ça. En tout cas, elle tient de sa mère en ce sens qu'elle n'est visiblement pas du genre à rester avec les deux pieds dans le même sabot. Joli nom, au fait. Je me demande qui sera la première personne à lui offrir des perles… Et si c'était moi, comme cadeau de bienvenue de la part de sa marraine ?

— Oh ! ce serait vraiment adorable, Ellen.

— Ta grand-mère m'a dit que son nom exact était Mary Pearl, c'est bien ça ?

— Les garçons l'ont déjà surnommée Pearly. Je vais devoir coudre des boutons-perles sur son manteau et lui acheter un tambourin.

Elle rit.

— C'est vraiment dommage que je n'aie pas été là, ma chérie. Tu as dû avoir une belle frousse. Non pas que j'aurais pu t'être d'une quelconque utilité… Je serais devenue complètement hystérique. Mais je serai là demain à la première heure. Et je vais lui acheter des tas de trucs de fille, comme toute marraine qui se respecte. Car enfin, soyons réalistes, ma chérie, il faut que quelqu'un lui fasse découvrir les joies du lèche-vitrine. Tu as besoin de quelque chose ?

— Douze heures de sommeil.

Grand-mère est en bas, entourée de ses dames d'honneur. Betty prépare le dîner et monte de temps en temps sur la pointe des pieds pour m'apporter des gâteries, un grand sourire aux lèvres. Elsie éclate en sanglots, et Connie fait de même.

Après quoi, c'est un perpétuel va-et-vient de visiteuses à en juger par les coups frappés à la porte d'entrée. Mais grand-mère n'autorise que très peu de visites à l'étage, et je n'ai pas la force de protester.

De toute façon, la seule personne que j'ai envie de voir, à part grand-mère et les garçons, c'est Nick, aussi curieux que cela puisse paraître. Le bébé ressemble tellement à Jack qu'il n'en reviendrait pas. Il le prendrait dans ses bras, comme il l'a fait avec les garçons, et il lui chanterait une berceuse de sa belle voix grave que les garçons aimaient tant.

Voilà que je me remets à chialer. Le maelstrom hormonal est à son pic. Je sais que c'est complètement idiot, mais je voudrais qu'il soit là, ne serait-ce que pour qu'il la voie juste une fois.

Elle est mon bébé bonus, celui que je n'espérais plus. Et le plus étrange, c'est que, dans mon cœur, elle est bien plus proche de Nick que de Daniel. Elle est à nous. À notre famille.

Dès le premier instant où je l'ai vue, je l'ai reconnue, comme si je la connaissais depuis toujours. Et je voudrais qu'il la voie, parce que je suis convaincue qu'il la reconnaîtrait, lui aussi.

Martin est assis à côté du lit, avec Pearl dans ses bras, quand je me réveille.

— Ta grand-mère m'a dit que je pouvais.

— Bien sûr que tu peux.

— Elle s'est mise à remuer les bras ; alors, on l'a sortie de son couffin. Ça ne t'ennuie pas ? Ta grand-mère m'a dit de m'asseoir et de la garder dans mes bras.

— Pas de souci, Martin.

— Elle est tellement petite. Et si jolie. Comment te sens-tu ?

— Complètement épuisée. Et même plus que ça.

— Ça ne m'étonne pas de toi.

— Quoi donc ?

— Ce courage, cette force extraordinaire.

— Je ne suis pas certaine que ce brave ambulancier dirait la même chose. Je parie qu'il aura le bras en écharpe demain.

— Ta grand-mère est aux anges. Elle m'a montré toutes les fleurs. Ma parole, on se croirait chez un fleuriste, en bas. Comment se fait-il qu'il n'y en ait pas ici ?

— Grand-mère est persuadée que les fleurs aspirent l'air de la chambre.

— Ah bon ?

— Je n'en suis pas convaincue. Encore que j'aie remarqué que la plupart des stars de cinéma étaient abruties. À cause des fleurs. Par manque d'oxygène.

Il rit.

— Les garçons ont l'air bien excités aussi. Archie m'a dit qu'il avait un nouveau bébé et qu'il manquerait peut-être l'école demain.

— Je vois.

— Au fait, j'ai réparé la porte de derrière.

— Merci, Martin.

— Alors, tu l'as appelé ?

— Qui ? Oh ! désolée. Non, pas encore. Il sait que le bébé devait naître ces jours-ci et il a mon numéro.

Il sourit.

— Bon, je ferais bien d'y aller. Je voulais juste m'assurer que tout allait bien. Il se peut que je revienne un peu plus tard, si ça ne te dérange pas. Il y a quelque chose que je voudrais te montrer.

— Bien sûr. Tu es toujours le bienvenu.

Il redescend en sifflotant.

La sage-femme revient, puis Connie monte, suivie des garçons avec leurs livres de lecture.

— Maman ?

— Oui, Archie ?

— Quand Pearly, elle sera plus grande, lequel sera son préféré, moi ou Jack ?

— Elle vous aimera autant l'un que l'autre, parce que vous êtes tous les deux ses grands frères.

— Et toi, qui c'est, ton préféré ?

— Vous trois.

Il hoche la tête.

— Alors, tout ton amour, tu le partages en trois ?

— En fait, c'est mieux que ça, Archie. On ne partage pas l'amour ; on en reçoit encore plus. Quand Jack est né, je l'aimais de tout mon cœur ; et quand tu es né, je t'aimais aussi de tout mon cœur ; et maintenant que Pearl est là, c'est la même chose.

Il sourit.

— Tu l'aimes autant que de la Terre à la Lune et de la Lune à la Terre ?

— Oui.

Jack opine du chef.

— Mais elle aura ses jouets à elle.

— Bien sûr, mon trésor.

— OK.

Archie se met à rire.

— De toute façon, on veut pas de ses jouets tout roses de fille.

— Toutes les filles n'ont pas des jouets roses, Archie.

Nous la regardons tous les trois.

Elle est sur mes genoux, à demi endormie et rose de la tête aux pieds. Grand-mère l'a changée tout à l'heure et lui a mis la grenouillère rose pâle que Connie a apportée.

Archie fait claquer sa langue.

— Ben, si elle aime pas le rose, elle va pas être contente quand elle va voir tous ses vêtements.

Grand-mère entre accompagnée de Martin, qui porte ce qui ressemble à une sorte de petit buffet.

— Je pensais avoir encore quelques jours pour le finir, quand tu serais à la maternité.

C'est un berceau, un magnifique berceau à l'ancienne que l'on peut balancer doucement. Les garçons sont très impressionnés.

— J'avais pris les mesures du couffin avec ta grand-mère, il y a déjà un certain temps, pour m'assurer qu'il tiendrait à l'intérieur. On l'essaye ?

Le couffin tient parfaitement.

— C'est un très beau cadeau, Martin. Merci mille fois.

— Tout le plaisir est pour moi.

— Je vais mettre la bouilloire en route. Tu veux une tasse de thé, Martin ?

— Oui, s'il vous plaît, Mary.

— Venez, les garçons. Vous pouvez regarder encore un peu la télé si vous êtes sages.

— Encore merci, Martin.

— Je suis content qu'il te plaise.

Il y a un silence.

— Bon, il faut que j'y aille. Oh ! j'oubliais. Je vais pouvoir commencer à travailler à la boutique la semaine prochaine.

— Excellent.

Un autre silence.

— Au fait, je voulais te demander si tu serais d'accord pour officialiser la chose.

— Tu veux dire mettre une pancarte MENUISERIE MARTIN TRENT ? C'est une bonne idée. Ça pourrait te ramener des clients.

Il soupire.

— Non, il ne s'agit pas de ça.

— Désolée, Martin, mais je ne suis pas certaine de comprendre où tu veux en venir.

— Précisément. Je ne veux pas que tu te sentes obligée de quoi que ce soit vis-à-vis de moi, et vice versa, mais j'aimerais bien passer un accord.

Cela ne m'avance guère. Je ne comprends toujours pas à quoi il fait allusion.

— Un accord ?

— Oui, je n'ai pas voulu t'en parler avant la naissance du bébé, mais maintenant que la petite est là…

— Maintenant que la petite est là ?

— Écoute, parler de ce genre de choses n'est pas mon fort. Et puis la situation est compliquée et ce n'est sans doute pas le bon moment, mais j'aurais aimé qu'on se mette ensemble, toi et moi. Je sais que ça a l'air un peu démodé.

— Mais non, c'est très bien, au contraire.

Il sourit.

— C'est super. Excellent, même. Et je ne veux pas que tu penses que je vais être un boulet. Et je suis content qu'il n'ait pas envie de s'impliquer…, le père biologique. Je sais que je ne devrais pas dire ça, mais je le pense.

— Tu parles de lui comme si c'était un paquet de lessive.

Il sourit.

— Je suis désolé…

— Écoute, jusqu'ici, il s'est rendu beaucoup moins utile qu'un paquet de lessive.

— Mais ça va peut-être changer.

— Peut-être.

— Et ?

— Et rien. Je veux faire ce qui est bon pour Pearl, mais ça n'ira pas plus loin.

Il regarde ses pieds.

— Je suppose que tu vas avoir besoin de nouvelles plinthes.

— Ah bon ?

— Oui, dans la boutique.

— OK. Seulement, il va y avoir un petit problème.

— J'y ai déjà pensé. On peut mettre les mêmes plinthes dans les deux boutiques.

— Je voulais parler de ta mère, Martin.

— Ah oui… Désolé. Ne t'inquiète pas. Je m'en occupe.

— Comment ?

— Laisse-moi faire.

— Je crois que je préférais quand tu étais moins sûr de toi.

— J'alternerai. Je serai directif sur les choses qui sont de ma partie, comme pourquoi il faut éviter les panneaux MDF et installer des étagères en chêne massif, même si ça coûte plus cher. Et pour le reste – en gros, tout le reste –, je te laisse seule juge. Je passerai la moitié de mon temps à tes pieds, et l'autre moitié, en haut d'une échelle.

— Mon Dieu, j'ai enfin trouvé l'homme parfait.

Il rit.

— Désolé de parler de ça maintenant. Je pense que ça aurait pu attendre.

— Non, non, tu as bien fait.

— Bon, mais cette fois, il faut vraiment que j'y aille.

— OK.

— Repose-toi bien.

— Bonsoir.

Il se penche et m'embrasse sur la joue en se courbant légèrement pour ne pas écraser Pearl.

— Je te dis à demain.

— Super.

Il s'en va en sifflotant.

Saperlipopette. Si je m'attendais à ça… Dieu seul sait ce qui va se passer. Mais c'est un bon début, même si je ne comprends pas pourquoi j'ai choisi un homme qui se passionne pour le bois et qui a Elsie pour mère. Mais, comme dirait grand-mère : « Tout revers a sa médaille. »

Les garçons viennent réclamer leur bisou du soir. Ils sont en pyjama, et grand-mère leur a lavé la tête et fait la raie au milieu.

— Tu dors, maman ?

— Oui, Jack.

— Est-ce qu'on peut dormir avec toi et Pearly ce soir ?

— Non, Jack. Chacun va dormir dans son lit.

— Juste un peu ?

— OK, mais un tout petit peu.

Ils se blottissent sous la couette. J'ai mes trois enfants avec moi.

Que vouloir de plus ?

Je crois que je vais apprendre à siffloter.

Les Tricoteuses du Bord de Mer

Gil McNeil

Prendre enfin un nouveau départ : c'est le rêve de Jo McKenzie dont le mari vient de décéder. Seule avec deux jeunes enfants et des finances dans le rouge, elle doit changer de vie. Elle décide de s'installer dans la ville de son enfance, une petite station balnéaire Jo rénove la boutique de sa grand-mère, un magasin de tricot et de laine. Elle crée aussi un club de tricoteuses et se fait de nouvelles amies, des personnages souvent hauts en couleur. Il y a notamment l'excentrique star de cinéma, l'italienne passionnée qui dirige le restaurant local ou la présentatrice télé…

Ces femmes de tous horizons parlent de leurs vies, de leurs enfants, échangent quelques ragots autour de la cheminée et, accessoirement, apprennent à tricoter. Et les choses changent encore pour Jo lorsqu'un homme entre dans sa vie…

Une comédie sur le pouvoir de l'amitié et les nouvelles chances offertes par la vie.

ISBN : 978-2-8246-0424-4

Les Tricoteuses du Bord de Mer

Gil McNeil

Prendre enfin un nouveau départ : c'est le rêve de Jo McKenzie dont le mari vient de décéder. Seule avec deux jeunes enfants et des finances dans le rouge, elle doit changer de vie. Elle décide de s'installer dans la ville de son enfance, une petite station balnéaire Jo rénove la boutique de sa grand-mère, un magasin de tricot et de laine. Elle crée aussi un club de tricoteuses et se fait de nouvelles amies, des personnages souvent hauts en couleur. Il y a notamment l'excentrique star de cinéma, l'italienne passionnée qui dirige le restaurant local ou la présentatrice télé…
Ces femmes de tous horizons parlent de leurs vies, de leurs enfants, échangent quelques ragots autour de la cheminée et, accessoirement, apprennent à tricoter. Et les choses changent encore pour Jo lorsqu'un homme entre dans sa vie…

Une comédie sur le pouvoir de l'amitié et les nouvelles chances offertes par la vie.

ISBN : 978-2-8246-0424-4

Le Cercle des Tricoteuses

Ann Hood

Mary vient de perdre son unique enfant. Elle est désespérée et s'enfonce peu à peu dans la dépression. Jusqu'au jour où elle découvre les vertus du tricot. Avec des aiguilles et une pelote de laine entre les mains, Mary apprend à occuper son esprit sans ressasser sa douleur. Dans le magasin de tricot d'Alice, elle rejoint le « cercle des tricoteuses ». Il y a Scarlet qui, derrière son sourire, dissimule un vrai chagrin. Beth est le modèle de la femme au foyer, mais son univers tranquille est sur le point de s'effondrer. Et que cache Ellen, l'Irlandaise qui semble porter le poids du monde sur ses épaules ? Alors que les semaines passent, sous l'œil de la mystérieuse Alice, des amitiés improbables se forment. Des secrets sont révélés et des pactes noués. Chaque membre du club doit apprendre à aller de l'avant et affronter son avenir…

« Un roman authentique dont vous vous souviendrez longtemps » (Los Angeles Times)

ISBN : 978-2-8246-0525-8